KB046318

귀스타브 플로베르

엮고 옮긴이

박명숙

서울대학교 사범대학 불어교육과를 졸업하고 프랑스 보르도 제3대학에서 언어학 학사와 석사 학위를, 파리 소르본 대학에서 프랑스 고전주의 문학을 공부하고 '몰리에르' 연구로 불문학 박사 학위를 받았다. 서울대학교와 배재대학교에서 강의했으며, 현재 출판기획자와 불어와 영어 전문번역가로 활동 중이다. 파울로 코엘료의 『순례자』, 에밀 졸라의 『목로주점』 『제르미날』 『여인들의 행복 백화점』 『전진하는 진실』, 오스카 와일드의 『거짓의 쇠락』 『심연으로부터』 『오스카리아나』 『와일드가 말하는 오스카』, 조지 기싱의 『헨리 라이크로프트 수상록』, 플로리앙 젤러의 『누구나의 연인』, 티에리 코엔의 『나는 오랫동안 그녀를 꿈꾸었다』, 프랑크 틸리에의 『뫼비우스의 띠』, 카타리나 마세티의 『옆 무덤의 남자』, 장 필리프 투생의 『마리의 진실』 『벌거벗은 여인』, 도미니크 보나의 『위대한 열정』 등의 책을 우리말로 옮겼다.

귀스타브 플로베르

Gustave Flaubert

알베르 티보데 지음 | 박명숙 엮고 옮김

플로베르

"작품을 출간하는 즉시 작가는 자기 작품에서 내려와야 하는 거야. 평생 무명의 작가로 산다고 해도 난 하나도 슬프지 않을 거야. 내 원고들이 나하고 오래도록 남을 수만 있다면 난 그것으로 족해. 그러려면 엄청나게 큰 무덤이 필요할 테지만 말이지. 이국의 전사가 자신의 말과 함께 묻히듯 난 내 원고들이 나와 함께 땅속에 묻히기를 바라. 나로 하여금 광활한 평원을 가로지를 수 있게 해준 것이 바로 내 원고들이었거든."

– 1852년 4월 3일 루이즈 콜레에게 보낸 편지

2883. Du Jeudi, treize Décembre, mil huit cent vingt-un
Devant moi, soussigné, Adjoint, Chevalier de l'Ordre Royal et
Militaire de St. Louis, faisant les fonctions d'officier public
de l'état civil, par délégation de Mr. le Maire, est comparu M.
Achille-Cléophas, Flaubert, Chirurgien en chef à
Flaubert l'hôtel-Dieu, de cette Ville, domicilié rue de Lecat, No. 17,
époux de dame Anne-Justine-Caroline, Fleuriot,
Lequel m'a déclaré, que le jourd'hui, à quatre heures du
matin, est né, en son domicile précité et de son mariage
contracté, en cette Ville, le dix février, mil huit cent douze,
un enfant du sexe Masculin, qu'il m'a présenté et auquel
il a donné le prénom de Gustave; présence de MM
Anne-François-Achille, Lenormand, âgé de vingt-quatre ans,
Chirurgien-interne, audit hôtel-Dieu, y domicilié, et Louis François
Stanislas, Leclerc, âgé de quarante ans, officier de santé,
domicilié place du Vieux-Marché, No. 20, amis; les quels
témoins et le déclarant, ont signé, lecture faite./.

Flaubert Lenormand Leclerc

위 어린 시절의 플로베르. 왼쪽은 1830년 아홉 살 때 모습이다.

아래 1821년 귀스타브 플로베르 출생 신고서.

위 플로베르의 가족이 살았던 루앙 시립병원의 아파트.
아래 플로베르가 36년간(1844~1880) 살았던 크루아세는 현재는 정원 한쪽에 위치한 별채만이 남아 '플로베르 기념관'이 되어 있다.

위 귀스타브의 아버지 아실클레오파와 어머니 안쥐스틴카롤린.

아래 (왼쪽) 플로베르의 형 아실. 의사인 아버지의 뒤를 이어 루앙 시립병원의 외과 과장이 되었다. (오른쪽) 스물다섯 살 무렵의 플로베르.

위 플로베르가 사랑했던 동생 카롤린(1824~1846). 플로베르와 문학적 교감을 나눈 유일한 가족 구성원이었으며, 딸을 낳은 직후 세상을 떠났다. 플로베르는 평생 결혼을 하지 않은 채 조카를 돌보았고, 훗날 자신의 작품에 대한 모든 권리를 그녀에게 물려주었다.
아래 플로베르의 조카딸 카롤린(1846~1931). 1864년 목재 수입상 에르네스트 코망빌과 결혼했고, 1890년 남편이 죽자 10년 뒤 정신과 의사였던 프랑클린 그루와 재혼했다.

플로베르보다 열한 살 연상의 시인 루이즈 콜레(1810~1876). 두 사람은 1846년부터 1855년까지 격정적인 사랑을 나누며 수많은 편지를 주고받았다. 플로베르는 자신보다 어린 여성에게는 매력을 느끼지 못했으며 "서른 살 여성의 어깨"를 이 세상의 소중한 것들 중 하나로 꼽았다.

위 엘리자 슐레쟁제(1810~1888)와 그녀의 딸. 플로베르가 열다섯 살 때 사랑에 빠졌던 열한 살 연상의 아름다운 여인.

아래 루이즈 콜레. 오른쪽은 장자크 프라디에가 1837년에 만든 루이즈 콜레 조각상이다.

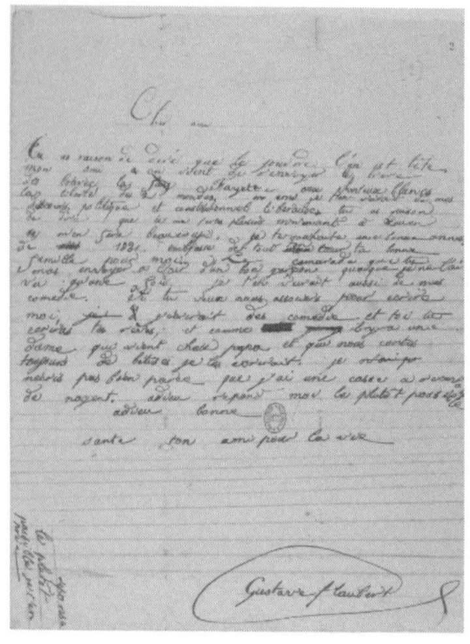

Gustave Flaubert

왼쪽 1830년 12월 31일, 플로베르가 어린 시절에 함께 문학적 우정을 쌓았던 에르네스트 슈발리에(1820~1887)에게 보낸 편지. 『플로베르 서간집』에 실린 첫 번째 편지로 "친구야, 새해의 첫날이 바보 같다고 한 네 말이 맞는 것 같아"라는 말로 시작하고 있다.

오른쪽 플로베르의 절친한 친구 중 하나였던 알프레드 르 푸아트뱅(1816~1848). 플로베르보다 다섯 살이 많았던 르 푸아트뱅은 루이 부이예를 만나기 전까지 10년간 플로베르가 자신의 모든 속내를 털어놓던 가장 가까운 친구였다. 르 푸아트뱅의 가족은 어린 플로베르에게 하나의 문학적 가족이 되어주었다.

왼쪽 플로베르가 "나의 문학적 양심, 나의 심판자, 나의 나침반, 나의 산파"라고 불렀던 친구 루이 부이에(1822~1869). 그가 죽자 플로베르는 "내 머리의 반쪽은 영원히 모뉘망탈 묘지에 머물 것이다"라고 하며 애통해했다.

오른쪽 귀스타브 플로베르. 두 사람이 놀랍도록 닮았다.

위 플로베르와 동방 여행을 함께했던 친구 막심 뒤 캉(1822~1894). 한때 플로베르와 절교하기도 했으나, 플로베르에 관한 중요한 참고 자료가 되는 『문학 회상기』(1882)를 남겼다.

아래 기 드 모파상(1850~1893). 모파상은 플로베르의 절친한 친구였던 르 푸아트뱅의 조카였다. 그는 플로베르의 문학적 아들이라고 불릴 만큼 그의 문학 정신을 계승했다.

플로베르와 조르주 상드(1804~1876). 두 사람은 많은 편지를 주고받으며 끈끈한 우정을 쌓았다.

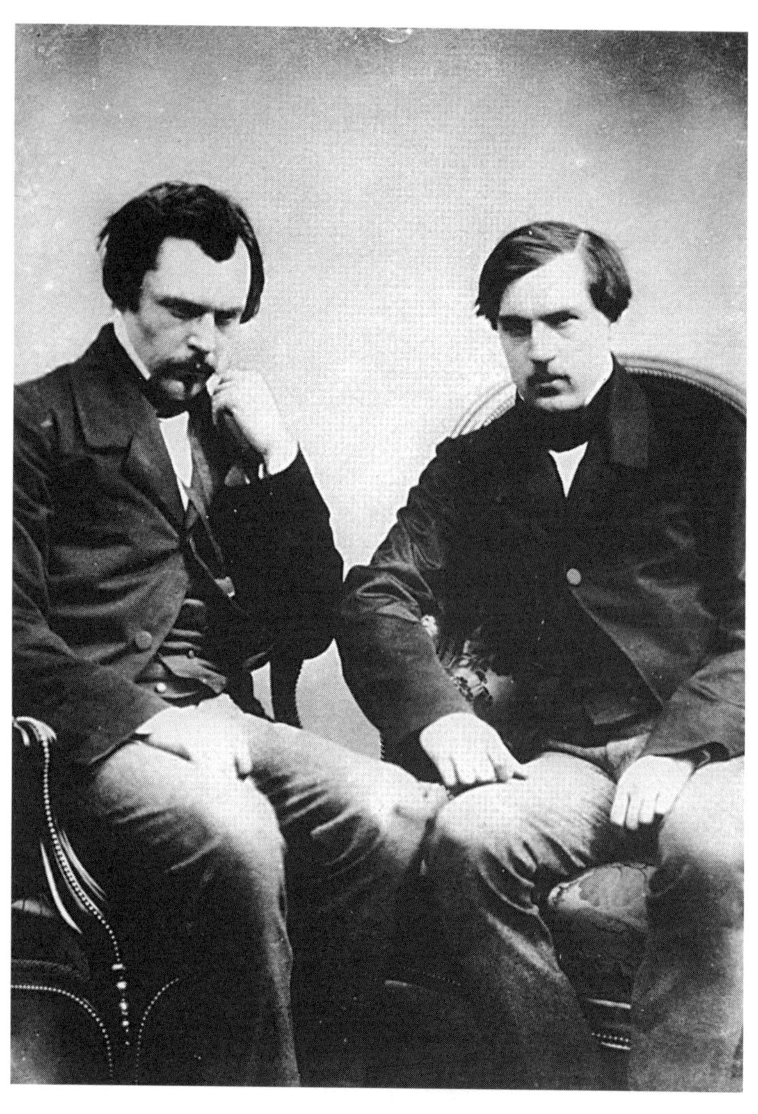

플로베르와 가까이 교류하며 『공쿠르 형제의 일기』에 그에 대한 소중한 기록을 남긴 공쿠르 형제. 왼쪽이 에드몽 드 공쿠르(1822~1896), 오른쪽이 쥘 드 공쿠르(1830~1870)다.

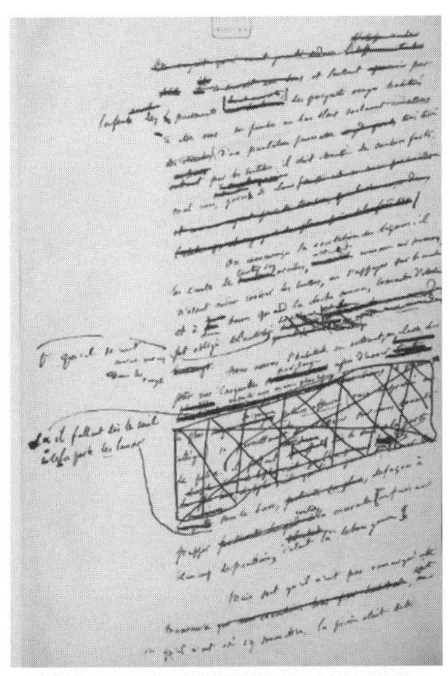

위 플로베르가 1857년(36세)에 출간한 첫 소설이자 그의 대표작이 된 『보바리 부인』의 친필 원고.

아래 (오른쪽)『보바리 부인』이 미풍양속과 종교를 해쳤다는 이유로 사법당국에 기소되었을 때 플로베르를 지지했던 외제니 드 몽티조 황후. (왼쪽)『살람보』의 주인공 살람보의 모습을 그린 가스통 뷔시에르의 1907년 작품.

피터르 브뤼헐 2세의 〈성 앙투안의 유혹〉. 플로베르는 1845년 이탈리아 제노바에서 이 그림을 보고 강렬한 충격을 받아 소설의 모티브를 떠올리고, 1874년 『성 앙투안의 유혹』을 출간하게 된다.

유명한 사진작가 나다르(1820~1910)가 찍은 1880년경의 플로베르.

위 플로베르의 데드마스크.

아래 루앙의 모뉘망탈 묘지에 있는 플로베르 가족묘. 맨 왼쪽에 있는 것이 플로베르의 무덤이다.

앙리 샤퓌가 1890년에 제작한 〈귀스타브 플로베르 기념비〉. 루앙 시립병원에 있는 플로베르의 생가, '플로베르 의학사 박물관' 내에 있다.

가스통 비가르가 청동으로 제작한 플로베르 기념 메달. 뒷면에는 크루아세의 '플로베르 기념관' 전경이 새겨져 있다.

일러두기

1. 이 책은 알베르 티보데가 쓴 플로베르 평전, 『귀스타브 플로베르Gustave Flaubert』(1935년의 결정판)를 가독성을 고려해 옮긴이가 일부 편집하여 옮긴 것입니다. 원문 편집의 책임은 전적으로 옮긴이에게 있음을 밝혀둡니다. 간간이 발견되는 지은이의 오류(연도, 오자 및 인용문에서의 단어 누락 등)는 옮긴이가 수정하여 우리말로 옮겼습니다.
2. 번역 대본으로는 프랑스 갈리마르 출판사Éditions Gallimard의 '텔 콜렉시옹Tel Collection' 1982년 판을 사용했습니다.
3. 플로베르의 편지 인용은 기본적으로 갈리마르 출판사의 '플레이아드Bibliothèque de la Pléiade' 판 『플로베르 서간집Gustave Flaubert, Correspondance』 1~3권을 참고했으며, 필요에 따라 또다른 자료들을 참고했습니다. 이하 별다른 표기 없이 『서간집』으로 표기한 것은 모두 『플로베르 서간집』입니다.
4. 원주를 제외한 나머지 주는 모두 옮긴이 주입니다.
5. 책에 인용된 플로베르의 편지와 작품의 번역은 모두 옮긴이의 번역입니다.
6. 원서에 이탤릭체로 표기된 말들은 고딕체로 표기했습니다.
7. 플로베르를 비롯한 인물들의 나이는 현재 연도에서 출생 연도를 뺀 연 나이로 표기했습니다.
8. 문학작품의 제목 및 단행본이나 선집 형태로 출간된 저서는 처음에 한해 원제를 병기해 겹낫표(『 』)로 표기했으며, 신문과 잡지명은 겹화살괄호(《 》)로 표기했습니다.

차례

1. 초년

플로베르가 생전에 『샤를 드마이이Charles Demailly』[1] 같은 실화소설[2]에 등장했더라면 아마도 아주 적절하게 캉브르메르라고 불렸을 것이다. 캉브르메르는 그의 외할머니 성이었다. 노르망디의 유복한 부르주아 집안에서 태어난 카미유 캉브르메르 드 크루아마르는 1792년에 퐁레베크의 의사였던 장 바티스트 플뢰리오와 결혼했다. 1793년에는 그들의 딸 안쥐스틴카롤린[3]이 태어났다. 아주 어렸을 적에 부모를 여읜 카롤린은 처음에는 옹플뢰르의 기숙학교에서, 그다음에는 루앙의 병원에서 일하던 의사 로모니에의 집에서 자랐다. 그곳에서 그녀는 루앙에 자리 잡은 노장쉬르센 출신의 젊은 의사 플로베르를 알게 되었고 1810년에 그와 결혼했다. 귀스

---

1 1860년 공쿠르 형제가 발표한 실화소설.

2 보통 실화소설로 번역되는 '로망 아 클레(roman à clef)'는 실제 인물이나 사건을 등장시켜 독자로 하여금 어떤 실마리(열쇠/클레)를 통해 그것들을 알아볼 수 있게 쓴 장편소설을 일컫는다. 주로 명예훼손죄를 피하기 위해 사용되는 기법으로, 종종 대중에게 잘 알려진 정치인이나 작가, 사업가 등을 등장시켜 풍자적으로 이야기를 풀어나간다.

3 플로베르 어머니의 결혼 전 이름은 '안쥐스틴카롤린 플뢰리오(Anne-Justine-Caroline Fleuriot)'였다. 카롤린이라는 이름이 그녀의 딸과 손녀에게까지 3대에 걸쳐 이어진 셈이다.

타브 플로베르는 플뢰리오-캉브르메르 계보를 통해서만 노르망디인이었고, 그가 계속 살았던 이 지방의 부르주아화한 부르주아였다. 그는 노르망디 곳곳에서 알게 모르게 많은 영향을 받았다. 한편으로는 예술적 호기심에 의해 그곳에 이끌렸고, 다른 한편으로는 그곳에 대해 분노하며 반감을 느끼기도 했다. 플로베르는 외양으로는 완벽한 노르망디인이었다. 그러나 그의 환상은 그로 하여금 자신이 시칠리아 모험가들의 후손이라고 믿게 했다. 그는 편지에서 자신에 대해 이런 말을 한 적이 있다. "나는 '야만인'이야. 그들처럼 근육의 무기력함, 초록빛 눈과 큰 키[4]에 신경질적인 우울함을 지녔지. 다른 한편으로는 그들의 충동적 성격, 고집스러움, 조급증 또한 지니고 있고 말이지."[5] 그렇게 멀리까지 거슬러 올라가지 않더라도 우리는 그에게서 또다른 노르망디 출신 작가들과의 밀접한 상관관계—우리가 관심 있는 것은 작가로서의 플로베르니까—를 발견하게 된다. 말레르브, 코르네유, 바르베 도르비이 같은 노르망디 출신 작가들은 부르고뉴 출신 작가들과 더불어 아마도 가장 일관성 있고 가장 특징적인 문학적 계보를 이루는 인물들일 터다. 그들의 강건한 실체, 공격적이고 거친 독창성, 떠돌이와 반항아의 기질을 동시에 느끼게 하는 그 무엇 등이 그 사실을 잘 보여주고 있다. 플로베르에 대한 졸라의 지적에는 상당한 타당성이 있다. 플로베르는 영락없는 지방 사람이며, 파리에 체류하는 동안에도 수도의 분위기와 정신의 영향을 전혀 받지 않았고, 이

4 플로베르는 실제로 182센티의 키에 건장한 체격이었다고 한다.

5 『서간집』, 1852년 7월 3일 루이즈 콜레에게 보낸 편지.

점에서는 코르네유를 닮았다는 것이다. "그는 자신의 파리를 아주 잘 알면서도 그 허세와 정신적인 경박함의 영향을 조금도 받지 않은 사람의 천진난만함, 무지, 편견, 서툶을 간직하고 있었다. 나는 그를 코르네유에 비유한 바 있는데 여기서는 그 유사성이 더욱더 두드러진다. 그들에게서는 객설이나 미묘한 뉘앙스 같은 것들을 넘어서는 똑같은 서사적 정신이 발견된다…. 그는 인간을 보았고, 재기才氣나 유행 같은 것에 있어서는 어쩔 줄 몰라 했다."[6] 『감정 교육L'Éducation sentimentale』에서 위소네를 파리의 정신을 보여주는 전형적 인물로 그리고자 했을 때 플로베르는 발간된 《르 샤리바리Le Charivari》[7]를 모두 뒤져야만 했다! 코르네유와 플로베르는 노르망디인의 독립성을 대변하는 두 아름다운 전형이며, 수도 공동체에 적응하기를 거부한, 북유럽의 피를 이어받은 아름다운 두 정신이었다.

플로베르의 아버지는 샹파뉴[8] 지방 출신이었다. 그의 가계는 적어도 한 세기 이래 전통적으로 수의사 직업을 행해왔다. 집안의 거의 모든 남자들은 자연스럽게 수의사의 길로 들어섰다. 그들 대부분은 알포르에서 공부를 마친 뒤 일자리를 구할 수 있는 곳에서 자리를 잡았다. 그렇게 해서 노장쉬르센, 베네, 상스 등지로 가계가 흩어졌다. 귀스타브의 할아버지인 니콜라 플로베르는 노장에

---

6 (원주) 페르디낭 브륀티에르, 『자연주의 소설Le Roman naturaliste』, 185쪽.

7 19세기에 프랑스에서 발간되었던 풍자 신문. 풍자 화가 샤를 필리퐁이 1832년 12월부터 간행했다.

8 지금의 샹파뉴아르덴 레지옹과 거의 일치하는 지역으로, 아르덴·오브·마른·오트마른의 네 개의 데파르트망으로 이루어져 있다.

정착했다. 그는 프랑스대혁명 때 왕당파라는 이유로 단두대에서 목이 잘릴 뻔했는데, 프러시아인들이 그에게 가한 야만적 행위의 후유증으로 1814년에 60세의 나이로 세상을 떠났다.

그 무렵 그의 막내아들인 아실클레오파는 서른 살이었다. 가족 중에서 수도의 문턱을 처음으로 넘어선 그는 파리에서 우수한 성적으로 의학 공부를 마친 뒤 뒤퓌트랑에서 인턴 과정을 수료했다. 그리고 루앙 시립병원의 외과의로 임명받았고, 훗날 외과 과장의 자리에 오르게 된다.

귀스타브가 살던 시절에 플로베르라는 성은 오직 루앙의 가계에서만 그 흔적을 찾을 수 있었다. 플로베르 가와 샹파뉴 가계 사이의 유일한 연관성은 노장의 시계공이었던 파랭이 외과의의 누이와 결혼해 크루아세에서 오래 머물렀던 것뿐이다. 귀스타브는 쾌활한 식도락가였던 시골 사람, 파랭 아저씨—'파랭 영감님'이라고도 불렀다—를 몹시 따랐다. 파랭은 그의 조카가 동방 여행에서 돌아온 직후 치매에 걸려 세상을 떠났다. 그리하여 플로베르에게 노장은 텅 비어버린 장소가 되었다. 그는 그곳을 자신의 소설『감정 교육』의 배경으로 삼았다.

플로베르는 병원에서 태어나고 자랐다. 그 사실은 그의 삶과 재능 그리고 작품 전반에 끊임없이 영향을 미쳤다. 루앙 시립병원 외과 과장의 아파트는 19세기 후반 프랑스 소설의 주요 그룹에 강요되다시피 한, 세상에 대한 우울한 비전을 키울 수 있는 곳으로 여겨졌다. "시립병원의 해부학 강의실은 우리 정원에 면해 있었어. 나와 동생은 얼마나 자주 철망을 타고 올라가 포도나무에 매달린 채 호기심 어린 눈으로 그곳에 늘어놓은 시신들을 구경했는지 몰라. 햇빛이 그 위를 비추었고, 우리와 꽃들 사이를 날던 파리들이 시신들에 달려들었다가는 다시 돌아와 앵앵거리곤 했지."[9] 소설이 시신의 물리적 존재—위고, 고티에, 보들레르와 더불어 시에 매혹을 선사했던—에서 확고한 주제를 발견하기 위해서는 기술적이고 의학적인 중개가 필요한 듯 보였다. 시신은, 위대한 자연의 품으로 돌아가는 곳, 즉 낭만주의 시가 그것을 보았던 묘지로부터 의사의 아들이 소설을 위해 그것을 엿보던 병원 해부실로 되돌아갔다. 그러나 병원에는 두 영역이 존재한다. 병원 그 자체와 말라르메가 노래한 '창문들'[10]이 그것이다. 플로베르는 어린 시절부터 그 모두를 경험했다. 병원 해부실의 차가운 돌바닥이 보여주는 벌거벗은 사실주의와, 우울한 병원과 그곳의 악취가 저 먼 곳, 푸른빛과 지는 해를 동경하게 만드는 영혼의 격정적인 도피 사이를 오가곤 했다.

플로베르는 의학 논문의 주제가 되기도 했다. 저자인 르네 뒤메닐[11]은 플로베르가 의사는 아니었지만 의사가 되기에 걸맞은 인물이었음을 보여주는 데 중점을 두었다. 어쨌든 의학적 정신과 의학적 필요성 그리고 의학적 변형이 문학에 통합된 것은 플

---

9 『서간집』, 1853년 7월 7일 루이즈 콜레에게 보낸 편지.

10 말라르메는 병원 창문들을 주제로 한 『창문들Les Fenêtres』이라는 시를 썼다.

11 (1879~1967) 의사이자 문학비평가, 음악사가로 루앙에서 나고 자랐다. 그의 의학 논문의 주제는 '플로베르: 그의 유전, 그의 환경, 그의 방식'이었다. 르네 데샤름과 공저한 『플로베르를 둘러싼 이야기Autour de Flaubert』(1912)라는 책을 비롯해 플로베르의 생애와 그의 작품들에 관한 여러 권의 책을 펴냈다.

로베르와 함께, 플로베르 이후로 그리고 플로베르에 의한 일이었다. (그사이 생트뵈브도 의학도로서 인생의 첫걸음을 내딛었다. 그러나 그 후 그는 의사 흉내 내기 대신 고해신부 흉내 내기를 택했다.) 어느 날 아버지의 제자이자 자신의 친구였던 푸셰의 아내 장례식에 참석한 플로베르는 이런 말을 했다. "그런데 모든 것을 이용할 줄 알아야 하기 때문에 하는 말이지만, 난 훗날 이 모든 일이 매우 음울하고 극적인 소재가 될 것이며, 이 가엾은 학자가 아주 딱한 인물로 그려질 거라고 확신해. 어쩌면 나도 그런 가운데서 나의 『보바리』를 위한 무언가를 발견할 수 있을지도 모르지만. 내가 이런 것들을 이용한다고 누군가에게 털어놓으면 내가 역겨워 보일지도 모르지. 하지만 뭐 그게 나쁜 건가? 난 단 한 사람의 눈물, 스타일[12]이라는 화학의 체로 걸러진 눈물로 다른 많은 사람들의 눈물을 자아낼 수 있기를 바라. 하지만 내 눈물은 우월한 감정의 영역에 속하는 것이 될 거야. 어떤 사적인 이유도 그런 눈물을 자아낼 수 없을 것이며, 나의 주인공(그 역시 의사야)은 세상의 모든 홀아비들을 위해 독자들을 감동시킬 수 있어야만 해!"[13] 의사와 마찬가지로 관찰자인 소설가에게는 일종의 자연스러운 무감각을 개발하는 것은 직업적 의무에 속하는 일이다. 그러나 이러한 무감각은 그것을 다시 자신에게로 향하게 하고, 그것이 쌍방의 일이 될 때에만 고귀해질 수 있다. 플로베르는 위의 편지에서 이렇게 덧붙였다. "난 조금도 우습지 않은 순간들에 나 자신을 그야

12 여기서 스타일은 문학이나 예술의 고유한 양식(樣式)을 가리킨다.

13 『서간집』, 1853년 6월 6일 루이즈 콜레에게 보낸 편지.

말로 산 채로 해부한 거야." 보바리 부인이 플로베르 자신이라면, 그리고 부바르와 페퀴셰 또한 그 자신이라고 한다면, 플로베르만큼 담담하게 심장을 병원 해부실의 돌바닥 위에 눕힌—의사가 과학적 몰아성沒我性으로 자신의 암이나 폐결핵을 관찰하는 것처럼—소설가는 없을 거라는 데 모두 동의할 터다. 이는 의사의 재치뿐만 아니라 의과대학생으로서의 재치를 드러내는 것이기도 했다. 의과대학생의 재치는 군인, 교사 또는 세일즈맨의 그것처럼 직업적인 유머에 속했다. 그러나 자연스레 그는 자신의 외양으로 '고객들'의 등골이 서늘해지게 하는 음산하고 냉소적인 모습을 택했다. 플로베르의 유머의 일부—특히 그의 편지 가운데서 발견되는—는 거기에서 비롯되었다. 그것은 외관상으로는 똥의 유머, 분뇨에 관한 것이었다. 플로베르는 『필로멘 수녀 Soeur Philomène』[14]에 관해 공쿠르 형제에게 보낸 흥미로운 두 통의 편지에서 그러한 유머를 충분히 구사하지 못한 것을 아쉬워했다. 그리고 그들에게 병원 해부실 돌바닥과 초록빛 파리가 느껴지게 했던 무시무시한 일화들을 들려주었다.

그가 의학적 물질주의에 더욱 집착했던 이유는 그의 아버지뿐만 아니라 마찬가지로 의사의 딸이었던 그의 어머니까지 모두가 종교적 관심사와는 멀었기 때문이다. 물론 아이들은 세례를 받았고, 첫 번째 영성체를 받았으며, 결혼을 하고 죽어서는 교회에 묻혔다. 그러는 게 관례였고, 고객들에게 필요한 것이었기 때문이

14 1861년 공쿠르 형제가 발표한 소설.

다. 하지만 그게 다였다. 게다가 그들은 반교권주의反教權主義를 부르짖지도 않았고, 18세기의 유물론보다는 이신론理神論[15]으로 더 기울었다. 플로베르 가족이 종교적인 것들에 관심을 가진 것은 예배당과 부속사제가 해부실과 간호사들처럼 규정상 병원에 속한 경우뿐이었다.

플로베르는 전기 작가로 하여금 한 인물을 형성하는 매우 중요한 요소로 가정적 분위기를 반드시 꼽게 만드는 작가 중 하나다. 그는 결혼을 하지 않았던 터라 새로운 가정을 이루지는 않았다. 그는 언제나 부모와 함께 지냈다. 처음에는 아버지—1846년에 세상을 떠났다—와, 그 후에는 어머니와 변함없이 거의 모든 시간을 함께 보냈다. 그는 아버지(『보바리 부인』에서 의사 라리비에르의 모델이 되었다)와 어머니에게 무한한 애정을 갖고 있었고, 말년에는 자신의 모든 재산을 조카딸[16]에게 물려주었다. 『보바리 부인Madame Bovary』이 기소되었을 때[17] 부르주아를 잡아먹는 이 사내는 마치 성채 속으로 숨어들듯 플로베르 가문의 부르주아적 완전함 속으로 도피했다. 이에 관해 그는 자신의 형[18]에게 다음과 같은 편지를 보냈다. "내무부에서는 우리가 루앙에서 하나의 가문으로 불

---

15 17~18세기 유럽의 계몽주의 시대에 나타난 합리적인 종교관. 신의 존재와 역할을 인간 이성이 인식할 수 있는 자연적인 것에서 찾는 이론이다. 자연신교라고도 한다.

16 조카 카롤린은 그의 누이동생 카롤린의 딸이다.

17 『보바리 부인』은 출간되자마자 간통을 미화하며 미풍양속과 종교를 해쳤다는 이유로 사법당국에 기소를 당했다.

18 플로베르 부부는 모두 6남매를 두었는데 아실이 장남이었고 귀스타브는 다섯째 아이였다. 그보다 앞서 태어난 두 남자 형제와 누나는 아주 어릴 때 죽었다.

리는 사람들이라는 것을 알아야만 해. 우리가 이 고장에 깊은 뿌리를 두고 있으며, 나를 공격함으로써—그것도 부도덕함을 이유로 들어—많은 사람에게 상처를 입히게 될 거라는 사실을 알아야 한다고."[19] 그러나 『보바리 부인』의 작가가 "하나의 가문으로 불리는 사람들"과 지적으로 잘 맞지 않았다는 사실은 그다지 놀랄 일도 아니었다. 그는 10년간 숨다시피 하며 글을 썼다. 그의 아버지는 모든 문학을 경멸했고, 귀스타브가 자신이 쓴 작품을 읽어줄 때면 제일 먼저 잠이 들곤 했다. 부부의 장남인 아실 플로베르는 그의 아버지처럼 루앙 시립병원의 외과 과장이었다. 아실은 실용적인 지성의 소유자였고, 키가 작고 말랐으며, 동생과의 어떤 접점이나 공감대를 찾기 힘들었다. 하지만 두 형제는 할 수 있는 한 서로에게 힘이 되어주었고, 함께 있는 시간을 최소화함으로써 서로 더 잘 지낼 수 있었다. 귀스타브가 어린 시절 가장 사랑했던 사람은 누이동생 카롤린이었다. 그녀는 그의 학업과 새로운 발견들과 유년 시절 문학의 동반자였다. 그리고 그녀의 허약한 건강을 염려하는 귀스타브의 뜻에 반해 결혼한 카롤린은 그들의 아버지가 죽은 지 두 달 만에 세상을 떠났다.[20] 플로베르가 스물다섯 살 때의 일이다. 그때부터 그들의 집에는 어두운 그림자가 드리워졌다. 플로베르의 어머니는 신경쇠약에 걸려 평생을 고통받았다. 그녀는 막내아들과 함께 지내면서 그에 의해, 그를 위해서만 살았다. 그의

19 『서간집』, 1857년 1월 3일 형 아실에게 보낸 편지.

20 플로베르는 누이동생과 이름이 같은 조카 카롤린이 결혼할 때까지 그녀를 돌보고 교육시켰다. 말년에는 자신의 전 재산을 던져 조카딸 부부의 파산을 막기도 했다.

일과 그의 침묵과 그의 기분을 존중하면서. 플로베르 가족의 이러한 가족적 삶은 언제나 화목했고 애정이 넘쳤지만, 한편으로는 다소 무겁고 쓸쓸했다. 그것은 반쯤은 있는 그대로, 또다른 반쯤은 플로베르의 감정들에 투영된 채 우리에게 모습을 드러낸다. 마치 훗날 뛰어난 작가적 재능의 밑거름이 될, 우울함과 향수로 이루어진 자연적 요소처럼.

피렌체에는 나폴레옹이 어렸을 적에 쓰던 지리학 노트가 보존돼 있다. 노트 끝에는 이런 말이 적혀 있다. "세인트헬레나, 작은 섬." 플로베르 『서간집』의 첫 단락은 그처럼 의식적인 우연을 증명하는 듯 보인다. 1830년(플로베르는 아홉 살이었다) 12월 31일에 쓴 그의 첫 번째 편지(알려진 것 중에서)는 그의 친구 에르네스트 슈발리에에게 보낸 것인데 이렇게 시작하고 있다. "친구야, 새해의 첫날이 바보 같다고 한 네 말이 맞는 것 같아." 이후 플로베르의 경험은, 새해 첫날의 바보 같은 짓을 1년 내내 되풀이하면서 이 두엄 속에서 금을 뽑아내고, 바보 같은 짓과 함께, 그리고 그것에 반해서 문학을 창조하고, 그 가운데서 흥분을 찾고 그 밖에서 어떤 구실을 찾는 데 있었다. 흰 종이 위에 검은 글씨로 쓰인 글은 그에게는 아주 어릴 적부터 삶의 목표가 되었다. 플로베르가 처음으로 관심을 가진 것은 희곡이었다. 몸소 체험하는 문학, 인물들 속에서 구현되는 문학이었다. "나랑 같이 글을 쓰고 싶으면 나는 희극을 쓸 테니 넌 네가 꿈꾸는 것들을 써. 아버지를 찾아와서는 우리한테 언제나 바보 같은 이야기만 들려주는 어떤 부인처럼 난 그런 이야기를 쓸 거야." 그리고 얼마 뒤 그는 생각을 바꿨다. "내가 희곡을 쓸 거라고 했잖아. 그런데 생각이 바뀌었어. 난 그동안 구상했던 소설들을 쓰기로 했어. 『아름다운 안달루시아 여인La Belle Andalouse』 『가면무도회Le Bal masqué』 『카르데니오Cardenio』 『도로테Dorothée』 『무어 여인La Mauresque』 『엉뚱한 구경꾼Le Curieux impertinent』 『신중한 남편Le Mari prudent』."[21]

플로베르는 열한 살에 루앙의 왕립 중학교(콜레주 루아얄)[22]에 입학했는데 그곳에서의 경험은 병원에서의 경험과 한데 뒤섞였다. 병원에서는 고통, 비명, 병자들, 시신들과 마주했고, 학교에서는 자신의 가치에 대한 자긍심을 느끼는 동시에 선생과 동급생 들의 조롱에 맞닥뜨려야 했다. 그리고 그 이유는 언제나 똑같았다. 그는 열세 살에 이자보 드 바비에르 왕비[23]에 대한 소설을 쓰기 시작했다. 그리고 그에 관해 이런 말을 했다. "내 머릿속과 펜 끝에 15세기 프랑스의 왕비가 없었다면 아마도 난 삶에 진저리를 냈을 거야. 그리고 이미 오래전에 총알 한 방으로 삶이라고 부르는 이 우스꽝스러운 농담으로부터 해방되었을 거야."[24] 훗날 그는 『루이 랑베르Louis Lambert』[25]를 읽으면서 그 속에서 자신의 중학생 시절의

21 이 책들은 플로베르의 구상에 머물렀을 뿐 실제로 쓰이거나 출판된 적은 없다.

22 지금은 코르네유 중등학교(Lycée Pierre-Corneille)로 그 명칭이 바뀌었다.

23 (1371~1435) 프랑스 국왕 샤를 6세의 왕비. 독일 바이에른 출신으로 바이에른의 이자보라고도 한다.

24 『서간집』, 1834년 8월 29일 에르네스트 슈발리에에게 보낸 편지.

25 오노레 드 발자크(1799~1850)가 1832년에 발표한 자전적 철학 소설.

삶을 알아보았다. 그는 중학교 시절 그와 같은 부류의 아이들이 통상적으로 겪는 일들과 개인에 대한 무리의 즉흥적인 괴롭힘을 겪었다. 또한 어릴 적부터 부르주아와 밀착된 삶을 살면서 늘 반항 상태에 머물러 있었고, 글쓰기와 예술과 과거 속에서 자유로움을 추구하곤 했다. 학과 중에서 그의 흥미를 끈 것은 오직 고등학교의 몇 안 되는 훌륭한 교사 중 하나인 셰뤼엘 선생님이 가르치는 역사뿐이었다. 그는 역사 과목에서 언제나 선두를 달렸다.

플로베르는 열한 살에 이런 말을 했다. "미뇨 할아버지[26]가 내가 쓴 코르네유 찬사를 인쇄해주었어."[27] 그의 글이 과연 학구적인 작품이었을까? 아니면 토마[28]에 걸맞은 찬사였을까? 르네 데샤름[29]은 『초등생의 노트 세 쪽 또는 귀스타브 플로베르의 작품 선집Trois pages des cahiers d'un écolier ou Œuvres choisies de Gustave Flaubert』이라는 제목이 붙은 플로베르의 글을 찾아냈다. 플로베르 가족의 친구였던 미뇨 씨가 재미 삼아 인쇄가 아닌 전사석판으로 찍어낸 것이었다. 그리고 그것은 가족의 검열을 통해 그의 전집에서 제외되었다. 그 글은 "코르네유의 재능에 대한 논술로 시작해, 위대한 비극작가와 관련된 변비증의 외설스러운 찬사로 끝나고 있다."[30] 이처럼 플로베르에게서 뚜렷이 드러나는 라블레풍의 외설적 성향은 그 후로도

---

26 미뇨 영감은 에르네스트 슈발리에의 종조부였다.

27 1832년 1월 15일, 에르네스트 슈발리에에게 보낸 편지.

28 토마 코르네유(1625~1709)는 루앙 출신의 극작가로 17세기의 프랑스 대표 극작가 피에르 코르네유(1606~1684)의 동생이다.

29 (1881~1925) 문인이자 플로베르 연구자로 프랑스 국립도서관의 사서를 지냈다.

30 (원주) 르네 데샤름, 『1857년 이전의 플로베르Flaubert avant 1857』, 89쪽

그에게서 여전히 자취를 찾아볼 수 있다. 일례로 그의 『여행수첩Carnets de voyages』에서 예루살렘에 입성하는 장면 같은 것을 들 수 있다. 죽음과 공존하는 병원에서의 삶과 의과대학생의 농담 같은 요소는 진지하게 받아들여지고 체계적으로 개발된 뒤 졸라에 의해 구체화되어 자연주의 문학의 '슬픈 돼지'[31]를 낳기에 이른다. 플로베르는 언제나 부패한 물질과 파괴로의 이행에 관한 강박관념 같은 것을 갖게 된다. 1846년 8월 7일, 루이즈 콜레에게 보낸 편지에서 그는 이렇게 털어놓는다. "난 어린아이를 보면 어김없이 그가 노인이 된 모습을 상상하고, 요람을 보면서는 무덤을 떠올리곤 해. 알몸의 여인을 바라보면서 그녀의 해골을 상상해보는 식으로 말이야."

플로베르보다 세 살이 어렸던 카롤린은 진정으로 그와 함께하면서 같은 공부에 관심을 가졌고, 그의 명성을 같이 누렸으며, 그가 자신의 친구 에르네스트 슈발리에와 함께 구상한 '당구대 극장Théâtre du Billard'[32]의 일을 도왔다.

일찌감치 근엄한 법관의 길로 들어서서 훗날 정치인으로 나서게 될 에르네스트 슈발리에는 플로베르의 절친한 친구였다. 플로베르는 어쩌면 에르네스트보다 자기 가족과는 달리 문학에 애

---

31 자연주의 문학의 기수이자 드레퓌스 사건의 주역이었던 에밀 졸라는 반대파들에 의해 '돼지들의 왕'으로 희화화되기도 했다.

32 플로베르 가족이 살던 시립병원에는 당구대가 놓인 방이 있었다. 플로베르는 당구대를 연극의 간이 무대로 삼아 자신과 친구가 함께 쓴 희극들을 공연할 계획을 세웠다. 그의 나이 열 살 때의 일이다.

정을 가졌던 그의 가족에게 더 이끌렸는지도 모른다. 에르네스트의 아버지는 플로베르의 습작들에 호기심 어린 표정으로 귀를 기울였다. 에르네스트의 종조부였던 미뇨 씨는 후대를 위해 플로베르의 '코르네유와 변비증에 대한 이중 찬사'를 전사석판으로 남겼다. 시립병원 맞은편 르카 로路에 살았던 미뇨 씨는 책 읽기를 몹시 사랑했고, 플로베르는 틈날 때마다 그를 찾아갔다. 미뇨 씨는 그에게 『돈키호테Don Quixote』를 큰 소리로 읽어주는 것을 좋아했다. 그 책은 『보바리 부인』의 작가가 어린 시절에 가장 좋아했던 책 중 하나였다. 플로베르는 레 장들리[33]에서 슈발리에 가족과 함께 행복한 바캉스를 보내곤 했다. 말하자면 이 가족은 그에게는 자유와 즐거움을 구가하는 장소이자, 좀더 정확히는 그에게는 종교와도 같았던 문학에의 꿈을 마음껏 펼치게 해주는 장소인 셈이었다. 무엇보다 미뇨 영감의 낭독을 통한 소설 읽기는 플로베르에게 지대한 영향을 끼쳤다. 어린 귀스타브에게 문학은 귀를 통해 들어왔고, 문학적 문장은 특별한 어조, 꾸밈, 독자를 위한 의식儀式 등을 통해 비문학적인 문장과 구분되었다. 예의 그 독자가 한 명의 어린아이이건 1만 명의 청중이건 그런 건 중요하지 않았다. 플로베르에게 작가는 '응접실parloir'의 작가와 '낭독실gueuloir'의 작가로 구분된다.[34] 플로베르는 후자로서의 기치를 올리면서 그것을 자신의 모토로 삼았다.

슈발리에-미뇨 가족과 더불어 플로베르에게 또 하나의 중요

---

33 (Les Andelys) 루앙에서 남쪽으로 약 40킬로미터 떨어진 곳으로 중세 유적과 자연 풍광으로 유명하다.

한 문학 가족이었던 이들은 르 푸아트뱅 가족이었다.

르 푸아트뱅 가족은 루앙에서 방적공장을 운영했던 부유한 부르주아였다. 아버지 르 푸아트뱅은 플로베르 어머니의 옛 기숙학교 친구와 결혼했다. 이 두 가족의 유대는 참으로 끈끈해서 플로베르 박사는 르 푸아트뱅의 장남인 알프레드의 대부가 되었고, 르 푸아트뱅은 플로베르 박사의 막내아들 귀스타브의 대부가 되어주었다.

1816년에 태어난 알프레드는 귀스타브의 진정한 형 같은 존재였다. 라 그랑뤼에 있었던 르 푸아트뱅 가족의 집은 슈발리에 가족의 그것처럼 시립병원과 인접해 있었다. 훗날 기 드 모파상의 어머니가 되는 알프레드의 누이동생 로르는 귀스타브와 같은 해에 태어났다. 르 푸아트뱅 가족은 플로베르 가족(노장의 수의사 아들은 루앙에서는 말하자면 새로운 인간 유형에 속했다)보다 교양이 높았고 전통과 격식을 더 존중했다. 특히 시인이었던 알프레드는 글을 써서 그것을 인쇄하기도 했다. 또한 자신의 누이동생인 로르의 문학 교육을 담당했고, 그녀와 동갑내기인 귀스타브의 그것에도 기여했다. 1834년, 중학교 1학년이었던 플로베르는 자필로 써서 만든 신문《예술과 진보Art et Progrès》를 창간했다. 같은 해 수사학 반

34 "하나의 대상을 표현하는 가장 적절한 말은 단 하나뿐이다"라는 일물일어설(一物一語說)로 잘 알려진 플로베르는 적확한 표현과 더불어 단어나 문장의 시적인 리듬감과 정교한 뉘앙스를 추구한 것으로 유명하다. 이를 위해 그는 자신이 쓴 글을 큰 소리로 낭독하는 방법을 즐겨 썼는데, 이런 방법이 야기하는 효과나 그 도구로 사용되는 입을 가리켜 '괼루아르(gueuloir)'라고 한다. 또한 괼루아르는 그런 식으로 문학작품을 낭독하는 특별한 장소를 가리키기도 한다. 괼루아르는 프랑스어로 '큰 소리로 떠들다' '고함치다'를 의미하는 동사 '괼레(gueuler)'에서 비롯된 용어로, 『공쿠르 형제의 일기Le Journal des Goncourt』와 모파상 등을 통해 널리 알려지게 되었다.

을 마친 르 푸아트뱅은 고등학교를 졸업했고, 루이 부이예가 플로베르가 다니는 중학교에 들어왔다. 훗날 르 푸아트뱅의 조카인 모파상이 합류하기를 기다리는 동안 르 푸아트뱅, 플로베르, 부이예로 이루어진 루앙파, 아니 적어도 루앙 그룹은 플로베르를 중심으로 그를 지지하며 그를 이어가게 될 것이었다.

플로베르가 슈발리에와 주고받은 편지들은 그의 고등학교 시절 몇 년간(15~18세)의 모습에 대해 알게 해준다. 물론 그 역시 당대의 모든 젊은이들처럼 뮈세에 빠져들었다. 훗날 그는 당시의 자신에 대해 이렇게 회상했다. "그 시절 난 과도하게 뮈세에 열광했고, 뮈세는 나의 정신적 악벽惡癖인 서정성, 방랑벽, 생각과 표현의 대담함을 부추겼어."[35] 그는 낭만주의의 정신으로 끓어오르면서 자신의 시대, 그 시대가 자신의 팔에 감아 쨍그랑거리게 한 사슬, 그리고 자신을 구속하는 가족과 학교의 속박에 대해 분개했다. 이러한 이야기는 그의 편지에서 끊임없이 발견되는 거친 입담으로 격정적이고 노골적으로 쓰여 있다. 어쩌면 그는 쿠데타가 일어난 해[36]에 다음과 같은 글을 쓰면서 자기 내면세계의 모습을 자기 세대 전체(결국 제2제정의 실리적인 부르주아를 형성하게 되는)에 일부 투영한 것이 아니었을까. "우리는 몇 년 전만 해도 지방에서, 어떤 낯선 세상 속에서 살아가던 한 무리의 젊은 괴짜들이었어. 우

---

35 『서간집』, 1852년 9월 25일 루이즈 콜레에게 보낸 편지.

36 제2공화정의 대통령 루이 나폴레옹이 황제(나폴레옹 3세)가 되기 위해 1851년에 일으킨 쿠데타를 가리킨다.

린 광기와 자살 사이를 오갔지. 스스로 목숨을 끊은 이들도 있었고, 자다가 죽은 사람도 있었어. 자신의 넥타이로 목을 맨 사람, 권태를 몰아내기 위해 방탕한 생활을 하다가 죽은 친구들도 있었고 말이지…. 내가 글을 쓸 줄 안다면, 아마도 권태로움으로 부푼 버섯들처럼 은둔한 채 그늘 속에서 자라나던 이 미지의 젊음에 대한 책을 쓰게 될 거야."[37] 그러나 그가 두 번째 버전의 『감정 교육』을 쓰게 될 때 그 책은 그가 말하던 것과 완전히 일치하지는 않을 터였다.

『세기아의 고백La Confession d'un enfant du siècle』[38]은 1836년에 세상에 나왔다. 그보다 3년 전에는 플로베르에게 많은 영향을 끼친 에드가 키네의 『아스베뤼스Ahasvérus』가 출간되었다. 거기에 샤토브리앙과 미슐레에 대한 열광, 한편으로는 중세에 대한 열렬한 관심, 다른 한편으로는 로마 제정 시대, 그중에서도 네로 황제와 엘라가발루스에의 심취를 더하도록 하자. 그의 청년기 작품들은 세 명의 마녀가 끓이는 솥단지 속에서 한데 뒤섞인 혼합물을 보여주고 있다. 한 마녀는 그에게 이렇게 말한다. "너는 『성 앙투안의 유혹La Tentation de saint Antoine』을 쓰게 될 것이다." 또다른 마녀는 이렇게 말한다. "너는 『감정 교육』을 쓰게 될 것이다." 그리고 세 번째 마녀는 이렇게 예고한다. "『부바르와 페퀴셰Bouvard et Pécuchet』가 너의 마지막 작품이 될 것이다."

---

37 『서간집』, 1851년 11월 초 루이즈 콜레에게 보낸 편지.

38 '프랑스의 바이런'이라고 불리는 19세기 전반의 프랑스 낭만주의 시인·극작가·소설가 알프레드 드 뮈세(1810~1857)의 유일한 장편소설.

플로베르는 열다섯 살에 곡예사들의 이야기인 아주 독특한 작품을 쓴 바 있다. 『맡을 만한 향기 또는 떠돌이 곡예사들Un parfum à sentir ou les Baladins』이라는 제목의 콩트에서는 못생기고 선한 여인이 자신의 추함으로 인해 쫓겨나 마침내 센강에 몸을 던진다. 강물에서 건져 올린 시신은 해부학 강의실에서 쓰이는 용어들로 상세히 묘사되고 있다. 이것은 도저히 바로잡을 길 없는 부당한 불행에 대한 이야기이며, 작가가 세상의 질서에 대한 항의인 양 가차 없이 낱낱이 보여주어야 하는 이야기인 것이다. "이 모든 감춰진 고통들, 거짓 웃음과 과시용 의복으로 가려진 상처들을 있는 그대로 보여주고, 매춘과 거짓의 외투를 걷어 올린 뒤 독자들로 하여금 질문하게 만들고자 한다. 이 모든 것은 누구의 잘못인가? 분명 비극의 인물들 그 누구의 책임도 아닐 것이다. 이 모두는 상황과 편견과 사회 그리고 나쁜 엄마가 되어버린 자연의 잘못이다."[39] 한마디로 '운명 탓'[40]인 것이다…. 엠마 보바리라는 불행한 여인의 모습을 떠올리게 하는 대목이 아닐 수 없다.

『떠돌이 곡예사들』은 세상과 사회와 자연의 돌이킬 수 없는 부당함 앞에서 느끼는 비개인적인 절망감을 보여주는 작품이다. 같은 해에 쓰인 『피렌체의 페스트La Peste à Florence』는 플로베르의 내면의 분노와 더 밀접한 연관성이 있어 보인다. 어쩌면 형제로서 느끼는 질투심의 폭발 속에서 쓰인 것일지도 모른다. 어쩌면 그의 부모가 자신들의 성에 차지 않았던 귀스타브에게 의학 공부에서

39 (원주) 『청년기의 작품들Œuvres de jeunesse』, 제1권, 70쪽.

40 『보바리 부인』 3부 11장에 나오는 구절.

뛰어난 성과를 거둔 모범적인 형 아실을 본받을 것을 냉정하게 끊임없이 주문했을 수도 있다. 이처럼 내향적이고 열정적인 아이에게 비교의 메커니즘을 촉발하는 것은 위험한 일이다. 그것은 그에게 뜻하지 않은 사태를 불러일으키고 질투와 증오를 야기해 『피렌체의 페스트』 같은 글을 쓰게 할 수도 있기 때문이다. 『피렌체의 페스트』는 음산한 이미지, 전염병 그리고 부패한 시신들로 이루어진 배경 속에서 모욕을 당한 동생이 자신의 형을 죽이는 이야기다. "당시 그는 스무 살이었다. 말하자면 20년간 가족의 조롱과 놀림 그리고 모욕의 대상이 되어온 것이다. 과연 가르시아 드 메디치는 사악하고 증오심으로 가득한 배신자였다. 하지만 그를 내내 고통 속에서 살게 했던 악의적인 사악함과 야심에 찬 음울한 질투심이 그가 오랫동안 견뎌야 했던 비열한 것들 가운데서 생겨난 게 아니라고 누가 자신 있게 말할 수 있을까?"[41]

플로베르의 열다섯 번째 해는 그가 어떤 난관에 부딪혔음을 짐작하게 한다. 1836년에 그는 『분노와 무력감Rage et Impuissance』이라는 콩트를 썼다. 산 채로 매장되어 신을 저주하며 죽어가는 한 남자의 이야기였다. 이는 상징적인 이야기이기도 했다. 플로베르는 이것을 인간의 보편적인 상태로 보았다. 우리는 자연적인 감옥에 갇힌 채 사회적 덮개 아래 고통받고 있으며, 자존심을 지키고 위안받을 수 있는 길은 불경을 저지르는 것밖에는 없다는 것이다.

이런 가운데서 우리는 당시 문학적 풍토를 형성했던 바이런

41 (원주) 『청년기의 작품들』, 제1권, 118쪽.

풍의 낭만주의를 엿볼 수 있다. 플로베르는 1838년에 쓴 편지에서 다음과 같이 이야기하고 있다. "내가 진정으로 존경하는 두 사람은 라블레와 바이런밖엔 없어. 그들은 인류에 해를 끼치고 그 면전에 대고 웃어주기 위해 글을 썼던 유일한 사람들이야. 세상에서 이런 위치에 놓인 선인善人의 자리란 얼마나 거대한가 말이야!"[42] 플로베르는 1837년, 비슷한 영감으로 쓴 세 편의 연이은 작품들 속에서 자신의 상상에서 비롯된 인물들로 하여금 그런 거대한 자리를 차지하게 하려는 시도를 한다. 그러나 실제로는 그들 중 누구에게서도 예의 그 '선인'의 면모를 찾기는 힘들다. 첫 번째 작품인 『지옥의 꿈Rêve d'enfer』은 악마들의 세계를 배경으로, 슐레밀이 그림자가 없었던 것처럼[43] 영혼이 없는 남자에 관한 이야기를 들려주고 있다. 두 번째 작품인 『아무리 원한다 해도Quidquid volueris』는 더 이상 절망할 일이 없을 것 같은 한 남자—그는 한 여자와 원숭이의 교배를 통해 태어난 존재다—가 저지르는 온갖 종류의 죄악과 절망을 펼쳐 보이고 있다. 그리고 마지막으로 『정념과 미덕Passion et Vertu』은 격정적인 사랑으로 불타오르다가 냉정하고 실리적인 남자에게 버림받은 뒤(벌써부터 보바리 부인과 로돌프의 싹이 엿보인다) 음독자살하고 마는 한 불행한 여자의 이야기이다. 세 작품 모두에서 플로베르는 죄악과 죽음 외에는 탈출구가 없는 과도한 격정과, 상대를 죽이고 자신도 죽는 악마적인 사랑에 사로잡힌 끔찍하고 불

---

42 『서간집』, 1838년 9월 13일 에르네스트 슈발리에에게 보낸 편지.

43 프랑스 귀족 출신의 독일 시인이자 식물학자였던 아델베르트 폰 샤미소(1781~1838)는 악마에게 자신의 그림자를 판 한 남자의 이야기인 『페터 슐레밀의 기이한 이야기Peter Schlemihls wundersame Geschichte』로 유명하다.

완전한 존재들을 그려 보이고자 했다. 이 모든 것의 기저에는 청소년기의 강렬한 절망이 깔려 있다. 그러나 이러한 낭만주의적인 진부한 표현들(클리셰) 가운데서 정확한 어조와 진정한 문학적 성과를 발견하기는 어려울 터다.

다행스럽게도 이러한 어조와 성과는 같은 해에 다른 데에서 발견된다. 1837년 플로베르는 생애 처음으로 자신의 작품이 인쇄된 것을 보게 된다. 루앙에서 발간되는 작은 문예지 《르 콜리브리 Le Colibri》에 『장서벽Bibliomanie』(2월 12일)과 『자연사 강의, 사무원 류類 Une lecon d'histoire naturelle, genre commis』(3월 30일)가 차례로 실린 것이다. 『자연사 강의, 사무원 류』는 당시 유행하던 '생리학 책들'[44]을 모방한 한 사무원의 생리학이었다. 랭보의 시처럼 플르베르가 쓴 『앉아 있는 사람들Les Assis』[45]인 셈이다. 특히 그는 아직은 모호하지만 훗날 오메와 부바르로 나타나게 될 인물의 초안을 그려 보였다. 플로베르가 루이 필리프[46]의 7월 왕정하에서 영웅적 시대의 부르주아를 경험했음을 잊지 말아야 할 터다. 그는 독창적인 부르주아의 유형에 관한 글을 쓰기도 했으나 그 후 진부해져버렸다. 브뤼티에르가 거듭 강조한 것처럼, 오늘날에는 부르주아에 대한 경멸이 매우 부르주아적인 것이라면 1830년과 1840년 사이에는 그렇

---

44 19세기 중반, 특정 계층의 생태를 묘사·분석하고자 했던 책들에는 발자크의 『결혼의 생리학La Physiologie du mariage』처럼 종종 생리학이라는 제목이 붙었다.

45 19세기 프랑스의 시인 아르튀르 랭보는 당시 부르주아 사회의 보수주의, 순응주의, 물질주의를 상징하는, 반은 사람이고 반은 의자인 존재들을 표현한 『앉아 있는 사람들Les Assis』이라는 시를 남긴 바 있다.

46 7월혁명(1830년)과 더불어 왕위에 올라 2월혁명(1848년) 때까지 군림한 프랑스의 왕.

지 않았다. 당시의 중산층은 소설과 캐리커처에, 종교전쟁과 루이 14세 시대 사이의 귀족계급만큼이나 풍부하고 재치가 넘치는 태생적 소재를 제공했다. 아주 중요하고도 방대한 소재였다. 우리는 오메와 부바르의 미완성 스케치 격인 『사무원 류』에 벌써부터 경의를 표하게 된다. 그리고 그 속에서 플로베르의 『통상 관념 사전 Dictionnaire des idées reçues』의 태동을 느낀다. "그는 자신의 동료들과 해빙, 활유어, 항구의 재포장, 철교 그리고 가스에 대한 이야기를 나누고 있다. 그리고 햇빛을 가리는 두꺼운 커튼 너머로 비가 곧 쏟아질 듯한 끄무레한 날씨를 보면서 이렇게 소리친다. '이런! 바다에 파도깨나 치겠군! 그러고는 다시 하던 일로 돌아간다.'"[47] 그리고 벌써부터 우리는 한구석에서 뭘 보고 있는가? 그것은 샤르보바리Charbovari[48]의 챙 달린 모자, "옆 친구의 공책 위에까지 그림자를 드리울 정도로 엄청나게 큰 모자"이다.

바이런풍의 낭만주의, 어린아이의 절망감 그리고 실존의 권태감은 청년이 끊임없이 글로 채워나가는 종이의 손길 안에서 그 배출구를 발견한다. 다른 한편으로는 캐리커처의 거친 감각, 인간의 어리석음에 대한 애정 어린 취향, 모든 것에도 불구하고 삶에 흥미를 부여해주는 익살꾼에 대한 갈망 등에서 또다른 배출구를 발견한다. 우리는 가르송[49]이라는 인물의 외침과 웃음이 요란하고 신

47 (원주) 『초년의 작품들』, 제1권, 254쪽.

48 보바리 부인의 남편 샤를 보바리는 중학교 신입생 시절 자신의 이름을 샤르보바리라고 발음하여 동급생들의 놀림감이 되었다.

49 플로베르가 누이동생 카롤린, 에르네스트 슈발리에, 알프레드 르 푸아트뱅과 공동으로 창작하여 여러 차례 공연했던 풍자극 『르 가르송Le Garçon』의 주인공.

경질적으로 터져 나오는 것을 들으면서 자연스럽게 이러한 배출구의 이미지를 떠올리게 되는 것이다.

가르송은 한마디로 정의하기 힘든 유형의 인물로, 퓌투아[50]가 베르주레 가족으로부터 비롯된 것처럼 귀스타브와 카롤린 플로베르, 에르네스트 슈발리에와 르 푸아트뱅이 이루는 배경 속에서 탄생했다. 플로베르가 탄생시킨 이 인물 속에서 가장 커다란 부분을 차지하는 것은 아마도 플로베르 자신이었을 터다. 플로베르는 풍자적이고 즐거운 삶을 투사하듯 그를 경쾌하고 시끌벅적한 인물로 그려냈다. 플로베르의 조카는 다음과 같은 이야기로 가족의 전통들을 해석한다. 가르송은 "외판원의 외양을 빌려 호메로스적인 무훈을 펼치는 일종의 현대적 가르강튀아[51]입니다. 가르송은 특유의 요란한 웃음이 특징인데, 이는 입문자들 사이에서는 일종의 집결 신호로 간주되고 있습니다."

가르송이라는 이름은 어디에서 유래했을까? 아마도 플로베르 가족이 자주 사용했던 것으로 보이는 "가르송 같은 삶을 살다"[52]라는 표현에서 비롯된 게 아닐까(이것은 내가 아닌 앙드레 지드의 제안이다). 결혼을 하지 않은 채 부모가 인도 사라사 산업이나 북부의 나무를 통해 축적한 재산을 마음껏 쓰며 사는 루앙 출신 청년

---

50 아나톨 프랑스가 1904년에 발표한 동명의 단편소설 『퓌투아Putois』의 주인공.

51 프랑수아 라블레의 『가르강튀아La vie treshorrificque du grand Gargantua, père de Pantagruel』에 나오는 거인 왕.

52 프랑스어의 '가르송(garçon)'은 본래 소년, 청년, 독신자 등을 뜻하는 말이지만 여기서는 한량의 뜻을 포함한 훨씬 더 포괄적인 의미로 쓰이고 있다.

을 두고 루앙 사람들은 "파리에서 가르송 같은 삶을 산다"고 수군거렸다. 『보바리 부인』에서 오메가 찬탄과 혐오가 뒤섞인 감정으로 저널리스트와 예술가 들이 영위하는 파리지앵의 삶을 묘사하는 장면에서도 이러한 가르송의 모습이 발견된다.

플로베르는 루이즈 콜레에게 보낸 1846년 9월 20일 자 편지에서 다음과 같이 이야기하고 있다. "파리에서 가르송처럼 살려면 1년에 약 3만 프랑의 연금이 필요해." 아마도 가르송은 파뉘르주[53]가 그럴 수 있었을 것처럼 별 어려움 없이 더 나은 삶을 살 수도 있었을 터다. 그러나 플로베르는 그가 우리에게 남긴 가르송의 묘비명에 부합하는 삶을 사는 편을 택했다. "여기 모든 악덕에 자신을 바친 한 남자가 잠들어 있다."[54] 가르송은 루앙의 지평선에 번득이며 모습을 드러냈다. 마치 해방, 시니시즘, 언어의 자유, 탐식 그리고 자유분방한 섹스의 살아 있는 화신인 양. 플로베르는 가르송을 통해 라블레와 맞닿아 있다. 팡타그뤼엘은 가르송의 그림자 속에서 구상되었고, 어린 학생 라블레, 수도사 라블레, 의과대학생 라블레[55]가 공들여 만든 가르송을 그 모델로 삼았기 때문이다. 플로베르의 조카가 사용한 어휘들은 가르송이 라블레적인 본질과 영감을 그 바탕으로 삼고 있음을 명확히 하고 있다.

가르송은 아마도 당구대 극장에서 탄생했을 것으로 짐작된다. 처음에는 불분명한 성격이었으나 점차 거대한 개성을 지니게 되

---

53 『가르강튀아』에서 팡타그뤼엘 왕의 측근이 되는 인물로 영리하지만 교활하고 탐욕스러우며 낭비벽이 심하다.

54 『서간집』, 1842년 3월 15일 에르네스트 슈발리에에게 보낸 편지.

55 라블레는 성 프란체스코회의 수도사이자 의학 박사였다.

었으며, 루앙 특유의 일종의 인형극으로 발전했다. 공쿠르 형제는 플로베르와 만담을 나눈 뒤 가르송에 대해 다음과 같은 해석을 내놓았다. "가르송은 소도시의 농담이나 독일인의 농담 같은 묵직하고 집요하며 끈기 있고 지속적인 농담으로부터 비롯되었다. 또한 꼭두각시를 연상시키는 독특한 몸짓, 환상소설 속 주인공의 그것처럼 단속적이고 날카로운 웃음소리 그리고 엄청나게 강인한 체력을 지녔다. 다음에 이야기하는 일화만큼 플로베르의 친구들을 진정으로 사로잡고 당혹스럽게까지 했던 이 기이한 창조물을 잘 설명해주는 것도 없을 터다. 그들은 루앙 대성당 앞을 지날 때마다 공인된 풍자를 구사하곤 했다. 그들 중 하나가 '정말 멋지지 않아, 이 고딕 양식 건축 말이야. 이걸 볼 때마다 내 영혼이 고양되는 느낌이 들거든!'이라고 말하면 그 즉시 가르송을 자처하는 누군가가 행인들을 향해 큰 소리로 이렇게 외쳤다. '그렇고말고, 물론 멋지지. 그리고 성 바르톨로메오 축일의 대학살과 용기병 박해와 낭트칙령 역시 멋진 일이지!'[56] 가르송의 달변은 무엇보다 시립병원에 있는 플로베르 아버지의 커다란 당구실에서 공연했던 『유명한 쟁점들Causes célèbres』[57]의 패러디에서 그 빛을 발했다. 그는 피고인들의 더없이 우스꽝스러운 변호와 살아 있는 사람들에 대한 추도사, 세 시간 동안 이어진 걸쭉한 변론을 거침없이 쏟아냈다."[58] 이 연

---

56 모두 구교도(가톨릭)에 의한 신교도의 박해와 연관이 있는 사건들이다. 용기병 박해(Les Dragonnades)는 루이 14세 때 용기병(les dragons)을 이용해 신교도를 박해한 사건(1683~1686)을 가리킨다.

57 19세기에 아르망 푸키에가 소책자로 발표한 시리즈물 『모든 민중들의 유명한 쟁점들』을 가리킨다.

58 『공쿠르 형제의 일기』, 1860년 4월 10일.

극에서 가르송이 마지막으로 맡았던 역할은 '소극笑劇 여관'의 주인으로 '비워내기 축제'를 여는 것이었다. 플로베르가 배설에 관한 해학을 마음껏 펼쳐 보인 일종의 피날레였다.

이에 대해 쥘 드 공쿠르는 "오메는 소설의 필요에 따른 가르송의 축소된 인물로 보인다"라는 의견을 내놓았다. 하지만 이 말이 전적으로 옳다고 볼 수는 없다. 오메가 가르송의 한 부분인 것은 사실이지만, 오메와 정반대의 인물, 부르니지앵 신부, 샤를 보바리 그리고 무엇보다 『보바리 부인』과 『감정 교육』의 작가 또한—자신이 만들어낸 인물들의 소매 속에서 자신의 손가락을 움직이는 그를 발견하게 될 때—가르송의 또다른 부분들이기 때문이다. 아무리 플로베르가 작품에 자신의 감정을 개입시키지 않는 작가로 분류되고, 그 자신도 스스로 그러기를 바란다고 해도 그에게는 자연의 몰개성沒個性을 재현하는 2차적 몰아성沒我性이 결여돼 있었다. 또한 잘라내기와 우회하기와는 맞지 않는 즉흥성 및 아리스토파네스나 라블레 같은 작가들에게서 보이는, 논리적으로 반대되는 것들에 대한 욕구가 부족했다. 이 두 작가는 그의 지평선에 마치 그의 신들처럼 머물러 있을 뿐이었다. 그러나 한편으로는 그의 안에 있는 아리스토파네스적이고 라블레적인 것은 작가로서 치워버려야 하는 찌꺼기 같은 것이었다. 반면에, 그에게 있어서 가르송은 젊은 날의 들끓는 열정과 서정적 낭만주의와 연관돼 있었다. 훗날 플로베르가 스스로에게 가한 예술적 제약은 그로 하여금 이러한 것들을 압축하고 억누르고 파괴하게 했다. 이러한 억누름과 파괴로 인해 훗날 『부바르와 페퀴셰』에서는 자신의 공허한 이미지만을 남기게 될 것을 무릅쓰면서. 플로베르는 대학 시절의 법학 공부로 인한 피로감을 호소하며 이런 말을 한 적이 있다. "온종일 가르송을 생각하지 않거나 내 방에서 기분 전환 삼아 큰 소리를 지르지 않을 때도 있어. 정상적인 상태에서는 매일 하던 것인데 말이지."[59] 그러나 훗날 크루아세에 있는 그의 서재가 거장 플로베르—그렇다, 그는 거장이라고 불릴 만하다!—의 집필실이 되자 공기가 빠져버린 가르송의 풍선은 재떨이에 들어갈 정도로 작아져버렸다. 그리고 그것에 대한 어떤 기억으로도 결코 다시 부풀릴 수 없었다. 스물여섯 살의 플로베르는 코르시카섬의 한구석에서 평온한 사법관의 길을 가고 있는 슈발리에에게 다음과 같은 편지를 보냈다. "어느 날 아침 너의 법정에 불쑥 나타나 모든 걸 마구 깨뜨리고 부숴버리고 싶어. 문 뒤에서 트림도 하고, 잉크병들도 쏟아버리고 말이지. […] 가르송을 다시 등장시키는 거라고."[60] 플로베르의 노골적인 편지들은 아마도 작가가 그에게 마지못해 입장을 금하지 않았더라면, 그의 집필실의 문간과 기억의 문턱에서 불쑥불쑥 다시 모습을 드러냈을지도 모르는 가르송의 존재를 짐작하게 한다.

가르송은 플로베르가 동방을 여행하는 동안 다시 모습을 드러낸다. 플로베르는 로도스의 프랑스인 영사에게서 그를 다시 발견한다. 가르송은 플로베르의 유랑하는 무위無爲 속에 자리를 잡은 채 그 여행을 가득 채우고 활기를 띠게 했다. 그리고 그와 뒤 캉

59 『서간집』, 1842년 8월 5일 동생 카롤린에게 보낸 편지.

60 『서간집』, 1847년 7월 13일 에르네스트 슈발리에에게 보낸 편지.

에게 자신의 존재를 강요하면서 그들의 내면에 자신의 연극과 인형극을 자리 잡게 했다. 그러나 가르송은 이번에는 동양의 의상을 입은 모습으로 나타났다. 두 친구는 함께 여행하는 내내 서로를 위해 쓴 희극을 공연했다. 둘 중 한 사람은 우스꽝스러운 아랍의 족장을 연기했는데, 우리는 플로베르의 편지 속에서 그 각본의 내용을 유추해볼 수 있다.

터번을 두르고 가죽 신발을 신은 아랍의 족장으로 분한 이 가르송은 우리가 그 실체를 알아보는 데 도움을 준다. 그는 동방 나라들에도 훌륭하게 안착한다. 그는 카라괴즈, 나시르 앗딘 샤, 코니아의 호자[61]다. 우리는 그에게서 아테네 희극 그리고 심지어 로마 희극의 기원이 된 모호하지만 풍부한 유형의 존재들, 이 '강렬한 창작물들' 중 하나를 유추해볼 수 있다. 오늘날에는 이러한 존재를 성공적으로 만들어내 그에게 예술적 가치를 부여하기 위해서는 예술가의 원숙기에도 어린아이 시절의 일면들을 보존할 수 있는 독창적인 정신이 필요하다. 가르송은 빌리에 드 릴아당의 트리뷜라 보노메[62]이며 무엇보다 위뷔 아범[63]이었다.

가르송은 위비처럼 중학교 시절의 산물이었다. 플로베르는 1839년 철학 반(고등학교 졸업반)으로 올라갈 무렵, 실체가 없는 가르송을 위해 중등학교 선생들 사이의 인물 교배를 시도했다. "이 가르송에, 역사 철학의 관점에서 살펴보기에 더없이 흥미로운 이

61 호자는 코란을 가르치는 선생이나 터키의 선생들을 가리키는 말이다.

62 오귀스트 드 빌리에 드 릴아당((1838~1889)이 쓴 여러 편의 단편소설에 등장하는 주인공.

63 프랑스의 극작가 알프레드 자리(1873~1907)가 쓴 산문극 『위비왕Ubu roi』의 주인공.

아름다운 창조물에 근사한 부속물이 따라왔지. 가르송의 집이 그것이며, 거기에는 호르바크, 포데스타,[64] 푸르니에와 또다른 무지한 사람들이 모여 살았어."[65] 우리는 위비가 렌 중등학교의 에베르 선생을 풍자한 인물이며, 피낭스 극장théâtre des Phynances[66]에서 처음 공연되었음을 알고 있다. 위비는 당구대 극장에서 공연되었던 가르송보다 좋은 조건인 완성작으로 상연될 수 있었다. 또한 가르송과 마찬가지로 그룹에 의해 창조되었다. 어쩌면 위비의 창조에 모랭이, 에르네스트 슈발리에가 가르송을 위해 한 것보다 더 많은 기여를 했는지는 몰라도, 그는 자리 곁에서 슈발리에가 플로베르 곁에서 하던 역할과 유사한 역할을 했다. 재기 넘치는 이들 그룹은 서로 떼어놓을 수 없는 한 덩어리를 이루었다.

그러나 사춘기가 지나면서 그들은 사회에 순응해갔다. 그리고 훗날 플로베르가 가르송을 다시 언급했을 때, 제2제정 시대에 검사장을 지낸 에르네스트 슈발리에는 포병대 대령을 지낸 모랭과 거의 비슷한 생각을 했을 터다. 『위비왕』의 공저자이거나 어쩌면 저자 자신일지도 모르는 모랭은 작품에 관한 모든 책임을 자리에게로 돌렸다. "그런 바보짓을 한 걸 자랑스러워할 이유가 없지!" 플로베르가 1852년 레 장들리에서 만난 에르네스트도 정확히 모랭과 같은 반응을 보였다. "난 어렸을 적에 이 올곧은 친구와 아주

64 호르바크와 포데스타는 당시 루앙의 교사였던 실존 인물들의 이름이다.

65 『서간집』, 1839년 9월 13일 에르네스트 슈발리에에게 보낸 편지.

66 'phynances'는 'finance(재정·재무)'에서 유래된 말로 위비 아범의 재물에 대한 탐욕을 비웃기 위해 알프레드 자리가 만들어낸 말이다. 피낭스 극장은 처음에는 동급생 샤를 모랭의 헛간, 그다음에는 자리 자신의 집을 빌려 인형극 형식으로 공연한 극장을 일컫는다.

가깝게 지냈지. 그런데 이제 그는 결혼을 하고 검사가 되어 나라와 사회질서를 위해 일하는 사람이 되었어. 오, 맙소사! 부르주아들의 속물근성이란! 하지만 그 때문에 그들은 얼마나 행복하고 평온한 삶을 살아가는지! 그들은 스스로의 완성 같은 것에는 아무런 관심이 없어. 우리를 고통스럽게 하는 것들 때문에 고통받는 일도 없고 말이지!"[67] 1852년 9월에 있었던 두 사람의 만남에서 그들이 가르송에 대해 한마디라도 했을 거라고 짐작하게 하는 것은 아무것도 없다.

플로베르에게 슈발리에가 유쾌한 친구였다면, 당구대 극장 탄생의 주역 중 하나인 르 푸아트뱅은 슬픈 친구였다. 플로베르가 열여섯 살이 되던 해부터 르 푸아트뱅이 미친 영향은 막대한 것이어서, 르 푸아트뱅이 죽을 때까지[68] 10년간 그들 사이에는 더없이 끈끈한 정신적 우정이 자리를 잡았다. 플로베르는 친구의 죽음 이후 더이상 그 누구에게도, 심지어 부이예에게조차도 그와 같은 애정을 쏟지 않았다. 그는 1838년부터 『단말마의 고통Agonies』[69]과 함께 르 푸아트뱅에게 헌정한 자전적 소설 시리즈를 출간하기 시작했다. 플로베르가 훗날 약간의 과장을 섞어 '격조 높은 형이상학'이라고 부른 것에 관한 두 사람의 대화에 이어 나온 것이었다. 그는 "몇 페이지 속에 회의주의와 절망의 모든 심연을 한데 모았다"

67 『서간집』, 1852년 9월 13일 루이즈 콜레에게 보낸 편지.

68 플로베르보다 다섯 살이 많았던 알프레드 르 푸아트뱅(1816~1848)은 루이 부이예를 만나기 전까지 10년간 플로베르가 자신의 모든 속내를 털어놓던 가장 가까운 친구였다.

69 '회의적 상념들pensées sceptiques'이라는 부제가 붙어 있다.

고 생각했다. 또한 무엇보다 『세기아의 고백』의 단편斷片들을 거기에 통합했고, 그의 병원을 소재로 한 문학, 시신과 구더기와 초록색 파리의 연구를 계속해나갔다. 『단말마의 고통』에서는 흥미롭게도 쿠르베풍의 사제들 모습 및 보바리 부인과 부르니지앵 신부의 장면의 초기 아이디어가 발견된다. 사람들은 젊은이에게 어떤 충고와 위안을 줄 수 있을 신부를 찾아가보라고 권한다. 신부는 그의 고해성사를 듣다 말고 자신의 하녀에게 감자가 타지 않는지 잘 살피라고 이야기한다. 게다가 신부는 코가 비딱하고 불그레하다. 여기서 우리는 자문해보게 된다. 신부가 젊은이의 이야기에 귀 기울이느라 자신의 소박한 식사를 태우게 놔두어야만 죄인이 지옥 불에 떨어지는 것을 막을 수 있는 것일까? 아니면 신부의 코가 반듯하게 생기고 불그레하지 않았더라면 젊은이가 좀더 빨리 회개할 수 있었을까?

플로베르는 『세기아의 고백』의 모방과 함께 『아스베뤼스』의 모방을 똑같이 음산한 어조로 이어간다. 그가 열일곱 살에 쓴 『망자들의 춤La Danse des morts』은 당시의 진부한 생각들을 죽 나열하고 있는데, 이 가짜 키네는 진짜 키네와 아주 많이 닮아 있다. 그러나 그 사실이 아직 그를 진정한 작가의 반열에 올려놓지는 못했다. "나는 오랫동안 잠들어 있다가 깨어났다. 태양이 나의 막사를 금빛으로 물들이고 있었기 때문이다. 나의 근위병들은 새벽녘부터 세 번이나 교대를 했고, 은으로 된 편자를 박은 나의 백마들은 초조한 듯 힝힝거렸다. 그들은 전투의 냄새와 전장의 연기를 가슴한가득 빨아들였다." 같은 해에 쓴 『술 취한 자와 죽은 자Ivre et Mort』

는 제목이 짐작하게 하는 모든 것들을 실현했다.

그러나 플로베르가 뼛속까지 이러한 염세주의에 물들어 있었다고 믿지는 말자. 그 또한 자신의 감자를 살피거나 그것을 먹는 즐거움을 거부할 정도로 문학에만 빠져 있지는 않았다. 그가 슈발리에에게 보낸 편지(고등학교 수학 수업 시간에 쓴)에 이러한 그의 생각이 잘 드러나 있다. "요즘 젊은 애들은 정말 어리석은 것 같아. 예전 세대는 총기가 넘쳤는데 말이야. 우리가 어렸을 때는 여자와 무훈, 요란한 축제 같은 것에 탐닉하곤 했지. 그런데 요즘 세대는 바이런에 푹 빠져서는 절망을 꿈꾸고 아무런 까닭 없이 마음에 자물쇠를 채운단 말이지. 그리고 핏기 없는 얼굴로 앞다투어 '사는 게 지루하구나, 참으로 지루하구나!'라며 탄식하는 거야. 정말 딱한 일이야! 고작 열여덟 살에 벌써부터 삶의 권태를 이야기하다니. 마치 더이상 사랑도 영광도 할 일도 없는 것처럼. 모든 게 끝났다고? 젊은이로서의 본능을 활짝 꽃피워보지도, 전성기를 겪어보지도 못한 채? 이제 그런 이야기는 그만하자고. 슬픔은 예술 속에서 겪는 걸로 족해. 적어도 우린 그런 걸 잘 알지 않나. 하지만 삶은 즐거움으로 가득 채워야 하는 거야."[70]

그러나 그가 1838년 말에 써서 1839년 1월 1일에 르 푸아트뱅에게 헌정한—하나의 진지한 고백처럼—『어느 광인의 회상록 Mémoires d'un fou』에서 자신의 그런 충고를 충실히 따랐다고 보긴 어

70 『서간집』, 1839년 4월 15일 에르네스트 슈발리에에게 보낸 편지.

렵다. 『회상록』은 플로베르가 1838년에 철학 바칼로레아(대입 자격 시험)를 준비하면서 읽은 루소의 『고백록Confessions』을 모방해 쓴 것이다. 그리고 이는 아마도 소설화되지 않은 순수한 자서전임을 알아볼 수 있는 플로베르의 유일한 작품일 터다. 그 속에서 우리는 억눌린 어린 시절과 중학교에서 모두의 놀림감이 된 이야기, 다양한 꿈들—여행, 영광, 네로의 로마 그리고 중세에 대한 꿈—에 사로잡힌 그의 모습, 그리고 루소식의 돈호법頓呼法과 마주하게 된다. "그토록 선했던 나를 망치고 타락시킨 자들에게 화 있으라! 시와 마음의 태양을 향해 뻗어나가는 모든 것을 메마르고 시들게 하는 문명의 삭막함에도 화 있으라!"

하지만 루소가 자신의 불행과 실패에서 사랑과 재건의 꿈을 이끌어냈다면, 젊은 플로베르의 저주가 초래하는 것은 모든 것의 몰락과 파괴다. 『고백록』의 뒤를 이은 것은 『롤라Rolla』[71]의 과장적인 수사修辭이며, 청년 플로베르의 철학은 장 리슈팽의 『신성모독Blasphèmes』의 그것과 아주 닮았다. 다시 말하면 자신의 촌충 표본병에 담긴 알코올을 서슴없이 마실 법한 오메의 철학과 닮은 것이다. "따라서 너는 운명적으로 태어나게 되는 것이다. 너의 아버지는 어느 날 요란한 연회에서 포도주와 음란한 말들로 인해 흥분된 채 돌아오고, 너의 어머니는 그 기회를 이용해…."[72]

첫 번째 장과 3주 간격으로 쓴 『회상록』의 두 번째 장은 한층 더 흥미롭다. 이것은 플로베르의 사랑에 관한—물론 실제로 겪었

---

71 784행으로 이루어진 알프레드 드 뮈세의 장시.

72 귀스타브 플로베르, 『어느 광인의 회상록』, 20장.

던—이야기이기 때문이다. 이야기 속 인물들의 실제 이름을 유추하는 것은 전혀 어려운 일이 아니다. 많은 이들이 알고 있는 플로베르의 연애사의 세 단계는 다음과 같다. 셋 중 어떤 이야기에 더 많은 관심을 기울이는가는 각자의 성향에 달린 문제일 것이다. 맨 먼저 누이동생의 친구이자 그의 어린 시절의 사랑이었던 영국인 소녀 거트루드 콜리어가 있다. 영악하고 도발적인 소녀 앞에서 덩치 큰 소년은 바보가 되곤 했다.

"좋아, 더이상 그 생각은 하지 말자고." 그녀가 말했다.

그리고 그때부터 난 언제나 그 생각을 했다.

그다음에는 그가 평생 간직한, 한참 뒤에 쓰게 될 『감정 교육』의 원천이 되는 트루빌의 사랑이 있다. 그의 나이 열다섯 살에 해변에서 만난 열한 살 연상의 아름다운 여인이었다. 유쾌하고 통속적이며 사업가 기질이 다분했던 엘리자 슐레쟁제[73]는 보들레르에게 사바티에 부인과 비슷한(결론만 빼면) 존재였다. 신경질적이고 나약한 이들에게 사랑이 지니는 첫 번째 가치는 보호자와 어머니의 얼굴을 한 성숙한 여인이다. 플로베르는 사랑의 정점에서 언제나 모성의 모습을 발견하게 될 터다. 그리고 마지막으로 여느 남자들처럼 여자들에 대한 사랑이 있었다. 사랑에 대한 환멸, 육욕에 대한 혐오 등을 동반한.

---

73 (Élisa Schlésinger) 종종 '엘리자 슐레징거'로 표기되지만 불어식 발음은 '엘리자 슐레쟁제'가 맞는다.

『어느 광인의 회상록』에서 가장 흥미로운 부분이자 우리로 하여금 플로베르의 예술을 매우 진지하게 고찰하게 하는 것은 마리아의 이미지가 굳어지는 결정작용結晶作用[74]에 관한 페이지들이다. 트루빌에서 그녀를 알게 된 지 2년 만에 그는 그곳으로 되돌아간다. 그리고 그제야 비로소, 그 2년의 시간 덕분에, 그 과거의 두께 덕분에 그는 자신의 진정한 사랑을 깨닫게 된다. "그녀가 내가 자신을 사랑한다는 것을 어떻게 알 수 있었겠어. 그때 난 그녀를 사랑한 게 아니었거든. 그때 너한테 했던 말들은 모두가 거짓이었어. 난 이제야 비로소 그녀를 사랑하고 욕망하게 되었어. 이제야 비로소 해변과 숲속과 들판을 홀로 거닐면서, 나와 함께 걷는 그녀를 창조해내 그녀로 하여금 내게 말하고 나를 바라보게 했어. [⋯] 이러한 기억들이 곧 사랑의 열정인 거야." 하찮게 여겨졌던 수많은 페이지들이 이 마지막 문장으로 귀결되면서 이러한 빛을 발산하는 열판으로 작용하는 것을 보고, 이 빛 가운데서 예술가의 삶 전체를 엿보게 될 때면 그것들은 더이상 우리에게 공허한 글들로 머물지 않는다. 그의 내면에서 사랑의 열정으로 변모하기 위해서는 무엇보다 모든 게 '기억'이 되어야 하고, 모든 게 정신적 차원으로 옮겨가면서 고독 속에서의 내면적 작업과 변환 과정을 거쳐야 하는 것이다.

플로베르는 같은 해인 1839년, 철학 바칼로레아를 준비하면

---

74 (cristallisation) 스탕달이 『연애론De l'Amour』(1822)에서 사용한 용어로, 사랑에 빠진 남자가 상대를 극도로 미화하게 되는 연애 심리의 과정을 가리킨다.

서 일종의 신비극神秘劇[75]인 『스마르Smarh』를 썼다. 그는 이 작품에 대해 스스로 "뜻 모를 횡설수설이며, 볼테르식으로 말하자면 갈리플로베르[76]라고 부를 수 있을 것"[77]이라고 평가했다. 『스마르』는 『성 앙투안의 유혹』의 초안으로서 호기심을 자아내면서, 우리에게 초년의 작품들에서부터 두 종류의 리듬—냉소적인 관찰을 기반으로 하는 작품과 화려한 상상력을 펼쳐 보이는 작품—을 구사하는 플로베르를 보여주는 흥미로운 면을 동시에 지닌 작품이다. 『스마르』는 악마에게 유혹을 받는 한 은자에 관한 이야기다. 악마는 훗날 『성 앙투안의 유혹』에서처럼 은자를 세상의 위쪽으로 데려가서는 그에게 철학 강의를 한다. 그러다 아마도 밑천이 바닥나 자신의 동료인 또다른 악마에게 발언권을 넘기고, 새로운 악마는 스마르에게 삶과 세상의 의미를 설명한다. 기괴한 것들의 신이자 시간과 공간의 절름발이 악마 유크는 궁전과 집 들의 지붕을 들어 올려 그 우스꽝스럽고 역겨운 내부를 보여준다. 그 속내가 적나라하게 드러난 궁전 안에서는 방탕함에 빠져 황금 더미 위에서 뒹굴고 색욕에 사로잡힌 짐승 같은 왕들이 보인다. 이처럼 루앙의 중고생들이 루이 필리프 왕의 치세에 독재자들에 대해 관심을 갖는 걸 보는 것은 유쾌한 일이다. 유크는 한 부르주아 가정의 지붕도 들어 올리는데, 그는 언제나 우리에게 멀리 메피스토펠레스를 떠

75 중세 유럽의 전후기를 통하여 교회와 민중 사이에서 생긴 새로운 형식의 연극을 가리킨다.

76 '갈리플로베르(galiflaubert)'는 프랑스어로 횡설수설을 뜻하는 '갈리마티아(galimatias)'와 '플로베르'를 합성해 만든 조어이다.

77 『서간집』, 1839년 9월 13일 에르네스트 슈발리에에게 보낸 편지.

올리게 할 뿐이다. 그로부터 1년 뒤 플로베르는 자신의 원고 위에 이렇게 적어놓는다. "한심한 짓을 하는 건 허용되지만 그래도 이런 식의 것은 안 된다." 이 작품의 유일한 가치는, 이 무렵 플로베르의 독서 목록에 포함되었던 루소, 『파우스트Faust』, 『아스베뤼스』 등이 어떻게 그의 마음속에 각인되어 미래의 작품의 밑바탕을 형성했는지를 우리에게 보여준다는 데 있다.

플로베르의 형은 의학을 공부한 뒤 곧바로 자리를 잡고 결혼을 한 터라 플로베르는 슈발리에와 르 푸아트뱅이 그랬던 것처럼 파리에서 법학을 공부하는 것이 오래전부터 당연시되어왔다. 그는 법과대학생으로서의 삶 그리고 더 나아가 판사와 변호사의 삶에 어떤 흥미도 느끼지 못한 채 가족의 뜻을 따랐다. 그리고 대학 입학에 앞서 가족의 친구와 함께 피레네 지방과 코르시카로 여행을 떠났다. 바칼로레아 합격에 대한 축하이자 보상인 셈이었다.

우리는 플로베르의 첫 번째 외출 기록을 갖고 있다. 그는 여행에 대해 어떤 열정도 느끼지 못했다. 이에 관해 그는 1840년 7월 7일 슈발리에에게 보낸 편지에서 이렇게 토로하고 있다. "피레네로 여행을 가야만 한다면 나는 난처한 지경에 처하게 될 거야. 여행을 가야 할 이유와 관심이 있는데도 불구하고 나의 본능은 내게 다른 말을 하고 있기 때문이야. 내겐 불멸의 영혼과 정신적 자유, 그리고 지금은 외투 하나와 면으로 된 모자가 있는데도 불구하고 짐승들처럼 본능을 따르는 버릇이 있고 말이지. 어쨌든 나의 본능은 내게, 여행은 마음에 들지 모르지만 함께 가는 사람은 그렇지 않을 거라고 말하고 있어." 그가 말하는 여행의 동반자는 클로케 박사였다. 플로베르 가족의 친구였던 클로케 박사는 집을 잘 떠나지 않는 플로베르 박사의 아이들의 외출에 종종 동행했다. 언젠가는 아실을 스코틀랜드에 데리고 간 적도 있었다. 일행에는 클로케 박사의 누이와 신부도 포함돼 있었다. 신부는 이신론자 가족에게조차도 일종의 보증인인 셈이었다. 이 성직자의 감시는 마르세유에 가까이 가면서 느슨해졌다. 네 명의 여행객들은 그곳에서 이삼 일밖에 머물지 않았지만 그사이 청년 귀스타브는 다섯 달 후인 1841년 2월 16일 누군가로 하여금 다음과 같은 편지를 쓰게 만든 시간을 가질 수 있었다.

"너를 만나기 전까지는, 너를 갖기 전까지는 난 꼭두각시 같은 삶을 살고 있었어. 그런데 오, 나의 귀스타브여! 너의 뜨거운 키스가 내 키스에 응답하고 너의 열렬한 영혼이 내 영혼을 일깨운 이후로 넌 내게 창조주의 숨결이 되었지. 난 이제 나의 모든 행복의 원천이 되어버린 이 사랑이 없이 사는 것은 생각할 수도 없어."

그 여인의 이름은 욀랄리 푸코 드 랑글라드[78]였다. 플로베르가 공쿠르 형제에게 했던 이야기가 사실이라면, 그녀는 남아메리카에서 왔고 플로베르 일행이 묵었던 호텔에서 다른 두 여자와 함께 살고 있었다. 플로베르는 1845년 마르세유를 지나가면서 그녀를 다시 찾아갔으나 더이상 흔적을 찾을 길이 없었다. 우리에게 중요한 것은, 그가 그녀를 만난 직후부터 쓰기 시작한 『11월

78 당시 플로베르는 열아홉 살이었고, 욀랄리 푸코는 서른다섯 살이었다.

Novembre』[79]에서 그녀를 등장시켰다는 사실이다.

1840년 말에 여행에서 돌아온 플로베르는 루앙에 머물면서 파리의 법과대학에 등록을 했다. 그는 루앙에 있는 동안 무엇을 했을까? "너도 알다시피 난 그리스어와 라틴어 공부를 했어. 오로지 그것만 했지." 그의 말은 조금도 과장이 아니었다. 그는 중학교에서 의무적으로 배워야 했을 때는 그것들을 아주 싫어했다. 심지어 바칼로레아를 치르기 전, 그리스어를 읽을 줄 모르는 상태로 고등학교 마지막 학년에 올라가는 방법을 발견하기도 했다. 하지만 그리스어를 배워야 하는 의무에서 벗어난 지금은 수년간 열성적으로 그리스어 공부에 매달렸다. 들인 노력에 비해 대단한 성과를 거둔 것으로 보이지는 않지만. 그의 편지에 의하면 플로베르는 1855년까지 소포클레스와 셰익스피어를 줄줄 읽는 것을 목표로 그리스어와 영어 공부에 매진했다. 언제나 석 달 기한으로. 그러나 그 석 달은 그에겐 너무나 힘겨운 시간이었다. 플로베르는 언어에는 별로 소질이 없었다. 게다가 그는 자신과 생각의 대상 사이에 언제나 고독과 꿈꾸기를 위한 자유로운 공간을 필요로 했다.

1841년 7월에 쓴 플로베르의 편지들은 파리에서 '법적으로 상당히 우울한' 나날을 보내던 그의 모습을 보여준다. 그는 법학을 전혀 이해할 수 없었고 앞으로도 무언가를 이해할 일은 결코 없을 터였다. 그러나 그는 슈발리에와 르 푸아트뱅을 다시 만나게 된다. 르네 데샤름에 의해 출간된 르 푸아트뱅의 편지들은 성 앙투안풍

---

79 플로베르가 1842년 가을에 완성한 단편소설. 작가의 사후인 1910년 그의 미발표 초년의 작품집에 포함돼 출간되었다. 플로베르의 청년기 문학의 성공작 중 하나로 꼽히는 작품이다.

의 엄격함과 함께 당시 이 친구들은 전혀 개의치 않았을 문학적 가치를 엿보게 한다. 플로베르는 몇몇 문인을 알게 되었고 조각가 프라디에의 아틀리에에 드나들었다. 프라디에의 아내는 플로베르의 중학교 친구의 누이였다. 1843년 1월, 『뷔르그라브Les Burgraves』가 상연되기 얼마 전 그는 그곳에서 빅토르 위고를 만났다. 그는 자신의 누이동생에게 보낸 편지에서 빅토르 위고에 대해 이렇게 평했다. "글쎄, 뭐라고 말하면 좋을까. 다른 사람들이랑 별로 다를 게 없더라고. 좀 못생긴 편이고 겉모습이 지극히 평범했어. 가지런한 이가 인상적이고 이마가 잘생긴 편인데 눈썹이랑 속눈썹이 거의 없더라고. 그리고 말이 별로 없고 언행을 조심하면서, 그게 무엇이든 하나도 놓치지 않으려는 듯 보였어. 아주 정중하면서 약간 부자연스러워 보였고 말이지."[80]

10년 전, 이 프라디에의 아틀리에에서 위고는 쥘리에트 드루에[81]를 처음 만났다. 그런데 1843년 11월 26일 르 푸아트뱅은 플로베르에게 보낸 편지에서 이렇게 충고했다. "프라디에 부부하고 친하게 지내기를 적극 권하는 바야. 거기서 네가 얻는 게 많을 거야. 어쩌면 애인이 생길 수도 있고, 아니면 적어도 유용한 친구들을 만들 수 있을 거야." 프라디에는 자신의 아틀리에에서 사람들이 서로 맺어지는 걸 좋아했고 그들의 육체적 결합을 부추겼다. 하지만 르 푸아트뱅의 예고는 그로부터 3년이 지난 다음에야 실

80 『서간집』, 1843년 1월 말 동생 카롤린에게 보낸 편지.

81 쥘리에트 드루에는 처음에는 프라디에의 정부로 딸 하나를 낳았다. 그 후 위고의 연인이 되어 죽을 때까지 50년간 그와 동고동락했다. 생전에 위고에게 2만여 통의 편지를 보낸 것으로 알려져 있다.

현되었고, 루이즈 콜레는 플로베르의 쥘리에트가 되었다. 위고의 쥘리에트보다 훨씬 더 격정적인.

플로베르는 1843년 3월, 프라디에의 아틀리에에 드나들기 시작한 지 얼마 후에 에르네스트 르마리에의 집에서 루앙의 중학교(콜레주 루아얄) 동창생을 만났다. 막심 뒤 캉이 그였다. 플로베르와 동년배이자 같은 법대생이었던 그는 부유한 의사의 아들로 삶의 자유를 누리고 있었고, 문학을 사랑하고 그것에 전념할 여유가 있었다. 그는 지금의 파리 시립병원 자리에 있던 대학생촌—『감정교육』에 등장하는—의 아파트에서 르마리에와 함께 살고 있었다.

1843년 어느 날 밤, 뤽상부르 공원에 인접한 레스트 가의 조그만 임대 아파트에서 플로베르는 뒤 캉에게 자신이 쓴 『11월』을 읽어주었다.

『11월』은 전해에 완성한 것으로, 작가로서의 잠재력과 자질이 풍부하게 돋보이며 진정 아름다운 스타일을 입증하는 플로베르의 첫 번째 작품이었다. 그때 그는 스물한 살이었고, 그보다 조숙한 작가를 찾기는 힘들 터였다. 『11월』은 그의 또다른 단면이자 그의 삶에 대한 재검토였다. "내 삶 전체가 마치 유령처럼 내 앞에 버티고 서 있었고, 이제는 가버린 날들의 씁쓸한 향기가 메마른 풀과 생나무의 내음과 함께 내 코끝을 스치고 지나갔다." 그의 꿈꾸는 사춘기, 루소풍의 사춘기를 떠올리는 풍경이었다. 그 무렵 플로베르의 마음속에는 성모 방문처럼 예술이 그를 찾아올 때를 위한 방들이 만들어졌다. 『11월』의 아이에게 행복이란 시간의 조각을 충만하게 소유하는 것이었다. 낮에는 자습실에서, 밤에는 기숙사 공동 침실에서. 그는 "날갯짓을 하는, 그 온기가 느껴지는 이 새를 환희에 찬 마음으로 가슴속에 감춘 채" 그 시간들을 무언가를 상상하는 데 썼다. 그의 내면에서는 무언가가 끊임없이 들끓었다. 그것은 그가 경멸하거나 그가 할 수 없는 행위로는 발산될 수 없었다. 그것은 『르네René』와 『롤라』 이후 다시금 몰아닥친, 고티에의 『포르튀니오Fortunio』와 『모팽 양Mademoiselle de Maupin』에서 묘사된 것과 같은 낭만주의적 우수의 물결이었다. 유일하게 진실하고 옳은 것은 오직 시간과 공간 속에서 삶을 오롯이 소유하는 것뿐이었다. 그리고 그 삶을 붙잡을 수 없는 사람이 바랄 수 있는 것은, 모든 게 무너져 내린 다음 예술로써 그 삶을 재구성하는 것뿐이었다.

플로베르는 법학 공부에 있어서는 법전들을 만들어낸 인간의 어리석음에 대해 때때로 격하게 분노하는 것 말고는 아무런 흥미를 느끼지 못했다. "다른 사람을 판단하는 인간은 우스꽝스러운 구경거리처럼 나를 포복절도하게 했을 거야. 만약 내가 그런 인간에 대해 연민을 느끼지 못했더라면, 내가 지금 그런 인간의 판단 근거가 되는 부조리한 것들을 억지로 공부해야 하는 처지가 아니었다면 말이지."[82] 그는 훗날 자신이 쓰게 될 소설의 구상에 대한 표제어를 다음 말로 정한다. "판단하지 말지어다!" 그리고 1844년 1월, 플로베르는 죽을 때까지 그를 놓아주지 않을 신경성 발작[83]을

82 『서간집』, 1842년 3월 15일 에르네스트 슈발리에에게 보낸 편지.

처음으로 일으킨다. 아마도 막심 뒤 캉에 의해 갑작스럽게 알려지지 않았더라면 그의 발병 사실은 영영 그의 가족과 가까운 친구들 사이의 비밀로 남았을지도 모른다. 사람들은 대부분 그가 뇌전증(간질병)을 앓은 것으로 알고 있다. 그러나 플로베르의 신체 상태에 대해 의학적으로 면밀하게 연구했던 뒤메닐 박사는 또다른 가설 쪽으로 기울었다. 어찌 되었든 이 병은 플로베르의 인생에서 결정적 중요성을 지녔다. 플로베르 박사는 아들을 치료하기 위해 그의 법학 공부[84]를 중단시키고 곁에 데리고 있기로 결정했다.

여름에 머물기에 더없이 쾌적했던 데빌의 별장이 철로로 인해 둘로 나뉘자 1844년 4월 플로베르 박사는 크루아세에 아름다운 시골집을 구입했다. 이제부터 그들 가족이 여름을 보내게 될 그곳에서 훗날 플로베르는 1년 내내 칩거하게 될 터였다. 그해에 누이동생 카롤린이 플로베르와 법학 공부를 같이했던 루앙 출신의 친구 에밀 아마르와 약혼을 했다. 막심 뒤 캉의 말에 따르면 "내가 본 중에 가장 뛰어난 미모의 여자 중 하나"였던 카롤린은 가장 허약한 여자 중 하나이기도 했다! 플로베르는 이들의 결혼 소식에 미래에 대한 불안감이 엄습하는 것을 느꼈다. 그리고 그 불안감은 사실로 드러났다. 그는 훗날 한 편지에서 이렇게 이야기했다. "내 동생은 저속함의 화신과 결혼을 한 거야."

---

83 "그의 병은 뇌일혈이나 히스테리성 신경증(사르트르의 견해)이라기보다는, 임상의들의 소견에 따라 언어 장애와 시각 장애를 동반하며 경련을 일으키는 〈왼쪽 대뇌의 후두-측부의 손상에 따른 간질〉(신경생리학 분야의 가스토Gastaut 박사의 진단) 쪽으로 무게가 실리고 있다."(『성 앙투안느의 유혹』, 귀스타브 플로베르, 김용은 옮김, 열린책들, 483쪽)

84 1842년 법학과 첫 시험을 통과해 2학년으로 올라간 플로베르는 1843년에 치른 2학년 시험에서는 실패했다.

탐식가에다 머리가 둔했던 아마르는 플로베르 박사에게는 전혀 성이 안 차는 사위였다. 또다른 고통이 되어버린 아들 귀스타브는 더이상 유용한 직업을 꿈꿀 수 없을 터였다. 플로베르 박사는 자신에게 어울리는 상속인은 단 한 사람밖에 없다고 생각했다. 얼마 전 시립병원의 외과 부책임자로 임명된 장남 아실이었다. 모든 정황이 아실을 그의 후계자로 가리키고 있었다.

그사이 아실은 시립병원에서 임시로 그의 아버지를 대신하게 되었다. 1845년 카롤린이 결혼한 뒤 아버지와 어머니, 신혼부부 그리고 귀스타브는 프랑스 남부, 이탈리아, 스위스로 신혼여행 겸 가족여행을 떠났다. 우리는 플로베르의 『여행노트Notes de voyages』 외에도 그가 르 푸아트뱅에게 보낸 편지들 속에서 이 여행의 일기를 확인할 수 있다. 1840년 마르세유의 리슐리외 호텔에 묵었던 플로베르는 그곳에서 첫 번째 연인이 된 윌랄리 푸코를 만났다. 그러나 이번에는 호텔이 문을 닫은 데다가, 윌랄리에 대해 알 수 있는 것이 거의 없어서 더이상의 인연을 이어가지는 못했다. 그는 제노바에서 성 앙투안의 유혹을 묘사한 피터르 브뤼헐의 그림을 보고는 밀라노에서 르 푸아트뱅에게 다음과 같은 편지를 보냈다. "성 앙투안의 유혹을 연극으로 만들면 좋겠다는 생각이 들었어. 하지만 그러려면 나보다 건장한 사람이 필요할 것 같아."[85]

플로베르의 병이 그로 하여금 파리에서의 삶과 영영—그의 생각에는—멀어지게 했다면, 그의 여행은 그에게 이동에 대한 두

---

85 『서간집』, 1845년 5월 13일 알프레드 르 푸아트뱅에게 보낸 편지.

려움과 더불어 집에 칩거하면서 홀로 글을 쓰는 삶에 대한 의욕을 불러일으켰다. 우리가 지금 보고 있는 것은 훗날 동방에서의 귀환, 여행의 결정적 포기 그리고 『보바리 부인』과 함께 칩거하기로 이루어지는 그의 삶의 과정의 첫 번째 단계이다. 이제 그에게는 광신자가 겪는 것과 비슷한, 예술작품 앞에서의 은총의 상태가 시작된 것이다. 1845년 9월, 르 푸아트뱅에게 보낸 그의 편지는 우리로 하여금 그런 상태의 전조와 요소들을 유추할 수 있게 한다. "난 더 이상 젊은 날의 뜨거운 열정도 지난날의 깊은 절망감도 느끼지 못해. 모두가 뒤섞여버렸거든. 모든 게 으깨지고 뒤섞인 채 보편적 색조를 띠게 되었다고 할까. […] 아프고, 짜증 나고, 하루에도 수없이 끔찍한 고통에 시달리면서, 여자도 삶도 멀리한 채, 이 세상과 어떤 접촉도 하지 않은 채 오직 성실한 일꾼처럼 더디게 작품을 써나갈 뿐이지. 바깥에 비가 오는지 바람이 부는지 우박이 내리는지 천둥이 치는지 전혀 아랑곳하지 않고 두 팔을 걷어붙이고 머리가 흠뻑 땀에 젖은 채 묵묵히 자신의 모루를 두드리는 노동자처럼. 예전의 나는 이렇지 않았어. 그런데 자연스럽게 변화가 찾아온 거야. 물론 나의 의지도 한몫을 했지만 말이지. 내 의지는 나를 더 멀리 데려갈 거야. 그러길 바라고 있고. 내가 두려운 것은 의지가 약해지지 않을까 하는 거야. 가끔씩 겁이 날 만큼 나약함에 사로잡힐 때가 있거든. 어쨌거나 난 아주 중요한 한 가지 사실을 깨달은 것 같아. 그건, 우리 같은 부류의 사람들에게는 행복은 관념 속에 있다는 거야, 다른 어디에도 아닌. […] 이제 나와 나머지 세상 사이에는 아주 커다란 간극이 존재하다 보니, 다른 사람들이 지극히 자연스럽고 지극히 단순한 것들에 관해 이야기하는 걸 듣고도 놀랄 때가 많아. 또 때로는 더없이 진부한 말이 내게 특별한 감탄을 불러일으키기도 하지. 어떤 몸짓이나 목소리에 깊이 매료되거나 멍청한 짓거리 앞에서 현기증을 느끼기도 해. 혹시 네가 이해할 수 없는 외국어로 말하는 사람들의 이야기를 주의 깊게 들어본 적이 있어? 내가 지금 딱 그 상태인 거야. 모든 걸 억지로 이해하려고 하다 보니 모든 것이 나로 하여금 꿈을 꾸게 해. 하지만 이런 종류의 놀라움은 어리석음과는 거리가 먼 거야. 일례로 부르주아조차도 내겐 무한함을 지닌 그 무엇이랄까." 그는 엠마 보바리와 오메를 발견한 길 위에 서 있었다. 그리고 그 길 위에서 이미 첫 번째 버전의『감정 교육』을 발견한 터였다.

플로베르는 1843년 2월『감정 교육』의 집필을 시작했다. 그의 파리 체류 시절에 대한 소설을 쓰기 위해서였다. 그는 발병한 뒤 1844년 9~10월경 크루아세에서 소설을 다시 쓰기 시작해 1845년 1월 7일 밤에 완성했다.[86]『감정 교육』은 실제 인물들—상당히 피상적으로 다루어지고 작가의 성찰의 연속선상에 놓인—을 포함하는 플로베르의 첫 소설이며, 더이상 상상의 안갯속에서가 아닌 분석과 이성에 근거한 구상 속에서 삶에 대한 그의 관념을 우리에게 보여주고 있다.

두 번째 수정본과 마찬가지로 첫 번째『감정 교육』은 한 쌍의

86 『감정 교육』은 1843~1845년(첫 번째 버전)과 1864~1869년(결정판)에 쓴 두 가지 버전이 있다.

부부와 두 친구의 이야기다. 두 친구 중 하나는 스스로에게 비친 플로베르의 모습, 또는 그렇게 되기를 바랐거나 꿈꾼 모습의 플로베르를 대변한다. 소설은 꿈을 먹고 사는 한 젊은이와 초라한 현실 앞에서 좌절되고 마는 꿈들에 관해 이야기하고 있다. 그의 친구인 또다른 젊은이는 플로베르가 될 수 없는 인물, 결단력과 뛰어난 현실감각으로 현실에 동화될 줄 알고 성공을 쟁취하는 인물을 구현하고 있다. 두 사람은 마치 부부처럼 자연스레 우정으로 맺어진 사이다. 그들은 서로 많이 달라서, 서로 대립하고 서로를 보완해주는 동시에 서로를 이해할 만큼 충분히 가깝다. 꿈꾸는 젊은이들, 만약 소설을 쓰게 된다면 내내 내면적 삶을 살아갈 수밖에 없는 모든 젊은이는 자연스럽게 소설을 쓰게 될 것이고, 그러기를 꿈꿀 것이다. 그러다가 자신들보다 앞서 이 영원한 모험을 개척했던 이들의 작품을 읽고서야 마음을 돌리게 될 것이다.

『감정 교육』의 자전적 부분은 매우 자유롭게 다루어지고 있다. 플로베르의 젊은 시절을 내내 함께했던 친구인 르 푸아트뱅은 앙리처럼 행동가가 아닌, 플로베르처럼 꿈꾸는 청년이었다. 그리고 『감정 교육』의 초판본을 집필하던 1843년에 플로베르는 막심 뒤 캉의 친구가 되었고, 어쩌면 새로운 친구의 특성이 그의 앙리에게로 투영되었을지도 모른다. 특히 두 사람의 우정에 닥칠 미래의 비극은 서로 현저히 다른 감수성을 지닌 앙리와 쥘의 결별을 닮아 있다.

앙리는 여자들의 환심을 사며 그들을 정복하고 삶을 쟁취하는 법을 아는 청년이다. 반면에 쥘은 상상으로 삶을 다 살아버리고 삶에 환멸을 느끼는 은자와 같다. 그는 과도한 생각, 야망과 사랑에 대한 꿈, 역사에 대한 열정 등으로 스스로를 소진시키고, 마른 나무들—플로베르가 『성 앙투안의 유혹』과 『부바르와 페퀴셰』로 환희의 불꽃을 지피게 될—을 모두 다 태워버린다. 기혼녀를 사랑한 앙리는 그녀를 납치해 아메리카로 데려가고, 쥘은 그를 경멸하는 여자, 요란하고 화려한 꿈들과 망사로 치장한 여배우와 사랑에 빠진다.

여기서 '감정 교육'은 1869년의 결정판에서와 같은 의미를 지닌다. 소설은 삶이 형성되어가는 청년기의 연애 경험에 대한 이야기이자, 삶이 완성됨에 따라 삶의 자동성自動性이 구축되어 인간은 스스로를 되풀이하는 것뿐인 시기에 감수성이 굳어진 채 쌓여가는 경험에 대한 이야기이다. 그런데 감정 교육이 결코 완성되지 않는 이들이 있다. 그런 사람들에 대해서는 어쩌면 그것은 처음부터 완성되어 있었다고 말할 수도 있을 터다. 그들은 다양한 경험을 거친 끝에 처음 출발했던 지점으로 되돌아오기 때문이다. 어쩌면 그러는 것이 그들에게는 행복의 한 방식이자 젊음의 영속성—예술가의 재능과 훌륭한 조화를 이루는—을 유지하는 길일지도 모른다.

둘 중에서 유일하게 결실을 맺는 앙리의 감정 교육은 대지와 모험과 여행의 경험 속에서 이루어진다. 어째서 그와 그의 연인은 아메리카로 떠나는 것일까? 그들이 서로 멀리 떨어진 채 사랑을 꿈꾸는 것은 그들에게 모든 사랑을 허락하지 않는 현재에 살고 있기 때문이다. 그러나 그들의 미숙함은 아직 사물과 인간의 본성에 대해 많은 것을 알려주지 못한다. 그리하여 그들은 사랑에의 꿈을 먼 미래와, 이 미래를 공간에 투영한 먼 나라로 미룬다. 모든 나라가 비슷하다는 사실을 아직 알지 못한 채 자신들의 행복을 또다른 나라에 거는 것이다. 그들은 자신들의 사랑을 숨 막히게 하는 것은 우스꽝스러운 주변 사람들이라고 믿는다. 그들의 사랑이 줄어드는 것은 단지 자연적 마모에 의한 것임을 깨닫지 못한 채.

처음에는 쥘만큼이나 순진했던 앙리는 차츰 이러한 환상을 잃어버리게 될 터였다. 그의 감정 교육은 실재하는 것이었지만 단지 그에게서 비롯된 것만은 아니었다. 그것은 진정한 여자, 관능적이면서 지적인 그의 연인과의 공동 작품이었다. "앙리는 마치 여자를 납치해 품에 안고 자신의 은신처로 데리고 간 첫 번째 남자라도 되는 양 스스로를 자랑스럽고 강하다고 느꼈다. 그러자 사랑이 자부심으로 배가되었고, 소유의 기쁨에 스스로의 힘에 대한 느낌이 더해졌다. 그는 진정 주인이자 정복자 그리고 연인이었다. 그는 차분하고 평안한 얼굴로 그녀를 응시했다. 그의 영혼은 관대하고 빛나는 것으로 가득했다. 그는 그녀가 세상의 그 누구도 지켜줄 수 없는 연약한 존재이며, 자신을 위해 모든 것을 포기하고 자신 안에서 모든 걸 발견하기를 희망한다고 생각하기를 즐겼다. 그리고 반드시 그런 그녀의 기대에 부응할 것이며, 삶으로부터 그녀를 보호하고 더욱더 사랑하며 언제나 그녀를 지켜주겠노라고 스스로에게 다짐했다." 보바리 부인에게 매료된 레옹처럼 르노 부인에게 매혹돼 그녀의 도발에 저항할 수 없었던 앙리는 처음에는 레옹처럼 의지가 박약해 보였다. 그러나 자신과 연인의 생계를 이어야 할 필요성과 아메리카에서의 삶이라는 가혹한 학교, 새로운 나라에서의 투쟁은 그를 단단하게 만들었고 진정한 남자가 되게 했다. 그들의 사랑이 거의 다 소진될 무렵 그들은 프랑스로 돌아와 자의 반 타의 반으로 헤어진다. 그러나 앙리의 감정 교육은 완성되었고, 그는 강하고 단호하며 대담하고 행복한 젊은이로 변모했다. "그는 이 모든 것으로부터 다양한 경험을 이끌어냈다. 여러 여자들을 사랑함으로써 여자에 대한 경험을, 많은 사람들을 접함으로써 인간에 대한 경험을, 그리고 고통을 받음으로써 스스로에 대한 경험을 쌓아갔다. 그는 현실을 깨닫게 되는 데 필요한 만큼의 열정과 기쁨을 느낄 수 있을 만큼의 사랑을 간직했을 뿐이다. 이러한 훈련은 그를 강하게 만들 만큼 고됐지만 그렇다고 그의 화를 돋우지는 못했다."

그러는 동안 지방에서 고독하게 문학에 전념하면서 열광적으로 페이지를 채워나가던 쥘은 배신당한 사랑과 좌절된 소명이라는 이중의 실패로 인해 스스로를 억압했고, 한데 뒤섞인 두 가지 감정은 "그 속으로 스며든 애정과 더불어 시정詩情으로 장식되었다". 그는 이 모든 것에서 예술을 이끌어냈고, 소설 속에서 플로베르가 거위—먹기 좋은 간을 만들기 위해 벌겋게 단 철판 위에서 깡충거리는 고통을 당해야 했던—에 비유한 예술가가 되었다. 그리고 자신처럼 유적들을 방문하면서 그곳에서 마르셀린 데보르드 발모르의 시구를 낭송하는 기름 장수를 만난 그는 치즈 부스러기에 벌레가 꼬이듯 낭만주의에 빌붙는 부르주아들의 어리석음을 확인하고는 자신의 낭만주의에 이별을 고하기에 이른다.

이제 두 젊은이는 스물여섯 살이 되었다. 앙리는 완벽한 사교계 인사가 되었다. "그는 다른 누구보다 자신을 믿었고, 자신보다 우연을 더 믿었다. 여자들은 그를 사랑했다. 그가 그들에게 구애하기 때문이었다. 남자들은 그에게 헌신했다. 그가 그들을 이용하기 때문이었다. 사람들은 그를 두려워했다. 그가 복수하기 때문이었다. 사람들은 그에게 자리를 내주었다. 그가 떼밀기 때문이었다. 사람들은 그의 앞으로 나아갔다. 그가 끌어당기기 때문이었다." 반면에 쥘은 "검소하고 금욕적인 삶을 살면서 사랑과 쾌락과 요란한 파티를 꿈꾸었다. 그에게 힘이란 강한 자들에게는 낯선 강력함을 지닌 것이었고, 포도주는 그것을 마시는 사람들이 알지 못하는 맛을, 여자들은 그들을 이용하는 자들은 느끼지 못하는 관능을 지녔다. 또한 그가 꿈꾸는 사랑에는 사랑으로 충만한 이들에게는 낯선 서정성이 깃들어 있었다". 『악셀Axël』[87]의 제4막을 떠올리게 하는 이 부분에서 플로베르는 시적인 삶을, 서정적이고 아름다우며 다소 장황하지만 깊이 있는 필치로 그려 보이고 있다. 사막처럼 메마른 전경과, 가려진 아름다움과 보물로 가득한 원경과 함께.

그들은 함께 이탈리아로 여행을 떠났다. 마치 훗날 플로베르와 뒤 캉이 함께 동방으로 여행을 떠난 것처럼. "함께 지낸 넉 달 동안 그들은 햇살의 각기 다른 열기로 몸을 덥혔고, 길가의 돌 하나에도 각기 다른 눈길을 보냈다. 앙리는 이른 아침에 일어나 거리를 달리고 기념물들을 그리고, 장서를 모으고, 모든 박물관들을 돌

87 오귀스트 드 빌리에 드 릴아당의 미완성 산문 희곡으로 그가 죽은 직후(1890년)에 출간되었다.

아보고, 모든 기관들을 방문하고 많은 사람과 이야기를 나누었다." 그러나 쥘은 정오에 일어나 한가로이 거리를 어슬렁거렸다. 앙리는 충실한 일기를 써나갔지만 쥘은 거의 아무것도 하지 않았다.

당연히 앙리는 근사한 결혼에 성공했지만 쥘은 "레바논에서 닳기를 바라는 두 켤레의 구두와 헬레스폰트[88] 연안에서 읽고 싶은 호메로스만 달랑 들고" 동방으로 떠났다. 플로베르는 스스로를 잘 아는 만큼 쥘을 잘 알았다. 그는 쥘의 커다란 구두의 징이 레바논에서 닳는 일도 없을 것이며, 호메로스는 캉슈 강가에서도 헬레스폰트 연안에서와 똑같이 읽힌다는 것을, 아니 오히려 더 많은 걸 느끼게 한다는 사실을 알고 있었다. 그러나 앙리와 쥘의 가장 큰 차이점, 쥘과 플로베르로 하여금 예술가가 되게 한 특별한 차이점은, 쥘의 감정 교육이 완성되지 않은 채 그의 앞에 백지처럼 펼쳐져 있다는 것이었다. 삶으로 채워야 할 백지 대신 글로 채워나가야 하는 백지가, 레바논 대신 크루아세가 플로베르를 기다리고 있었던 것처럼.

플로베르의 이탈리아 여행에 관한 노트의 마지막 페이지에는 "프라디에의 의학적 충고들"이라는 수수께끼 같은 말이 적혀 있는데, 그 의미는 르 푸아트뱅에게 보낸 편지의 한 구절에 의해 밝혀졌다. 프라디에는 단지 플로베르에게 그의 나이에 좀더 어울리는 덜 고독한 삶을, 섹스의 유혹에 습관적으로 순종하는 삶을 살라고 충고했을 뿐이었다. 그리고 조각가의 아틀리에는 남녀 관계

88 다르다넬스해협의 옛날 이름.

가 아주 자연스럽게 이루어지는 환경을 조성했다. 아틀리에의 분위기를 주도하던 루이즈 콜레의 다음과 같은 말에도 불구하고 그곳을 드나들던 여자들은 대리석으로 만들어진 게 아니었기 때문이다. “밀로의 비너스 상의 팔이 발견된 걸 아세요? —오, 어디서요?— 내 옷 속에서요.” 이 자신감 넘치는 천생 뮤즈의 눈에 든 플로베르는 다른 많은 남자들의 뒤를 이어 그녀의 애정을 독차지하게 될 터였다.

2. 여자들

플로베르가 스물다섯 살이 된 1846년은 그의 인생에서 매우 중요한 한 해로 꼽힌다. 두 달 간격으로 1월에는 아버지 플로베르 박사가, 3월에는 누이동생 카롤린 아마르가 딸—플로베르의 조카딸인 카롤린—을 출산하고 그 후유증으로 세상을 떠났다. 플로베르의 형 아실은 아버지의 뒤를 이어 루앙 시립병원의 외과 과장이 되었다. 이미 결혼을 해 가장이 된 그는 병원에 딸린 집에서 가족과 함께 살았다. 플로베르와 그의 어머니 그리고 어린 카롤린은 크루아세에서 살게 될 터였다. 겨울에는 루앙의 뷔퐁 로와 크로잘 로가 만나는 모퉁이에 있는 집에서 머물 예정이었다. 플로베르는 커다랗고 조용한 크루아세에서, 어머니와 조카딸 사이에서 책과 종이, 파이프 담배와 함께 고정된 삶을 살게 되었다. 그의 작품들을 위한 실험실이 마련되었던 것이다.

크루아세는 생투앙의 베네딕트파 수도사들이 건축하고 소유했던 17세기 양식의 커다란 집이었다. 그 집에서 가장 중요한 방은 다섯 개의 창문이 달린 응접실이었는데, 플로베르는 그곳을 작업실로 사용했다. 그의 집에서 오늘날 유일하게 남아 있는 부분인 별채[1]에는 또 하나의 작업실이 있었는데, 일요일마다 정기적으로 들렀던 부이예만이 그곳을 사용했다. 크루아세의 경관은 더없는 평온함을 느끼게 했다. 너도밤나무, 튤립나무 같은 오래된 노르망디의 초목들이 심겨 있는 공원, 보리수나무와 주목朱木으로 이루어진 오솔길, 밤나무와 잔디와 덤불로 둘러싸인 원형교차로 등은 센강과 예인로曳引路를 사이에 두고 있을 뿐이었다. 게다가 전망이 탁 트여 있어서 전원과 도시가 한눈에 들어왔다. 플로베르는 자연스레 강에 친근감을 느끼며 수영 실력을 뽐내는 것을 즐겼다.

플로베르는 그 무렵 코르시카에서 검사 대리로 일하고 있던 에르네스트 슈발리에—사법관의 모든 단계를 착실히 거쳐 앙제의 검사장과 훗날 국회의원 자리에까지 오른다—를 마음속에서 지워버린다. 이 어린 시절의 친구는 점차 그의 삶에서 사라지고, 또다른 친구가 그의 마음속에 깊이 자리하게 된다. 알프레드 르 푸아트뱅은 아마도 플로베르의 모든 친구 중에서 삶의 가장 깊은 곳에서부터 진정으로 그와 함께 생각하고 느끼면서, 그와 비슷한 영감의 작품을 쓰고 같은 그룹을 형성했던 유일한 친구일 것이다. 그런데 1846년에 르 푸아트뱅은 결혼을 한다. 그는 7월에 루이즈 드 모파상과, 그의 누이동생 로르는 11월에 루이즈의 오빠인 귀스타브 드 모파상과 각각 결혼했다. 귀스타브 드 모파상은 훗날 소설가 기 드 모파상의 아버지가 되는 인물이다. 하지만 그 당시 플

1 크루아세의 정원 한쪽에 위치한 별채는 오늘날 '플로베르 기념관(Pavillon-Musée Flaubert)'이 되어 있다.

로베르는 이들이 자신들의 루앙 그룹에 어떤 영광을 가져다줄지는 알지 못했다. 그가 보았던 것은 알프레드가 결혼함으로써 자신의 친구를 잃어버렸다는 사실이었다. 그는 슈발리에에게 보낸 편지에서 이렇게 이야기했다. "나는 또 하나의 친구를 잃어버린 거야. 그것도 이중으로. 그는 결혼을 했을 뿐만 아니라 다른 데로 살러 갈 테니까 말이야." 그로부터 17년 후 플로베르는 알프레드의 누이인 모파상 부인에게 다음과 같은 편지를 쓰게 될 터였다. "그가 결혼했을 때 난 질투에서 비롯된 깊은 슬픔을 느꼈었소. 그건 하나의 결별이자 커다란 상실이었으니까! 나로서는 그가 두 번 죽은 것이나 마찬가지였소." 알프레드 르 푸아트뱅의 두 번째 죽음은 그가 결혼한 지 2년 만에 찾아왔다. 1848년 4월, 플로베르는 죽어가는 친구의 머리맡에서 스피노자를 읽어주었다. 더이상 책을 읽을 수 없을 때까지.

르 푸아트뱅의 빈자리를 채워준 것은 루이 부이예였다. 플로베르는 중학교 졸업 이후 오랫동안 그를 만나지 못했다. 루이 부이예는 의학을 공부하고 루앙 시립병원에서 인턴 과정을 마쳤다. 그러나 지역 시인들의 아들이자 손자였던 그에게 시의 마魔가 들러붙었다. 그는 의학을 포기하고 바칼로레아를 준비하며 가난하게 살았고, 1846년 4월에 플로베르를 다시 만났다. 르 푸아트뱅과의 우정이 감성과 생각에 기반을 둔 것이었다면, 부이예와의 우정은 예술, 더 엄밀히 말하면 기술에 중점을 둔 것이었다. 부이예는 선생이 학생들의 과제를 고쳐주듯 죽을 때까지 플로베르의 원고를 수정해주었다. 부이예가 타고난 문학적 재능을 지닌 플로베르에게 그 반대의 경우보다 더 많은 영향을 미쳤다는 사실은 놀라운 일이다. 이처럼 세심하고 교육자적이며 유용한 우정을 소유한 것은 플로베르에게는 커다란 축복이었다. 라신을 좋아하지 않았던 그가 부알로[2]를 찬양한 것은 그 역시 라신처럼 자신만의 부알로를 곁에 두었기 때문이다.

같은 해에 그가 만난 것은 뒤 파르크였을까, 샹므슬레[3]였을까? 어찌 되었든 라신이 연극 무대 뒤에서 그랬던 것처럼 플로베르는 문학의 무대 뒤에서 사랑을 발견했다. 디드로는 연극에의 취향은 무엇보다 여배우들과 자고 싶다는 욕망에서 비롯된다고 주장한 바 있다. 물론 플로베르의 문학에 대한 사랑 속에는 그와 유사한 욕망이 아닌 또다른 것이 있었다. 어쨌든 오늘날 플로베르와 루이즈 콜레의 사랑은 문학사의 커다란 사건 중 하나로, 그녀에게 보낸 그의 연애편지들—문학에 관한 편지들과 더불어—은 문학적 삶을 이해하는 데 매우 중요하고 귀한 편지 중 하나로 여겨지고 있다.

그녀를 만나기 전까지는 플로베르에게 사랑은 그의 삶보다는 꿈속에 자리하고 있었다. 그의 청년기는 관능적인 환영들로 가득했다. 그의 『11월』의 내밀한 고백 속에서 우리는 그가 병적인 경계

---

2 『시법L'Art Poétique』으로 이름을 알린 니콜라 부알로(1636~1711)는 17세기의 문학 비평가이자 이론가였다. 그는 자신의 친구들이기도 했던 위대한 작가들, 몰리에르, 라신, 라퐁텐 등의 대변자로 고전주의 문학 이론을 정립했다.

3 뒤 파르크(Mademoiselle Du Parc)와 샹므슬레(Champmeslé)는 모두 17세기에 활약했던 연극배우다.

를 오가는 것을 확인할 수 있다. 구두 제조인의 진열대에 놓인 조그만 새틴 구두는 그를 황홀경에 빠지게 했다. 그는 아주 여성적인 외모의 여성—커다란 엉덩이와 어머니 같은 젖가슴을 가진—에게 정신적이고 육체적인 열정을 느끼곤 했다. 창녀인 『11월』의 마리, 트루빌의 그의 아름다운 우상을 떠올리는 『어느 광인의 회상록』의 마리아는 서로 닮았고 둘 다 풍만한 타입의 여성들이었다. 아마도 푸코 부인 역시 그럴 터였다. 그러나 플로베르는 자신이 아직까지 진정한 사랑의 포로가 된 적이 없음을 자찬했다. "내가 열일곱 살에 여자에게 사랑을 받았더라면 지금쯤 얼마나 멍청한 바보가 되어 있을까! 행복은 천연두와 같아. 너무 일찍 걸리면 얼굴을 완전히 망가뜨리지."[4]

스물다섯 살에 인간에게 공통적인 모험을 거치는 것은 지극히 자연스러운 일이다. 하지만 사람들은 그의 선택을 받은 여성이 요란하고 통속적으로 보일 수도 있는 문인이었다는 사실에 종종 놀라곤 한다. 그러나 그녀의 동시대인들은 우리가 어쩔 수 없이 받게 되는 이러한 인상을 공유하지 못했을 듯하다. 당시에는 남녀 가릴 것 없이 그녀의 환심을 사고자 하는 사람이 많았기 때문이다. 문학에의 꿈을 안고 엑스에서 올라온 루이즈 레부알[5]은 파리에서 지방 출신 뮤즈로서의 빈약한 재능을 개발할 수 있기를 바랐다. 그리고 자신의 화려한 미모가 시인으로서의 앞날에 도움이 되리라는 것을 재빨리 간파했다. 그녀는 로마대상 수상자이자 콩

---

4 『서간집』, 1853년 3월 25일 루이즈 콜레에게 보낸 편지.

5 (Louise Révoil) 루이즈 콜레(1810~1876)의 처녀 적 이름이다.

세르바투아르의 교수였던 작곡가와 결혼했다. 음악가이자 철학자였던 이폴리트 콜레는 또다른 철학자인 빅토르 쿠쟁과의 관계를 포함해 오랫동안 이어진 아내의 애정 행각을 자신의 운명으로 여기고 받아들인 터였다. 빅토르 쿠쟁이 루이즈 콜레를 잡지《르뷔 데 되 몽드Revue des deux Mondes》에 참여시키지 않았더라면, 그녀의 시네 편이 아카데미 프랑세즈 상을 받는 데 기여하지 않았더라면 그녀는 그의 잘 알려진 인색함을 받아들이기 힘들었을 터다. 게다가 그녀는 그의 유일한 영향력만으로 만족하지 않았다. 어떤 효과를 노리고 그녀가 가까이 지냈을 것으로 짐작되는 아카데미 프랑세즈 회원들—그녀의 미출간 편지들 속에서 언급된—가운데는 종신 서기였던 빌맹, 빅토르 위고(루이 바르투는 자신이 소장하고 있는 위고의 작품, 여인의 뒷모습 누드 데생이 루이즈 콜레를 그린 것이라며 즐겁게 상상의 나래를 펼치기도 했다. 레이몽 에숄리에는『예술가 빅토르 위고Victor Hugo artiste』에 이 그림을 실어놓았다), 알프레드 드 뮈세 그리고 알프레드 드 비니 백작도 포함돼 있었다.

루이즈 콜레의 또다른 숭배자였던 약사 케느빌은 1842년, 뮤즈의 전 작품을 근사한 2절판으로 25부를 찍어 이름난 시인과 왕족 들에게만 선사했다. 자신의 관대함을 의심받아서는 안 되었던 루이 필리프 왕은 그녀에게 금메달로 화답했고, 자신의 개인 재산을 출연해 그녀의 연금을 두 배로 올려주었다. 루이즈 콜레는 레카미에 부인의 살롱에서도 대환영을 받았다. 그리고 루이즈 자신도 세브르 로에 비교적 다양한 부류의 사람들이 드나드는 인기 있는 살롱을 운영했다. 그곳에는 다수의 아카데미 프랑세즈 회원들이 드나들었다. 루이즈 콜레는 매력적인 금발에 발그레한 얼굴과 싱그럽고 빛나는 눈을 가진 여자였다. 그녀를 몹시 싫어했던 뒤 캉은—루이즈 콜레도 마찬가지로 그를 싫어했다—그녀를 이렇게 평했다(그는 그녀가 플로베르와 처음으로 결별하게 된 이유였다). "그녀는 아름답지만, 섬세한 생김새와는 아주 대조적으로 상당히 강한 면이 있는 데다 걸음걸이가 마치 남자 같다. 게다가 두툼한 손발과 쉰 목소리는 통속적인 근본을 드러내 보여준다."[6] 하지만 그의 생각과는 반대로 플로베르는 그녀의 목소리가 그녀의 두드러진 매력 중 하나라고 여겼다. 게다가 뒤 캉이 들려준 그녀에 관한 일화의 대부분은 의심스러운 점이 많다.

플로베르는 1846년 6월에야 프라디에의 아틀리에에서 그녀를 처음 만날 수 있었다. 두 달 후 그녀는 그의 연인이 되었다. 그녀는 플로베르를 열렬히 사랑했던 것으로 보인다. 당시 그는 스물다섯 살의 아주 잘생긴 청년이었다. 루이즈 콜레가 자신의 소설 『그 남자Lui』에서 그려 보이는 초상은 그녀가 덩치 좋고 잘생긴 노르망디 출신의 청년에게 얼마나 푹 빠졌었는지를 충분히 알게 해준다. 한편 플로베르는 그녀에게 다음과 같은 편지를 보냈다. "당신은 내가 당신과 사랑에 빠지기 위해 필요한 모든 걸 다 갖고 있지 않아? 육체, 정신, 다정함을? 당신은 영혼의 단순함과 정신의 강인함을 지녔고, 그다지 '시-이-적이지'[7] 않으면서도 굉장한 시

---

6 (원주) 막심 뒤 캉, 『문학 회상기Souvenirs littéraires』, 제2권, 362쪽.

7 플로베르는 '시적(poétique)'이라는 말을 'pohétique'로 표기했다.

인이야. 당신에게는 선함만이 있고, 당신의 모든 것은 새하얗고 부드럽기 그지없는 당신 가슴과 같아."[8]

루이즈 콜레의 처세술은 지나치게 자주 사람들의 입방아에 오르내리면서 조롱거리가 되기도 했다. 그러나 그것은 여성 문인으로서의 현실적인 필요성에 따른 것일 뿐이었다. 게다가 남성 문인들의 경력에 거의 필수적으로 동반되는 처세술보다 더 놀라운 것도 아니었다. 물론 그녀에게 우스꽝스러운 면이 전혀 없었던 것은 아니다. 그러나 그녀에 대한 조소에서는 남성 문인들이 여성 문인에게 느끼게 하는 비열함과 천박함이 배어 나왔다. 그녀는 사랑이 넘치는 아름다운 여자였다. 어디에서나 빛을 발하고 주위 사람들에게 영향을 미칠 수밖에 없는.

이처럼 거리를 둔 사랑, 그러면서 문학적이기도 한 사랑은 플로베르의 성향에 딱 들어맞는 것이었다. 그는 여전히 크루아세의 은거지에서 우울하고 말이 거의 없는 어머니와 함께 지냈다. 그리고 때때로 파리로 가서 두 달에 한 번 정도씩 루이즈를 만났다. 그들은 처음에는 파리에서 그다음에는 망트에서 주로 만났다. 지속적으로 좀더 자주 보는 것은 그를 괴롭게 하고 혼란스럽게 했을 터였다. 그녀와 멀리 떨어진 채 그는 그녀에게서 사랑의 가장 좋은 점을 취하고 그녀를 꿈꾸고 욕망할 수 있었다. 무엇보다 이 다행스러운 '떨어져 있기'는 그로 하여금 편지를 쓰게 만들었고 우리에게 이처럼 멋진 서간집을 선사해주었다. 최근에야 완전한 판본으로

8 『서간집』, 1853년 5월 21~22일 루이즈 콜레에게 보낸 편지.

출간된 『플로베르 서간집』에는 1846년 8월에서 1854년 5월 사이에 루이즈 콜레에게 보낸 275통의 편지가 실려 있다. 우리의 무례함은 다음과 같은 플로베르의 말을 따를 수 없었다. "대중은 우리에 관해 아무것도 알아서는 안 돼. 그들로 하여금 우리의 눈, 우리의 머리칼, 우리의 사랑을 즐기게 해서는 안 되는 거야. [···] 그들이 알아채지 못하게 우리의 마음을 잉크에 녹여 넣는 것으로 충분해."[9] 적어도 대중에게 짐작하는 것을 허락해주기를! 일단 알아채고 나면 그들은 당신들의 마음에서 당신들의 사랑, 당신들의 머리칼 그리고 당신들의 눈에까지 거슬러 올라가게 될 것이니!

마치 벽난로 장식품처럼 우월한 남자가 소위 우월한 여성과 애써 짝을 짓고자 했던 게 아니라면, 그의 사랑 앞에서 분노하고 놀라는 것은 유치하게 여겨질 터다. 괴테와 크리스티아네,[10] 장 자크 루소와 테레즈[11]는 뱅자맹 콩스탕과 마담 드 스탈, 샤토브리앙과 레카미에 부인만큼이나 자연스러운 한 쌍을 이루며 대중의 상상력을 자극한다. 사랑은 그 자체로서 충분한, 일차원적이고 예측 불가능한 실재이다. 그리고 천재성을 지닌 사람의 사랑은 그 재능에 비추어 고찰되고 그와 어깨를 나란히 할 권리와, 이성은 알지 못하는 세심한 감정을 지닌 사람만이 간파하고자 애쓰는 그 사랑만의 이유 속에서 존중받을 권리가 있다.

---

9 『서간집』, 1852년 9월 1일 루이즈 콜레에게 보낸 편지.

10 괴테는 가난한 집안의 딸인 크리스티아네 불피우스와 오랫동안 동거한 끝에 결혼했고 그녀에게서 아들을 얻었다.

11 루소 역시 오랫동안 동거해온 세탁부 마리테레즈 르 바쇠르와 결혼했다. 그는 둘 사이에서 태어난 다섯 명의 아이들을 모두 고아원에 맡겼다.

문학에서 모든 것을 결정화結晶化하고 현실에서는 글감만을 찾으며, 그 현실을 실제보다 더 아름답거나 더 실제처럼 재현하고자 했던 자유분방한 상상력의 소유자인 플로베르에게는 감각들로 이루어진 삶은 생각들을 환관으로 둔 일종의 하렘처럼 여겨질 수밖에 없었던 듯하다. 언젠가 '디네 마니Dîner Magny'[12]에서 그는 자신은 여자를 진정으로 소유해본 적이 없으며, 자신에게 모든 여자는 언제나 꿈속의 여자의 자리를 대신했을 뿐이라고 이야기한 바 있다. 우리는 이 꿈속의 여자, 소유되지 않은 여자가 존재한다는 것을 알고 있으며, 두 번째 『감정 교육』이 바로 우리에게 그 사실을 분명히 확인시켜주는 훌륭한 자료이다. 그러나 그에게는 또다른 여자가 있었다. 생생하게 살아 있는 금발의 루이즈는 그가 수없이 꿈꾸었던 갈색 머리의 엘리자와 대칭적인 자리를 차지하고 있다. 그가 루이즈를 열렬히 사랑한 게 아니라면 대체 어떤 것을 사랑이라고 부를 수 있을까. 공쿠르 형제는 그들의 『일기』에서 두 사람의 사랑에 관해 이렇게 이야기했다. "그에게서는 이 여자에 대한 어떤 씁쓸함이나 유감도 찾아볼 수 없었다. 그녀는 흥분과 감각과 동요로 극화劇化된 격렬한 사랑으로 그를 매료한 듯 보였다."[13]

게다가 그는 질투심에 사로잡히는 일도 없었다. 루이즈 콜레의 또다른 연인들의 존재에 불안감을 느끼지도 않았다. 심지어 격

12 디네 마니('마니에서의 식사')는 1862년부터 저널리스트, 작가, 예술가, 과학자 등이 파리의 마니 레스토랑에서 가졌던 소모임을 일컫는다. 오직 남자들만의 모임이지만 여성으로서는 유일하게 조르주 상드가 회원으로 참석했다. 주요 참석자로는 귀스타브 플로베르, 생트뵈브, 테오필 고티에, 기 드 모파상, 공쿠르 형제, 에르네스트 르낭, 이반 투르게네프 등이 있었다.

13 『공쿠르 형제의 일기』, 1862년 2월 21일.

렬한 사랑을 이야기하는 편지에서 그녀에게 쿠쟁을 밀어낸다고 나무라기까지 했다. 자신 때문에 아카데미 프랑세즈 회원인 남자를 희생시키지 말 것을 요구하면서! "당신 친구들에게 소홀히 대하지 마. 예전처럼 그들과 함께 어울리란 말이야. 난 당신에게서 어떤 것도 빼앗고 싶지 않아. 내 말 알겠어? 난 그 반대로 당신에게 뭐라도 더해주는 사람이고 싶다고."[14] 귀스타브는 소심한 남자가 아니었다. 그는 관대한 남자 귀스타브였다.

그는 파리와 망트에서 그녀를 간간이 만나는 것으로 족했다. 그의 사랑은 거리와 공간에 의한 이상화—본질적으로 기억에 의한 이상화와 다르지 않은—를 필요로 하는 듯했다. 편지에 의해 미화되고 부족함이 채워진 거리는 그에게 글을 쓸 수 있는 행복한 구실이 되었다. 플로베르는 분명 루이즈 콜레에게서 작가로서의 모습을 사랑했다. 이는 그의 본질에 속하는 것이어서 그는 사랑과 문학을 분리할 수 없었고, 그에게 사랑은 아름다움의 산물이면서 동시에 문학적 산물이기도 했다. 우연히 만난 꿈속의 여자인 슐레쟁제 부인은 이러한 사랑의 법칙, 즉 예술적 산물로서의 평균적인 사랑의 법칙에 완벽하게 들어맞는 여성이었다. 그러나 그는 그것만으로 만족할 수 없었다. 사랑하는 사람이 자신의 사랑으로 응답하지 않을 때에는 진정한 사랑이 있을 수 없기 때문이다. 이는 플로베르의 문학적 사랑의 경우에도 마찬가지였다. 그가 사랑 속에서의 문학을 추구한 뒤 여성에게서의 문학을 추구하고 여성 문인

14 『서간집』, 1846년 9월 15일 루이즈 콜레에게 보낸 편지.

에게 이끌린 것은 자연스러운 일이었다.

플로베르가 루이즈 콜레의 문학적 재능에 열광했으리라고 믿기는 어렵다. 그러나 그는 그녀의 작품을 좋게 평가했으며 그 속에서 종종 감탄할 구실을 찾곤 했다. 그의 시적인 의식과 권위를 대변했던 부이예 역시 그의 의견에 동조했다. "부이예는 당신의 『하녀La Servante』에 깊은 감명을 받았다고 했어. 구성이 아주 인상 깊고 전개도 좋으며 시구가 내내 거침이 없다면서 말이야. […] 당신의 이 작품을 아주 많이 칭찬했다고."[15] 어쩌면 부이예 역시 그녀와 사랑에 빠졌던 것인지도 모른다. "아! 부디 그를 사랑해줘, 이 가엾은 부이예를. 그는 당신을 참으로 감동적으로 사랑하고 있어. 나마저 감동시키고 마음 아프게 하면서 말이지."[16] 그러나 플로베르는 그의 동시대인들의 문학에 결코 건전한 평가를 내린 적이 없었다. 다른 한편으로는, 아카데미 프랑세즈에서 네 번이나 상을 받은 루이즈 콜레의 시들은 1850년경에는 정중하게 평하는 것이 우습게 여겨지지 않을 정도의 평범한 수준에 그쳤다. 막심 뒤 캉의 『현대적 노래들Les Chants modernes』보다 못하지는 않았지만.

다만 여성 문인도 한 사람의 여자였다. 거기서 필연적인 오해가 생기는 것이다. 남성 문인은 문학, 고찰, 지성 등이 여자의 본성이 지닌 가시들을 무디게 만들고 모난 곳을 둥글게 할 거라고 믿는 경향이 있다. 여성 문인 또한 남성 문인에 대해 그렇게 생각한다. 그러나 그들은 오래지 않아 그 반대의 사실을 깨닫게 된다. 하

15 『서간집』, 1853년 10월 23일 루이즈 콜레에게 보낸 편지.

16 『서간집』, 1853년 10월 25일 루이즈 콜레에게 보낸 편지.

나는, 여성 문인은 한 명 반분의 여자이며, 다른 하나는, 남성 문인은 두 명분의 남자라는 사실이다. 그들은 거울 놀이 속에서 으레 비틀거리다가는 이내 거울을 깨버리고 만다. 그러면 그들의 큰 목소리와 깨진 유리 파편들이 내는 소리가 먼 후대까지 울려 퍼지게 된다(이는 문학이 누리는 특권이다). 대부분의 문인 커플들—적어도 프랑스인들—은 베네치아나 코페 또는 시레이의 연인들[17] 할 것 없이 요란한 삶을 살았다.

루이즈는 1846년 8월 4일 망트에서 플로베르의 연인이 되었다. 그는 바로 그날 저녁, 크루아세에 돌아오자마자 그녀에게 첫 번째 편지를 보냈고 다음 날 답장을 받았다. 그녀는 편지에서 벌써 "체념하고 받아들이는 고통"을 탓하고 있었다. 그리고 플로베르에게 그가 원하면 자신을 잊어버리라며 "매우 가혹한 말들"을 쏟아냈다. 그의 뮤즈는 좌파였기 때문에(그녀는 훗날 파리코뮌 당시 스스로를 위험에 빠뜨린다) 그들은 처음 만났을 때부터 정치적 견해차를 드러냈다. 루이즈는 플로베르에게 《르 콩스티튀시오넬Le Constitutionnel》의 기사에서 애국심과 관대함과 용기를 소홀히 다루었다며 비난했다. 그리고 대부분의 편지에서 이처럼 격렬한 어조가 발견된다.

플로베르는 루이즈를 '이상화된 반음양半陰陽'으로 만들고자 했는지도 모른다. 그들의 관계가 끝나갈 무렵인 1854년 4월, 그가 그녀에게 보낸 편지에서 알 수 있는 것처럼. 게다가 그는 관계

17 베네치아는 루소와 마리테레즈 르 바쇠르, 코페는 마담 드 스탈 부부, 시레이는 볼테르와 그의 연인 에밀리 뒤 샤틀레와 관련이 있는 곳들이다.

의 초기에도 이미 이런 말을 한 적이 있다. "난 처음부터 당신에게서 여성으로서의 모습보다 더 보편적인 삶의 개념을 발견할 수 있을 거라고 믿었어. 그런데 그게 아니었던 거야! 이 마음, 이 마음, 이 가여운 마음, 이 선한 마음, 자신만의 영원한 우아함을 지닌 이 매력적인 마음은 언제나 거기 있었던 거야. 가장 빛나는 여성들과 가장 고귀한 여성들의 경우에조차도. […] 난 당신을 완전히 별개인 그 무엇으로 만들고 싶었어. 친구도 연인도 아닌 그 무엇으로. 친구나 연인은 너무나 제한적이고 너무나 독점적이기 때문이지. 친구는 충분히 많이 좋아할 수 없고, 연인은 우리를 바보로 만들거든. 내가 원한 것은 그 둘의 중간적 존재였던 거야. 뒤섞인 두 종류의 감정의 정수精髓 같은 것 말이야."[18]

그러나 루이즈가 요구한 것은 중간적 존재가 아닌 그의 모든 것이었다. 그녀는 두 손을 뻗어 할 수 있는 한 남자의 많은 것을 움켜쥐고자 했다. 그러나 열광하는 힘과 사랑에의 무능함을 동시에 지닌 플로베르는 그녀에게서 벗어나려고 애썼다. "나를 그렇게 많이 사랑하지는 말아줘, 나를 그렇게 많이 사랑하지는 말아줘, 당신은 나를 아프게 해! 내가 당신을 사랑할 수 있게 해줘, 내가. 당신은 과도한 사랑이 우리 두 사람에게 불행을 가져다줄 거라는 걸 정녕 모르는 건지!"[19] 플로베르의 문학적 본성에 비추어 볼 때 그에게는 더없이 바람직하게 여겨지는 거리를 둔 사랑은 그의 뮤즈에게는 받아들이기 힘든 것이었다. 그녀는 그가 크루아세를 떠나 파리

---

18 『서간집』, 1846년 9월 28일 루이즈 콜레에게 보낸 편지.

19 『서간집』, 1846년 8월 8~9일 루이즈 콜레에게 보낸 편지.

로 와서 그녀 가까이에서 살기를 바랐고, 그것을 큰 소리로 요구했다. 그러나 그는 "제발 떼 좀 쓰지 마. 내 마음이 찢어지는 것 같으니까"[20]라고 답했다. 그녀는 플로베르와 공동으로 책을 쓰기를 원했다. 그러나 그는 그러고 싶은 마음이 조금도 없었다. "우리를 하나의 책 속에서 하나로 합쳐지게 하려는 당신 생각은 고마워. 감동적이야. 하지만 난 아무것도 출판하고픈 생각이 없어."[21] 그러나 이러한 루이즈에게서 마치 근사한 떡갈나무에 들러붙고자 하는 일종의 기생식물의 모습을 보아서는 안 될 터다. 당시 스물다섯 살의 플로베르는 아직 한 권의 책도 출간하지 못한 채 세인들에게 알려지지 않은 미출간 원고들만을 쌓아둔 터였다. 그러나 루이즈는 이미 유명한 여류 문인으로 쿠쟁의 사랑과 레카미에 부인의 총애를 받으며 그녀가 속한 클럽에서도 인기를 누리고 있었다. 게다가 왕에게서 연금을 하사받고, 절정에 이른 미모와 지성으로 당시 저명인사들의 구애를 한 몸에 받고 있었다. 그녀는 플로베르의 빛나는 재능을 일찌감치 알아보고 문학에 대한 그의 아름다운 열정에 감탄했을 것이다. 그리고 그녀의 여성으로서의 직감이 지하 수맥을 찾는 개암나무 막대처럼, 아직 눈에 띄지 않았던 수맥을 찾아내 그 물이 훗날 수로를 거쳐 온천장과 베르사유 궁전을 탄생시킬 수 있게 한 것인지도 모른다. 그 시절 그녀는 자신이 받는 것보다 더 많은 것을 주었다.

플로베르보다 열한 살 많은 나이와 문인으로서의 명성으로

---

20 『서간집』, 1846년 8월 9일 루이즈 콜레에게 보낸 편지.

21 『서간집』, 1846년 8월 8~9일 루이즈 콜레에게 보낸 편지.

인해 그녀는 선의로 자신의 생각을 받아들이게 하고 그에게 요구할 수 있었다. 보들레르와 같이 나약한 많은 남자들처럼 플로베르는 사랑 속에서—이상적인 충만함을 느끼게 하는 우월한 종류의 사랑을 느낄 때면—모성적인 보호와 위안을 찾고자 했다.

> 어머니가 되어주오,
> 은혜를 모르는 자, 악한 자에게조차도.
> 연인이든 누이든, 영광스러운 가을이나 석양의
> 덧없는 감미로움이 되어주오.[22]

우리는 그의 모든 연애사가 얼마나 모성적 이미지 주위로 결정화되었는지, 그가 쉰 살이 넘은 1872년에, 아르누 부인의 이름을 빌려 이상화했던 여인에게 보낸 이토록 쓸쓸하고 이토록 애정 어린 편지 속에서 모성적 이미지가 얼마나 커다란 자리를 차지하고 있었는지는 결코 명확히 알 수 없을 터다. "나의 오랜 친구여, 나의 오랜 연인이여. 당신의 필체를 볼 때마다 떨리는 마음을 금할 길 없습니다. 오늘 아침에도 서둘러 당신이 보낸 편지의 봉투를 뜯었지요. 당신의 방문을 알리는 편지일 거라고 믿었거든요. 하지만 아, 슬프게도 아니었습니다! 대체 언제쯤 나를 찾아주실 건가요? 내년에는 오실 건가요? 당신을 내 집에 맞아들여 내 어머니 방에서 주무시게 할 수 있다면 얼마나 좋을까요."[23] 라이크라는 이

---

22 샤를 보들레르의 시 『가을의 노래』 한 구절.

23 『서간집』, 1872년 10월 5일 모리스 슐레쟁제 부인(엘리자 슐레쟁제)에게 보낸 편지.

름의 독일인 정신분석가가 오이디푸스 콤플렉스의 관점에서 플로베르를 연구한 것은 자연스러운 일이었다.

사랑에 있어서 플로베르는 상대를 보호해주고 감싸주고 싶어하기보다는 보호받고 위안받을 필요가 있는 남자에 속했다. 그는 자신보다 어린 여자에게 관심을 가져본 적이 없었다. "나는 그녀를 사랑하진 않았지만, 내 눈빛으로 응답할 수 없었던 그 슬픈 사랑의 눈빛에 대해 속죄할 수만 있다면 내 목숨이라도 내놓을 수 있어."[24] 그가 말하는 여성은 아마도 그의 어린 시절의 친구였던 영국인 소녀 거트루드 콜리어였을 것이다. 그를 좋아했던 어린 소녀와 그녀에 대한 상상은 소심하고 서툰 소년의 이미지에 계속해서 영향을 미쳤을 터였다. 그는 파리에서 그녀를 다시 만났고, 그녀의 어머니 집—기꺼이 그들을 홀로 있도록 배려했던—으로 자신이 쓴 글을 읽어주러 갔다. 그리고 루이즈와의 관계가 시작되었던 1846년, 그녀에게 다정하지만 애정은 느껴지지 않는 편지를 보냈다.

따라서 플로베르의 연애 성향을 이야기할 때는 과거의 두께를 지닌 풍만하고 모성적인 여인에 대한 선호를 고려해야만 할 터다. 루이즈는 엘리자 슐레쟁제와 나이가 같았고, 두 여자 모두 플로베르보다 열한 살이 많았다. 동방 여행 중에 부이예에게 보낸 편지에서 플로베르는 "서른 살 여성의 어깨"[25]를 이 세상의 소중한 것들 중 하나로 꼽았다. 그가 루이즈에게 끌린 것은 그런 점도 작용했을 터였다. 그러나 또다른 것이 있었다. 그는 여자를 사랑했

---

24 『서간집』, 1846년 9월 22일 루이즈 콜레에게 보낸 편지.

25 『서간집』, 1850년 9월 4일 루이 부이예에게 보낸 편지.

을 뿐만 아니라 여성 문인을 사랑했다. 금발 여성의 발그레한 뺨뿐만 아니라 그녀의 손가락에 묻은 잉크를 사랑한 것이다. 그리고 이 부분에서 그는 스스로를 주인으로 생각하면서 자신이 자신들 커플을 보호하고 지배하는 사람이 되기를 원했다. 그는 그녀에게서 문학을 사랑했고 여성 문인에게 경의를 표했지만, 문학이 여성에게 종속되는 것과 여성적 문학은 좋아하지 않았다. 그는 편지에서 루이즈에게 그녀의 성性과 '연약한 여성성에 대한 강박관념'을 버릴 것을 요구했다. "당신 수준에 이르면 속옷에서 젖 냄새가 나서는 안 되는 거야. 부디 이런 거추장스러운 것을 잘라내고 당신 가슴을 더욱 조이고 압축해서 림프샘이 아닌 근육만 남게 하기를. 지금까지 쓴 당신의 모든 작품들은 멜뤼진(상반신은 미녀이고 하반신은 뱀 모습을 한 마녀)처럼 어느 부분까지만 아름다울 뿐이야. 나머지는 주름이 잡혀 쭈그러진 채 기어가는 형국이라고. 아, 나의 뮤즈여, 이렇게 내 생각을 솔직하게 모두 말할 수 있다는 건 정말 좋은 일이야! 진심이야, 내게 당신이 있어서 얼마나 좋은지 몰라. 당신은 남자가 이런 이야기를 편지로 할 수 있는 유일한 여자일 거야."[26]

두 사람 사이의 오해는 치명적이었다. 그의 뮤즈가 원했던 것은, 편지에서 그가 남자가 여자에게 으레 이야기하는 것들을 말해주는 것이었는지도 몰랐다. 게다가 그녀는 자신의 문학에서 자신

---

26 『서간집』, 1853년 4월 13~14일 루이즈 콜레에게 보낸 편지.

의 성을 배제하는 것을 거부했다. 오히려 그것을 드러내 보이기를 더 좋아했다. 플로베르는 그녀에게 이렇게 항변한 적이 있다. "당신은 나를 마치 볼테르주의자나 물질주의자처럼 취급하는 것 같군. 하지만 내가 정말 그런지는 신만이 알고 있겠지! 당신은 문학에 대한 나의 절대적인 취향에 대해서도 이야기했지. 그런 것으로 내가 사랑에 있어서 어떤 사람인지를 추측할 수 있다고 믿으면서 말이지. 그런데 난 아무리 생각해도 당신이 무슨 말을 하는 건지 모르겠어. 도무지 이해가 안 돼."[27] 어쩌면 그는 지방의 뮤즈들의 우상이었던 라마르틴에 대해 미적지근하게 이야기했거나 그의 편지 속에 넘쳐나는 생리학적 농담을 했을지도 모른다. 루이즈는 (당시는 조르주 상드의 전성기였다) 자신의 연인이 정신주의자이며, 자신들의 사랑이 신의 호의적인 눈길 아래 전개되기를 바랐을 터였다.

플로베르는 개성적이면서도 다른 남자들과 차별되지 않는 이중의 잘못을 저질렀다. 루이즈는 1847년에 그에게 보낸 편지에서 그의 세계는 "대학생, 도락가, 욕쟁이 그리고 흡연자 들"의 그것이라고 말했다. 플로베르는 자신이 담배를 피우는 것과 가끔씩 욕을 하기도 한다는 것을 인정했다. 하지만 도락가라니! 자기처럼 금욕적인 삶을 사는 사람에게! 그리고 학생이라니! "아, 얼마나 지긋지긋했던 대학 시절이었는데! 난 내 적에게조차도—내게 적이 있다고 한다면—그런 날들을 살기를 기원하지 않을 거야!"[28] 그는 법과대학 시절의 삶을 떠올렸을 터였다. 그러나 루이즈가 그에게서 여자

27 『서간집』, 1846년 8월 11일 루이즈 콜레에게 보낸 편지.

28 『서간집』, 1847년 11월 14일 루이즈 콜레에게 보낸 편지.

들에게 호감을 사기 힘든 구태의연한 대학생의 모습을 발견한 것은 한편 타당한 일이었다. 그리고 그는 자신이 다른 이들과 구별되지 않았던 것만큼 그녀를 다른 여자들과 충분히 다르게 대하지 않았다. 그는 그녀에게 보낸 편지에서 다시 존칭을 쓰면서 이렇게 항변했다. "당신은 내가 당신을 최하 수준의 여자처럼 다루어주기를 바라는 것 같군요. 난 최하 수준의 여자나 최상급 또는 그다음 수준의 여자가 어떤 것인지 모릅니다. 어쩌면 여자들 사이에서 개개인의 아름다움이나 우리에게 발산하는 매력의 정도에 따라 상대적인 우위가 정해질지도 모르겠네요. 당신이 귀족적이라고 비난하는 나는 이 문제에 관해서는 매우 민주적인 견해를 갖고 있답니다."[29]

루이즈는 강력하게 요구하고, 도를 넘어서면서 매달렸다. 자신들 사이의 거리와 연인의 부재를 견딜 수 없었던 그녀는 플로베르에게 자신과 함께 로도스나 스미르나(이즈미르)로 가서 살자고 조르곤 했다. 적어도 그가 편지에서 모든 것을 이야기하기를, 그리하여 자신이 진정한 연인임을 느끼게 해주기를 바랐다. "나의 천사여, 당신에게 나의 내밀한 삶과 가장 비밀스러운 생각들을 말해주지 않는다고 나를 나무랄 수 있는 건지."[30] 그는 그녀를 만족시키기 위해 반은 진실한, 반은 인위적인 자신의 모습을 보여주고자 애썼지만 헛수고였다. 그녀는 아르파공처럼 "또다른 손들![31]"

29 『서간집』, 1846년 12월 루이즈 콜레에게 보낸 편지.

30 『서간집』, 1846년 9월 18일 루이즈 콜레에게 보낸 편지.

31 아르파공은 프랑스의 고전주의 극작가 몰리에르의 희극 『수전노L'Avare』의 주인공이다. 그는 땅에 묻어둔 돈을 훔쳐 간 범인을 찾는 과정에서 하인에게 손을 보여달라고 한다. 그리고 두 손을 보여준 하인에 대한 의심을 거두지 않고 "또다른 손들!"이라고 한 것을 빗댄 말이다.

이라고 할 터였다. 그러자 플로베르는 다음과 같이 불만을 드러냈다. "양식을 지닌 남자로서 보기에 여자들이 우리 남자들로 하여금 자신들을 속이게끔 기술을 부리는 것은 참으로 기이하고 흥미로운 일이야. 여자들은 우리를 마지못한 위선자로 만들고는, 거짓말을 하고 자신들을 배신했다고 비난하곤 하지."[32]

두 사람의 관계는 플로베르의 동방 여행을 사이에 두고 두 시기로 나뉜다. 1849년에 그들은 거의 사이가 틀어진 상태였다. 이는 그들에게나 우리에게 무척 유감스러운 일이었다. 무엇보다 그로 인해 그들이 고통받았기 때문이기도 하지만, 그 무렵 플로베르는 『성 앙투안의 유혹』 첫 번째 버전을 쓰고 있었기 때문이다. 그의 편지들은 그가 훗날 『보바리 부인』을 쓰던 시기에 그럴 것처럼 그의 집필 과정을 세세히 알려줄 수 있었을 터였다. 플로베르는 동방으로 떠나기 전 파리에 들렀을 때에도 그녀를 보러 가지 않았고 여행 내내 그녀에게 편지를 쓰지 않았다. 그러나 그가 여행에서 돌아온 뒤 그들은 화해했다. 플로베르는 루이즈가 커다란 곤경에 처했음을 알게 되었다. 그녀와 끝내 헤어졌던 남편이 세상을 떠난 데다 돈 문제까지 겹친 터였다. 1852년 1월 16일 자 편지에서 플로베르는 루이즈가 생계 때문에 수많은 저명인사들이 그녀에게 남긴 서명들을 모은 앨범을 영국에서 팔려고 애쓴 이야기를 들려주었다. 그녀와 알프레드 드 뮈세와의 또다른 관계에도 불구

32 『서간집』, 1846년 9월 30일 루이즈 콜레에게 보낸 편지.

하고 두 사람은 편지와 만남을 다시 시작했다. 플로베르가 자신의 연인에게 『보바리 부인』의 창작에 관한 귀중한 편지들—우리로 하여금 그의 집필 과정을 차례로 따라갈 수 있게 해준—을 보내기 시작한 것도 그 무렵부터였다. 그러나 뮤즈는 진력을 냈고, 플로베르에게 동방 여행에서 가져온 여행 노트들을 읽어줄 것을 요구했다. 그는 오랜 망설임 끝에 그러는 데 동의했다. 그러자 격렬한 장면이 연출되었다. 우선 플로베르는 자신의 연애 행각(단지 아랍이나 근동의 창녀를 상대로 한 것뿐이었지만)을 들려주었다. 질투가 폭발했다. 무엇보다 그의 여행 기록에는 그녀에 관한 이야기가 없었다. 나일강이나 보스포루스해협에서 그녀를 떠올린 것 같지도 않았다. 그녀의 비난과 눈물이 이어졌다. 불쌍한 남자는 있는 힘껏 스스로를 정당화했다. "당신은 내가 당신 이름을 좀더 자주 언급했기를 바랐겠지. 하지만 난 편지에 고찰 같은 것은 단 한 줄도 쓰지 않았다는 걸 알아줬으면 좋겠어. 난 단지 꼭 필요한 것, 즉 꿈도 생각도 아닌 느낌만을 가장 간략하게 기록했을 뿐이라고."[33] 질투를 폭발시키는 장면에 관해 말하자면, 플로베르는 그녀가 했던 행동을 따라 하지 않았던 관대한 성향의 소유자였다. 그는 루이즈가 자신을 뮈세로 대체했던 것을 전혀 문제 삼지 않았다(이 일은 훗날 그녀로 하여금 『그 남자』라는 자전적 소설을 쓰게 했다). 무엇보다 그녀는 플로베르의 어머니를 만나고 싶어했고, 그의 삶과 그의 가족적 삶의 한 부분이 되기를 원했다. 그러나 그는 여전히 거부했다. 플

33 『서간집』, 1853년 3월 27일 루이즈 콜레에게 보낸 편지.

로베르가 파리에 왔을 때 그녀는 그에게 불같이 화를 냈다. 뒤 캉이 전하는 말을 믿을 수 있다면, 그녀는 언젠가 플로베르가 식사를 하던 식당 별실 문을 요란하게 밀고 들어가 그가 부이예, 코르므냉, 뒤 캉하고 함께 있음을 알고는 모욕감을 느꼈다고 한다.

그러나 훌륭한 대작자代作者였던 플로베르와 부이예는 일요일마다 요란한 연인의 시와 산문을 수정해주었다. 두 연인이 결정적으로 결별한 것은 1855년 초에 크루아세에서 서로 격한 언쟁을 벌인 뒤였다. 플로베르는 그에게 간청을 하러 갔던 루이즈를 내쫓다시피 했다. 다음 해 루이즈는 『병사 이야기Une histoire de soldat』에서 크루아세에의 마지막 방문에 대해 이야기했다. 그녀는 작품 속에서 레옹스라는 이름을 빌려 플로베르를 가차 없이 그려냈다. 사실 그는 몹시 거친 방식으로 그녀와 이별했다. 플로베르가 공쿠르 형제에게 들려준 이야기에 따르면, 루이즈를 만나고 싶어한 적이 한 번도 없었던 그의 어머니까지도 "자신의 아들이 연인에게 가혹하게 대했던 기억을 마치 여성 전체에게 가한 상처처럼 내내 간직하고 있었다".[34] 그리고 두 사람은 서로를 용서하지 않았다.

데샤름의 말에 의하면 1855년 3월 6일 플로베르가 그녀에게 보낸 마지막 편지는 "열 줄도 채 안 되는 짧은 편지였다. 앞으로는 그의 집에 올 필요가 없으며, 그녀는 결코 그를 만날 수 없을 것이라고 선언하는 내용이었다. 이 편지는 세상에 공개되지 않았다. 이것을 내게 보여준 사람은 정확한 단어를 인용하지 말아달라고 부

34 『공쿠르 형제의 일기』, 1862년 2월 21일. 플로베르는 이에 관해 "이 일은 어머니와 나에게 서로 마음이 불편했던 유일한 기억으로 남아 있다"라고 밝혔다.

탁했다".[35] 루이즈의 『병사 이야기』는 이에 대한 답장인 셈이었다. 그 무렵부터 루이즈는 나이든 여성 문인으로서 힘들게 일하면서 척박하고 궁색한 삶을 살아갔다. 1871년에 플로베르는 그녀가 파리코뮌 이후에 생트뵈브의 포도주 저장고에서 사흘 동안 숨어 지냈다는 것을 알고는 공개적으로 비웃었다. 플로베르의 편지에 의하면, 1871년 플로베르가 쓴 부이예의 『마지막 노래들Les Dernières Chansons』의 서문은 루이즈에게 핀다로스풍[36]의 분노를 불러일으켰다. "난 그녀로부터 운문으로 된 익명의 편지를 한 통 받았지요. 그 속에서 나는 친구의 무덤 위에서 커다란 북을 쳐대는 약장수, '황제 앞에서는 아첨을 떨고' 비평가들 앞에서는 비굴한 언행을 일삼는 저열한 인간으로 그려져 있었습니다."[37] 그녀는 어느 날 콜레주 드 프랑스를 나서는 플로베르를 알아보고는 자기 딸에게 이렇게 말했다. "저 못생긴 꼬락서니 좀 봐!" 그녀 역시 더이상 아름답지 않았고 미용 관련 제품들을 위한 광고 글로 생계를 잇고 있는 터였다. 한때는 아름다운 순간도 있었던 사랑, 어쩌면 사람들이 말하는 것만큼 플로베르에게 어울리지 않았던 것이 아니었을지도 모르는 사랑은 이토록 초라하게 끝이 났다.

루이즈 콜레와의 결별은 『보바리 부인』의 출간보다 2년 앞선 것이었다. 이제 플로베르에게 사랑은 완화되고 거리를 둔 방식으로만 존재했다. 그는 감히 속내를 드러내지 못한 채 사바티에 부

35 (원주) 르네 데샤름, 『1857년 이전의 플로베르』, 404쪽.

36 핀다로스는 왕후와 귀족들을 위한 찬미의 시를 지었던 그리스의 서정 시인이다.

37 『서간집』, 1872년 2월 28일 조르주 상드에게 보낸 편지.

인과 마틸드 공주를 찬미했다. 그가 루인느 부인Madame de Loynes에게 보낸 세 통의 편지는 『보바리 부인』이 출간된 해인 1857년, 모두에게 아름다웠던 그녀가 그에게 적어도 한 번은 다정했음을 말해주고 있다. 당시 그녀는 스무 살로 플로베르보다 열여섯 살이 어렸다. 따라서 그의 사랑을 강력하게 묶어둘 수 있는 서른 살 이상 여자들의 어깨와는 거리가 멀었다. 과연 제비꽃의 여인은 그에게는 한 다발의 제비꽃에 불과했다. 그다음 해에 그는 『살람보』를 집필하기 위한 연구에 몰두하던 튀니스에서 그녀에게 다음과 같은 편지를 보냈다. "5주 전부터 나는 욕망이기도 한 이 기억과 함께 살고 있습니다. 당신 모습이 고독 속에서 끊임없이 나의 동반자가 되어주고 있습니다. 물결 소리 너머로 당신 목소리가 들리고, 당신의 매력적인 얼굴이 내 주위를, 노팔 선인장 산울타리 위를, 종려나무 그늘 속을, 산들의 지평선 위를 날아다닙니다."[38] 당시 잔 드 투르베라고 불렸던 여성의 섬세하고 빛나는 얼굴, 동양적이고 신비한 모습이 아밀카르의 딸(살람보)의 모습에 일부 반영되었을 가능성이 충분히 있는 것이다.

『보바리 부인』의 작가가 마치 고해신부처럼 여자들의 관심을 끈 것은 자연스러운 일이었다. 그가 조카딸에게 보낸 편지들에서 종종 천사들이라고 불렀던 여성들의 경우가 그랬다. 모두 세 명으로, 둘 다 저널리스트와 결혼한 루앙 출신의 자매 라피에르와 브렌

38 『서간집』, 1858년 5월 15일, 잔 드 투르베에게 보낸 편지.

느 부인과 자매의 친구인 유명한 파스카 부인이 그들이었다. 르네 뒤메닐은 "우리는 그들이 (1870년 이후에) 그의 외로움을 달래주려고 애썼던 것을 확신할 만큼 그 일들에 대해 충분히 알고 있다"라고 말했다. 뒤메닐은 언제나 충분한 정보를 확보하고 있었다. 그러나 플로베르의 고독은 신성한 것이었고, 여자들은 일시적으로 그를 지나치면서 꽃으로 그 고독을 어루만질 수 있었을 뿐이다.

그러나 장례식의 꽃만큼 그의 고독을 달래준 것은 없었다. 우리는 『감정 교육』의 마지막 장면을 잘 알고 있다. "여러 해가 흘렀다. [⋯] 1867년 3월 말, 어둠이 내릴 무렵 그가 서재에 홀로 있을 때 어떤 여인이 들어왔다."(3부 6장) 1871년 5월 22일과 9월 6일, 그가 모리스 슐레쟁제 부인에게 보낸 두 통의 편지와 에밀 제라르가이이의 치밀한 조사는 프레데릭과 아르누 부인의 만남이 크루아세의 서재에서 실제로 이루어졌던 것임을 알게 해준다. 당시 망트—플로베르와 루이즈가 만나던 장소였던—에 와 있던 엘리자 슐레쟁제는 크루아세로 와서 오랜 친구를 다시 만나기를 원했다. 아마도 1866년, 플로베르가 『감정 교육』의 집필을 시작한 뒤였을 것이다. 1871년, 남편이 죽은 뒤 상속받은 벨뷔 호텔이 있는 트루빌에 가야 했던 그녀는 그해 11월 8일 크루아세에 들렀다. 1872년에 플로베르는 우리에게 남겨진 희귀한 그들의 편지 중에서 마지막 편지를 그녀에게 보냈다. "누가 내게 개 한 마리를 선물했습니다. 나는 누렇게 변한 나뭇잎들 위를 비추는 햇빛을 바라보면서 그 녀석과 함께 산책을 하곤 합니다. 마치 과거를 반추하는 늙은이처럼 말입니다. 나는 늙은이니까요. 나는 더이상 미래에 대한 아무런 꿈도 없습니다. 하지만 지나간 날들은 금빛 안개 속에 잠긴 듯 내 눈앞에 나타나곤 합니다. 소중한 환영들이 내게 손을 내미는 그 빛나는 배경 속에서 가장 황홀한 모습으로 떠오르는 것은 바로 당신의 모습입니다. 그래요, 당신의 모습입니다. 오, 가엾은 나의 트루빌이여."[39] 그로부터 몇 년 후 엘리자는 정신병원에 입원했고, 1888년 9월 그곳에서 세상을 떠났다.

이것이 그의 '감정 교육'이었다. 요컨대 1845년의 소설에서 너무 가까이서 보았고, 1869년의 소설에서 너무 멀리서 보았던 것과는 다른 것이었다. 그의 사랑 가운데서 온전하게 그의 문학 속으로 들어올 수 있었던 것은 트루빌에서의 사랑이 유일했다. 『감정 교육』 두 번째 버전(결정판)의 로자네트는 무엇보다 자유분방한 연애를 즐기는 여자들—플로베르는 내일이 없는 그들의 삶을 부정적으로 생각하지 않았다—에 대한 수백 개의 단편적인 관찰들로 만들어진 인물이다. 그에게 가장 중요하고 완전했던 사랑, 그가 루이즈 콜레에게 느꼈던 사랑으로 말하자면, 그것을 문학적으로 개발하지는 않았다고 하더라도, 그의 편지를 읽다 보면 우리는 보바리 부인의 어떤 특성 가운데에는 루이즈의 그것이 투영되어 있음을 알게 된다. 플로베르 자신이 프레데릭 모로의 모습에 어느 정도 투사된 것과 비슷하게. 게다가 루이즈 콜레와의 관계가 몇 년간 지속될 수 있었던 것은 그것이 거의 대부분 편지로 이루어졌고, 자연스럽게 문학으로 귀착되었으며, 강물이 바다로 흘러가듯

---

39 『서간집』, 1872년 10월 5일, 모리스 슐레쟁제 부인에게 보낸 편지.

문학으로 향했기 때문이다. 실제 만남으로 이루어진 사랑이었더라면 플로베르는 아마 두 달도 채 견디지 못했을 터였다.

플로베르와 가까이 지냈던 에밀 졸라는 이에 관해 다음과 같이 증언한 바 있다. "여자들은 그를 별로 높이 평가하지 않았다! 그래서 언제나 관계가 금세 끝나버리곤 했다. 그 자신도 그 사실을 인정했다. 그는 그의 인생의 몇몇 관계들을 무거운 짐처럼 짊어져왔다. 우리는 그 문제에 관해 생각이 일치했고, 그는 내게 종종 언제나 자신의 친구들이 더 소중했으며, 그에게 가장 잊지 못할 추억은 부이예와 함께 파이프 담배를 피우고 이야기하며 보냈던 밤들이라고 털어놓곤 했다. 게다가 여자들은 그가 여성적인 사람이라는 것을 깊이 인식했다. 그들은 그런 이야기를 하며 그를 놀렸고 그를 동료처럼 다루곤 했다. 이런 관점은 한 사람을 평가하는 기준이 되기도 한다. 생트뵈브에게서 나타나는 여성성을 연구하고 그것을 비교해보라."[40] 플로베르 자신도 1872년(그는 겨우 50대에 접어들었을 뿐이다), 그가 결혼하기를 바라는 조르주 상드에게 이런 편지를 보낸 바 있다. "여성이라는 존재는 단 한 번도 내 삶 속으로 깊이 파고들지 못했습니다. 그리고 […] 난 결벽증이 심해서 다른 누군가에게 영구히 내 존재를 강요하지 못합니다. 내 안에는 사람들이 잘 알지 못하는 성직자의 기질이 있거든요." 그리고 때때로 힘든 순간이 닥칠 때면 그는 이런 생각으로 다시 마음을 추스르곤 했다. "적어도 아무도 나를 성가시게 하지는 않습

---

40 (원주) 페르디낭 브륀티에르, 『자연주의 소설』, 183쪽.

니다."[41] 물론 이것은 하나의 관점에서 바라본 플로베르일 뿐이었다. 어쩌면 그의 편지들에서 독신자를 위한 매뉴얼을 끌어낼 수도 있지 않을까.

이러한 감정의 상대적인 절제는 『보바리 부인』을 중심으로 형성된 소설가들의 그룹에 공통된 특성이었다. 그들의 삶에서 사랑은 낭만주의자들의 삶에서보다 훨씬 작은 자리를 차지했다. 낭만주의자들은 모두가 아름답거나 비극적인 사랑에 깃든 자존심과 광휘를 동반했다. 『호수Le Lac』의 라마르틴, 건지섬의 위고(그는 루이 14세가 왕비, 궁정, 국가로 하여금 애첩들과의 관계를 받아들이게 했던 것처럼, 당당하고 흔들림 없이 자기 가족으로 하여금 연인과의 관계를 받아들이게 했다), 베네치아의 뮈세, 『삼손의 분노La Colère de Samson』의 비니, 『사랑의 책Le Livre d'amour』의 생트뵈브 등이 그러했다. 그러나 플로베르와 루이즈 콜레와의 관계는 플로베르로 하여금 자신에게 맞지 않는 감상적인 삶 속에서 길을 잃게 했다. 그의 삶에서 여자란 관능적인 자리와 문학적 자리를 차지했을 뿐이며, 문학이 점차 감상적인 요소들을 빨아들였다. 그에게 감정 교육은 곧 문학 교육이었다.

『보바리 부인』에서 문학적 계시를 발견하고자 했던 세대에게 사랑은, 위대한 낭만주의자들에게 있어서 신성神聖의 성격을 띠었던 완벽하고 완전무결한 열정과는 거리가 멀었다. 공쿠르 형제는 영웅적이고 기이한 방식으로 문학을 위해 여성을 희생시켰

41 『서간집』, 1872년 10월 28일, 조르주 상드에게 보낸 편지.

고, 훌륭한 예술가였던 에드몽 드 공쿠르는 『젬가노 형제Les Frères Zemganno』에서 여성을 우의적으로 표현했다. 좋은 남편이자 충실한 가장이었던 알퐁스 도데는 그가 쓴 유일하고 진실한 사랑의 소설 『사포Sapho』의 헌사에서 가족에게 안정적인 생계를 제공하고, 문학과 예술 세계에서 여전히 떠도는 낭만주의적 사랑의 마魔를 몰아내기 위해 소설을 썼노라고 밝혔다. 『사포』는 『보바리 부인』과 더불어 사실주의와 자연주의 문학이 낳은 유일한 사랑의 소설이었으며, 지적이고 냉소적인 신랄함으로 사랑을 공격했다. 통상적으로 이야기하듯 프랑스 문학이 여성의 지위 확산과 더불어 발전해 왔다면, 사실주의 문학은 문학을 여성으로부터 자유롭게 하기 위해 엄청난 노력을 한 듯 보이며, 이는 스스로 여성으로부터 벗어나고자 했던 사실주의 작가들의 개인적인 노력(얼마간 성과를 거둔)에 따른 결과라고 할 수 있을 것이다.

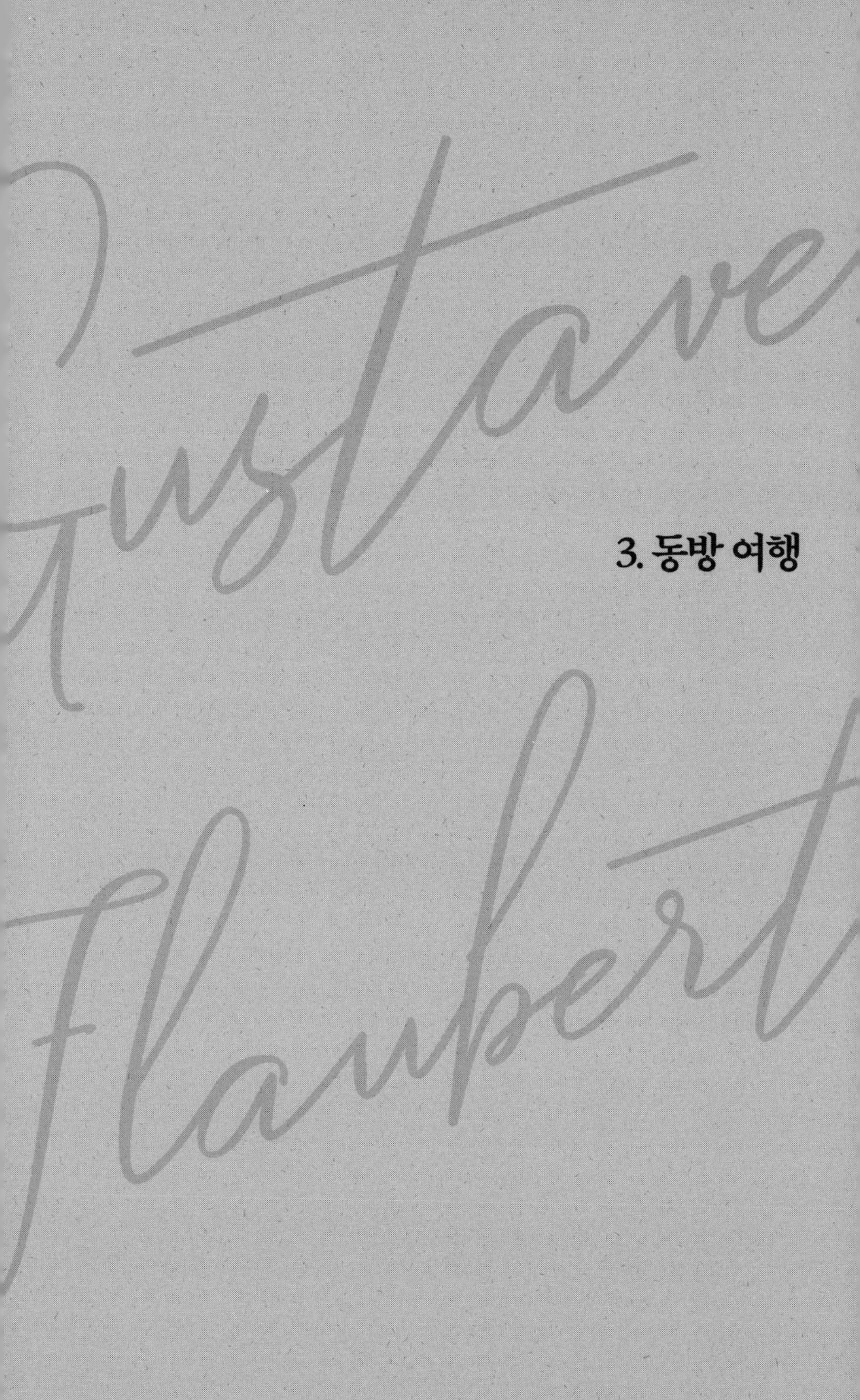

3. 동방 여행

1846년은 플로베르에게 또다른 중요성을 지닌 해였다. 굉장한 작품으로 자신의 스물다섯 번째 생일을 영원히 기리고 싶었던 플로베르는 수많은 습작과 실패 끝의 놀랍고 화려한 작가 데뷔를 꿈꾸었다. 게다가 이탈리아 여행 이후 브뤼헐의 그림 속에서 보았던 성 앙투안의 유혹이 내내 그를 따라다녔다. 플로베르가 자신의 편지들 속에서 키네나 그의 작품에 대해 언급한 적은 단 한 번도 없지만, 막심 뒤 캉은 『아스베뤼스』가 그에게 지대한 영향을 미쳤다고 단언했다. 방랑하는 유대인[1]은 인류와 역사 그리고 세상 전체에 대한 연작의 주인공으로 적격인 인물이었다. 플로베르는 성 앙투안 역시 그런 중요한 역할을 할 수 있으며, 아스베뤼스가 그의 여행들 중에 체험했던 것들보다 더 많은 것을 그의 환영들 속에 담아낼 수 있을 것으로 생각했다. 무엇보다 악마들의 출현은 가능한 것과

1 『아스베뤼스』의 주인공인 유대인 아스베뤼스(또는 아하스베루스)는 무거운 십자가를 짊어진 채 형장으로 끌려가던 중 그의 가게 앞에서 잠시 쉬어 가려 했던 예수를 쫓아냈다. 그 때문에 메시아가 재림할 때까지 세상을 떠도는 벌을 받았다고 전해진다.

불가능한 것을 모두 그릴 수 있게 할 터였다. 이미 그의 초년 작품인 『스마르』의 악마들이 그 길을 분명하게 일러준 터였다. 게다가 1845년에 시작해서 1848년에 끝맺게 될 르 푸아트뱅의 『벨리알의 산책Une promenade de Bélial』 또한 악마들을 소재로 하고 있었다. 르 푸아트뱅과의 대화가 『성 앙투안의 유혹』의 구상까지는 아니더라도 적어도 그 내용에 얼마간의 영향을 미쳤음은 의심할 여지가 없다.

뒤 캉의 『문학 회상기』 중 '초상初喪들'이라는 제목이 붙은 장은 이 문제와 관련해 중요한 정보를 제공해준다. 1846년에 그는 크루아세에서 한동안 머물렀다. 한편으로는 그해의 연이은 초상으로 인해 힘들어하는 친구를 곁에서 위로하기 위해서였다. 부이예가 플로베르와 가까워진 것도 바로 그 무렵이었다. 세 친구는 재미 삼아 『제너 또는 우두의 발견Jenner ou la Découverte de la Vaccine』이라는 우스꽝스러운 비극을 함께 쓰기도 했다. 그해 8월, 뒤 캉은 크루아세를 다시 찾았다. 플로베르가 루이즈 콜레의 연인이 된 지 한두 주가 지난 뒤였다.

뒤 캉은 그 무렵의 플로베르에 관해 다음과 같이 증언했다.

"그는 근원들 자체를 파고들었다. 초기 기독교회 교부들의 저술을 읽었고, 라베 신부와 코사르 신부가 쓴 공의회 의사록 총서의 편집에 매달렸으며, 스콜라 철학을 공부했다. 또한 『이교異教 사전Le Dictionnaire des Hérésies』과 『황금전설』[2]에서 얼마든지 요약본을 읽을 수 있었을 책들을 지나치게 많이 읽느라 헤맬 때도 많았다. 언

2 중세 유럽의 그리스도교 국가에 가장 많이 유포된 성인전(聖人傳). 『황금성인전』이라고도 한다.

젠가 탁자 위에 쌓이고 가구들 위에 흩어진 그의 책들을 본 부이예는 이렇게 말했다. '조심하라고! 자넨 성 앙투안을 학자로 만들려 하고 있어. 사실 그는 순진한 사람일 뿐이었는데 말이지.'"

플로베르가 『성 앙투안의 유혹』의 집필을 시작할 무렵 부이예는 『멜라이니스Melaenis』를 쓰기 시작했다. 그의 참고 서적은 플로베르의 그것보다 훨씬 적었고, 그는 무엇보다 쥐스트 립스의 『데 글라디아토리부스De Gladiatoribus』를 주로 참고했다. 루앙의 이 두 젊은이에게 크루아세는 지성과 조형미의 복원을 꿈꾸는 근사한 아틀리에가 되어주었다. 그러나 뒤 캉은 훗날 『현대적 노래들』로 시에 입문할 무렵 그들의 그런 활동에 등을 돌리게 된다. 그것이 두 노르망디인과 한 파리지앵 사이에 가로놓인 유일한 웅덩이였다면!

우정은 사람들이 생각하는 것보다 더 많이 사랑을 닮은 면이 있다. 그리고 한 쌍을 이루는 모든 친구들 사이에는 대개 남성적 가치와 여성적 가치가 공존하는 법이다. 첫 번째 『감정 교육』의 쥘이나 플로베르처럼 여성성이 강한 예술가, 수염 난 보바리 부인은 우정에 있어서 그들에게 부족한 것, 그들을 보완해주는 것, 그들이 부러워하는 것을 필요로 할 터였다. 그들로 하여금 행동하는 사람, 모사꾼이 되게 하고, 소위 말하는 성공적인 운명을 만들어줄 의지, 단호함, 남성적인 굳건함 등을. 그리고 그들의 우정은 자연스럽게, 삶에서 희생시켜야 했던 그들의 부분들을 보여주면서, 그들로 하여금 행동하게 하고 무언가를 지키고 다스리게 할 유연하고 풍부한 성격을 띠게 될 터였다. 또한 그러한 우정이 자연스러운 것이라면, 그로 인해 갈등과 오해가 생겨나는 것 또한 자연스러운 일일 것이다. 우정이란 서로를 보완해주는 서로 다른 사람들 사이에서 생겨나는 것이지만, 또한 서로 비슷한 사람들 사이에 존재하는 것이기도 하다. 이처럼 논리적으로 상반되는 두 조건을 충족시키기란 어려운 일이므로 위대한 우정은 위대한 사랑보다 귀할 수밖에 없다. 따라서 그렇게 생겨나는 우정은 그런 이유로 더욱더 강력하고 아름다운 것이 될 터다. 부이예와 플로베르 사이의 동등함은 성공적인 상호 보완에서 비롯된 것이었다. 부이예는 이성, 정확성, 공정한 정신을, 플로베르는 풍부한 기질과 천재성을 서로에게 제공했다. 자신의 땅에서만 머물면서 부당한 희생으로 인해 어두운 구석을 지니게 된 부이예의 권위는 보호자를 자처하는 막심 뒤 캉의 그것처럼 플로베르에게 상처를 입히는 일이 없었다. 크루아세에 살던 플로베르는 부이예가 살아 있는 한 파리의 문인이 될 수 없었다. 그건 망트로 터전을 옮긴 부이예도 마찬가지였다. 루앙 출신의 두 친구는 하나로 결속하여 그들만의 지방 유파를 형성했다.

그러나 1845년부터 1850년까지 플로베르의 삶에서 가장 커다란 자리를 차지했던 친구는 여전히 뒤 캉이었다. 그 시간 동안 플로베르는 살고 싶어했고, 그곳을 벗어나고 싶어했다. 그리고 그런 면에서 그를 도울 수 있는 사람은 라틴어를 가르치는 데 여념이 없는 부이예가 아닌, 부자에 자유롭고 마른 체격에 갈색 머리와 불타는 듯한 눈을 가진 청년 뒤 캉이었다. 그는 동방의 길에서 묻혀 온 먼지가 신발에 남아 있는 채로 플로베르를 처음 찾아왔다. 레바논에서 닳게 만들 두 켤레의 구두와 헬레스폰트 연안에서 읽을 호메로스를 사는 것으로 이야기가 끝나는 첫 번째『감정 교육』의 쥘 같은 친구에게서 느껴지는 위세는 대단한 것이었다. 막심은 그의『현대적 노래들』에서 이렇게 외쳤다.

나는 여행가로 태어났고, 활기차고 말랐다.
베두인처럼 딱딱하게 흰 발을 가졌다.
내 머리칼은 흑인의 그것처럼 곱슬곱슬하며
어떤 햇빛도 내 눈을 변화시키지 못한다.

물론 커다란 몸집에 선병질의 노르망디인인 플로베르에게서 베두인을 닮은 구석을 찾아보긴 힘들었지만 베두인은 그의 상상력에 말을 걸어오곤 했다. 그는 그의『11월』에서 여행에 대한 뜨거운 갈망을 드러낸 바 있다. "부디 나를 데려가주기를. 오래된 떡갈나무를 뿌리 뽑고, 뱀들이 물결 속에서 꿈틀거리는 호수를 뒤흔드는 신세계의 폭풍우여. […] 오! 여행이여, 여행이여, 결코 멈추지 않기를! […] 어디로 갈 것인가? 세상은 넓고, 나는 모든 길을 다 가볼 것이다. 모든 지평선이 사라져버릴 때까지. 희망봉을 돌아 항해하다 죽을 수 있다면, 캘커타에서 콜레라에 걸리거나 콘스탄티노플에서 페스트로 죽을 수만 있다면!"

플로베르에게 뒤 캉은 코르시카에서 사법관으로 일하는 슈발리에와 결혼해서 시골에 사는 르 푸아트뱅의 계승자가 되었을 뿐만 아니라, 플로베르의 어머니에게 신뢰를 불러일으킴으로써 플로베르로 하여금 여행이여! 여행이여!의 꿈을 실현하도록 도울 수 있었던 유일한 친구였다. 플로베르 부인은 마침내 브르타뉴 여행에 동의했고, 다음 해 봄으로 예정된 여행에 두 젊은이와 동행하기로 했다. 두 친구는 겨울 동안 역사와 지리에 관한 책들을 읽으면서 오랫동안 준비한 끝에 1847년 5월부터 7월까지 석 달간 지팡이, 가방 그리고 금세 채워질 노트 한 권과 함께 매우 즐거운 여행을 했다.

여행에서 돌아온 두 친구는 여행기를 쓰기 시작했다. 분업의 방식으로 뒤 캉은 짝수 장을 플로베르는 홀수 장을 썼다.[3] 플로베르는 그의 문학적 삶에서 중요한 한 시기를 보내고 있었다. 그의 공들인 문체가 나타나기 시작하고, 즉흥적인 것에서 숙고하는 것으로의 이행이 이미 시작된 시기였기 때문이다. 그는 루이즈 콜레에게 보낸 편지들 속에서 아래 문장을 필두로 끊임없이 자신의 집필 과정을 설명하고 있다. "예를 들어 오늘은 여덟 시간에 걸쳐 다섯 페이지를 수정했어. 이만하면 열심히 작업한 편이라고 생각해. 하지만 다른 나머지는 한심하기 짝이 없어. 어쨌든 난 이 작업을 끝까지 해낼 생각이야. 그 자체만으로도 혹독한 훈련이 될 테니까. 그리고 내년 여름에는 『성 앙투안의 유혹』을 시작할 수 있길 바라. 하지만 처음부터 뜻대로 써지지 않는 것 같으면 난 망설임 없이 글쓰기를 멈출 거야, 그게 얼마 동안이 되든지 간에. 그리고 그리스어, 역사, 고고학 공부든 뭐든 훨씬 더 쉬운 걸 할 생각이야. 종종 나의 헛된 노고가 어리석은 일이라는 것을 느낄 때가 있기 때

---

3 이 여행기는 처음에는 『브르타뉴로의 여행Voyage en Bretagne』이라는 제목으로 쓰였고, 1886년 『들로 모래사장으로Par les champs et les grèves』(1886)라는 제목으로 출간되었다.

문이야."[4]

그는 한창 변모하는 중이었다. "하면 할수록 가장 단순한 것들을 쓰는 게 더 어렵다는 걸 깨닫게 되는 것 같아. 가장 좋다고 생각한 것들 속에 허점이 있다는 걸 알게 되는 거야. 하지만 대가들에 대한 감탄이 커질수록 그 위압적인 비교로 인해 절망하기보다는 나도 글을 써야겠다는 억누를 길 없는 욕구가 내 안에서 끓어오르는 건 참으로 다행한 일이야."[5]

『성 앙투안의 유혹』은 그의 『파우스트』이자 삶에서 커다란 의미를 지닌 영원한 작품인 만큼 플로베르는 여러 번 고쳐 쓰기를 거듭했다. 1849년의 작업에 관해서는 작품의 세 가지 버전을 분석할 때 다시 이야기하게 될 터다. 당시 플로베르의 모든 생각과 모든 꿈 그리고 삶의 총체로서, 인류의 생각과 꿈 그리고 삶의 자연스럽고 통상적인 투영으로서 구상된 첫 번째 『성 앙투안의 유혹』은 물이 흐르듯 일사천리로 쓰여 플로베르를 열광과 환희로 들뜨게 했다. 검은 글씨로 채워진 엄청난 양의 원고를 보면서 그는 자신의 작품이 만족스러우며, 이번에는 강력한 영감의 인도로 산의 정상과 승리를 차지할 수 있었다고 믿었다.

비슷한 시기에 그의 앞에 나타난 인생의 또다른 전환점은 오랫동안 꿈꾸어온 멋진 세계로 그를 데려가려 하고 있었다. 1844년에 유럽의 터키를 여행했던 뒤 캉은 이집트와 아시아를 거쳐 페르

---

4 『서간집』, 1847년 10월 루이즈 콜레에게 보낸 편지.

5 『서간집』, 1847년 11월 루이즈 콜레에게 보낸 편지.

시아와 캅카스(코카서스)에 이르는 새로운 여행을 떠날 계획을 세운 터였다. 지극히 당연하게도 플로베르는 그와 함께 떠나고 싶다는 열망으로 불타올랐다. 그러나 고아에다 부유했던 막심은 거리낄 것이 아무것도 없었지만 어머니와 함께 살고 있던 플로베르는 그녀의 동의 없이는 떠날 수 없었다. 플로베르 부인은 오랫동안 반대했다. 마침내 장남인 아실이 긴 여행과 야외 활동이 크루아세의 자기 방을 거의 벗어나지 않는 예민한 플로베르에게 건강상 유익할 거라는—게다가 브르타뉴로의 여행이 그 사실을 입증한 터였다—말로 어머니의 결단을 이끌어낼 수 있었다. 모두들 그가 떠나는 데 합의했다.

그러나 플로베르는 한 가지 조건을 내걸었다. 그 무렵 심혈을 기울여 작업하던 『성 앙투안의 유혹』을 끝마치기 전에는 떠날 수 없다는 것이었다. 마침내 1849년 9월 12일, 엄청난 작품이 완성되자 그는 뒤 캉과 부이예를 크루아세로 소환했다. 뒤 캉이 전하는 바에 따르면 "작품 낭독은 오전 여덟 시부터 자정까지 서른두 시간 동안 이어졌다."[6] 작품에 대한 평은 낭독이 모두 끝난 뒤에 하기로 합의가 된 터였다. 플로베르는 자신의 광적인 두 친구로부터 열광적인 환호를 이끌어내고 적어도 크루아세 주위에서라도 승리를 거둘 것으로 기대했다. 그러나 전혀 그렇지가 않았다. 평결은 단호했다(이에 관해서는 나중에 다시 평가하게 될 것이다). 이건 실패작이며, 서정적인 과도함은 공허하게 느껴질 뿐이었다. 플로베

6 또다른 자료에 의하면 매일 정오에서 오후 4시까지, 저녁 8시에서 자정까지 낭독을 했다고 한다(『성 앙투안느의 유혹』, 귀스타브 플로베르, 김용은 옮김, 열린책들, 492쪽).

르는 처음에는 반발했으나 이내 자신이 야기한 판결을 의연하게 받아들였다. 우리는 이 품평회가 어떻게 끝났는지를 잘 알고 있다. 부이예는 이야기 속에 넘쳐나는 감흥 및 모호함과 번득임이 공존하는 장황한 묘사를 들먹이며 삭제와 정확성에 대한 훈련이 좀더 필요하다고 선언했다. 하지만 그의 충고는 귀머거리의 귀에 대고 이야기하는 것만큼이나 그의 친구에게 별다른 울림을 주지 못했다. 그것은 플로베르 자신이 종종 스스로에게, 그리고 그의 편지들 속에서 이야기하던 것이었기 때문이다(심지어 그는 라 브뤼예르의 『성격론Les Caractères』 같은 작품을 쓰고 싶다는 근사한 야심을 품었던 적도 있었다). 부이예는 이렇게 덧붙였다. "좋은 생각이 났는데, 들라마르 사건을 소설로 써보는 건 어떨까(뒤 캉은 들라마르를 들로네라고 잘못 표기했다)!" 한 시골 마을의 의사였던 들라마르는 플로베르 박사의 예전 제자이기도 했다. 신경쇠약에 걸린 그의 아내는 불륜을 저지른 뒤 자살했고 그 역시 비극적으로 생을 마감했다. 친구의 제안에 플로베르는 "어떻게 그런 얘기를!"이라는 반응을 보였다. 여기서 우리는 앙투안 아르노가 소르본 대학교에서 추방당한 후 못마땅해하던 포르루아얄의 수도사들 앞에서 소책자[7]를 낭독했던 일과 그가 파스칼에게 했던 말을 떠올리게 된다. "내 이야기는 대단한 게 아니지만, 그대는 젊으니까 우리에게 뭔가 보여줘야 하지 않겠나." 파스칼은 무언가를 시도했고, 그 무언가는 그의 첫 번째 『프로뱅시알Les Provinciales』[8]로 나타났다. 이 모든 것은 일견 하

7 『빈번한 영성체에 관하여De la fréquente communion』를 가리킨다.

8 주로 『시골 친구에게 부치는 편지』라는 제목으로 알려져 있다.

나의 일화로서만 가치가 있는 것처럼 보인다. 그러나 사실은 이런 것들 속에서 우린 적절한 시기가 오면 작품으로 하여금 이미 준비돼 있던 오르막을 오르게 하는 사소한 유인誘因들을 발견하게 되는 것이다.

게다가 우리는 이 일화가 보여주는 플로베르의 모습을 맹신하게 된다. 그것을 전하는 것은 뒤 캉의 이야기밖에 없기 때문이다.[9] 플로베르 부인은 뒤 캉과 부이예가 질투 때문에 더욱 엄격하게 구는 거라고 믿었다. 어쩌면 지나친 생각일 수도 있다. 어찌 되었든 뒤 캉이 들려주는 이야기는 『보바리 부인』의 기원에 있어서 두 친구의 고찰과 비판에 가장 효과적인 역할을 부여하기 위해 적절히 꾸며진 듯 보인다. 하지만 진실 여부를 떠나 이 장면이 하나의 신화로 기능할 뿐이라고 해도, 설명적인 신화로서의 가치가 있다는 것과 『성 앙투안의 유혹』에서 용빌의 소설로의 이행에 그럴듯한 배경이 되어주고 있다는 것은 부인하기 힘들다.

어쨌거나 플로베르는 결국 부이예의 충고를 따랐다. 1852년

---

9 티보데의 부연 설명대로 '들라마르 사건'과 관련된 뒤 캉의 이야기는 실제의 사실과 일치하지 않는 면이 있다. 부이예는 1849년 9월에 플로베르에게 그 이야기를 소설의 주제로 추천할 수가 없었다. 그 사건이 공개적으로 알려진 것은 플로베르가 동방 여행을 떠난 뒤인 1849년 12월이었기 때문이다. 플로베르가 그 사건에 대해 처음 알게 된 것은, 동방 여행에서 돌아오던 길에 이탈리아에서 자기 어머니를 만났을 때일 가능성이 높다. 델핀 들라마르를 개인적으로 알았던 어머니가 아들에게 사건의 세세한 정황을 전했을 수도 있는 것이다. 또한 플로베르가 동방 여행 중에 느닷없이 "떠올랐어! 유레카! 유레카! 그녀를 엠마 보바리라고 부를 거야!"라고 외쳤다는 뒤 캉의 증언(본문 130쪽 참조)도 곧이곧대로 믿기 어렵다. 플로베르의 자필 원고에 의하면, 그는 소설 집필을 시작하기 불과 몇 주 전인 1851년 7월 말에야 그 이름을 생각해냈다. 플로베르는 카이로를 여행 중이던 1850년 6월에 '나일강 호텔'에서 묵은 적이 있는데, '보바리'라는 이름은 그곳 관리자의 이름(부바레Bouvaret)에서 힌트를 얻은 것이었다.(『귀스타브 플로베르: 삶의 특별한 방식Gustave Flaubert: Une manière spéciale de vivre』, 피에르마르크 드 비아지, 그라쎄, 2010년, 148~149쪽 참고.)

초, 그는 『성 앙투안의 유혹』의 원고를 루이즈 콜레에게 보냈고 그녀는 찬사를 아끼지 않았다. 플로베르는 그녀에게 다음과 같이 답장했다. "이건 실패작이야. 당신은 진주 같다고 했지만 진주만 있다고 목걸이가 되는 건 아니지. 진주를 꿰는 실이 필요한 거라고. 나는 『성 앙투안의 유혹』에서 성 앙투안 자신이었고, 그를 잊어버렸어. 그는 만들어나가야 하는 인물이었던 거야(이는 결코 쉬운 일이 아니야). 내게 이 책을 고쳐 쓸 어떤 방법이 있다면 정말 기쁠 것 같아. 수많은 시간과 깊은 애정을 쏟은 작품이니까. 하지만 충분히 무르익은 것은 아니었어. 나는 책의 구체적인 요소들, 그러니까 역사적인 부분들을 열심히 공부한 것으로 책의 구성이 끝났다고 생각했고 집필을 시작했지. 그런데 모든 것은 구상構想에 달린 거야. 『성 앙투안의 유혹』은 그런 게 결여돼 있는 거고. 아이디어들로 이루어진 엄격한 추론은 사실들의 맥락과는 아무런 상관관계가 없어. 극적인 구성을 남발하다가는 극적인 감동이 사라지기 십상이야."[10]

그럼에도 불구하고 루이즈가 찬사를 거두지 않자 플로베르는 그다음 편지에서 두 친구가 "부당하게는 아니더라도 가볍게" 판단했음을 인정했다. 그들의 평결은 그랬다. 어쨌든 『성 앙투안의 유혹』은 벽장 속에 보관해둔 플로베르의 또다른 원고들, 또다른 습작들과 합류하게 될 것이었다. 이제 문학적 근심에서 해방된 그는 뒤 캉과 이집트로 떠나 거기서부터 팔레스타인, 시리아, 스미르

10 『서간집』, 1852년 1월 31일~2월 1일 루이즈 콜레에게 보낸 편지.

나, 콘스탄티노플, 그리스까지 거슬러 올라갈 예정이었다. 그리고 15개월 후 이탈리아를 거쳐 집으로 돌아오게 될 터였다.

뒤 캉은 플로베르 부인에게 어찌 보면 커다란 아이나 다름없는 자신의 여행 동반자를 세심하게 살피겠노라고 약속했고 그 약속을 충실하게 지켰다. 여행하는 동안 겪게 되는 실질적인 어려움들은 대부분 그의 몫이었다. 무관심과 열광, 절망과 넘치는 활기, 우울함과 까탈을 번갈던 플로베르는 뒤 캉처럼 진지하고 실리적이고 자족적이고 권위적이며 단호한 청년에게는 결코 쉬운 여행 동반자가 아니었다. 어쩌면 마지막까지 이어질 표면적 관계 뒤에 감춰진 그들의 불화는 서로를 깊숙이 알 수 있게 된 이 오랜 동거 생활에서 비롯된 것인지도 모른다. 뒤 캉은 그의 『문학 회상기』에서 자신이 어떤 일에 뛰어드는 건지(그는 플로베르 부인의 편지를 받고 페르시아와 캅카스 여행을 포기해야 했다) 진작 알았더라면 홀로 떠났을 거라고 이야기했다. 하지만 기왕 시작한 일이니 우정과 자신의 약속에 충실하기 위해서라도 끝을 맺어야 했다. 우리는 막심 뒤 캉에게 플로베르가 진정으로 자신을 발견하고 전혀 예상치 못한 방식으로 『보바리 부인』의 작가가 될 수 있게 한 이 여행을 빚지고 있다.

실제로 동방 여행에서 돌아오자마자 플로베르는 들라마르 이야기에 착수했다. 물론 초년의 작품에서 보이는 플로베르와 『보바리 부인』의 플로베르 사이의 갑작스러운 변화는 설명할 수 없는 것도, 무엇보다 전례가 없는 것도 아니었다. 『르 시드Le Cid』의 코르네유, 『앙드로마크Andromaque』의 라신, 『나귀 가죽La Peau de Chagrin』의 발자크도 마찬가지로 전혀 예상치 못했던 전환점을 맞았던 것으로 보인다.

플로베르는 알렉산드리아에서 이런 편지를 썼다. "나는 당나귀가 귀리로 배를 가득 채우듯 색깔들을 잔뜩 빨아들였습니다."[11] 그가 동방에서 색들을 옮겨왔음은 분명하지만, 우리가 아는 플로베르는 크루아세에서 그랬듯 여행 중에도 다른 곳에 가 있는 상상을 했으리라고 짐작된다. 여행 중에 다른 곳에 가 있는 자신을 상상하는 것은 곧 자기 집에 있는 자신을 꿈꾸는 것이다. 플로베르에게 자기 집에 있는 것은 곧 글을 쓰는 것을 의미했다. 여행 중에 그는 자기 집에서, 여행지에서 만난 사물과 사람 들에 대한 글을 쓰는 자신을 꿈꾸곤 했다. 자기 집에서 동방에 가 있는 자신을 꿈꾸며 동방에 대한 글을 썼던 것처럼. 따라서 『보바리 부인』의 아이디어와 배경이 동방에서 구상되었고,[12] 그가 여행에서 돌아오자마자 즉시 집필에 착수했을 가능성이 있다. 『보바리 부인』은 얼마간 동방 여행 중의 권태로운 날들의 산물이라고 볼 수 있으며 그런 날들은 자주 찾아왔다. 물론 그가 오리엔탈리즘과 또다른 것들로 자신을 넉넉하게 채웠던 날들도 있긴 했지만. 그와 뒤 캉은 여러 가지 면에서 아주 달랐다. 뒤 캉은 진정한 여행가로, 세심하고 냉철하게 작업이나 현재의 즐거움에 오롯이 몰두하며, 모든 물질적인 세부들을 챙기고, 풍부한 사진을 찍고(그 과정이 더디고 복잡했던 당시에는 결코 쉬운 일이 아니었다), 비명碑銘들의 탁본을 뜨고, 정보

11 『서간집』, 1849년 11월 17일 어머니에게 보낸 편지.

12 우리는 이제 이는 사실과 다르다는 것을 알고 있다.

를 수집하고, 수많은 메모를 하면서 무기력하고 조소적인 친구를 적극적으로 이끌었다. 뒤 캉의 증언에 의하면 "그(플로베르)에게는 신전들이 언제나 똑같았고, 풍경들도 비슷비슷했으며, 회교 사원들도 죄다 똑같아 보였다. [···] 심지어 필레섬에서는 커다란 이시스 신전에 있는 홀의 시원한 그늘에 편안하게 자리를 잡은 채 카이로에서 산 샤를 드 베르나르의 『제르포Gerfaut』를 읽기도 했다."[13] "그는 두 번째 폭포에 이르러 이렇게 외쳤다. '떠올랐어, 유레카, 유레카! 그녀를 엠마 보바리라고 부를 거야.' 그리고 여러 번 반복해 외쳤다. 이름의 오(o)를 짧게 발음하면서 보바리라는 이름을 음미하듯이."[14]

엠마 보바리라는 이름을 한 번도 언급하지 않는다는 사실만 빼면 플로베르의 여행수첩과 편지는 뒤 캉의 이야기가 사실임을 입증하고 있다. 뒤 캉의 말에 따르면, 그의 친구는 이집트와 그리스에서만 노트를 했으며, 이 여행과 관련된 또다른 기록들은 집으로 돌아온 뒤 그의 것을 베껴 쓴 것이었다. 이집트에서 기록한 것의 4분의 3은 학교 숙제를 하듯 쓴 것이었다. 종종 지루함을 느꼈던 플로베르는("이집트의 신전들은 지루하기 짝이 없어") 마음의 부담을 덜고 시간을 죽이기 위해 또는 막심을 따라 기념물이나 부조 또는 거리의 광경 등을 기계적으로 묘사하곤 했다. 그 속에서 어떤 열정을 찾아보긴 힘들었다. 이처럼 동방 여행 중에 느낀 잦은 권태로움은 훗날 『보바리 부인』의 피와 살로 변모했다. 플로베르는 그

13 (원주) 『문학 회상기』, 제1권, 480쪽.

14 (원주) 『문학 회상기』, 제1권, 481쪽.

와 함께 프랑스 부르주아의 삶을 가지고 돌아왔다. 그가 취했던 휴식, 그의 환경과 동방 간의 대조, 야외에서의 삶은 생생하고 조형미를 동반한 아이디어들을 생겨나게 했고, 이처럼 자연스러운 자극은 그의 내면세계를 새롭게 하면서 그로 하여금 미래의 작품을 위한 최적의 상태에 놓이게 했다. 이제 그의 상상 속에는 용빌라베이[15]가 강력하게 자리 잡을 수 있는 기반이 마련된 것이다. 결국 하나의 문학적 여행이나 다름없었던 이 여행에서 문학은 마치 기독교인이 성지순례를 할 때의 종교와 마찬가지로 언제나 특별한 자리를 차지하고 있었기 때문이다. 두 친구는 오후에 뱃머리의 갑판에 누운 채 "일말의 슬픔과 씁쓸함을 느끼며 무한하고 애정어린 관심의 대상인 오래된 문학에 대해 이야기를 나누곤 했다".[16]

그러나 이집트에서 나눈 플로베르와 뒤 캉의 대화는 곧잘 언쟁으로 이어졌다. 거기서 그들을 갈라놓게 될 적의와 훗날 더욱 커져서 (일시적으로) 불화와 증오를 야기하게 될 균열이 생겨났다. 뒤 캉 역시 문학을 꿈꾸고 복귀와 경력에 신경을 썼지만, 이 모든 것은 건강하고 정력적이며 결단성 있는 청년으로서 동방에서 영위하는 활동적인 삶의 연장선 위에 있었다. 아름다운 삶을 음미하기, 높은 지위를 차지하기, 새로운 세대의 아이디어들을 긍정하고 개발하기 등이 이집트의 밤들에 그가 플로베르 앞에 펼쳐 보인 파리지앵으로서의 꿈이었다. 이에 플로베르는 화를 내며 막심에게 역겨움을 드러냈다. 그리고 자신과 진정으로 예술을 공유하

---

15 『보바리 부인』의 배경이 되는 마을 이름.

16 (원주) 『여행수첩』, 제1권, 187쪽.

는 친구를 떠올렸다. 동방 여행에 자신과 동행하기 위해 모든 걸 버렸을 수도 있는 친구, 루앙에서 여전히 라틴어를 가르치고 있는 친구를. 그는 이집트에서 부이예에게 다음과 같은 편지를 보냈다. "우리 모두에게 부족한 것은 스타일도, 재능이라고 불리는 활과 손가락의 유연함도 아니야. 우린 수많은 오케스트라와 풍부한 표현 기법과 다양한 능력을 갖고 있어. 술수와 기교에 관해서는 아마도 우린 그 누구보다도 많이 알고 있을 거야. 아니, 우리에게 부족한 것은 본질적인 원칙이야. 사물의 정수, 주제에 대한 아이디어 자체 말이지. 아무리 노트를 많이 하고 여행을 많이 다니면 뭐하나. 다 부질없어! 부질없는 짓이라고! 우린 학자, 고고학자, 역사가, 의사 그리고 세련된 사람이 될 수도 있겠지. 하지만 그 모든 게 대체 뭘 위한 거지? 정말 중요한 건 어디에서 시작해서 어디로 가는가가 아닐까? 그래, 바로 그거라고. 나는 집에 돌아가면 예전처럼 벽난로와 정원이 보이는 곳에 놓인 내 원탁 위에서의 평온한 삶을 다시 살 거야. 오랫동안 그럴 수 있기를 바라면서 말이지. 조국과 평단과 세인들을 아랑곳하지 않으면서 곰처럼 살아갈 거라고. 젊은 뒤 캉은 나의 이런 생각들에 발끈하더군. 그 친구는 나하고는 생각이 정반대인 데다, 여행에서 돌아가는 대로 아주 요란한 계획들을 추진하면서 황당하기 짝이 없는 일들을 벌이고 싶어 하거든."[17] 그의 편지는 일견 일관성 없이 생각이 건너뛰는 듯 보인다. 그러나 그 속에는 모든 게 담겨 있다. 검토하고 생각하고 구

17 『서간집』, 1850년 6월 4일 루이 부이예에게 보낸 편지.

축해야 할 예술 창작의 내면세계, 인내와 오랜 시간 속에서 성취해야 하는 작품, 체험해야 할 영적 실재, 그리고 진정한 예술가로서 은거하는 삶 속에서 구해야 할 구원. 반면 젊은 뒤 캉이 꿈꾸는 것은 오로지 세속적인 삶뿐이었다. 플로베르는 『성 앙투안의 유혹』을 출간하지 않을 것이며, 지금으로서는 젊은 날의 실패작쯤으로 치부할 것이지만 그는 성 앙투안 자신이, 예술을 위한 은둔자가 될 터였다. 그러는 가운데 들라마르 이야기는 조용히 무르익어 갔다. 그는 앞서 인용된 편지에서 이런 말을 했다. "사람들이 나에 관해 이야기하게 하기 위해 뭐라도 해야 한다는 생각이 끔찍하게 싫은 건 왠지 모르겠어." 이러한 그의 혐오가 어디에서 비롯된 것이든 우린 그가 어디로 나아가게 되는지 알고 있다! 그가 추구한 것은 이러한 혐오의 문학적 표현이었다. 그가 예전에 뭐라도 해야 한다고 생각하면서 여행을 꿈꾼 것은 정주하는 삶에 대한 혐오 때문이었다. 그런데 여행이 그로 하여금 여행을 똑같은 혐오의 대상으로 분류하게 한 것이다. 내면의 지평을 확립하고 루앙과 용빌을 콘스탄티노플이나 캘커타와 똑같은 차원, 즉 인간적인 차원—다른 차원으로 새롭게 배치되기 전까지는—에 위치시키기에 더없이 좋은 여건이 조성된 셈이다.

그는 『11월』을 쓸 때는 다마스를 꿈꾸었고, 다마스에서는 『11월』을 꿈꾸었다. 거기서 그는 다음 편지를 썼다. "『11월』이 자꾸만 머릿속에 떠올라. 이런 게 재생인지 개화開花를 닮은 쇠퇴의 과정인지는 잘 모르겠지만. 그래도 난 『성 앙투안의 유혹』으로 인한 끔찍한 충격에서 벗어났잖아(쉽지는 않았지만). 그 일을 완전히 잊었노라고 자신 있게 말할 순 없지만 그래도 이젠 여행의 처음 넉 달간 그랬던 것만큼 마음이 아프지는 않아. 그때 난 모든 것을 실망감에서 비롯된 권태의 베일을 통해서만 보려 했지. 그러면서 네가 편지로 내게 했던 무기력한 말을 되뇌곤 했어. '이런 게 다 무슨 소용이람?' 하지만 그 후 내 안에서 무언가가 조금씩 달라지는 걸 느꼈지. […] 난 날마다 조금씩 더 민감해지고 더 감성적이 되어갔어. 아무것도 아닌 일에도 눈물이 고였지. 예전 같으면 하찮게 여겼을 것들이 가슴을 파고들기도 했어. 끝없이 꿈속을 헤매면서 멍하니 있을 때도 있었어. 마치 언제나 술을 너무 많이 마신 것 같다고나 할까. 게다가 난 사람들이 내게 설명하는 것을 점점 더 이해할 수도 없었고 이해하지도 못했어. 그리고 엄청난 창작열로 불타올랐지. 그래서 집에 돌아가면 미친 듯이 글을 쓰리라고 스스로에게 다짐했어."[18] 한마디로 신비주의자들이 겪는 은총의 상태와 별반 다르지 않았다. 『성 앙투안의 유혹』은 이제 과거일 뿐이었다. 여행은 플로베르의 정신을 흩뜨리는 대신 스스로에게 더욱더 집중하게 했다. 지성은 직관에 자리를 넘겨주었다. 그는 모든 것을 마치 꿈속에서, 동시에 우월한 현실 속에서 보는 것처럼 보았다. 그리하여 더이상 어떤 곳에도 속하지 않게 되었고, 장소의 무한한 가용성可用性만을 느끼게 되었다.

어떤 순간들에는 그랬다. 또한 관찰의 순간들도 있었다. 그러나 그럴 때에도 그가 기대했던 것과는 다른 것을 경험하곤 했다.

18 『서간집』, 1850년 9월 4일 루이 부이예에게 보낸 편지.

아름다운 경치는 그에게 권태를 안겨주었다. 그가 경험한 것은 고티에가 '문학적 은판사진법銀板寫眞法'[19]이라고 부른 것과는 거리가 멀었다. 풍경과 색깔을 찾아 나섰던 그가 발견한 것은 인간이었다. 그는 자신의 유일하고도 진정한 소명이 거기에 있음을 깨달았다. "내가 주로 관찰하는 것은 무엇보다 정신적인 거야. 나는 여행이 이런 측면을 포함하고 있으리라는 걸 의심해본 적이 없어. 여행에는 심리적, 인간적, 희극적인 면이 풍부히 포함돼 있기 때문이지."[20] 플로베르가 가장 흥미를 느꼈던 것은 바로 그런 면이었다. 그는 동방에서 동방을 알아가는 법이 아닌 자신을 아는 법을 배웠다. 몽테뉴가 이탈리아로 여행을 갔을 때도 똑같은 일이 일어났다. 그는 『수상록Essais』 제3권의 인물이 되어 돌아왔다. 1580년과 1588년의 판본[21]의 차이는 이런 관점에서 평가되어야 마땅하다. 플로베르가 동방 여행에서 체험한 것 중 가장 아름다운 것은 내면의 발견이었다. "나는 평온한 삶을 위해 내 문제에 대한 나만의 견해를 갖고자 해. 내 힘들을 사용하는 데 있어서 나를 통제하게 될 확고한 견해 말이야. 경작을 하기 전에 내 땅의 질과 그 한계를 알 필요가 있기 때문이지. 난 내 내면의 문학적 상태와 관련하여, 우리 나이의 사람들 대부분이 사회적 삶과 연관해 어느 정도 느끼게 되는 것을 느끼고 있어. 정착할 필요성 말이야."[22]

---

19 프랑스의 루이 다게르가 개발한 초창기의 사진술. 다게레오타입이라고도 한다.

20 『서간집』, 1850년 11월 14일 루이 부이예에게 보낸 편지.

21 『수상록』은 1580년 처음 두 권이 출간되었고, 1588년에 제3권이 추가되었다.

22 『서간집』, 1850년 11월 14일 루이 부이예에게 보낸 편지.

따라서 플로베르가 동방 여행에서 얻은 가장 값지고 결정적인 수확은 그곳에서 노르망디를 향해 돌린 시선이었으며, 그가 발견한 보물은 '환상에서 깨어나기'가 지닌 강력한 힘이었다. 『보바리 부인』에서 두껍게 채색된 환상을 그리기 위해서는 이처럼 풍부한 각성의 과정을 거쳐야만 했다. 그는 엠마의 입을 빌려 이렇게 말했다. "그녀에게는 지구 상의 어떤 장소들은 마치 그 지역에만 어울리는 행복을 만들어내는 것처럼 보였다. 특정한 땅에서만 자라는 식물이 다른 곳에서는 제대로 자랄 수 없는 것처럼."(1부 7장) 플로베르 역시 예전에는 그 사실을 믿었어야 했고, 지금은 더이상 믿어서는 안 되었다. 현실을 부각시키기 위해서는 두 개의 입체적인 이미지 같은 상반된 두 종류의 감정이 필요했다.

플로베르의 소위 동양적인 성과로 말하자면 부차적이거나 이론의 여지가 있다고 볼 수도 있다. 그는 이집트에서 이집트에 관한 소설을 떠올린 바 있지만 그것을 실행에 옮기려는 어떤 시도도 하지 않았다. 반면에 현대적 동양, 『보바리 부인』이나 『부바르와 페퀴셰』의 서양처럼 해체되는 동양에 대한 구상에 열을 올렸다. "메카의 순례자 수가 점점 줄어들고 있어. 회교 법학자들은 스위스인들처럼 취해서는 볼테르를 이야기해! 여기서도 우리 나라에서처럼 모든 게 무너져 내리고 있어. 아무튼 오래 살고 볼 일이라니까!"[23] 뒤 캉과 플로베르는 이집트에서 무슬림의 풍속에 관해 적은 두툼한 노트—시간당 3피아스터를 받는 일종의 통역관과의

23 『서간집』, 1850년 12월 19일 루이 부이예에게 보낸 편지.

대화가 첨부된—를 가지고 돌아왔다. 그들은 앙팡탱 신부를 따라 그곳에 정착한 생시몽주의자인 프랑스인들과의 대화에서 흥미로운 것들을 발견하고는 깊은 인상을 받았다. 여행의 마지막 날들에 보고 들은 동방은 매우 임의적이고 피상적인 소설의 소재가 될 수 있었을 터였고, 플로베르는 이내 그런 소설을 쓰는 것이 불가능하다는 것을 깨달았다. 그의 뇌리에 깊이 각인된 이집트에서의 기억은 에스네에서 이름난 아랍인 무희 루쉬우크 하넴[24]과 보낸 밤이었다. 예루살렘은 그에게 무한한 슬픔을 느끼게 했고 무거운 농담만을 말하게 했다. 그는 음울한 볼테르주의자로 그곳을 방문했다. "그리스인 신부는 장미 한 송이를 집어 판석 위에 던지고는 그 위로 장미수를 부어 축복한 다음 그것을 내게 주었다. 신도에겐 더없이 감미로운 순간이었을 테지만 내겐 가장 씁쓸한 순간 중 하나일 뿐이었다! 얼마나 많은 가여운 영혼들이 나 대신 그 자리에 있을 수 있기를 바랐을까! 하지만 내겐 그 모든 게 아무런 의미가 없었다! 그런 행위의 공허함과 무용함, 기괴함과 향기가 짙게 느껴졌을 뿐이다!"[25] 그는 콘스탄티노플을 마음에 들어 했고 마지못해 그곳을 떠났다. 그리스에서는 "고대를 머리 한가득 빨아들였음"을 자랑했다. "난 파르테논에서 진정한 기쁨을 맛보았어."[26] 사실 고대예술과 고전작품에 관해 잘 알지 못했던 그는 동양화되고 주홍색으로 걸러진 그리스와 고전작품들의 낭만주의를 처음으로 만

---

24 그녀의 예명은 쿠슈크 하넴으로 알려져 있다.

25 『여행노트』, 1850년 9월 19일 팔레스타인에서.

26 『서간집』, 1851년 2월 10일 루이 부이예에게 보낸 편지.

들어냈다. 아크로폴리스는 그에게 라신을 향해 분노의 말을 쏟아낼 수 있는 기회를 제공했다. "이 모든 용감한 사람들의 고대가 그렇게 어리석은 것이었단 말인가! 이 모든 것에도 불구하고 그토록 차갑고 용납할 수 없을 만큼 헐벗은 것들을 그려냈단 말인가! 파르테논에서 미의 전형이라고 부르는 것의 잔해들만 봐도 알 수 있어. 이 세상에서 이보다 거침없고 '더 자연스러운 것'은 없음을 내 목숨을 걸고 말할 수 있어! 페이디아스의 장식조각들에는 말들의 혈관이 마치 끈처럼 두드러진 채 발굽까지 내려와 있어."[27] 플로베르는 그에게는 하나의 발견이자 결정적인 사실로 여겨지는 이 혈관을 훗날 다른 곳에서 다시 언급하게 된다. 아테네는 플로베르에게는 언제나 낯선 것으로, 라신은 그의 혐오의 대상으로 남게 될 터였다. 세 가지 버전의 『성 앙투안의 유혹』에서 그는 알렉산드리아를 통해서만 그리스를 바라보았다. 그가 여행에서 옮겨온 것은 여전히 다소 혼란스러운 동방의 모습으로, 노르망디에서 걸러질 필요가 있는 것이었다. 그는 『보바리 부인』에 이어 『살람보』를 집필할 때 그의 기억 속에서 그런 동방의 이미지를 다시 만나게 될 터였다.

27 상동.

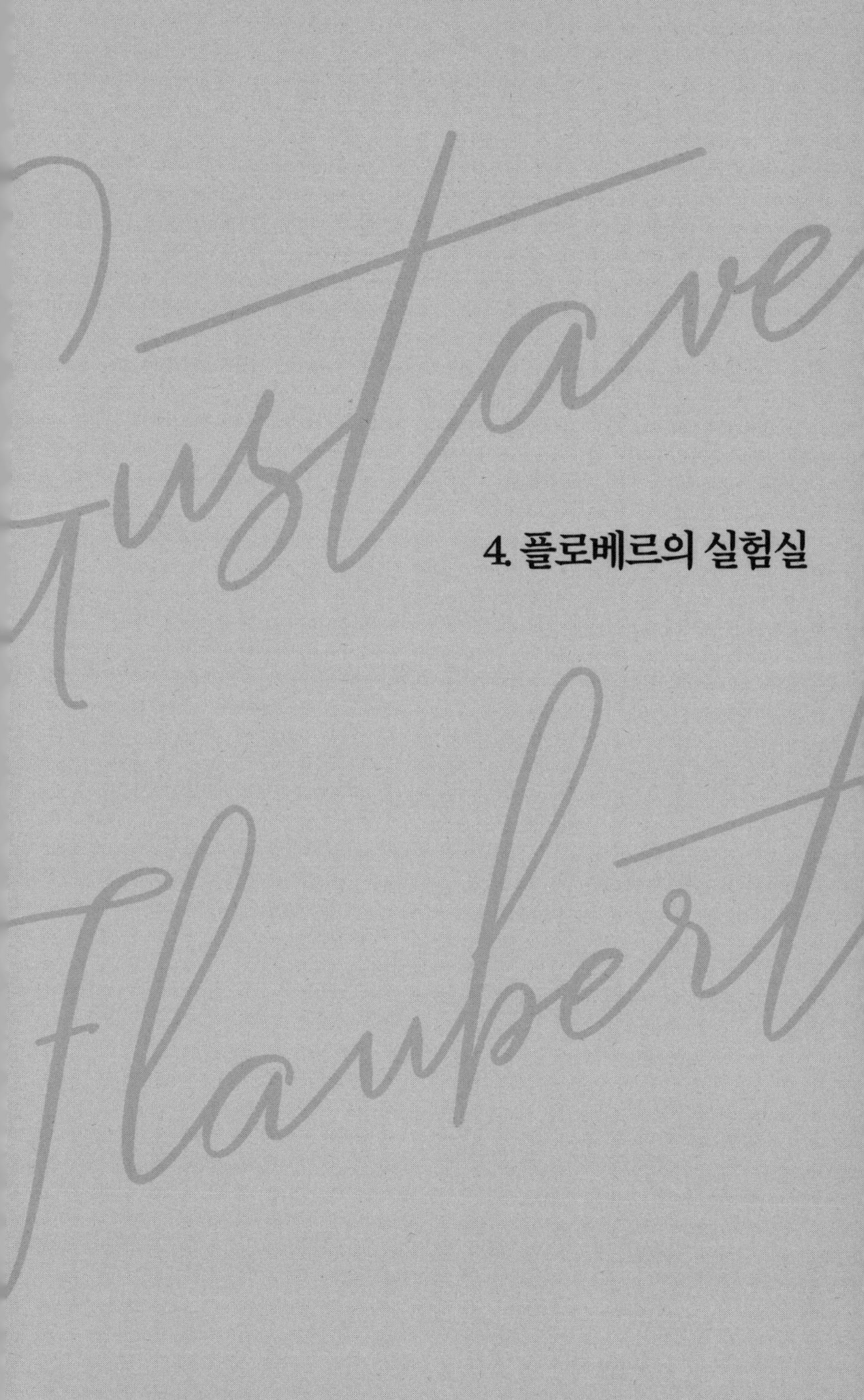

4. 플로베르의 실험실

마르셀 프루스트는 한 지상紙上 토론 중에 플로베르에게서 가장 아름다운 것은 『감정 교육』의 두 장章 사이의 여백이라고 이야기한 바 있다. 그러자 누군가가 그에게, 플로베르에게서 발견되는 더 놀라운 또다른 여백은 첫 번째 『성 앙투안의 유혹』과 『보바리 부인』 사이의 그것이라고 응수했다. 그러나 알고 보면 두 번째 여백의 순수함은 우리의 무지에서 비롯된 것일 수밖에 없다. 두 책과 더 나아가 두 예술 사이에서 어떤 연속성을 발견할 수는 없다고 하더라도, 플로베르의 삶에는 엄연한 연속성이 존재하며, 균열의 외양 뒤에서 발견되는 이행移行과, 나누어진 두 산괴山塊의 지질학적 통일성을 설명하는 깊숙한 습곡이 존재하기 때문이다.

가을이 끝나갈 무렵 갑작스럽게 나무들을 헐벗게 하는 돌풍처럼 여행의 이동성은 플로베르로 하여금 상상력의 모든 외적 장식을 떨쳐버리게 했다. 그리고 영리하고 아이러니한 운명은 먼저 그의 머리를 헐벗게 함으로써 그에게 그 사실을 일부 일깨워주었다. 집으로 귀환하던 해에 그는 서른 살이었다. 프랑스로 돌아오던 길에 그는 부이예에게 다음과 같은 편지를 썼다. “머리칼이 왕창 빠졌어. 우리가 다시 만날 때 나는 빵모자를 쓰고 있을 거야. 언젠가는 사무원이나 삶에 지친 공증인처럼 대머리가 되고 말 거라고. 조로와 관련해 가장 유감스러운 일이 내게 일어난 거야. 내게 모욕감을 안겨주는 쇠퇴의 첫 번째 징후를 절실히 느끼고 있어.”[1] 그의 선병질은 더욱더 심각한 또다른 쇠퇴의 징후였다. 그는 앞으로는 은거하는 삶, 탁자와 종이 앞에 앉아 보내는 시간만이 자신에게 어울릴 거라고 생각했다. 그러나 그는 좋건 싫건 여행을 떠나기 전에도 이미 그런 삶을 살았었다.

동방 여행에서 지칠 대로 지쳐서 돌아온 플로베르는 1851년 10월 21일 뒤 캉에게 보낸 편지에서 한동안 집에만 머물면서 아무것도 출간하지 않을 거라는 결심을 밝혔다. 하지만 그는 1851년 9월부터 『보바리 부인』을 쓰기 시작했고, 벌써부터 작품이 완성될 때까지 이어질 탄식을 쏟아냈다. “펜이란 얼마나 무거운 노櫓인지! 그 펜으로 파들어 가야 하는 아이디어는 또 얼마나 거센 물결인지!”[2]

흥미로운 것은 동방 여행이 플로베르만큼이나 뒤 캉으로 하여금 이국적인 것에 싫증을 느끼게 했으며, 플로베르가 그랬던 것처럼 삶의 표현을 향해 시선을 돌리게 했다는 사실이다. 당시 스스로를 시인으로 여겼던 그가 여행에서 돌아와 발표한 것은 동양적인 삶이 아닌 서양적 삶의 표현인 『현대적 노래들』이었다. 아마

---

1 『서간집』, 1851년 2월 10일 루이 부이예에게 보낸 편지.

2 『서간집』, 1851년 10월 말 루이즈 콜레에게 보낸 편지.

도 이집트에서 생시몽주의자들과의 대화에서 영감을 얻었을 법한 시들은 1852년부터 1855년까지 《르뷔 드 파리Revue de Paris》에 발표되었다. 그러나 이 모든 것과 상관없이, 플로베르가 편지와 간헐적인 만남으로 루이즈 콜레와의 관계를 재개함과 동시에 두 친구는 서로에게 등을 돌리게 되었다. 1852년부터 1856년까지 플로베르와 뒤 캉 사이의 불화는 골이 깊었고, 그것은 한편으로는 자연스러운 결과였다. 그들의 기질과 관계의 성질 속에 잠재돼 있던 것이기 때문이다.

동방 여행은 이들 한 쌍의 친구가 이루는 작은 분대에서 뒤 캉에게 하사의 역할과 함께 지휘의 습관을 심어주었다. 모든 현실적인 세부 사항들을 신경 쓰고 체류 일정을 조정하고, 무기력하고 변덕스러우며 신경질적이고 병약한 청년을 이끈 것도 그였다. 뒤 캉은 자신이 약속한 대로 플로베르를 예전과 거의 같은 상태—그가 탄식하던 탈모 증상만 빼고는—로 그의 어머니에게로 데려다주었다. 어쩌면 뒤 캉은 플로베르에게 좀더 강력하게 주의를 촉구함으로써 루쉬우크 하넴 같은 여자들과 관련된 여행 중 사고들[3]—뒤메닐 박사가 전문가의 관점에서 추측해볼 수 있었던—을 방지할 수 있었을지도 몰랐다. 프랑스로 돌아온 뒤에도 후견인의 역할을 계속하고자 했던 뒤 캉은 플로베르를 좌지우지하면서 그에게 글을 쓰고 출간할 것을 강요했다. 그는 귀국 후 자신의 일에서 승승장구했다. 뒤 캉에게는 동방 여행이 공식적인 임무의 성격을 띠었

---

3 플로베르는 동방 여행 중에 매독에 감염되었다.

던 터였고, 대략적인 보고 후 그는 레지옹 도뇌르 훈장을 수훈했다. 플로베르는 그 사실에 마음속으로 전율하면서 루이즈에게 다음과 같은 편지를 보냈다(그 무렵 그는 뒤 캉이 끔찍이도 싫어하는 그녀와 다시 만나기 시작했다). "젊은 뒤 캉이 레지옹 도뇌르 수훈자라니! 나하고 비교할 때 얼마나 기분이 좋을까. 나를 떠난 뒤 그가 걸어온 길을 생각하면. 그는 내가 자기보다 한참 뒤졌다고 생각할 거야. 자기는 벌써 저만큼 나아갔는데(외적으로는) 말이지. 장담하건대 그는 언젠가는 한자리 차지하면서 이놈의 문학이란 걸 팽개치고 말 거야. 그의 머릿속에서는 모든 게 뒤얽혀 있거든. 여자, 훈장, 예술, 이 모든 게 똑같은 차원에서 소용돌이치고 있단 말이지. 그를 앞으로 나아가게 하는 거라면 그게 뭐든 상관없어. 그 친구한테 중요한 건 그것뿐이니까."[4] 뒤 캉은 자신이 출세 가도를 달리는 만큼 플로베르 또한 그 길에 합류하기를 바랐다. 그는 친구에게, 다가올 문학의 혁신과 젊은 세대, 새롭게 떠오르는 예술의 형태들을 이야기하면서 그런 가운데서 자신의 존재를 드러내야 할 때라고 역설했다. 그러나 뒤 캉은 플로베르의 자존심에 치유되기 힘든 상처를 입혔고, 그 때문에 그의 호된 질책을 받아야 했다. 파리에서 문학적 삶을 살아가기를 거부하는 내용이 담긴 플로베르의 두 통의 편지는 제어하기 힘든 분노로 가득했다. 그는 뒤 캉의 진심을 믿지 않았을 뿐만 아니라 보호자를 자처하는 친구의 태도를 자신에 대한 모욕으로 받아들였다. 지금으로서는 그는 온전히 자

4 『서간집』, 1853년 1월 15일 루이즈 콜레에게 보낸 편지.

신의 작품, 자신의 『보바리 부인』에만 전념하기로 마음먹었다. 소설이 완성되면, 그때는 어쩌면 파리로 가서 살 수도 있을 터였다. 하지만 그때까지는 자신의 칩거와 침묵을 존중해주기를 바랐다! "채 무르익지도 않은 내 문장을 조금이라도 재촉하느니 비참하게 죽는 게 나아!"[5] 그의 분노와 정당한 방어의 비밀이 거기에 있었다. 뒤 캉(사탄!)의 유혹은 그의 작품 집필을 서두르게 하고 해산解産 시기에 혼란을 주며 작품의 성숙도를 위협했다. 뒤 캉이 사용하는 언어에서는 더이상 플로베르의 언어와의 공통점을 찾을 수 없었다. 뒤 캉은 수도원에 칩거하며 집착에 가까울 정도로 고독한 은둔자를 자처하는 이에게 세속의 언어로 이야기했다. "우린 더이상 같은 길을 가지 않고 같은 배로 항해하지 않아. 부디 각자가 바라는 곳으로 신이 우리를 인도해주기를! 내가 찾는 것은 항구가 아닌 거친 바다야. 내가 난파를 당하더라도 내 죽음을 슬퍼하지 말았으면 좋겠어."[6]

플로베르는 루이즈에게 보낸 편지에서 똑같은 이미지를 또다른 의미로 사용했다. "아마도 그는 내가 물에 뜨기도 전에 완전히 가라앉고 말 거야. 나를 자기 배에 태우려고 했던 그가 말이지. 어쩌면 난 그에게 장대를 내밀게 될지도 모르지. 하지만 난 이만큼 뒤처진 걸 후회하지 않아. 적어도 내 삶은 비틀거리진 않았으니까."[7]

그의 편지는 열정적이고 순수했던 젊은 시절의 우정에 뒤이

---

5 『서간집』, 1852년 6월 26일 막심 뒤 캉에게 보낸 편지.

6 『서간집』, 1852년 7월 초 막심 뒤 캉에게 보낸 편지.

7 『서간집』, 1852년 6월 19일 루이즈 콜레에게 보낸 편지.

은 질투의 감정(문단의 고질병인)을 여실히 드러내고 있다. 플로베르는 그것이 불화의 근원이라는 걸 잘 알고 있었다. "그토록 선했던 막심이지만 난 이제 그에 대해 아무런 감정도 느낄 수 없어. 그가 차지했던 내 마음 한구석이 서서히 곪아가더니 이젠 더이상 아무것도 남아 있지 않거든."[8] 게다가 뒤 캉은 플로베르를 둘러싼 두 여자, 루이즈 콜레와 플로베르 부인과 적대적 관계에 있었다. 뒤 캉의 말에 의하면, 플로베르 부인은 내내 그가 자신의 아들을 질투한다고 믿었다. 물론 그는 사실이 아니라고 항변했지만—어느 정도는 타당하게— 플로베르의 어머니는 정확히 보았던 것이다. 플로베르가 살아 있는 동안 뒤 캉은 친구로서 처신했고, 물질적으로는 플로베르에게서 받은 것보다 훨씬 많은 도움을 주었던 듯 보인다. 그러나 그의 『문학 회상기』는 언어에서 풍기는 오만함과, 뒤 캉 자신과 위대한 작가들—영예롭게도 그가 함께 어울렸던—사이의 불충분한 거리 두기로 인해 끊임없이 독자들의 기분을 상하게 하고 언짢게 했다. 무엇보다 그가 플로베르에 대해 이야기할 때 사용하던 보호자 같은 말투는 많은 이들에게 극심한 불쾌감을 안겨주었다. 따라서 그가 플로베르에게 질투심을 느꼈던 것은 아니라고 해도, 자신들이 동등하게 취급되는 것을 못마땅해했던 건 사실인 듯하다. 그가 자신의 『문학 회상기』에서 친구의 선병질을 세상에 알린 방식, 플로베르의 문학적 신중함을 하나의 쇠퇴 현상으로 보고 그것을 예의 그 병 탓으로 돌린 터무니없는 이

8 『서간집』, 1853년 3월 5~6일 루이즈 콜레에게 보낸 편지.

론 등은 중상과 시샘의 본능이 시킨 일이라고 볼 수밖에 없다. 다른 한편으로는, 그들이 불화하기 이전에도 플로베르가 루이즈 콜레에게 뒤 캉에 관해 이야기할 때 사용하던 격한 어조는 하찮은 재능—뒤 캉의 재산과 술책과 사기꾼 기질이 물질적 만족을 더해주었던—이 그에게 불러일으키는 역겨움을 곳곳에서 엿보게 했다. 어쩌면 루이즈에게 자극을 받은 때문이었는지 플로베르는 자신의 운 좋은 친구를 비틀거리게 할 수 있을 것들을 주시했다. "막심이 베르사유 근처의 샤빌이란 곳에 시골집을 한 채 빌렸대. 거기서 여름을 나면서 『나일강Le Nil』을 쓸 모양인가 봐. 또다른 여행기라니, 그렇게 재미없는 장르도 또 없을 거야! 그는 몇 달 전부터 쓸 거라고 예고한 시 『레즈 압달라Reiz Abdallah』나 『피 흘리는 마음Le Coeur saignant』은 단 한 줄도 쓰지 않았다고 하더라고."[9]

18세기의 철학자들은 이와 같은 문인들 사이의 친밀한 관계의 유형을 제시한 바 있다. 플로베르의 경우에서는 루소의 그것과 유사점이 발견된다. 루소는 상대가 누구를 가리키는지 무엇을 이야기하는지를 생각하기도 전에 그의 말이 자신을 겨냥한다고 믿으며 불같이 화를 내는 피해망상증을 드러내곤 했다. 뒤 캉이 『사후의 책Le Livre posthume』[10]을 발표하자 플로베르는 다음과 같은 반응을 보였다. "『사후의 책』을 읽었어. 정말 보잘것없더군, 안 그래? […] 우리 친구가 침몰하고 있는 것 같아. 완전한 고갈 같은 게 느껴지거든. […] 그 속에서 나를 염두에 두고 쓴 것처럼 보란 듯이

---

9 『서간집』, 1853년 5월 17일 루이즈 콜레에게 보낸 편지.

10 『자살자의 회상록Mémoires d'un suicidé』이라는 이름으로도 알려져 있다.

내 얘기를 하는 문장을 발견했어. '음침한 두 유방에 이기주의와 자만심을 품고 있는 고독이라는 것은…' 『사후의 책』에는 모든 걸 압도하는, 나에 대한 모호한 기억이 담겨 있는 것 같아."[11] 루이즈와 뒤 캉은 플로베르의 성격에 '병적인' 단면이 있음을 인정했다는 점에서만은 의견이 일치했다. 플로베르와 뒤 캉은 오래지 않아 다시 화해했지만 그 후에도 여전히 상반된 길을 걸어갔다.

플로베르와 루이 부이예 사이에는 이러한 오해가 없었다. 부이예는 1848년 센앵페리외르(센마리팀)에서 도의원에 출마해 2,000표를 얻었다. 나중에는 극작가로서의 길에 집착하기도 했다. 그러나 무엇보다 그는 죽을 때까지, 특히 플로베르가 『보바리 부인』을 집필하는 동안—그가 루앙에서 살던 시절에—플로베르의 빛이자 문학적 양심이었다. 그는 일요일마다 크루아세를 찾았다. 그곳에는 그만을 위한 방이 있었고, 그들은 만날 때마다 온종일 주중에 각자 한 일을 함께 검토했다. 이에 관해 플로베르는 다음과 같이 이야기했다. "우리는 각자의 작업에 있어서 서로에게 철로의 이정표가 되어주었어. 팔을 뻗어서 상대가 옳은 길로 가고 있으며, 그 길을 계속 따라가도 된다고 일러준 거야."[12]

『보바리 부인』의 집필에는 약 4년 반의 시간이 걸렸다. 플로베르는 1851년 9월에 집필을 시작해 1856년 3월 말에 작품을 탈고했고, 《르뷔 드 파리》에 싣기 위해 1856년 5월 31일 뒤 캉(그사이

---

11 『서간집』, 1852년 12월 9일 루이즈 콜레에게 보낸 편지.

12 『서간집』, 1853년 5월 21~22일 루이즈 콜레에게 보낸 편지.

플로베르와 화해한)에게 완성된 원고를 보냈다. 그 기간에 그가 루이즈 콜레와 때때로 부이예에게 보낸 편지들은 우리로 하여금 소설의 창작 과정을 상당히 상세하게 따라갈 수 있게 한다. 또한 『보바리 부인』의 집필 과정 동안 관찰되는 플로베르의 심리는 문학에서 제기될 수 있는 가장 흥미로운 문제들 중 하나이다.

이는 일견 아주 단순해 보일 수 있다. 비평가들과 플로베르의 친구들 그리고 플로베르조차도 이러한 문제에 관해 통용되는 견해(반드시 틀린 생각만은 아니었던), 즉 "『보바리 부인』은 플로베르 자신보다는 반反플로베르를 대변하는 작품이다"라는 생각에 동조했다. 그는 자신의 넘치는 기질, 상상력이 풍부하고 서정적인 기질의 정반대를 취했을 거라는 이야기다. 프티 드 쥘빌이 주도한 『프랑스 문학의 역사L'Histoire de la littérature française』에서 플로베르에게 할애된 장의 저자는 다음과 같이 설명한 바 있다. "『보바리 부인』은 그가 단호하게 스스로에게 강요하고자 했던 유익한 훈련이었다." 한편 브륀티에르는 또다른 의견을 내놓았다. "이처럼 서정적인 작가 플로베르의 문학의 역사는 그의 기질에 대한 의지의 승리들로 이루어진 것이다." 데샤름은 『1857년 이전의 플로베르』라는 두툼하고 중요한 저서를 다음과 같이 끝맺고 있다. "그는 아마도 유전, 그의 초기 교육, 환경, 외부 영향 등이 그의 내부에 형성했을 것과 반대되는 기질을 인위적으로 만들어냈을 터다. 무엇보다 놀라운 것은, 그가 동시적으로 그리고 번갈아가며 때로는 원초적 성향과 같은 방향으로 또 때로는 그런 성향과 반대 방향으로 자신의 능력을 개발하고 재능을 발휘했다는 사실이다."[13]

이러한 분석들은 플로베르의 다양한 작품들에 근거한 것이며, 플로베르 자신이 스스로에 대해 보여주고자 했던 이미지와도 상당히 닮아 있다. 하지만 이는 사람들이 생각하는 것보다 훨씬 복잡한 문제다. 통찰력이 뛰어난 철학자 쥘 드 고티에는 미겔 데 우나무노가 『돈키호테』에서 그랬던 것처럼 『보바리 부인』으로부터 하나의 철학, 보바리즘을 이끌어내고자 했다.[14] 그는 보바리즘을 '자신을 실제와 다르게 상상하는 인간의 특성'으로 정의했다. 그리고 『보바리 부인』의 작가는 맞춤하게도 "보바리 부인은 나다"—대단히 보바리스럽게도—라고 선언했다. 우리는 그럴듯하고 편리한 이론을 받아들이기 전에 이 문제를 좀더 세심하게 들여다볼 필요가 있다.

무엇보다 『보바리 부인』이 집필의 고역과 중노동hard labour을 야기하는 문체를 포함한, 지극히 힘든 작업의 결실이라는 것을 너무 문자 그대로만 이해하지 말아야 할 터이며, 그의 편지들을 그것들이 쓰인 상황 속에서 미소와 함께 읽어낼 줄 알아야 할 것이다. 플로베르의 편지들은 하루의 작업이 모두 끝난 뒤인 밤늦은 시각, 오랜 시간 이어진 집필로 인해 지치고 비워지고 머릿속이 멍해져 더이상 작품을 쓸 수 없는 시간에 쓰였다. 그 속에서는 연료가 소진된 기계가 외치고 삐걱거리는 것을 느낄 수 있다. 둔화된 몸, 산

13 (원주) 르네 데샤름, 『1857년 이전의 플로베르』, 546쪽

14 쥘 드 고티에는 그의 저서, 『보바리즘: 플로베르 작품 속의 심리학Le bovarysme: la psychologie dans l'oeuvre de Flaubert』에서 처음으로 '보바리즘(bovarysme)'이라는 용어를 사용했다.

소가 고갈된 폐는 유예의 순간을 요구한다. 그리고 그러한 순간에 엄습하는 쓸쓸함과 삭막함은 그보다 앞선 시간들로 번져나간다. 그리하여 하루 동안의 모든 작업은 노역의 색깔을 띠게 된다. 게다가 플로베르는 냉정한 성정의 사람이 아니어서 뭐든지 다소 과장하는 버릇이 있었다. 그는 스스로 이틀 동안 내리 말 위에 있던 장군처럼 진이 빠졌다고 생각하곤 했다. 그 무렵 마찬가지로 집필에 몰두하던 루이즈 역시 자신의 원고를 플로베르에게 보내곤 했던 터라, 그가 자신의 고된 작업에 대해 이야기하는 것은 마치 같은 병증에 시달리던 친구에게 자신의 류머티즘을 하소연하는 것과 다를 바 없었다.

인간의 성격은 적어도 기계적 반응을 보이는 노년에 이르기까지는 끊임없이 변화하기 마련이다. 따라서 누군가의 성격에서 소위 천성이라고 하는 것과 인위적으로 형성된 성격을 구분하는 것만큼 심리학적으로 임의적인 것도 없다. 우리는 계속 이어지는 시간 속에서 살아가고, 이어지는 시간은 현재와 과거로 이루어져 있다. 우리의 현재는 우리가 내부로부터 변화시키거나 외적인 것에 의해 변화되는 본성을, 우리의 과거는 고착된 본성을 의미한다. 자연적이고 인위적인 심리학적 차이를 본떠 자연적인 스타일과 인위적인 스타일의 문학적 차이를 만들어나갈 때는 심리학적 과오와 문학적 과오가 중첩되기 십상이다. 물론 우리는 자신의 인격을 형성해가듯 자신만의 스타일을 만들어가지만 자신의 스타일에 반하는 스타일이나 타고난 자아에 배치되는 또다른 자아를 만들어낼 수는 없다. 『11월』이나 『성 앙투안의 유혹』 같은 작품들을 계속 쓰는 것은 필시 플로베르 자신에게 달린 문제였을 것이다. 그가 이런 방향으로 비평가들이 주목할 만큼 중요한 작품들을 내놓을 수 있었더라면 아마도 그의 모든 작품들 사이의 자연스러운 연관성을 확립하기가 그리 어렵지 않았을 터였다. 그가 『보바리 부인』을 쓸 수 있었던 것은 자신의 본성 안에 주어진 또다른 가능성을 선택했기 때문이다. 산다는 것, 자유스럽다는 것, 스스로를 창조한다는 것은 결국 자신이 지닌 가능성 중에서 어떤 가능성을 선택하는 것을 의미한다. 우리는 자신이 지닌 또다른 가능성들을 희생시키지 않고서는 어떤 가능성도 개발할 수 없다. 삶은 이런 식의 지속적인 희생으로 이루어지며, 문학을 "희생의 예술"[15]로 정의하는 이유는 문학이 생물로 분류되기 때문이다.

일단 『보바리 부인』의 플로베르가 구현된 후부터는 앞선 모든 이력이 그를 형성해가던 과정을 되짚어보는 건 어려운 일이 아니다. 『보바리 부인』은 그가 즐겁게 집필한 책이 아니었다. 하지만 플로베르가 언제 온전한 즐거움 속에서 글을 써나간 적이 있었던가? 그가 언제 문학을 자신의 슬픔과 혐오를 세상에 드러내고 우울한 만족감과 함께 그것들을 관조할 수 있게 하는 수단이 아닌 다른 것으로 여긴 적이 있었던가? 그에게 문학은 하나의 종교였지만 그것은 슬픈 종교일 뿐이었다.

펜을 잡기 시작한 날부터 플로베르는 거의 언제나 자신에게

15 『서간집』, 1876년 7월 19일 외젠 프로망탱에게 보낸 편지

는 오직 문학밖에 없다고 생각했다. 그에게 세상은 문학의 대상 또는 소재이거나, 그렇게 될 수 있을 때에만 그 속에서 살 가치가 있는 것처럼 보였다. 그리고 이런 생각이 그의 타고난 본성 속에서는 당연히 모호한 경향—또다른 교육과 환경이 다르게 변화시키거나 전혀 다른 목표로 이끌 수도 있었을—으로만 존재했다면, 이런 기질이 일찌감치 여타의 여건들과 합쳐진 때문에 플로베르는 자신의 존재 이유와 더불어 점차 그의 운명을 쌓아 올리게 될 반석을 발견할 수 있었다. 문학적 사실은 그에게 종교적 사실이 광신자에게 띠는 절대적 중요성을 띠었다. 문학의 또다른 이름인 희생의 예술은 그에게는 희생의 습관 위에서만 구축될 수 있었다. 또한 희생의 습관 이전에 먼저 희생에의 성향을 지녀야만 했다. 이 세 단계가 어떤 과정을 거치는지를 뚜렷이 구별하기는 힘들다. 그러나 희생은 희생할 무언가가 있어야만 가능하다. 희생의 위대함은 희생하는 것의 크기로 가늠되는 법이다. 파스칼이 위대한 기독교도 중 한 사람으로 여겨지는 이유는, 그의 희생 방식이 그토록 강렬해 보이는 것은, 그 누구도 신에게 그토록 인간적인 제물을 바친 적이 없었기 때문이다. 하지만 그러기 위해서는 신이 그에게 '질병을 선용善用하는 법'을 가르쳐주어야만 했다.[16] 정반대의 경우로는, 플로베르는 어느 날 마리 앙투안(앙토냉) 카렘[17]의 자서전에서 저명한 요리사가 본래는 식도락가였으며, 요리에 대한 강

---

16 블레즈 파스칼은 18세 무렵부터 병을 앓았고, 병중에 『질병의 선용을 위한 기도문Prière pour le bon usage des maladies』을 지은 바 있다.

17 (1784~1833) '요리사들의 왕과 왕들의 요리사'로 알려진 프랑스의 파티시에이자 요리사. '셰프(chef)'라는 명칭으로 불린 최초의 인물로 국제적인 명성을 얻었다.

렬한 소명이 그로 하여금 식탐을 억누르게 했다는 것을 읽고는 커다란 감명을 받았다. 거기서 자신의 모습을 발견한 플로베르는 흥분을 감추지 못했으며, 그가 그러는 것은 당연한 일이었다. 그러나 만약 카렘이 1년에 5만 리브르의 연금을 받는 집안에서 태어났더라면 그에게 요리에 대한 소명은 잠재적인 것으로 그치고 식탐에 대한 취향만이 발달했을 게 틀림없다. 모든 사랑은 나름의 방식대로 포로스와 페니아, 풍요와 빈곤의 자녀이기 때문이다.[18] 플로베르에게 있어서 인간에게 지극히 자연스러운 식탐(말하자면 신나는 삶, 가르송의 삶)에의 소명이 요리, 즉 문학에의 소명이 되기 위해서는 상황의 협력이 얼마간 필요했다. 그리고 우린 그의 기질과 상황의 결합이 『보바리 부인』 훨씬 이전부터 그에게 영향을 미치고 있었음을 알 수 있다.

플로베르는 오래전부터 이러한 이미지, 자신의 또다른 자아—방 안에 틀어박힌 채 자신의 모든 삶을 문학으로 변화시키고 모든 경험을 자신만의 문체에 녹여내는—를 가슴속에 품고 있었다. 그는 1846년, 첫 번째 『감정 교육』과 첫 번째 『성 앙투안의 유혹』 사이에 루이즈 콜레에게 다음과 같은 편지를 보냈다. "당신은 내가 언젠가는 멋진 것들을 쓸 거라고 했지. [⋯] 하지만 난 아무런 확신이 없어. 내 상상력은 불길이 꺼졌고, 난 과도한 미식가가 되어버렸어. 나는 단지 내가 모든 걸 바쳐서라도 얻고 싶은 내밀

18 포로스는 그리스·로마신화에 나오는 풍요의 신으로, 아프로디테의 탄생을 축하하는 잔치에서 술에 취해 정원에서 잠들었다가 궁핍의 여신 페니아와 동침하여 사랑의 신 에로스를 낳았다.

한 기쁨과 더불어 대가들에 대해 계속 감탄할 수 있기를 바랄 뿐이야. 하지만 나도 언젠가는 대가가 될 수 있을까 생각해보면, 절대로 나는 그럴 수 없을 거야. 나한테는 두 가지가 절대적으로 부족하거든. 타고난 재능과 글쓰기에 대한 끈기 말이야. 작가란 엄청나게 고된 작업과 광적이고 헌신적인 집요함을 통해서만 자신만의 스타일을 구축할 수 있는 법이거든."[19] 플로베르는 1846년 스물다섯 살의 나이에 이미 훌륭한 것들을 만들어내기 위해서는 무엇이 필요한지를 분명히 알고 있었던 것이다. 즉 카렘이 그랬던 것처럼, 예술을 위해 식도락을 포기해야 했던 것이다. 그리고 글이 쉽게 쓰이는 것에 만족해서는 안 되며, 대가들이 지켜보는 가운데 끈질기고 광적인 노역을 하듯 글을 써나가야만 했다. 1849년에 부이예가 그에게 『성 앙투안의 유혹』을 서랍 속에 던져 넣고 들라마르 사건을 소설로 써보라고 충고한 것은 개종자 앞에서 설교를 늘어놓는 것과 다를 바 없었다. 플로베르는 『들로 모래사장으로』를 쓸 때 이미 라 브뤼예르가 그랬던 것처럼 노역이 어떤 것인지를 경험한 바 있었다. 그 후 여행은 그의 시야를 넓혀주었고 힘을 북돋아주었으며 우울함을 떨쳐버리게 했다. 거창한 주제들에 대한 환상은 그 배경을 접하면서 사라져버렸고, 들라마르 사건처럼 하찮게 여겨지는 주제들이 거리의 이점 속에서 다시 고려되었다. 이 모든 것은 플로베르가 문학적 삶을 살기 시작했을 때부터 이미 그의 기질과 생각 속에 잠재돼 있던 것으로 보인다.

---

19 『서간집』, 1846년 8월 14일 루이즈 콜레에게 보낸 편지.

부알로는 라신에게 쉬운 시구를 힘들게 쓰는 법을 가르친 것에 자부심을 느꼈다. 플로베르는 부이예의 도움으로 스스로에게 그와 비슷한 것을 가르쳤다. "우린 흔히 영감이라고 부르는 일종의 가열加熱 상태를 경계해야 해. 근육의 힘이 아닌 격한 감정 상태가 우리를 압도하는 순간 말이야. 내 경우를 들자면, 그런 순간에는 힘이 샘솟고 이마가 뜨거워지면서 문장들이 저절로 써지곤 하지. […] 하지만 난 거짓된 것만을 보고 어리석은 이야기만을 듣고는 지루해하고 상심하고 진이 빠진 채 집으로 돌아오게 되는 상상력의 가면무도회가 어떤 것인지도 잘 알고 있어. 모든 것은 냉정하고 침착하게 행해야 해. 루벨이 베리 공작을 죽이고자 했을 때 그는 먼저 보리 물을 한 병 마신 뒤 차분하게 거사를 실행에 옮겼어. 이건 우리의 친구 프라디에가 들려준 비유인데 언제나 내 마음에 울림을 주곤 해."[20] 빅토르 위고의 시 『사티로스Le Satyre』는 영감이 떠오른 지 사나흘 만에 쓰였다. 하지만 플로베르의 성찰은 대부분의 작가들에게도 통용될 수 있을 것이다. 모든 고전주의 작가들을 비롯해 루소와 샤토브리앙까지도 그의 생각에 동의했을 터였다.

그에게 때때로 필요했던 상상력의 가면무도회가 펼쳐진 장소는 바로 그의 편지 속이었다. 집 안에만 틀어박혀 있던 덩치 큰 남자는 하루치의 글쓰기가 끝난 뒤에는 칩거에 대한 신체적인 반작용을 필요로 했다. 그는 부르르 몸을 떨고, 큰 소리로 외치고, 낭

20 『서간집』, 1853년 2월 27~28일 루이즈 콜레에게 보낸 편지.

만주의의 한복판에서 헤엄을 쳤다. 셰익스피어의 『리어왕King Lear』을 읽고 난 뒤에는 "코르네유와 라신을 '막자사발에 갈아서 그 찌꺼기를 변소의 벽에 처바르고'"[21] 싶어졌다.[22] 그리고 차분한 정신으로 부알로를 찬양했다. 그가 라신을 그토록 싫어하면서 언제나 부알로에 대한 존중을 간직한 것은 상당히 흥미로운 일이다. 그의 외침에 어떤 이유가 있다고 한다면 어쩌면 다음과 같은 이유 때문일지도 모르겠다. 그는 본능적으로 라신과 셰익스피어를 비교하면서 라신의 극이 고귀한 주제들을 사소하게 다루었으며, 고전주의 비극이 우리가 위대한 것들을 기대하는 지점에서 하찮은 것들을 보여주었다고 생각했다. 그 반대로 플로베르가 보기에 부알로의 예술은 사소한 주제들을 확장시키고, 그의 『보면대譜面臺, Le Lutrin』가 보여주는 것처럼 그것들에 내재된 모든 완벽함을 구현하게 했다. 이처럼 플로베르는 『보바리 부인』을 쓰는 동안, 고귀한 스타일이라는 것은 존재하지 않으며, 그의 책은 "시는 순전히 주관적인 것이고, 문학에는 예술적인 아름다운 주제라는 건 없으며, 이브토는 콘스탄티노플과 똑같은 가치를 지닌다"[23]는 사실을 보여주게 될 거라고 믿었다. 부알로의 시와 라 퐁텐의 우화는 주제에 대한 이런 생각에서 비롯되었다. 어떤 새로운 주제도 포함하지 않는 라 퐁텐의 『콩트Les Contes』와 『우화Les Fables』, 주제의 중요성을 최소화한 『보면대』, 스스로를 소재로 삼은 부알로의 『시법』은 상당

21 『리어왕』의 제2장 2막, 켄트의 대사에서 인용한 것.

22 『서간집』, 1854년 1월 29일 루이즈 콜레에게 보낸 편지.

23 『서간집』, 1853년 6월 25~26일 루이즈 콜레에게 보낸 편지.

부분 플로베르가 꿈꾸던 작품의 특징에 부합한다. "내가 아름답게 여기는 것, 내가 쓰고 싶은 책은 아무것도 아닌 것에 관한 책이야. 외적인 어느 것에도 매여 있지 않은 책, 마치 공중에 떠 있는 땅처럼 그 스타일의 내적인 힘에 의해 스스로 지탱하는 책 말이야. [⋯] 가장 아름다운 작품은 가장 적은 소재로 이루어진 책이야."[24]

따라서 『보바리 부인』은 갑작스러운 변화의 시작점이 아니며, 플로베르가 지금까지 구현했던 예술과의 완전한 결별 또는 그의 기질에 대한 의지의 승리의 출발점도 아니다. 『보바리 부인』은 자기 예술의 본질과 조건에 대한 한 예술가의 고찰에서 나온 결과물이다. 여기서 왜 또다시 카렘의 이름을 언급하게 되는지는 모르겠지만 그는 자신의 한 저서에서 이런 말을 남긴 바 있다. "나는 비트루비우스[25]를 공부하면서 비로소 내 예술의 위대함을 깨달았다." 마찬가지로 비트루비우스를 읽은 테오필 고티에는 석 달간 극찬을 아끼지 않으면서 사람들에게 이렇게 말하고 다녔다. "당신 예술의 위대함을 깨닫고 싶으면 비트루비우스를 공부하시오!" 플로베르도 이와 똑같은 과정을 거쳤다. 그는 젊은 시절의 어떤 작품에서도 자신의 천재성을 믿거나 자신의 열정이 걸작을 탄생시켰다고 믿는 사람의 인상을 주지 못했다. 작품이 완성된 뒤 그것을 다시 읽을 때마다 그는 풋내기가 쓴 졸작이라며 스스로를 혹평

---

24 『서간집』, 1852년 1월 16일 루이즈 콜레에게 보낸 편지.

25 로마시대의 건축가로 그의 저서 『건축술에 대하여De Architectura』(총 10권)는 고대 건축 연구에 중요한 자료가 되고 있다.

하곤 했다. 잠시 『성 앙투안의 유혹』에 대해서 예외적으로 생각했던 때도 있긴 했다. 그러나 그는 자신의 판단을 믿지 않고 부이예와 뒤 캉에게 그 평가를 일임했으며 그들의 판단을 따랐다. 그리고 그는 작품을 쓰는 동시에 대가들을 꾸준히 공부했으며, 그럼으로써 자신의 예술이 위대하다는 것을 깨달았다. 책, 페이지 그리고 문장의 구조와 구성과 구축이 어떤 것인지를 비로소 이해할 수 있었던 것이다. 그는 스물네 살에 완성한 첫 번째 버전의 『감정 교육』에서 작가의 분신이나 다름없는 쥘의 작업 방식을 통해 자신이 크루아세에서 어떤 지침에 따라 글을 쓰는지를 밝힌 바 있다.

"예전에는 그의 문장은 장황하고 모호하며 과장되거나 넘치고, 장식과 수사가 남발되고 시작과 끝이 맥이 빠지곤 했다. 그리하여 그는 더욱더 자유롭고 정확한 표현으로 문장에 유연성과 힘을 부여하고자 했다."

"따라서 그는 전심을 다해 스타일의 진지한 연구에 돌입했다. 아이디어의 탄생과 더불어 아이디어가 녹아드는 형태, 그 둘이 서로에게 어울리도록 나란히 발전해나가는 신비한 과정, 정신이 물질에 동화되면서 자신처럼 물질이 영원한 존재가 되게 하는 놀라운 융화가 일어나는 것 등을 관찰했다."[26]

두 사람의 유일한 차이점은, 1845년의 플로베르는 아직 이러한 스타일의 연구를 할 만큼 자신이 충분히 성숙하다고 느끼지 않았으며, 자신의 삶에서 그런 연구에 절대적인 자리를 부여하지도 않

26 (원주) 『초년의 작품들』, 제3권, 257쪽.

왔다는 것이다. 당시의 플로베르에게 문학은 삶의 잔재나 안전판에 불과했다. 그는 서른 살이 지나서야 평정을 찾았거나 체념했다. 동방 여행은 그에게서 장소의 변화에 대한 환상을 거두어 갔다.

> 아 등잔불에 비친 세상은 얼마나 큰지!
> 기억의 눈에 비친 세상은 얼마나 작은지![27]

그의 초년 작품들, 그중에서도 『성 앙투안의 유혹』은 확장되는 등잔불의 빛 아래에서 쓰였다. 기억의 눈은 그의 시각을 바꾸어놓았다. 그는 이제 세상이 작다는 것을 알게 되었고, 그 작음의 관찰과 표현에 몰두했다. 라 브뤼예르와 네덜란드 화가들이 그랬던 것처럼 그는 이 작은 세상 속에서 스타일의 완벽함과 불가분의 관계에 있는 소재를 발견했다.

그리고 이러한 작업은 그가 보기에, 그리고 우리가 보기에도 『성 앙투안의 유혹』을 쓸 때보다 『보바리 부인』을 쓸 때 한층 더 아름다웠고 매혹적이었다. 하지만 여기서 그를 이야기하면서 관료나 도형수의 이미지를 남용해서는 안 될 터다. 심지어 그것들을 사용하는 것은 터무니없기까지 하다. 플로베르에게 걸맞은 이미지는 단 하나밖에 없다. 보들레르를 사로잡았던, 사제 또는 더 나아가 수도승과 신비주의자의 이미지가 그것이다. 심지어 플로베르는 자기 작업의 방향과 전개와 의미를 신비주의자의 언어로 더

---

27 샤를 보들레르의 『악의 꽃』에 수록된 시 『여행: 막심 뒤 캉에게』의 첫 구절에서 인용.

없이 솔직하게 직접적으로 표현했다. 문학은 희생의 예술이며, 무엇보다 자기희생의 예술이다. 그리고 우리는 그런 희생을 통해 신을 소유할 수 있게 된다. "예술가의 삶이나, 올라야 할 거대한 산처럼 완성해야 할 예술작품도 마찬가지가 아닐까? 이는 끈질긴 의지를 요구하는 힘든 여행일 테니까. 처음에는 아래쪽에서 높은 산꼭대기를 발견하지. 하늘을 배경으로 순수함을 발하는 정상은 그 높이로 인해 두려움을 안겨주기도 하고 말이지! 그리고 바로 그런 이유로 우리를 유혹하는 거야. 그리하여 우린 정상을 향해 출발하지만 각 고원에 이를 때마다 산은 점점 더 높아지고 지평선은 더욱더 멀어지지. 그리고 우린 절벽을 통과하면서 현기증과 좌절을 느끼게 되지. 게다가 살을 에는 추위가 엄습하고, 높은 지역에 불어오는 폭풍우는 우리 옷의 마지막 한 조각까지 앗아가버려. 우리는 결코 땅으로 되돌아갈 수 없으며 아마도 산꼭대기에 도달하는 것도 불가능할 거야. 이제 자신이 얼마나 지쳤는지를 느끼며 자신의 피부가 얼마나 갈라졌는지를 확인하고는 질겁하게 되지. 우리에게 남은 거라고는 더 높이 올라 모든 걸 이룬 뒤 죽고 싶다는, 억제할 수 없는 욕망뿐이야. 하지만 때로는 거센 돌풍이 불어와 무수하고 무한하며 경이로운 전망들을 눈앞에 보여줌으로써 우리에게 황홀함을 선사하기도 하지. 올림포스산의 미풍이 우리 가슴을 가득 채우고, 6,000미터 높이에서 발아래 까마득한 사람들을 내려다보노라면, 자신이 마치 세상 전체라는 좌대 위에 올라선 거인처럼 여겨지기도 해. 그러다 다시 안개가 내리면 우린 또다시 더듬거리며 계속 산을 올라야 하는 거야. 바위에 손톱이 벗겨져가며,

고독의 눈물을 흘리면서. 하지만 아무려면 어때! 우린 눈 속에서 죽어가는 거야. 우리의 욕망이 빚어내는 새하얀 고통 속에서, 정신의 격류가 속삭이는 소리를 들으며 태양을 향해 얼굴을 돌린 채 소멸하는 거야."[28]

그러나 『보바리 부인』이 플로베르의 과거와의 결별이 아니라고 한다면, 그 자신도 암시했던 것처럼 플로베르의 개인적인 문학과의 결별이자 개인적인 것에서 객관적인 것으로의 이행이라고 보는 게 더욱 타당하지 않을까? 물론 어떤 관점에서는 플로베르에게 있어서 소설의 주제와 집필은 자신에게서 벗어나는 하나의 방식으로, 객관성과 순수한 예술에의 훈련을 위해 구상되었으리라는 데는 의심의 여지가 없다. "내가 가장 쓰고 싶은 작품들은 바로 내가 가장 소질이 없는 것들이야. 이런 의미에서 『보바리 부인』은 오직 나만이 의식하지 못할 전대미문의 모험이 될 거야. 주제와 인물과 효과를 포함한 모든 것이 나를 벗어나 있기 때문이지. 이 책은 나로 하여금 이후 힘찬 발걸음을 내딛게 해줄 거야! 나는 마치 손가락 마디마다 납으로 된 공을 매달고 피아노를 연주하는 사람처럼 이 책을 쓰고 있어. 이렇게 해서 손놀림을 좀더 자유롭게 할 수 있게 된다면 […]"[29] 여기서 플로베르는 자신에게서 이끌어낸 예전 작품들—자서전과 고백록의 성격을 띤—과 『보바리 부인』 간의 비교를 암시하고 있다. 그러나 플로베르에게 있어서 『보바리 부인』은 소위 말하는 최초의 비개성적 문학작품이 아니었다.

---

28 『서간집』, 1853년 9월 16일 루이즈 콜레에게 보낸 편지.

29 『서간집』, 1852년 7월 26일 루이즈 콜레에게 보낸 편지.

그가 초년(17세)에 쓴 루이 11세에 관한 드라마, 『루이 11세Loys XI』를 차치하고라도 『들로 모래사장으로』는 무엇보다 묘사 연습을 위한 작품이었다. 그리고 첫 번째 『성 앙투안의 유혹』은 분명 객관적인 작품의 형태를 띠고 있다. 사실 플로베르는 수년 전부터 『어느 광인의 회상록』이나 『11월』처럼 자전적인 이야기나 첫 번째 『감정 교육』처럼 반半자전적 이야기가 너무 손쉬운 공식이며, 글쓰기를 포기하거나 다른 데서 자신의 길을 찾아야 한다는 것을 느끼고 있었다.

오로지 자신의 마음으로부터 생생한 예술작품을 지속적으로 이끌어내기 위해서는 서정적인 천재성을 타고나야만 한다. 바이런, 라마르틴 또는 위고처럼 강력한 서정성을 지닌 작가들만이 자신을 끊임없이 내보이면서도 여전히 독창적이면서 강렬한 작품을 쓸 수 있을 터다. 심지어 산문의 서정성을 보여주는 작가들조차도 불편한 마음으로 힘겹게 그러한 글을 쓸 수 있을 뿐이다. 일례로 루소와 샤토브리앙의 작품은 그들이 달고 다니는 듯한 좌절된 운명과도 깊은 관계가 있다. 하지만 두 사람은 자서전의 형태로 더없이 생생한 걸작을 창조해내기에 앞서 또다른 문학적 운명들을 시도한 터였다. 『회상록Mémoires』을 쓴 생시몽이나 『아미엘의 일기Le Journal』로 유명한 아미엘처럼 단 한 권의 저서만 남기거나 직업적 작가가 아니지 않은 다음에야 어떤 작가도 자서전을 쓰는 것만으로 만족할 수는 없다. 대부분의 작가에게 자서전은 젊은 시절에 거치는 단계이거나 노년의 대안에 불과할 터다.

하지만 자서전이란 것이 어디서 시작해서 어디서 끝나는지를 누가 자신 있게 말할 수 있을까? 어째서 오늘날 비평가들은 그토록 아이러니하고 떠들썩하게 『고백록』과 『죽음 너머서의 회상Mémoires d'outre-tombe』과 『속내 이야기Confidences』와 『행위와 말Actes et Paroles』의 의도적인 오류들을 파헤치고자 하는 걸까? 루소와 샤토브리앙과 라마르틴과 위고를 거짓말쟁이라고 할 수 있을까? 아니다. 이들은 인간이면서 무엇보다 예술가이다. 모든 고백록에는 소설이 포함돼 있다. 모든 고백록이 필연적으로 소설이 되게 하는 심리학적 성향을 찾아내어 평가하는 것은 흥미로운 일이 될 것이다. 그 반대로 모든 소설이 얼마간 고백록일 수밖에 없게 만드는 또다른 성향(때로는 같은 성향이기도 하다)도 존재한다. 소설가나 극작가는 자신의 무의식적인 부분들 및 선택과 필수적인 행위의 필요성으로 인해 점차 묻혀버린 내면의 가능성들로부터 모든 인물들을 이끌어낸다. 땅에 파묻힌 도시의 유적을 발굴해내는 것처럼.

플로베르는 자신의 자전적 작품을 언제나 소설화했던 것처럼, 과장하거나 변형하거나 지어내거나 현혹하지 않고서는 결코 자신에 대해 이야기하지 못했다. 특히 공쿠르 형제나 이폴리트 텐처럼 그의 이야기를 글로 남기고자 했던 이들 앞에서는 더욱더 그랬다. 그 반대로 자신의 일부를 포함시키지 않고서는, 스스로 그 입장이 되지 않고서는—어쩌면 고백의 형태로 자신을 드러낼 때보다 더욱더 완전하고 심오한 방식으로—어떤 비개성적이고 객관적인 소설도 쓸 수 없었다. 그가 "보바리 부인은 나다"라고 했을 때 그는 자신을 속이지도 않았고 이야기하는 상대방을 속이지도 않았다.

플로베르에게 『보바리 부인』의 집필 과정은 자신을 돌아보기와 비평과 통찰력의 시기에 해당한다. "나는 자꾸만 비평으로 눈을 돌리게 돼. 내가 쓰는 소설이 그에 필요한 능력을 강화해주거든. 이건 무엇보다 비평, 아니 해부를 위한 작품이기 때문이야."[30] 플로베르에게 있어서 우스꽝스러움의 관점에서 스스로를 바라보는 능력은 오래전으로 거슬러 올라간다. 그것은 가르송이라는 인물을 탄생시켰고, 초년의 개인적 소설들에서 빛을 발했다. 플로베르가 열일곱 살에 쓴 『어느 광인의 회상록』에서 진지하게 "내 영혼은 영원과 무한을 향해 날아오르고 의문의 대양 속을 맴돈다"라고 했을 때 그의 무의식에는 가르송을 닮은 인물이 존재하고 있었음이 틀림없다. 1846년 그는 편지에서 다음과 같이 이야기한 바 있다. "어제는 내 조카딸의 세례식이 있었어. 아이와 참석자들과 나 그리고 막 식사를 마치고 얼굴이 불그레해진 신부도 우리가 뭘 하는지를 잘 알지 못하는 것 같았어. 난 우리 모두에게 무의미한 상징들을 바라보면서 잔해 속에서 발굴해낸 아득한 종교의 어떤 의식을 치르는 것처럼 굴었어. 아주 단순하고 잘 알고 있는 의식이었는데도 난 놀라움을 금치 못했지. 신부는 자신도 이해하지 못하는 라틴어를 재빨리 웅얼거렸고 우리는 그의 말을 듣지 않았어. 그는 아이의 조그만 맨머리 위에 성수를 부었지. 촛불은 타오르고 신자들은 아멘이라고 외쳤어. 그런데 이 모든 것 중에서 가장 현명해 보이는 것은, 과거에 이 모든 걸 이해하고 아마도 그중 무언가

---

30 『서간집』, 1854년 1월 2일 루이즈 콜레에게 보낸 편지.

를 간직하고 있을지도 모르는 돌들이었어."[31] 이것이 그가 『보바리 부인』을 쓸 때의 정신 상태였다. 위에서 세례를 받은 것은 플로베르의 소설에 대한 아이디어와 그에게서 비롯되어 50여 년간 이어질 사실주의 소설에 대한 아이디어였다. 나는 위에 언급된 신부를 보면서 『보바리 부인』의 부르니지앵 신부와 〈오르낭에서의 매장 Un enterrement à Ornans〉[32]을 떠올리게 된다. 플로베르가 보기에 죽은 것처럼 여겨지는 것은 단지 종교뿐만이 아니었다. 비존재로 화한 다음 소설을 위한 하나의 아이디어가 되는 모든 현대인들도 마찬가지였다. 플로베르가 잔해 속에서 발굴된 아득한 것으로 형상화하는 현재의 종교는, 실제로 잔해 속에서 발굴된, 실제로 아득한 종교로 자연스레 이행하게 될 터였다. 즉 『보바리 부인』에서 『살람보』로 넘어가게 되는 것이다. 두 작품은 과거에 이 모든 걸 이해하는 돌들, 즉 소설가의 묘사적이고 환기喚起하는 재능 및 냉소적이고 아이러니한 정신과 공존하는 돌들이라는 점에서 서로 통하는 면이 있다. 플로베르로 하여금 놀라움을 금치 못하게 한 것은 과학의 원칙과 유사한 예술의 원칙이었다.

우리는 여기서 『돈키호테』의 기원과도 유사한 어떤 것을 발견하게 된다. 게다가 『보바리 부인』과 『돈키호테』 간의 비교는 종종 비평가들의 입에 오르내리고 있고, 플로베르는 소설을 쓰는 내내 『돈키호테』를 책 중의 책이라고 칭하면서 탐독했다. "『돈키호테』에서 가장 경이로운 것은 예술의 부재, 그리고 하나의 책을 그

31 『서간집』, 1846년 4월 7일 막심 뒤 캉에게 보낸 편지.

32 사실주의 미술의 선구자인 프랑스의 화가 귀스타브 쿠르베의 대표작.

토록 코믹하고 그토록 시적인 것이 되게 하는 환상과 현실의 끊임없는 융합이야."[33] 플로베르는 어려서부터 예술의 걸작들에 의해서만 가능한 예술의 부재와, 그의 내면에 내포된 코믹함과 시정詩情의 융합을 문학적으로 표현해내고자 했다. 그에게 코믹함과 시정은 똑같은 현실을 나타내는, 일종의 2개 국어로 쓰인 텍스트나 다름없었다. 그는 『보바리 부인』을 탈고하던 해보다 10년이나 앞선 1846년에 다음과 같은 이야기를 한 적이 있다. "우울한 우스꽝스러움은 새롭고도 놀라운 방식으로 나를 매료하곤 해. 그것이 우스꽝스럽게 신랄한 내 기질의 내밀한 필요성과 부합하기 때문이야. 그것은 나를 웃게 하지는 않지만 오래도록 꿈꾸게 해. 나는 그것이 존재하는 곳이라면 어디서건 그걸 포착해내서 다른 이들처럼 내 안에 품고 다녀. 이런 이유로 나는 나 자신을 분석하는 걸 좋아해. 이런 종류의 연구는 나를 즐겁게 하거든. 내가 꽤 진지한 편이긴 해도 스스로를 심각하게 받아들이지 않는 것은 나 자신이 아주 우스꽝스럽다고 생각하기 때문이야. 극적인 코믹함 같은 상대적 우스꽝스러움이 아니라, 인간의 삶 자체에 내재한—가장 단순한 행위나 더없이 평범한 몸짓에서 비롯되는—우스꽝스러움의 관점에서 말이지. 일례로 나는 수염을 깎을 때마다 어김없이 웃음을 터뜨리곤 해. 그런 행위가 바보같이 느껴지기 때문이야."[34] 게다가 이런 코믹함은 극적인 코믹함만큼이나 상대적이며, 이 둘은 같은 부류에 속한다. 플로베르에게 삶이 우스꽝스럽게 여겨지는 것

33 『서간집』, 1852년 9월 22일 루이즈 콜레에게 보낸 편지.

34 『서간집』, 1846년 8월 21~22일 루이즈 콜레에게 보낸 편지.

은, 그가 삶을 즉각적으로 자동성自動性이라는 관점에서 바라보기 때문이다. 수염을 깎는 행위가 바보 같고 우스꽝스럽게 느껴지는 것은 그것이 일상적이고 기계적인 행위이기 때문이며, 그도 그 사실을 잘 알고 있다. 누군가에게 있어서 정확히 예측될 수 있는 모든 것은 그것을 말하거나 행하는 사람이 그것이 예정되어 있음을 모르는 한에서 우스꽝스럽게 여겨지는 법이다. 플로베르가 그토록 즐겁게 작업했던 『통상 관념 사전』은 부르주아가 주어진 상황에서 필연적으로 사용하게 될 상투적인 표현들을 모아놓은 것이다. 그런데 『돈키호테』처럼 『보바리 부인』도 이러한 자동성을 예술작품의 삶에 통합시켰다는 데에 그 의미가 있다. 엠마 보바리나 오메, 돈키호테나 산초가 그 예라고 할 수 있다. 그들 속에 내재된 우스꽝스러움이나 서글픈 어리석음은 우리로 하여금 꿈꾸게 하고 생각하게 한다. 플로베르는 자신의 『통상 관념 사전』에 대해 이런 말을 했다. "이것을 읽은 뒤에는 자연스레 그 속에 있는 말을 하게 될까 봐 말하기가 꺼려지게 되어야 할 터다." 이와 마찬가지로 『보바리 부인』 속의 인간 유형에 관한 일련의 소설들—모든 인간의 유형들을 포함하는—을 구상해볼 수 있지 않을까. 그리하여 그것들을 읽고 난 뒤에는, 자동성이 작동함으로써 우스꽝스러움을 드러내는 삶을 살게 될까 봐 두려워서 더이상 살아갈 엄두가 나지 않도록. 플로베르의 진정한 독창성과 기질적 불행은 세상을 언제나 이러한 관점에서 바라보면서 잠재적 『보바리 부인』을 자기 기질의 산물이나 작품으로 여기는 데 있었다.

플로베르에게는 스스로도 그런 우스꽝스러움의 예외가 될 수 없었다. 그가 하루 중 제일 먼저 보게 되는 우스꽝스러운 존재는 아침마다 수염을 깎는 그 자신이었다. 그는 코믹함 속에 서정성을 포함시킬 수 있는 놀라운 성향을 지니고 있었다. 서정성은 곧 자기 자신을 의미하며, 동시에 연민, 진정한 쇼펜하우어적인 연민을 의미한다. 우리는 함께 겪는 불행을 동정할 수 있을 뿐이며, 자신과 같은 존재에 공감할 수 있을 뿐이기 때문이다. Tat twam asi(네가 그것이다/그것이 너다). "보바리 부인은 나다." 물론 그는 자신의 『보바리 부인』을 생각하면서 다음과 같은 말을 했을 터다. "어떤 것을 덜 느낄수록, 그것을 있는 그대로 표현하기 마련이야. 하지만 우리에겐 스스로 어떤 것을 느낄 수 있는 능력이 필요해."[35] 그리고 스스로 어떤 것을 느낄 수 있는 능력을 갖추기 위해서는 먼저, 명료하게는 아니더라도, 적어도 지독하게 그것을 느껴봤어야 한다. "나 역시 예민하고 감상적인 시기를 거쳤고, 아직도 갤리선의 노예처럼 목에 그 표식을 지니고 있어. 한번 불에 손을 데어봤으니 난 이제 불의 성질에 대한 글을 쓸 수 있는 권리를 지니게 된 거야. 당신은 이런 시기를 지나 성인의 나이에 이른 나를 만난 거야. 하지만 난 예전에는 삶 속의 시정과 열정의 조형적 아름다움이 존재한다고 믿었어."[36] 삼중의 전환, 즉 체험한 과거에서 생생한 현재로, 예술가의 감수성에서 부르주아의 감수성으로, 그리고 남성에서 여성으로의 전환은 1857년의 소설(『보바리 부인』)에서 비개성과 개성 사이의 균형을 유지해주고, 그 결함들을 없애주며, 여기저기 모난

35 『서간집』, 1852년 7월 5~6일 루이즈 콜레에게 보낸 편지.

36 상동.

부분들을 부드럽게 만들어줄 터였다.

우리는 이런 관점에서 플로베르의 재담들을 이해하고(그가 여덟 시간 동안 문장을 만드는 작업을 하고 난 뒤 밤에 지친 상태로 이런 것들을 썼음을 고려하면서) 그것들에 걸맞은 자리를 찾아주어야 할 것이다. "대성당을 그 종각의 높이로 판단하듯 인간의 영혼은 그가 품은 욕망의 크기로 가늠되는 거야. 내가 부르주아적 시정과 가사家事를 굉장히 싫어하는 것도 이런 이유 때문이야. 물론 나도 그런 것들을 이야기하긴 하지만 이번이 정말 마지막이야. 진저리 나게 싫기 때문이지. 스타일을 치밀하게 따지고 술수를 부려가며 쓴 이 책은 내 체질에 맞지 않아. 나의 폐부 속 깊은 곳에서부터 우러나오는 게 아니란 말이지. 이건 나의 의도에서 비롯된 인위적인 것임을 느끼거든. 어떤 사람들(아주 소수이겠지만)은 내가 부린 재주에 감탄할 수도 있을 거야. 또 어떤 이들은 내 소설 속에서 디테일과 관찰의 진실성에 주목할지도 몰라. 하지만 내겐 숨 쉴 수 있는 공기가 필요해! 공기가 필요하다고! 위대한 표현들, 강물처럼 펼쳐지는 넉넉하고 충만한 문장들, 다양한 비유들, 빛나는 스타일. 그 속에는 내가 좋아하는 이 모든 것들이 없을 거라고. 어쩌면 이 책을 마치고 난 뒤에는 무언가를 쓸 수 있는 상태가 될 수는 있겠지만."[37] 그러나 플로베르는 이처럼 자신의 주제를 비하할 때보다 '보바리즘'을 더 잘 드러낸 적이 없었다. 만약 "인간의 영혼은 그가 품은 욕망의 크기로 가늠되는 것"이 사실이라면 엠마는 굉장히

---

37 『서간집』, 1853년 5월 21~22일 루이즈 콜레에게 보낸 편지.

위대해 보인다. 그녀 역시 부르주아적 시정과 가사—자신의 집을 관리하는 것—를 싫어하기 때문이다. 플로베르가 "진저리 나게 싫은" 주제에 얽매였던 것처럼 그녀는 샤를과 결혼했다. 그리고 그녀가 로돌프 옆에서 외치는 절규는 플로베르의 그것—"내겐 숨 쉴 수 있는 공기가 필요해!"—과도 닮았다. "때때로 그들은 산꼭대기 위에서 느닷없이 발아래 펼쳐지는, 돔 모양의 지붕과 다리와 선박과 레몬나무 숲 들이 있는 멋진 도시를 내려다보았다."(『보바리 부인』, 2부 12장) 플로베르의 환상은 엠마의 그것을 닮았다. "위대한 표현들, 강물처럼 펼쳐지는 넉넉하고 충만한 문장들." 그런데 훗날 그는 자신이 미래 속에서 언뜻 예감하는 이러한 표현과 문장 들에 등을 돌리게 될 터였다. 『보바리 부인』보다는 『살람보』에서, 『살람보』보다는 『감정 교육』에서 그런 것들을 더욱더 찾아보기 힘들며, 『부바르와 페퀴셰』에는 그런 것들이 아예 없다.

그러나 그가 밤늦게 내뱉는 신음 소리에 속지 말자. 플로베르는 위대한 문학 부대에서 수시로 투덜거리던 작가로 알려져 있다. 가장 훌륭한 군인들도 하루에 일곱 번씩 이렇게 외치곤 한다. "제대하고 싶다!" "이런 개 같은 직업이 또 있을까!" 하지만 뜨거운 열정과 신념이 없이는 『보바리 부인』 같은 작품을 쓸 수 없는 법이다. 플로베르는 자신의 주제가 새롭고 아름답다는 것과 자신이 현대적 『돈키호테』를 쓰고 있다는 것을 직감했다. 이런 이야기를 하는 그는 믿어도 좋을 터다. "내 소설의 가장 중요한 가치—가치가 있다고 한다면—는 서정성과 통속성(내가 서술 분석 속에서 하나로 융합하고자 하는)의 이중 심연 사이에 쳐진 머리칼 위를 똑바로 걸어갈 줄 알았다는 데 있을 거야. 이것이 어떤 책이 될지를 생각할 때마다 현기증이 일어. 하지만 그토록 엄청난 아름다움이 내게 맡겨졌다는 생각이 들 때마다 난 너무나 두려워서 어딘가로 도망가 숨고 싶어지기도 해."[38]

따라서 『감정 교육』에서와 마찬가지로 『보바리 부인』에서 더욱더 진실하고 깊이 있는 개인적인 작품의 모습이 발견되고, 『어느 광인의 회상록』이나 『11월』에서보다 플로베르의 영혼이 더 완전하고 더 풍요롭고 더 표현적으로 드러나는 것은 그다지 모순이 아닐 터다. 언뜻 보기에는 모든 문학 장르 중에서 가장 진실해 보이는 자서전은 어쩌면 가장 거짓된 것일지도 모르기 때문이다. 자신에 대해 이야기하는 것은 스스로를 여러 조각으로 나누는 것이다. 세간에 알려진 자신의 일부분, 즉 솔직한 개인적 의식意識이 아닌, 순응주의와 허영심과 거짓에 의해 변조된 사회적 의식이 반영된 자신의 일부만을 자신의 작품에 투영하는 것이다. 『죽음 너머서의 회상』은 샤토브리앙이 그 자신이 아닌, 그가 체험한 그의 시대와 풍경과 사람들에 대해 이야기하는(그의 어린 시절의 추억에 대한 부분은 예외로 하고) 뛰어난 안목을 지녔다는 점에서 매우 아름다운 작품이 될 수 있었다. 몽테뉴의 『수상록』이 그가 여기저기 분산해놓은 30여 페이지의 순수한 자서전의 전개로만 이루어졌더라면 그의 책은 지금보다 그 가치가 훨씬 덜했을 것이다. 자서전은 예술가가 아닌 이들의 예술이며, 소설가가 아닌 이들의 소설이다.

---

38 『서간집』, 1852년 3월 20~21일 루이즈 콜레에게 보낸 편지.

그리고 예술가나 소설가의 역할은 자신이 지닌 광부의 램프를 비춰서 인간으로 하여금 그의 명료한 의식 너머로 나아가 그의 기억과 가능성 속에 묻힌 보물들을 찾게 하는 데 있다. 자서전을 쓰는 것은 자신의 인위적인 단위에 스스로를 국한하는 것이며, 예술작품을 창조하는 것은 소설의 인물들을 창조하고 자신의 심오한 다양성 속에서 스스로를 느끼는 것이다. 플로베르는 산고로 인해 신음했을 수도 있다. 그것에 더해 『보바리 부인』이라는 유일한 걸작을 완성하기 위해서는 자신으로부터 그 인물들을 끌어내고 그들을 직접 살아봐야만 했다.

플로베르는 세르반테스가 『돈키호테』(플로베르가 수시로 언급하는)에서 자신의 주제와 16세기 에스파냐의 주제를 발견했던 것처럼 『보바리 부인』에서 자신의 주제와 19세기 프랑스 지방의 주제를 발견했다. 완숙함과 완벽이 만나는 지점인 이 최적의 상태는 두 사면 사이의 비좁은 꼭대기를 차지한다. 한편으로 플로베르는 주제가 여전히 그(작가)와 연관되면서 고백의 방식을 빌려서라도 그의 부분들을 표현하게 해야만 했다. 다른 한편으로는 사람들이 소설의 인물들 속에서 그(작가)를 알아보게 해서는 안 되었다. 그들이 인물로서의 견고함을 획득하고, 이폴리트 텐의 표현대로 탯줄을 확실히 끊어내기 위해서는, 작가와 충분히 분리되면서 그들의 기질이 그의 그것과 판이하게 달라야 했다. 이와 관련해 플로베르는 다음과 같은 말을 한 바 있다. "산초에 비하면 피가로는 얼마나 하찮은 창작품인지! 당나귀를 타고 가면서 날양파를 먹고, 자신의 주인과 이야기하면서 나귀에 박차를 가하는 그의 모습이 얼마나 눈앞에 선히 떠오르는지! 어디에도 묘사돼 있지 않은 에스파냐의 길들이 얼마나 생생하게 머릿속에 그려지는가 말이야! 하지만 피가로는 어디에 있지? 그는 고작 코메디 프랑세즈 극장에 있을 뿐이야. 단지 사교계 문학littérature de société에 지나지 않는단 말이지."[39] 플로베르는 그가 청년 시절부터 그려왔던 피가로 같은 인물들을 버리고 산초 같은 인물들을 그리기 시작하던 날 진정한 『보바리 부인』의 예술가로 거듭날 수 있었다. 그는 이제 비평가이자 예술가로서 교차로 또는 영원한 미학의 망루에 위치하게 되었다.

39 『서간집』, 1853년 8월 26일 루이즈 콜레에게 보낸 편지.

5. 보바리 부인

여기서는 『보바리 부인』의 실제 기원의 문제를 다루는 것은 잠시 미루어두고자 한다. 보바리 부인의 실제 모델이 있었던 것은 사실이다. 결혼 전 성이 쿠튀리에였던 들라마르 부인은 리[1]라는 마을에서 1848년 3월 7일에 세상을 떠났다. 그녀 말고도 또다른 사람들이 소설 속 인물들의 일부 태도들을 위한 참고가 되기도 했다. 그러나 지방의 가십은 실제 사건에 제멋대로 세부 사실들을 덧붙여 하나의 전설을 만들어냈고, 리 마을에서는 엽서 상인들이 『보바리 부인』의 모든 배경을 상품화해 관광객들에게 팔았다. 플로베르가 『보바리 부인』은 순전한 창작품이며 용빌라베이라는 마을은 존재하지 않는다고 말한 것은 과장이었다. 다른 한편으로는 그 반대로 이야기하는 것 또한 과장이었다. 여기서 분명하고도 중요한 사실은, 그가 1853년에 썼던 것처럼 "어쩌면 나의 불쌍한 보바리는 이

---

1 리(Ry)는 노르망디 지방의 센마리팀 데파르트망에 속하는 조그만 시골 마을이다. 델핀 들라마르(1822~1848)의 남편은 플로베르 아버지의 예전 제자였고 아내 델핀이 자살한 다음 해에 세상을 떠났다.

시각에도 프랑스의 20여 개의 마을에서 동시에 고통받으며 눈물을 흘리고 있을지도 모른다"[2]는 것이었다. 또한 데샤름은 플로베르에 관한 그의 저서에서 다음과 같이 적고 있다. "플로베르의 편지 상대였던 아멜리 보스케 양과 아주 가까웠던 사람이 최근에 내게 다음 이야기를 들려주었다. 보스케 양이 작가에게 『보바리 부인』의 주인공 모델이 누구인지 묻자 그는 매우 분명하게 여러 번 반복해 대답했다. '보바리 부인은 납니다! 내가 그 모델입니다!'"[3] 소문이란 것은 대부분 경계해야 하는 법이지만 나는 이 이야기가 한 노처녀가 지어낸 이야기가 아니라는 것을 확신한다.[4]

플로베르는 1850년 콘스탄티노플에 가 있을 때 발자크의 죽음에 관한 소식을 듣고는 부이예에게 편지를 보내 애도를 표했다. 당시 그가 『보바리 부인』을 구상하면서 거기에 공공연한 계승과 후속편이 있을 거라고 생각했는지는 확실하지 않다. 하지만 소설의 역사에서 결정적이었던 1850년대에는 마치 코르네유에서 라신으로 비극에 내재된 논리가 발달해온 것처럼 발자크에서 플로베르로 소설에 내재된 논리가 발전해왔다. 발자크의 소설은 구축된 소설, 때로는 지나치게 구축된 소설이었다. 그리고 외눈박이 거인의 아틀리에에는 강력한 소설적 상상력이 대장간의 불처럼 언제나 타오르고 있었다. 발자크는 극작가였던 코르네유가 그랬던

---

2 『서간집』, 1853년 8월 14일 루이즈 콜레에게 보낸 편지.

3 (원주) 르네 데샤름, 『1857년 이전의 플로베르』, 103쪽.

4 하지만 플로베르가 했다고 전해지는 이 말은 실제로는 그의 편지나 노트 그리고 알려진 어떤 문서에서도 발견되지 않았다. 따라서 이 책에서도 반복해 나오는 "보바리 부인은 나다"라는 말은 말 그 자체보다는 하나의 개념으로 이해해야 할 것이다.

것만큼 강력한 창조력을 지닌 소설가였다. 그러나 플로베르가 다음과 같은 이야기를 했을 때 그는 발자크 소설과 대척점에 서 있었다. "나는 살기 위해서는 숨만 쉬어도 되는 것처럼 문장들만 써 내려가기만 하면(이렇게 말해도 된다면) 되는 책들을 쓰고 싶어. 나를 괴롭히는 것은 구상의 간교함, 효과의 결합, 이면에 감춰진 계산 등이야. 게다가 이런 것들 또한 예술에 속해. 스타일의 효과는 이런 것들에, 그것도 전적으로 달려 있기 때문이야."[5] 그리고 그는 예술작품의 모든 필요성과 그를 괴롭히는 모든 술책들에 훌륭하게 대처했다. 그리하여 비극에 있어서 『앙드로마크』가 그랬던 것처럼, 『보바리 부인』의 기술技術은 소설에 있어서 하나의 모델과 전형이 되다시피 했다. 오늘날에는 소설가와 비평가 모임에서 소설의 기술에 대한 토론이 벌어질라치면 『보바리 부인』의 예가 즉각 인용되면서 어김없이 모든 이론들을 뒷받침하고 토론의 상당 부분을 채우곤 한다.

그러나 플로베르 자신은 자기 소설의 구성을 신중하면서도 불안한 마음으로 고찰했다. 그는 『살람보』와 두 번째 『감정 교육』의 그것만큼이나 『보바리 부인』의 구성에 만족하지 못했다. 그리고 『부바르와 페퀴셰』에 이르러 일반적인 의미의 구성의 모든 것을 거의 포기했다. "하지만 난 이 책이 중대한 결함을 지니게 될 거라고 생각해. 말하자면 물리적 균형의 결함 말이야. 벌써 260페이지를 썼는데도 아직 행위의 준비 단계에 머물고 있을 뿐이니,

5 『서간집』, 1853년 6월 25~26일 루이즈 콜레에게 보낸 편지.

[…] 나의 가엾은 여인의 죽음과 매장과 뒤이은 그녀 남편의 슬픔에 관한 이야기로 이루어질 결론도 적어도 260페이지는 될 거야. 따라서 행위의 본체를 위해서는 기껏해야 120에서 160페이지가 남아 있을 뿐이라고."[6] 그러나 그런 다음 그는 마치 자신의 입장을 변호하듯 이 소설은 "발전된 사건들이라기보다는 하나의 전기에 속한다"고 강조했다. "그 속에서 드라마는 커다란 자리를 차지하지 않아. 만약 이런 극적인 요소가 책의 전체적인 어조에 묻혀 버린다면, 이야기의 전개에서 여러 단계 사이의 조화가 부족한 것이 눈에 잘 안 띌지도 몰라. 그리고 난 어쩌면 우리의 삶 자체도 그런 식이 아닐까 생각해."[7] 여기서 플로베르가 사용하는 용어들은 어떤 특징을 나타내고 있다. 드라마와 극적인 요소는 구성과 거의 동의어로 사용되고 있으며, 소설은 극이 아니기 때문에 그것들을 배제할 수 있다. 우선시되는 순간들과 위기의 순간들을 따로 떼어서 포착하는 극은 가장 작은 공간에서 가장 커다란 효과를 일으키도록 그 순간들을 구성하고 한데 모을 수밖에 없다. 따라서 극은 시간의 지배를 받는다. 반면 소설가는 시간을 지배하고 시간을 자기 것으로 만들면서, 시간이라는 천과 함께 삶 전체를 여유롭게 재단한다. 플로베르의 소설은 발자크의 소설이 종종 그렇듯이 '인간극'이 아니며 순수한 소설일 뿐이다.

따라서 『보바리 부인』은 『데이비드 코퍼필드』나 『플로스강의 물방앗간』처럼 하나의 전기로 간주될 수 있다. 개인적인 전기라기

---

6 『서간집』, 1853년 6월 25~26일 루이즈 콜레에게 보낸 편지.

7 상동.

보다는 서로서로 연관된 삶들의 연속이라는 의미에서 그렇다. 어떤 관점에서는 소설에 주요 등장인물이 아닌, 시간 속에서의 외적 차원을 부여하는 개인적 전기는 샤를 보바리의 것일 터였다. 소설은 그의 중학교 입학—그리고 그의 모자—이야기로 시작해 그의 죽음으로 끝나기 때문이다.

좀더 자세히 말하자면, 『보바리 부인』은 한 특정인의 전기라기보다는 인간적 삶에 대한 전기로 볼 수 있다(극의 이론적 경계에 움직임의 순수한 도식이 존재하는 것처럼, 소설의 이론적 경계에는 삶의 순수한 도식이 존재할 터다). 인간이라는 사실은 스스로를 가능성의 보고이자 다양한 잠재적 존재로 느끼는 것을 의미하며, 예술가라는 사실은 그런 가능성과 잠재성을 구현하는 것을 의미한다. 물론 이런 일반적 진리를 소설의 모든 인물들—샤를 보바리 같은—에게 적용하려면 어떤 소설적 기교가 필요할 것이다. 중학교 시절의 추억으로 시작되는 소설의 첫머리는 소설의 분위기를 조성하는 동시에 플로베르로 하여금 집필을 위한 분위기 속에 자리 잡게 하는 데 그 목적이 있다. 지금까지 플로베르는 그의 모든 책에서 스스로를 표현해왔다. 그리고 이번에는 『보바리 부인』이라는 명백한 문학적 전환 속에서 그와 전적으로 대조되는 존재, 아니 그의 존재와 정반대되는 비존재를 찾기 위해 삶의 초년까지 거슬러 올라갔다. 『보바리 부인』이 쓰일 수 있었던 것은, 중학교 시절부터 학급이라는 인류의 요약본 속에서 샤를의 모든 삶이 예시像示되었기 때문이다. 그 속에서 샤를은 자신도 모르는 새에 엠마-플로베르와 결혼을 했던 것이다. 샤를과 함께 떼려야 뗄 수 없는 한 쌍을 이루면서 그를 유명인의 반열에 올려놓게 될 엠마-플로베르는 『어느 광인의 회상록』에서 이렇게 그 시절의 자신을 돌아본다. "아직도 그 시절의 내가 선명하게 눈앞에 떠오른다. 나는 교실 의자에 앉아 미래에 대한 꿈을 꾸면서 아이의 상상력이 꿈꿀 수 있는 가장 고귀한 것들을 떠올리고 있었다. 선생님은 내 라틴어 시구를 비웃고 친구들은 킥킥거리며 나를 바라보았다. 한심한 것들 같으니라고! 감히 나를 비웃다니! 그토록 나약하고 평범하고 머리가 나쁜 것들이! 창작의 경계에서 노닐면서 깊은 시상에 잠기곤 하는 나를, 그들 모두보다 더 잘났음을 느끼는 나를, 내 영혼의 내밀한 드러냄 앞에서 무한한 기쁨과 천상의 황홀경을 맛보곤 하는 나를!"

플로베르의 소설은 샤를 보바리의 모자와 그가 사는 동안 유일하게 했던 심오한 말, "운명 탓이죠!"(3부 11장)—이후 그는 무르익은 사과처럼 땅에 떨어질 일만 남았다—사이에 들어 있다. 이것이 소설의 시작과 끝이었다. 플로베르는 『들로 모래사장으로』의 한 페이지에서 이미 문학에서 모자들에 관한 장이 쓰여야 한다는 것을 이야기했고, 브르타뉴 지방의 모자들에 관한 부분에서 샤를 보바리의 모자에 관한 페이지를 예고한 바 있다. "바보의 얼굴처럼 말 없는 추함이 켜켜이 쌓인"(1부 1장) 모자에는 벌써부터 용빌라베이의 모든 것이 내포돼 있었다.

플로베르 소설의 전개는 무언가를 추가해나가는 게 아니라, 처음에는 더없이 단순하게 제기된 주제를 향해 이야기가 피어나고 풍부해짐으로써 이루어진다. 그리고 이렇게 자리 잡는 것은 다름 아닌 운명의 형태이다. 우리는 겉으로는 드러나지 않으면서 이전 상황에서 이미 주어졌던 것을 운명이라고 부른다. 무언가를 체험할 필요가 없다고 느낄 때 우리는 운명이라는 생각을 한다. 어떤 것을 경험하기도 전부터 이미 정확히 우리를 위해 정해져 있는 지점으로 되돌아오기 때문이다. 무언가를 찾으러 따라갔다고 믿었던 길이 사실은 우리를 가두고 있는 원의 형태라는 사실을 알게 되는 것이다.

운명의 소설은 삶의 소설이자 사랑의 소설이기도 하다. 그 결말과 일관성의 관점에서 바라볼 때 우리의 마음을 아프게 하는 운명을 지닌 존재들도 그들만의 신성한 순간을 경험한 적이 있다. 샤를에게는 오솔길에 몸을 감춘 채 루오 영감이 창의 덧문을 활짝 열어 그의 청혼이 받아들여졌다고 신호하는 것을 확인했을 때가, 엠마에게는 로돌프와의 사랑을 처음 시작했을 때가 그런 순간이었을 것이다. 소설은 전체적으로 볼 때 비관적이지도 냉소적이지도 않으며, 빛나는 가치와 음울한 가치 들이 서로 균형을 이루고 있다. 플로베르는 『부바르와 페퀴셰』의 신랄함에는 아직 이르지 않은 터였다.

소설을 이루는 두 개의 구심적 원은 토트와 용빌이다. 토트는 용빌의 더 간략하고 더 비어 있는 이미지다. 한 마을에서 또다른 마을로, 하나의 삶에서 또다른 삶—하지만 보바리 부부에게는 똑같은 삶일 뿐이다—으로의 이행은 탁월한 점진과 구성의 걸작을 탄생시켰다. 토트는 용빌을 닮았지만 완성된 그림과 비교할 때 하나의 스케치에 불과하다. 플로베르는 그의 첫 번째 데생을 장식으로 채우지 않도록 조심했다. 그러나 용빌의 모든 가치가 이미 그 속에 포함돼 있었다. 고유명사 없이, 일반적 특성과 추상적 유형과 축소 모형으로 단순화된 채. "매일 같은 시간에 검은 비단 보닛을 쓴 학교 선생이 자기 집 덧문을 열었고, 마을 경관은 웃옷에 칼을 차고 지나갔다."(1부 9장) 여기서 두 익명의 존재는 작은 마을의 규칙성을 표현하기에 충분하다. 그러나 조그만 마을은 단지 자동시계에 그치는 게 아니라 보편적 인간성과, 다른 곳에 있고자 하는 욕망, 즉 보바리즘을 상징한다. 그리고 이발사는 이러한 욕망을 구체적으로 드러내는 인물이다. "그는 자신의 좌절된 꿈과 희망 없는 미래를 한탄하면서 대도시에, 예를 들면 루앙의 항구 쪽 극장 근처 같은 데에 가게를 내는 꿈을 꾸곤 했다. 그러면서 온종일 우울한 표정으로 손님을 기다리며 면사무소에서 성당까지 왔다 갔다 했다."(1부 9장) 창밖으로 보이는 크랭크 오르간은 이 모든 것에 어울리는 음악을 연주했다. 이런 존재들을 품게 될 소설의 첫 번째 밑그림은 이러했다.

토트는 사건이 일어나는 장소가 아니라 샤를의 존재 방식과 삶의 방식, 즉 그가 잠자고 옷 입고 먹는 방식, 다시 말하면 그의 아내를 '짜증 나게 하고' 그녀로 하여금 신경쇠약에 걸리게 하는 모든 것을 보여주는 곳이다. 소설의 제1부는 보바리 부인이 자신의 결혼식 부케를 불속에 집어던지는 장면으로 끝이 난다. "그녀는 그것이 타들어가는 모습을 지켜보았다. 마분지로 된 조그만 열매들이 터지고…."(1부 9장) 그리고 토트에서의 체류와 더불어 보바리 부인에게 있어서 진정한 부부의 삶, 두 사람만의 삶도 끝이 났다.

이러한 스케치에 뒤이어 인물과 사건 들의 장소인 그림이 등장한다. 토트는 조그만 마을이고, 용빌 또한 작은 마을이다. 그러나 이제 토트는 용빌이라는 작은 마을에 녹아들고 용빌의 현실에 흡수되어 그 현실로 화한다. 예술에서 흔히 일어나는 장소의 전환이 일어난 것이다. 그리하여 소설의 제2부는 발자크식의 용빌에 대한 폭넓은 묘사로 시작된다. 이는 인간극을 위한 것이 아닌, 인간의 어리석음과 불행한 삶을 그리는 극을 위한 진정한 배경을 설정하기 위한 것이다. 그리고 플로베르는 차분하고 가차 없는 세밀함으로 그 일을 훌륭하게 해냈다. 공증인의 집, 성당, 면사무소 그리고 황금 사자 여관 맞은편에 있는 오메의 약국—붉은색과 초록색 병들이 저녁마다 화려한 벵골 불꽃처럼 빛을 발하는—에 이르기까지. 황금 사자에서의 식사 광경은 도입부의 기술적(어쩌면 지나치게 기술적인) 전형이다. 용빌의 모든 인물들이 그들에게 어울리는 조명 아래 그곳으로 모여들었고, 오메는 그런 가운데서 활짝 피어났다. 그리고 이 모든 것은, 인물들의 모든 특징이 두드러지고, 그들의 운명이, 무엇보다 엠마의 그것이 실현되는 유리한 배경을 조성했다.

엠마가 소설에 나오는 여성 중에서 가장 아름답고 가장 생생하며 가장 실제 같은 인물 중 하나로 꼽히는 것은 당연한 일이다. 『공쿠르 형제의 일기』에 따르면 언젠가 뒤팡루 주교는 뒤마에게 이런 이야기를 했다. "이 소설은 걸작입니다. 그래요, 걸작이 맞습니다. 지방에서 고해성사를 한 사람들에게는 말이죠." 플로베르는 고해신부의 경험을 예술가의 직관으로 대체했다. 그가 자신의 소설 속 여주인공과 스스로를 동일시하며 그녀의 삶을 살지 않았더라면 그는 그녀를 창조해낼 수도, 이러한 걸작을 탄생시킬 수도 없었을 터였다. 그녀는 소설의 또다른 인물들처럼 냉소적이고 외적인 관점으로 만들어진 게 아니었다. 여자들은 그 사실을 놓치지 않았으며, 고귀한 상상력을 지닌 남자가 돈키호테에게서 자신을 알아보듯 그녀에게서 자신들의 내면의 불행과 아름다움을 알아보았다. 『보바리 부인』이 소송을 당했을 때 플로베르를 지지한 사람들 중에는 황후[8]도 포함되어 있었다고 한다.

엠마는 단지 감각을 지녔다는 이유 하나만으로 소설의 진정한 '주인공'(반反주인공인 산초나 오메와 대조되는)이었다. 브륀티에르는 『감정 교육』의 실패와 『보바리 부인』의 우월성을 설명하면서 엠마의 성격은 "통속적인 것보다 더 강하거나 더 섬세한" 무언가를 보여주며, 그런 것이 없이는 진정으로 위대한 소설은 있을 수 없다고 단언했다. "또다른 관점에서 볼 때 공통적으로 발견되는, 여성의 이런 본능 속에는 감각의 섬세함이라는 극단적이고 희귀한 무언가가 존재한다."[9] 반대로 『감정 교육』의 어떤 인물들에게서도 극단적이거나 희귀한 무언가가 발견되지 않는다. 하지만 파게는 또다른 의견을 내놓았다. "보바리 부인은 엄밀히 말해서 감각

---

8 나폴레옹 3세 황제의 부인 외제니 드 몽티조를 가리킨다.

9 (원주) 페르디낭 브륀티에르, 『자연주의 소설』, 185쪽.

적인 여자가 아니다. 그녀는 무엇보다 몽상가이며, 심리학자들의 말처럼 지적인 여성이다. 따라서 그녀의 첫 번째 잘못은 감각의 놀라움보다 상상력의 변덕에 있다. 사랑을 알게 되었다는 것은 그녀의 첫 번째 추락의 이유가 될 터이며, 사랑하는 사람에게 자신을 주었다는 것이 두 번째 추락의 이유가 될 것이다."[10]

물론 여기서는 브륀티에르의 말이 더욱 타당성이 있다. 예술가가 예외적으로 강렬한 감각을 지닌 사람인 것처럼 엠마는 무엇보다 감각적인 여자다. 이런 이유로 플로베르는 예술가로서 그녀와 자신을 동일시하면서 "보바리 부인은 나다"라고 말할 수 있었다. 엠마가 순수하게 감각적인 모습을 보일 때마다 그는 섬세하고 종교적이기까지 한 감정과 함께—밀턴이 이브에 관해 이야기할 때처럼—이야기를 풀어나갔다. 그는 평소의 냉정하고 냉소적인 어조를 버리고, 작가로 하여금 자신의 인물을 받아들여 자신의 대리인으로 삼게 하는 음악에 자신을 내맡겼다. 엠마가 로돌프에게 자신을 내맡긴 직후가 그러했다. "저녁 어둠이 내리고 있었다. 그녀는 나뭇가지 사이로 수평으로 비껴드는 햇살에 눈이 부셨다. 여기저기, 그녀 주위의 나뭇잎들과 땅 위에 어른거리는 햇빛의 얼룩들이 마치 날아가던 벌새들이 깃털을 흩뿌려놓은 것처럼 떨리고 있었다. 주위는 고요했고, 감미로운 무언가가 나무들로부터 풍겨 나오는 것 같았다. 그녀는 자신의 심장을, 심장이 다시 뛰는 것과 마치 젖빛 강처럼 심장의 피가 몸속을 도는 것을 느꼈다. 그때 숲

10 (원주) 에밀 파게, 『플로베르』, 95쪽.

너머로, 아득히 먼 또다른 언덕에서 누군가가 외치는 소리가 어렴풋이 들려왔다. 그녀는 길게 이어지면서 마치 음악처럼 그녀의 흥분된 신경의 마지막 떨림과 뒤섞이는 그 목소리에 말없이 귀를 기울였다. 로돌프는 여송연을 이 사이에 문 채 주머니칼로 끊어진 두 개의 고삐 중 하나를 고치고 있었다."(2부 9장) 만약 소설이 그 자체로 하나의 존재이고 하나의 실체라면, 그 물결에 휩쓸려 간 엠마는 물결 그 자체였다. 그리고 여기서 로돌프는 물에 젖지 않은 채 강변의 조약돌 사이에 안착했다.

그러나 평단의 반응을 예견한 듯한 플로베르는 "식자들gens d'esprit은 일관성 있고 완벽한 성격의 인물들(책에서만 존재하는 것 같은)만을 원해"[11]라고 일침을 가했다. 그 반대로 그에게는 "어쩌면 고대문학에서는 오디세우스가 가장 강렬한 유형의 인물이며, 현대문학에서는 햄릿이 그런 인물일"[12] 터다. 그의 보바리 부인은 단순한 성격의 인물이 아니다. 그녀는 관능성에 통속적인 상상력과 놀라운 순진함, 즉 어리석음이 더해져 만들어졌다. 플로베르의 시인으로서의 본능과 비평 능력, 아름다움과 음울한 우스꽝스러움에 대한 그의 취향을 동시에 충족시키기 위해서는 그러한 인물이 필요했던 것이다.

좀더 정확히 말하면 돈키호테에게서와 마찬가지로 엠마에게 있어서 욕망과 그 욕망의 대상들은 모두 똑같은 자리를 차지하거나, 작가에 의해 똑같은 차원에 놓여 있지 않다. 엠마의 관능적인

---

11 『서간집』, 1853년 6월 28~29일 루이즈 콜레에게 보낸 편지.

12 상동.

욕망과 돈키호테의 폭넓은 상상력은 그 자체로 멋진 현실이며, 세르반테스와 플로베르는 그 속에서 자신들 마음의 가장 고귀한 부분을 알아보고는 그것을 투영했다. 그들은 욕망과 도취는 찬양하면서도 욕망의 대상들은 비웃었다. 그들 중 누구도 욕망과 상상의 대상들의 가치에 대한 환상을 품지 않았다. 그리고 예술가의 반쪽인 현실주의자는 그 하찮고 가소로운 대상들을 가차 없이 그리게 될 터였다.

사실 그녀의 욕망과 감각들을 제외하고는 엠마의 모든 것은 보잘것없었다. 그녀는 "의례적인 형태로 표현되지 않는 모든 것을 믿지 못하는 것처럼 자신이 경험하지 못한 것을 이해할 수 없었다."(1부 7장) 또한 노르망디인 농부의 바탕을 여전히 간직하고 있어서 "아버지 손에 박인 굳은살처럼 마음속에 여전히 딱딱한 무언가를 간직하고 있는 대부분의 시골 사람들처럼 별로 다정하지도, 다른 사람들의 감정에 쉽게 공감하지도 못했다."(1부 9장)

그녀는 열정적이기보다는 열렬한 편에 속했다. 한 남자를 사랑하기보다는 사랑을 사랑하고, 쾌락을 사랑하고, 삶을 사랑하며, 한 명의 애인을 가지기보다는 여러 애인들을 가지기 위해 태어난 여자였다. 그녀는 물론 온몸을 다해 로돌프를 사랑했다. 그리고 그 순간이 그녀에게는 가장 충만하고 완벽하며 짧은 개화기였다. 그러나 그 사랑을 떠나보내는 데는 한 번 앓는 것으로 충분했다. 그녀의 죽음은 사랑 때문이 아니라 전반적인 나약함과 앞날에 대한 예지豫知의 부족, 사랑과 일에 있어서 잘 속아 넘어가는 순진함, 충동에 쉽게 굴복하고 마는 성정 탓이었다. 그녀가 처음으로 레옹에게 사랑을 느끼고는 마음속으로 저항한 것처럼 보이면서 실제로도 그랬을 때, 이런 외적인 저항은 그녀를 둘러싼 하나의 딱딱한 껍질에 지나지 않았다. 그 속에서는 플로베르 자신도 아주 잘 알고 있는 죄스러운 쾌락delectatio morosa이 마음껏 열렬히 피어나고 있었다. "중산층 부인들은 그녀의 검약을, 환자들은 그녀의 예의 바름을, 가난한 이들은 그녀의 자비로움을 칭송했다. 그러나 그녀는 탐욕과 분노와 증오로 가득 차 있었다. 주름이 똑바로 잡힌 옷은 그녀의 혼란스러운 마음을 감추어주었고, 그토록 정숙해 보이는 입술은 그녀의 고뇌를 알지 못하게 했다. 그녀는 레옹을 사랑하고 있었다. 그리고 그의 모습을 마음껏 음미할 수 있도록 홀로 있기를 원했다. 그를 직접 보는 것은 이러한 사색 속의 쾌락을 방해했다. 상상 속에서 들리는 그의 발소리는 그녀의 가슴을 뛰게 했다. 그러나 막상 그가 나타나면 감동은 사라지고, 커다란 놀라움 뒤의 슬픔만 남을 뿐이었다."(2부 5장) (이것은 플로베르가 자신의 기억에서 이끌어낸 청소년기의 추억—그가 대담하게 한 여성에게로 옮겨놓은—이 아닐까?) 이 모든 시간 동안 엠마의 내면에서 형성된 새로운 존재는 바깥세상으로 나오기에 적절한 때를 기다리고 있었다. 그러다가 그녀의 연인의 관능적 욕구가 그녀를 사로잡는 즉시 그것을 만나러 그에게로 가기만 하면 되었다. 그녀의 마지막 삶, 그녀를 죽음으로 이끌게 될 그 삶은 순전히 개인적인 삶, 한 개인의 부정不貞과 죄악으로 요약된 삶이 될 터였다.

플로베르의 소설은 라신의 『페드르』만큼이나 장세니즘을 떠올리게 하면서 엠마의 죽음에 영벌永罰의 성격을 부여했다. 플로베르는 그 속에 장님의 형상으로 악마가 존재하기를 원했다. 악마는 그녀를 간통으로 이끈 루앙으로의 여행들 사이에 언뜻언뜻 보았던, 얼굴이 일그러진 괴물, 자살자가 타락한 영혼을 악마에게 줘버리듯 그녀가 자신의 마지막 은화를 던져주었던 거지의 모습으로 나타났다. 마지막 순간에 엠마는 창밖에서 들려오는 노랫소리에 절망감과 두려움으로 끔찍한 웃음을 터뜨리며 죽어간다. “영원한 어둠 속에서 위협하듯 솟아난 거지의 흉측한 얼굴이 보이는 것 같았다.”(3부 8장) 그리고 플로베르는 머릿속에 이러한 영벌의 상징을 떠올리고 있었음이 분명하다. 그는 부이예에게 쓴 편지에서 엠마의 죽음을 위해 장님이 반드시 용빌에 있어야만 한다고 설명했다. 그러기 위해 그는 약사의 연고를 생각해내야 했다. 라마르틴은 『보바리 부인』을 읽고 당혹스러워하면서 소설의 결말이 너무 가혹하다고 평했다. 그녀가 저지른 잘못에 비해 그 벌이 너무 지나치다는 것이었다. 플로베르의 소설이 라마르틴의 『조슬랭Jocelyn』과 완연히 대조되는 영역에 속해 있음은 명백하다.

『조슬랭』에서 라마르틴은 스스로에게 만족하는 반면 『보바리 부인』에서 플로베르는 끈질기게 자신을 물고 늘어진다. 엠마는 그에게 아직 미개척지인 이중의 환상을 구현한다. 우선 욕망의 속성이자, 식물에게 물이 필요하듯 삶에 필요한, 시간 속에서의 환상이 있다. “그녀는 각기 다른 장소에서 똑같은 일들이 일어난다는 것을 믿지 않았다. 게다가 지금까지 살아온 몫이 나빴으니까 앞으로 살아갈 몫은 좀더 낫지 않을까 생각했다.”(2부 2장) 그리고 공간에서의 환상이 있다. “가까이 있는 것일수록 그녀의 생각은 더 멀리

달아났다. 권태로운 시골, 우매한 소시민들, 초라한 삶처럼 그녀를 즉각적으로 둘러싼 모든 것은 어쩌다 걸려든 특수한 우연이자 세상 속의 예외로 여겨졌다. 그리고 그 너머에는 거대한 축복과 정념의 세계가 끝없이 펼쳐져 있는 듯했다."(1부 9장) 그녀는 수도원에서는 바깥세상을 꿈꾸었다. 그리고 훗날 수도원에서의 삶을 자신이 유일하게 행복했던 순간으로 떠올리게 될 터였다. 그 순간에는 세상이 새하얀 백지였고 그녀의 마음은 무한한 가능성을 지녔기 때문이다. 아버지 집으로 돌아온 엠마는 시골 생활을 견디지 못했고, 말을 타고 시골길을 달리는 건강한 의사 샤를의 청혼을 수락했다. 그녀에게 그는 바깥세상을 의미했기 때문이다. 하지만 그와 결혼한 뒤에도 그녀는 여전히 꿈을 꾸고 다른 곳을 갈망했다. 그녀 안에는 브륀티에르의 지적대로 감각적인 여자와 파게의 지적대로 몽상적인 여자가 공존했다. 그리고 또다른 무언가가 있었다.

그녀는 불운한 여자였다. 『보바리 부인』은 어떤 면에서는 실패와 불운, 그리고 『8시 47분의 기차Le Train de 8 heures 47』[13]에 나오는 것만큼이나 끈질기게 불운한 상황의 연속으로 이루어진 소설로 보인다. 또다른 존재들 사이에서는, 또다른 환경 속에서는 자신의 욕망을 충족시키고 비교적 행복할 수 있을 거라는 엠마의 생각이 그토록 우스꽝스러운 그녀의 착각이라고 할 수 있을까? 세르반테스의 소설에서는 돈키호테가 실망하는 것이 필요했다. 그는 기

13 프랑스의 소설가이자 극작가인 조르주 쿠르틀린(1858~1929)이 1888년에 발표한 소설.

사들이 아닌 풍차가 많은 시대와 나라에서 살았기 때문이다. 불운은 그와 아무런 관련이 없었다. 반면 엠마의 불행에는 불운이 커다란 자리를 차지한다. 그녀가 얼마나 쉽게 지속적으로 남자들에게 유혹당하는지를 보다 보면 평범한 남편이라도 얼마든지 그녀의 관능과 마음을 충족시킬 수 있었을 것 같다는 생각이 든다. 샤를은 의도적으로 그녀에게 반反하는 존재로 만들어진 것이다. 그녀는 "이런 그를 사랑하려고 온갖 노력을 다했다. 그리고 다른 남자에게 넘어간 것을 울면서 후회하기도 했다."(2부 11장) 앙가발이 사건은 그녀에게 남편의 치유될 수 없는 어리석음을 입증해야만 했다. 그리하여 수술에 실패한 샤를은 엠마의 삶을 이루는 모든 실패의 원인이자 상징이 되었다. 그녀는 사내아이를 낳음으로써 보란 듯이 복수를 하고 여성으로서 대단한 자부심을 느낄 수도 있었다. "그녀는 아들을 원했다. 튼튼한 갈색 머리의 아이는 조르주라고 불릴 것이다. 사내아이를 낳는다는 것은 지난날 그녀가 느꼈던 모든 무력감에 대한 복수를 의미했다."(2부 3장) 그리고 그녀는 딸을 낳았다. 엠마가 용빌에서 유일하게 가까이 지낸 사람은 오메 부인이었다. 그녀는 잔인한 운명의 교묘함을 보여주듯 소설 속에서 마치 여자 보바리와 같은 역할을 담당했다. 그리고 뢰뢰라는 인물이 있다! 엠마가 불행한 여자로 불릴 수 있을 것처럼 그는 오메와 함께 소설의 승리자로 불릴 수 있을 터다. 그녀 주위를 둘러싼 벽들—끝내는 그녀의 머리가 부딪혀 그녀를 죽음에 이르게 하는—은 일종의 고약한 예술적 운명에 의해 구축되었다. 샤를이 "운명 탓이죠!"라고 했을 때 독자는 이에 응답하며 이 소설이 운명에 관한 이야기라는 것을 느끼게 된다. 『마농 레스코』처럼 관능적 사랑의 소설이자 『돈키호테』처럼 몽상적 소설인 『보바리 부인』은 거기에 더하여 볼테르의 『캉디드Candide ou l'Optimisme』처럼 운명에 관한 소설인 것이다.

운명에 관한 소설은 의지가 부재하는 곳에서만 가능하다. 그리고 엠마의 경우가 그렇다. 그녀에게서도 그녀의 남편에게서도 의지라고는 전혀 찾아볼 수 없다. 반면 로돌프에게는 그녀를 유혹하고자 하는 의지가, 뢰뢰에게는 그녀를 벗겨먹으려는 의지가 있다. 그러나 그녀에게는 의지 대신 죄악을 저지르라고 한 남자를 부추길 만큼 상당한 열정과 신경질적인 충동성, 어두운 이기주의가 있다. "권총 있어요?"(2부 10장)는 그녀가 로돌프로 하여금 살인을 저지르게 할 수 있음을 보여준다. "당신 사무실에서!"(3부 7장)는 레옹을 도둑으로 만들 수도 있음을, "부인, 어떻게 그런 생각을!"(3부 7장)이라고 한 비네의 말은 세무 관리의 금고와 관련된 어떤 말을 연상시킨다.

정념의 화신 같은 존재인 엠마는 사랑이 아닌 돈 문제 때문에 자살을 했다. 간통을 한 여자로서 벌을 받은 게 아니라 엉망이 된 집안의 안주인으로서 죽었던 것이다. 독자들은 이 두 부분이 서로 연결되지 않는다고 생각하며 놀랄지도 모른다. 사실 이런 부분들이 서로 논리적으로 연결되는 건 조금도 중요하지 않다(예술에서 논리적 연결은 허구를 창조하는 가장 좋은 방법이다). 그러나 생생한 창조물의 피와 살 속에서는 그런 것들이 서로 연결돼 있다. 여자에게 있어서 아름다움은 무엇보다 배경의 아름다움을 의미한다. 그리고 시골의 중산층 여성들에게 인생의 실체와 무게는 자연스레 조잡한 은 식기 같은 것들과 연관이 있다. 발자크는 재물의 증가와 감소에 따라 비극이 결정되는 삶들을 소설에 도입했다. 그 속에서는 모든 감정들이 돈의 반영이나 변형의 영향을 받는다. 이런 면에서 19세기 사실주의 소설의 진정한 필요성이 대두되었다. 고전 비극에서 사랑이 야망과 영광과 왕들의 문제와 분리될 수 없는 것처럼, 부르주아 세계(또다른 세계에서도 마찬가지이지만)에서 사랑은 돈과 따로 떼어 생각될 수 없다. 소설의 제3부에서 레옹과 뢰뢰는 엠마가 동시에 불태운 우스꽝스러운 촛불의 두 심지인 것이다.

소설의 이런 측면은 보비에사르의 무도회에 의해 촉발되었다. 엠마는 새틴 구두를 갖고 있었다. "구두 밑창은 마루의 미끄러운 왁스가 묻어 노랗게 변색되어 있었다. 그녀의 마음도 마찬가지였다. 부를 접하는 바람에 결코 지워지지 않을 무언가가 그 위에 덧칠해졌다."(1부 8장) 그녀는 예전에 기숙사에 머물던 시절에 사랑을 황홀한 어떤 것으로 꿈꾸었다. 그리고 성에서의 무도회는 그녀에게 호화 판화집과 소설 속의 세계가 실제로 존재한다는 것을 보여주었고, 그녀는 그것과 부를 동일시했다. 무도회에서 남은 것은 거기서 주운 시가 케이스뿐이었고, 그녀는 마치 고고학적 자료처럼 그것의 기반 위에 사랑과 호사—이상적 삶에 대한 꿈에서의 영혼과 육체처럼 한데 뒤섞인—를 재구성했다. "욕망에 사로잡힌 그녀는 호사가 느끼게 하는 쾌감과 마음속의 희열을 혼동했고, 의례적인 우아함과 감정의 섬세함을 구분하지 못했다."(1부 9장) 그녀에게는 똑같은 삶이 두 가지 차원의 두 가지 형태로 흘러갔다. 한쪽에서 느껴지는 환멸은 또다른 쪽의 환멸을 야기하게 될 터였다. 로돌프와 뢰뢰는 그녀 삶의 양쪽에 위치하면서 그녀를 이용하고 파멸의 길로 이끌었다. 그러나 그들이 그리한 것은 악의에서가 아니라, 본성과 사회의 법칙과 '권리'에 따른 것이었다. 그들이 따른 것은 풍속의 권리와 혼동되는 유혹자의 권리, 법의 권리와 혼동되는 고리대금업자의 권리였다. 엠마는 로돌프의 편지를 받은 뒤 오랫동안 앓으면서 거의 죽을 뻔했다. 그리고 뢰뢰가 보낸 차압 증서를 받은 뒤에는 정말로 죽어버렸다. 그녀의 운명을 나타내는 두 얼굴은 서로 대칭적이었다. 그리고 이러한 운명은 하나의 덩어리와 하나의 존재를 형성했다. "그녀 안에서는 육욕과 금전욕, 그리고 정념으로 인한 우수가 한데 뒤엉켜 하나의 고뇌로 화했다. 그녀는 생각을 딴 데로 돌리려고 애쓰기는커녕 더욱더 거기에 집착하여 사방에서 기회를 엿보며 더 큰 고통을 자처했다. 그녀는 시원찮은 음식과 벌어진 문을 들먹이며 짜증을 냈고, 자신이 갖지 못한 벨벳, 자신이 맛볼 수 없는 행복, 그리고 너무 높은 꿈과 너무 좁은 집을 한탄했다."(2부 5장) 이처럼 보바리 부인은 현실로 인해 고통받은 나머지 현실을 넘어서서 산초나 타르튀프처럼 인간의 한 전형이 될 수 있었다.

몰리에르가 덕성을 우스꽝스럽게 그렸다고 비난한 루소는 어쩌면 샤를 보바리의 선함을 조롱했다고 플로베르를 똑같이 비난했을지도 모른다. 그 누구에게도 결코 해를 끼친 적이 없는 이 남자는 바로 그런 이유로 어리석은 사람의 전형이 되었다. 그는 생각에 있어서 어리석은 사람, 사회적 통념만이 지나다니는 '거리의 보도'처럼 진부하기 짝이 없는 사람, 또한 행동에 있어서도 어리석은 남자였다. 뭐 하나 제대로 하는 것이 없으며, 앙가발이 수술의 비참한 실패에 좌절하고, 그를 속이며 부정을 저지르는 아내와 그를 대체하는 약사 그리고 그의 집을 야금야금 갉아먹는 법률가들 사이에서 삼중으로 눈이 먼 남자였다. 그의 아내에게 그는 누군가도 아니고 어떤 것도 아니었다. 단지 그저 존재할 뿐이었다. 그리고 이처럼 아무것도 아닌 존재는 그녀에게 무거운 짐 같은 존재가 되었다. 그녀는 메젠티우스 왕이 죄수로 하여금 시신과 한데 묶인 채 서서히 죽어가게 했던 것과 같은 형벌을 받았다. 존재한다는 사실, 무시무시한 무게로 존재하는 것 말고는 달리 남자를 흠잡을 게 없는 여자가 치러야 하는 형벌이었다. 엠마가 레옹을 좋아하고 있다는 사실을 깨달은 것은 샤를과 오메 가족과 함께 산책을 나갔던 날이었다. 오메의 팔짱을 끼고 있던 엠마는 "그의 어깨에 살짝 기댄 채 저 멀리 안개 속에서 창백하고도 눈부신 빛을 발산하고 있는 둥근 태양을 바라보았다. 그러다 고개를 돌렸다. 샤를이 거기 있었다. 그는 모자를 눈썹까지 푹 눌러쓴 채 두꺼운 두 입술을 덜덜 떨고 있었다. 그 바람에 그의 얼굴이 한층 더 바보스러워 보였다. 게다가 그의 등마저도, 그 차분해 보이던 등마저도 보기만 해도 짜증이 났다. 그녀가 보기에는 그의 프록코트 위에 그 사람의 모든 진부함이 덕지덕지 달라붙어 있는 것만 같았다."(2부 5장) 둥근 태양을 바라보던 그녀의 시선은 이 시커멓고 둔감한 덩어리와 부딪쳤다. "그러다 고개를 돌렸다. 샤를이 거기 있었다mais elle tourna la tête: Charles était là." 이 문장들 속 콜론의 두 점보다 더 의미심장한 구두법과, "샤를이 거기 있었다"의 단순한 계사繫辭[14]보다 더 표현적인 동사를 찾기는 힘들 것이다. 그는 단지 존재할 뿐이었고, 그의 우둔함과 그의 죄악은 존재한다는 사실 그 자체였다.

플로베르는 "보바리 부인은 나다"라는 말과 함께 그가 부르주아에게서 끔찍이도 싫어하는 속성들을 샤를이라는 인물에게 부여했다. 엠마의 열정과 전적으로 반대되는 특성을 지닌 남자, 그의 평온함과 정중함, 그로 하여금 숙명의 계보에 속하게 할 수동적인 수용과 맹목적인 순종을 엠마 옆에 나란히 배치해야만 했다. 샤를은 자신의 어머니와 아내가 서로 다툴 때면 "뭐라고 대답해야 할지 몰랐다. 그는 어머니를 존경했고 아내를 무척 사랑했다! 그의 생각으로는 어머니의 판단도 옳지만 아내에게 별다른 흠이 있는 것도 아니었다".(1부 7장) 그는 플로베르의 신경질적이고 격한 성격과 편견의 정반대 지점에 있는 인물이었다.

그는 다른 이들에게 만족하는 만큼 삶에도 만족했다. 초원에 사는 초식동물처럼 삶 속에 자리 잡고 그것을 뜯어 먹었다. 그들의 딸의 탄생은 엠마에게는 자신의 희생된 삶의 또 하나의 실패로 여겨졌다. 하지만 샤를은 "자신이 그녀를 임신시켰다는 생각에 기쁨을 감추지 못했다. 이제 그에게는 아무것도 부족한 게 없었다. 그는 인생을 속속들이 알았고, 평온한 마음으로 그 식탁에 팔꿈치

14 프랑스어에서 'était'는 영어의 'be' 동사에 해당하는 'être' 동사의 변화형이다.

를 괴고 있었다".(2부 3장)

그와 레옹의 중요한 차이점은, 레옹에게서는 여자 앞에서 빛나는 데 최소한으로 필요한 피상적인 여성성이 발견된다는 사실이다. 반면 샤를에게서는 여성적인 성향을 조금도 찾아볼 수 없다. 레옹과 엠마가 황금 사자에서의 식사 자리—보바리 부부의 용빌로의 멋진 이주를 상징하는—에서 처음 대면했을 때 레옹은 상투적인 말들이 가득한 대화를 통해 엠마를 지적으로 정복하기(또다른 정복의 순간을 기다리면서) 시작한다. 그는 그녀 앞에서 온갖 상투적인 말들을 늘어놓으면서 그녀의 영혼과 판박이인 영혼, 같은 샘에서 길어 올린 물 같은 영혼을 과시했다. 그러나 그가 엠마와 닮은 것이 사실이라면 그는 샤를과도 얼마간 닮아 있다. 플로베르는 소설을 구상하던 중에 레옹이라는 인물에 대해 이렇게 설명했다. "샤를과 비슷한 성정을 지녔지만 그보다 신체적으로나 정신적으로, 특히 교육에 있어서 우월하다." 따라서 레옹은 두 가지 측면에서 보바리 부부의 호감을 살 만한 인물이었다.

또한 레옹은 두 종류의 레옹으로 나눌 수 있다. 용빌에서의 레옹과 파리 체류 후 루앙에서의 레옹으로. 조악한 동전의 양면에 각기 다르지만 마찬가지로 관습적이고 예상된 초상들이 주조된 것이다. 루앙에서의 그는 파리를 경험한 젊은이에게서 기대되는 모습이었다. 파리에서는 순진함을 벗어버리고 남자가 되었다. 이제 그는 『감정 교육』의 프레데릭이 당브뢰즈 부인을 만난 것처럼 자신이 기혼녀를 만나게 되리라는 걸 알고 있었다. 그리고 그 역할에는 엠마가 제격이었다. 레옹과의 만남으로 인한 엠마의 추락은 로돌프로 인한 추락과 닮아 있다. 곤충학자의 돋보기로 들여다보면 숲속에서나 마차에서의 두 남자는 단지 수컷일 뿐이었다. 수컷은 그녀를 원하고 그녀를 추구하고 그녀에게 덫을 놓았다. 여기 성당 안에서, 저기 숲속에서. 그녀는 저항했고, 양심과 수치의 파편들이 그녀를 끌어당기는 물결 위를 떠다녔다. 하지만 우리 안에서처럼 그녀 안의 무언가는 그녀가 일종의 검은 덫—레옹이 그녀를 밀어 넣은 커튼 쳐진 마차와 함께 등장하게 될—을 향해 나아가고 있음을 분명히 인식하고 있었다. "그녀는 자신의 흔들리는 정조를 다해 성모에게, 조각들에, 무덤들에, 모든 기회에 매달리고자 했다."(3부 1장) 그녀는 이폴리트 앞의 페드르와 같았다. 비너스는 자신의 먹잇감에 집착하고, 내면의 숙명성은 모든 것을 사랑으로 변화시킨다.

그러나 자신의 육체로 정복자가 된 남자 레옹은 로돌프와는 반대로 자신의 영혼에 있어서는 지배받는 남자가 된다. 레옹은 "그녀의 취향을 모두 받아들였다. 그녀가 그의 정부가 아니라 그가 그녀의 정부인 셈이었다."(3부 5장) 루앙을 방문한 오메가 엠마에게서 그를 낚아채 독차지하려 할 때도 그는 순순히 따랐다. 농업 공진회에서 로돌프가 자신에게 성가시게 구는 사람들을 얼마나 경쾌하게 쫓아버리는지를 비교해보라. 오메가 자신에게서 레옹을 빼앗아 가던 날 엠마는 레옹이 "영웅심이 없고 나약하고 진부하며, 여자보다 더 무기력하고, 인색하고 소심하기까지 하다"(3부 6장)라고 생각했다. 그녀가 "간통 속에서 (남편을 비롯한) 결혼 생활의 모든 진부함"(3부 6장)을 발견한 것도 놀라운 일이 아니다.

플로베르는 처음에는 로돌프를 전혀 다른 인물로 구상했다. 소설의 초기 시나리오에서 그는 '허풍과 재치로 엠마를 사로잡는' 인물이었다. 그러나 플로베르는 외판원에게서 발견되는 이러한 서정성을 배제했다. 그리고 로돌프로 하여금 냉정한 유혹자, 낚시를 하듯 습관적으로 여자 사냥을 하는 남자가 되게 했다. 그는 첫눈에 엠마를 알아보았다. "그자가 종종걸음으로 환자를 보러 다니는 동안 여자는 집에서 양말짝이나 꿰매고 있겠지. 얼마나 따분할까! 도시에 살면서 매일 저녁 폴카를 추고 싶을 거야! 가엾은 여자 같으니라고! 도마 위의 잉어가 물을 그리워하듯 사랑을 갈구할 게 분명해. 달콤한 말 몇 마디면 나한테 홀딱 넘어올 거라고. 틀림없어. 그거 재밌겠는걸, 아주 좋아! 그래, 하지만 나중에 어떻게 떼버린다?"(2부 7장) 로돌프가 생각하는 방식은 대명사의 연속적인 사용에 잘 나타나 있다. 그는 엠마를 지칭하면서 elle에서 on으로, 그리고 ça, cela, ce[15]로 계속 옮겨간다. 여기에는 세 단계가 있다. 먼저 그를 위해 존재하는 여자(elle), 그다음에는 그의 쾌락을 위한 애무의 대상(on), 마지막으로 그의 욕망을 충족시키고 난 뒤에는 버려버리는 물건(ça, cela, ce). 로돌프는 엠마의 연애사에 있어서 뢰뢰와 같은 존재인 것이다.

통념에 의해서만 생각하는 엠마는 통념에 대한 통념을 갖고 있었다. 그렇기 때문에 샤를이 단순하게 펼쳐 보이는 모든 통념들

---

15 프랑스어에서 'elle'은 여성을 가리키는 3인칭 대명사, 'on'은 일반적인 사람을 가리키는 부정대명사, 'ça, cela, ce'는 대개 사물을 가리킬 때 쓰는 지시대명사이다.

을 끔찍이 싫어했다. "샤를과의 대화는 거리의 보도처럼 진부하기 짝이 없었다. 그것은 마치 세인들의 생각이 평상복 차림으로 연이어 펼쳐지는 것처럼 아무런 감동이나 웃음 혹은 몽상도 유발하지 못했다."(1부 7장) 엠마에게 있어서 감동과 웃음과 몽상과 또다른 것들을 야기하기 위해서는 세인들의 통념이 농업 공진회 날 로돌프와의 대화 속에서 나들이옷을 차려입기만 하면 되었다. 그것은 축제일에 비친 거리의 보도였다.

소설에서 농업 공진회 장면(2부 8장)은 하나의 경이로움이었고, 플로베르가 그것을 교향악에 비유한 것은 옳았다. 장면은 중세의 신비극처럼 세 단계로 이루어져 있다. 맨 아래 단계에는 가축들이 있었다. 연단 위에서는 공식 행사가 진행되었고, 엠마와 로돌프는 면사무소 2층의 창가에 앉아 있었다. 그리고 이 세 단계는 통념의 변증법을 이루듯 잇달아 전개되었다. 평화롭게 울고 있는 가축들은 베이스를 형성하면서 평온한 순수함 속에서 통념을 펼쳐 보였다. 연단 위에서는 도 참사관의 열변 속에서 통념이 허리를 구부린 채 구불구불 물결쳤다. 그리고 면사무소 창가에서는 로돌프가 엠마의 귀에 대고 오랫동안 수없이 되풀이돼왔던 상투적인 말들—언제나 확실한 효과를 거두었던—을 단어 하나 바꾸지 않은 채 속삭이고 있었다. 가축들은 이 아름다운 여름날에 자신들의 가치에 대한 메달을 하사받고 만족스레 그곳을 어슬렁거렸다. 용빌의 유지들과 청중은 넋이 나간 듯 참사관의 말에 귀 기울였다. 오메는 한 마디라도 놓칠세라 귀에 손을 갖다 댄 채 듣고 있었다.

엠마는 로돌프의 말에 마음을 빼앗긴 채 그가 자신의 손을 잡도록 내버려두었다. 교향악에서 현악기와 금관악기가 서로 교차되듯 달콤한 유혹의 말들은 수상자들의 발표와 서로 뒤엉켰다. 로돌프는 엠마와 함께 사람과 가축으로 붐비는 광장과, 참사관의 연설이 소와 양 들의 울음소리로 인해 자꾸만 끊기는 광경을 굽어보면서 그녀에게 이렇게 속삭였다. "세상의 이런 음모에 분노를 느끼지 않으십니까? 세상에 의해 매도당하지 않는 감정이 단 하나라도 있을까요? 가장 고귀한 본능과 가장 순수한 공감은 모두 박해를 당하고 중상모략을 당합니다."(2부 8장) 참사관의 연설이 공진회의 모든 참석자들에게 향하듯 모든 여자들을 향하는 전문가다운 말이었다. 들판에 내리는 비처럼 두 부류의 통념은 서로 교차하면서 한편으로는 오메에게로, 다른 한편으로는 엠마에게로 전해졌다.

로돌프가 엠마 같은 여자를 유혹할 때 사용하는 일련의 의례적인 말들을 의식적으로 쏟아낼 때 그는 개별적인 존재이기보다는 보편적인 존재인 것처럼 여겨진다. 여기서 우리는 플로베르가 얼마나 놀라운 기술로, 수없이 생각되고 말하여지고 행해지지 않은 모든 것들을 그에게서 배제했는지를 느낄 수 있다. 곤충을 관찰하는 이들이 채집이나 싸움을 붙이기 위한 목적으로 투명한 상자 안에 귀뚜라미나 사마귀를 집어넣을 때 그들이 보게 되는 것은 종種들의 습관적인 행위일 터다. 만약 이런 부류의 관찰자인 미크로메가스[16]가 인간으로부터 이러한 전형적인 장면과 종의 비개인

16 '아주 작은 것(micro)'과 '엄청나게 큰 것(méga)'의 합성어로 볼테르의 과학소설 제목이기도 하다.

적 드라마를 추출하고자 한다면 그는 플로베르를, 그의 연구 주제는 로돌프와 엠마를 닮게 될 것이다. 그리하여 비인간성으로 화하는 비개인성, 우리로 하여금 인간을 동물의 한 종류로 여기게 하는 비개인성이 생겨나는 것이다. 엠마의 집을 방문한 로돌프는 때가 무르익었다고 생각하고는 집을 구경하고 싶다는 핑계를 대며 그녀의 방으로 가고자 했다. 그러나 그때 샤를이 들어오자 그는 승마라는 우회적인 방법을 써서 그녀를 숲속 공터로 데리고 갔다. 그녀가 "피곤해요"라고 말하자 그는 "조금만 더 힘을 내요!"(2부 9장)라며 부추겼다. 하지만 그곳에 도착한 그녀는 그에게 저항하면서 다시 몸을 일으켰다. 아무래도 상관없었다! 그는 그녀의 말을 따르는 척하면서 다시 그녀를 연못가로 이끌었다. 그는 장소의 변화가 그녀로 하여금 마음을 바꾸어 자신에게 넘어오게 하는 데 충분하리라는 것을 알고 있었다. 발몽[17]이 그의 희생자들을 유혹할 때는 우린 이러한 메커니즘과 숙명성의 인상을 받지 않으며 이처럼 잔인한 냉혹함의 분위기를 느끼지 못한다. 이는 작가가 각기 다른 기술을 구사하기 때문이다. 발몽과 세실과 투르벨 부인의 이면에서 우린 로돌프와 레옹, 샤를과 엠마의 이면에서처럼 어떤 전형, 생생한 표상, 어떤 부류의 대표적 존재 들을 발견하지 못한다. 라클로의 인물들은 그 시대의 인간들을 나타낸다. 하지만 우리는 무엇보다 그들을 하나의 개인들로 받아들이며 그들이 예외적인 존재들일 수 있음을 인정한다. 작가가 뚜렷한 목적과 함께 창조한

---

17 피에르 쇼데를로 드 라클로의 서간체 소설 『위험한 관계Les Liaisons Dangereuses』의 주인공.

개별적인 모험과 특별한 영혼들의 드라마에 관심을 갖게 되는 것이다.

좀더 깊이 들어가보자. 발몽은 사악하고 위선적인 연인이지만 연인처럼 보인다. 그는 네로 황제처럼 악惡의 예술가이기 때문이다. 그러나 플로베르라는 예술가는 『보바리 부인』을 통해 무엇보다 예술가가 아닌 존재들의 소설을 쓰고자 했으며, 로돌프 역시 이런 인물들의 범주에서 벗어나지 않는다. 그는 통속성으로써만 하나의 전형에 이르게 된다. 그는 엠마가 자신으로 하여금 그녀를 샤를과 나눠 갖지 않겠노라고 맹세하게 한 것을 좋은 취향이라고 생각하지 않았다. 그는 샤를에게 질투심을 전혀 느끼지 않았기 때문이다. 게다가 감상적이 된 그녀는 조그만 초상화의 교환을 요구하고 머리칼을 잘라 선물하는 식으로 그의 신경을 거슬렀다.

발몽은 사악한 인물이지만 로돌프 역시 그렇다고 할 수 있을까? 두 남자가 똑같다고는 할 수 없을 것이다. 로돌프는 자신의 이기심을 충족시키고자 하지만 엠마에게 고통을 안겨주려고 애쓰지는 않는다. 엠마가 그녀에게 죄악과 수치를 면하게 해줄 돈을 그에게 빌리러 왔을 때도, 플로베르는 로돌프에게 그만한 돈이 있었더라면 기꺼이 빌려주었을 거라고 이야기한다. 하지만 그건 작가의 서툰 변명일 뿐이다! 상당한 땅을 소유한 로돌프는 분명 공증인에게서 돈을 변통할 수 있었을 터다. 하지만 작가는 그를 얼마큼 정도를 지키는 인물로 그리고 싶어했던 것으로 보인다. 어쩌면 플로베르처럼 섬세한 신경과 지나치게 예민한 감수성을 지닌 사람들은 로돌프처럼 사악하지도 않지만 다감하지도 않으며, 냉철함과 정확성과 가혹함을 지닌, 마치 기병대 하사관 같은 유형의 인물을 부러워할는지도 모른다! 플로베르는 혹시 루이즈가 크루아세에서 매몰차게 문전박대 당했을 때의 광경에서 이 마지막 대화의 어떤 부분을 빌려온 것은 아닐까? 플로베르 자신도 그의 어머니가 그 일을 모든 여성들에게 가해진 모욕으로 여기며 분개했었노라고 말하지 않았던가.

작가의 또다른 말은 우리로 하여금 이 장면 속에 그와 루이즈 콜레와의 관계에 대한 기억이 반영돼 있음을 짐작하게 한다. "사실 그는 남성 특유의 비겁함 때문에 3년간 그녀를 교묘하게 피해 다녔다."(3부 8장) 그리고 『보바리 부인』 속의 남자들—샤를, 오메, 레옹, 로돌프—은 다양한 모습 뒤에 하나같이 비겁함이라는 공통적 특성을 지니고 있다. 하지만 플로베르가 그들에게 부여하는 비겁함은 물론 농업 공진회 장면의 마지막에서 오메를 우스꽝스러워 보이게 하는, 용기의 전적인 결핍이 아니라 여성 앞에서의 남성의 비겁함이다. 플로베르는 부이예와 함께 『나약한 성Le Sexe faible』[18]이라는 제목의 별 볼 일 없는 희곡을 쓰기도 했는데, 여기서 나약한 성은 남자를 가리킨다. 어쩌면 이것이 『보바리 부인』에서 플로베르가 말하려고 했던 것인지도 모른다. 남자는 여자 앞에서, 즉 사랑 앞에서 비겁하다. 남자에게 고유한 용기는 의지 속에서 발견되고, 여자에게 고유한 용기는 사랑 속에서 발견되기 때문이다. 여자는 원할 줄 아는 남자에게 굴복하거나 그를 피한다. 남자

18 프랑스어에서 'le sexe faible(나약한 성)'은 여성을, 'le sexe fort(강한 성)'는 남성을 의미한다.

는 사랑할 줄 아는 여자에게 굴복하거나 그녀를 피한다. 『보바리 부인』이 그리는 세계는 와해되는 세상이다. 플로베르가 체계적으로 의지, 즉 남성적 가치를 배제시킨 세상이다. 그리하여 그 세상이 간직한, 유일하게 진실한 가치인 사랑 앞에서 모든 남자는 비겁한 존재가 된다. 루이즈 역시 불태워버린 편지들 속에서 때때로 플로베르의 그런 비겁함을 비난하곤 했다. 엠마가 무덤 속에서 보낸 첫 번째 밤에 "로돌프는 기분 전환을 위해 온종일 숲속을 돌아다닌 뒤 자신의 성에서 편안히 자고 있었다. 레옹 역시 저 먼 곳에서 잠들어 있었다."(3부 10장)

이러한 인간의 해체 가운데서 단 한 사람만이 아직 마음이란 것을 간직하고 있었다. "그 시각 아직 잠들지 못하는 사람이 또 하나 있었다. 무덤가의 전나무들 사이에서 한 소년이 무릎을 꿇은 채 울고 있었다. 통곡으로 터질 듯한 그의 가슴이 달빛보다 부드럽고 밤보다 깊고 커다란 회한으로 어둠 속에서 헐떡거렸다. 그때 갑자기 철책이 삐걱거리는 소리가 났다. 레스티부두아였다. 아까 놔두고 간 삽을 찾으러 온 것이었다. 그는 담장을 넘어가는 쥐스탱을 알아보고는 이제야 감자 도둑을 찾았다고 생각했다."(3부 10장) 플로베르는 아마도 자신의 유년 시절의 기억을 담아 쥐스탱이라는 소년을 창조해냈는지도 모른다. 무엇보다 슐레쟁제 부인에 대한 청소년기의 사랑과 함께. 그러나 그는 여기서도 또다시 자신의 과거를 지배하고 개작하기 위해서만 그것을 사용한다. 여자의 구두를 보며 황홀경에 빠졌던 플로베르는, 하녀에게 "그분(엠마) 구두를 닦게 해줄 것"을 간청하고(2부 12장), 구두에서 떨어진 흙먼지가 마치 향香처럼 햇빛 속으로 날아오르는 광경을 가만히 지켜보는 소년 속에서 되살아났다.

우리는 또한 플로베르가 비네라는 인물을 자신의 캐리커처처럼 그려냈다고 생각할 수 있을 것이다. 하지만 그가 선반旋盤으로 냅킨 고리를 만드는 인물에 자신을 비교할 때는 그 의미를 착각하는 일이 없도록 하자. 비네는 자신의 걸작들을 만들면서 "완전한 행복에 빠져들었다. 물론 그런 행복은, 손쉽게 극복할 수 있는 어려움으로 지성을 즐겁게 해주고 더이상 꿈꿀 게 없는 성취로 지성을 충족시켜주는 하찮은 소일거리에서나 맛볼 수 있는 것이다."(3부 7장) 그런데 플로베르는 결코 만족하는 법이 없으며, 그가 표현하는 현실은 그로 하여금 꿈을 꾸게 하기 위한 것이다. 하지만 이런 사실이 그가 비네라는 인물에게서 자신을 발견하는 데 장애가 되지는 않을 터다.

어쨌거나 행복한 비네—용빌라베이의 크기에 어울리는 행복과 함께—는 다른 인물들과 똑같은 가치로 소설에 기여한다. 그들은 하나의 현실, 즉 와해되는 인간과 들판을 흐르는 강물처럼 그들의 하상河床까지 내려가는 인간을 보여준다. 이는 소설에서 너무도 철저하게 그려지고 있어서 루오 영감마저도 거기에 합류한다. 그는 감상적이고 쉽게 눈물 흘리는 노르망디의 시골 노인으로, 시골 사람들 표현대로 자신을 갉아먹는 인물이었다. 그는 시골 마을의 의사에게 딸을 주고, 태만으로 자신의 농장이 점차 쇠락의 길을 걷게 했다. 그리고 뢰뢰의 증서들이 엠마의 재산을 탕진시킨 것처럼 그의 재산도 모두 사라져버려 그가 죽은 후 그의 손녀는 방직공장에서 일해야만 했다. 그도 그의 사위도 그의 딸도 스스로를 지킬 줄 몰랐다. 그들은 희생자들처럼 보였고, 수완과 술수가 빛을 발하는 사회에서 수동적으로 자연스럽게 도태되었다.

이처럼 『보바리 부인』의 주제는 스스로를 파괴하는 인간의 일면인 것으로 보인다. 하지만 어느 사회에서나 무언가가 파괴되면 또다른 것이 새로이 구축되기 마련이다. 보바리 부부의 재물이 사라짐에 따라 뢰뢰의 그것이 늘어난 것이다. 『돈키호테』에서처럼 『보바리 부인』에는 두 명의 중심인물이 있다. 소설은 엠마와 오메를 두 축으로 하여, 엠마의 파멸과 오메의 개화開花와 성공이라는 두 가지 양상으로 전개된다.

플로베르는 때때로 자신은 코믹한 시인으로 살기를 바랐노라고 이야기한 바 있다. 그리고 실제로도 그 꿈을 이루었다. 오메는 몰리에르의 주르댕과 타르튀프처럼 그 폭과 깊이 모두에서 철저히 코믹한 전형에 속한다. 이런 인물을 창조해내기 위해서는, 로댕이 인체에 대한 감각을, 렘브란트가 빛에 대한 감각을 지녔던 것처럼 인간의 어리석음에 대한 감각을 지녀야만 했다. 보통의 지성에게 어리석음이란 비존재에 속하는 반면, 여기서 말하는 어리석음에 대한 감각은 존재로서의 어리석음에 대한 감각을 의미한다. 플로베르는 동방 여행 중에 다음과 같은 편지를 쓴 적이 있다. "보고 싶은 파랭 아저씨, 혹시 바보들의 평정심에 대해 깊이 생각해본 적이 있으신지요? 어리석음은 너무나도 견고한 것이라서 그것을 공격하다 보면 자신이 망가지기 십상이지요. 어리석음이란 것은 단단하고 내구성이 강한 화강암을 닮았거든요. 알렉산드리아에는 폼페이우스의 기념탑이 있는데, 선덜랜드 출신의 톰슨이란 사람이 그 탑에 자기 이름을 6피트 높이로 새겨놓았답니다. 무려 1킬로미터 밖에서도 알아볼 수 있게 말이죠. […] 바보들은 모두가 얼마간은 선덜랜드의 톰슨을 닮은 것 같아요. 우리는 사는 동안 가장 아름다운 장소에서, 그곳의 가장 순수한 모퉁이에서 얼마나 많은 바보들을 만나게 될까요? 게다가 그들은 언제나 우리를 당황하게 만들죠. 그 숫자가 굉장히 많은 데다 언제나 행복한 얼굴을 하고 있고, 종종 다시 나타나고 건강도 아주 좋죠! 여행을 하다 보면 그런 사람들을 자주 만나게 되는데, 이미 내 머릿속에도 그들에 대한 기억이 가득할 정도랍니다. 하지만 그들은 단지 지나치면서 우리를 즐겁게 해주는 것뿐이에요. 일상생활에서 끝내 우리의 화를 돋우고 마는 그런 치들과는 다르답니다."[19] 물론 플로베르는 오메를 화를 돋우는 인물로 그리지는 않았다. 앞서 말한 바보들이 여행의 움직임을 통해 관찰되었던 것처럼, 오메가 일상생활에서 저지르는 어리석음은 예술의 베일을 통해 그려졌다.

설령 플로베르가 오메를 어리석은 사람의 전형으로 그리고자 했다 하더라도 그 의미를 오해해서는 안 될 터다. 오메는 결코 샤를이나 레옹처럼 부정적인 인물이 아니라 엠마처럼 긍정적인 사람이다. 다시 말하면 돋보이는 존재, 어떤 특별하고 놀라운 자질로 자신의 존재를 각인하는 인물이다. 엠마에게 있어서 그러한 자질

19 『서간집』, 1850년 10월 6일 파랭 아저씨에게 보낸 편지.

은 관능성이다. 오메에게서 단연 돋보이는 것은 실용적 감각이다. 그는 모든 것을 현실로 변모시키는 뛰어난 적응력을 지니고 있다. 그는 성공할 수밖에 없는 호모 파베르homo faber[20]다. "실제로 그의 약국이 저장용 병들로 가득 차 있는 것과 마찬가지로 그의 머릿속은 요리법으로 꽉 차 있었다. 오메는 갖가지 잼, 식초, 달콤한 리큐어 등을 만드는 데 뛰어난 재주를 지녔고, 경제적인 조리기의 발명과 치즈 보관법, 변질된 포도주를 되살리는 방법 등에 대해서도 일가견이 있었다."(2부 4장)

우리는 약사가 아닌 다른 직업의 오메를 상상할 수 없다. 여기서는 직업과 관련된 심리학이 개입된다. 플로베르의 약사는 몰리에르의 의사와 발자크의 법률가와 맞먹는다. 의사의 아들이자 형제인 플로베르는 의사들을 심하게 희화화하지 않았다. 그의 아버지를 떠올리게 하는 라리비에르 박사는 『보바리 부인』에서 전적인 존경심을 느끼게 하는 유일한 인물이다. 한낱 공의公醫에 지나지 않는 보바리는 의사 집안에서 보면 하찮은 존재일 뿐이다. 그리고 뇌샤텔의 의사 카니베는 노르망디인들에게 더욱더 가차 없는 인물로 그려져 있다. 플로베르는 그에게 수의사의 성격과 특성과 습관을 부여했다. 하지만 언제나 얼마간 무허가 의사 역할을 하는 시골 마을의 약사는 의사의 적이나 다름없었다. 플로베르가 그에게 가하는 공격은 라리비에르 박사가 속한 동업조합을 대신하는 복수인 셈이었다. 플로베르 자신도 우리에게 센앵페리외르

---

20 '도구를 사용하는 사람'이라는 의미로 대개 '공작인(工作人)'이라고 한다. 인간의 본질은 도구를 사용해 물건을 만드는 데 있다고 보는 견해이다.

지역의 모든 약사들이 오메에게서 자신들의 모습을 발견했다고 이야기한 바 있다. 당연한 이야기였다!

보바리 부부의 패배와 오메의 승리는 모든 영역에서 발생했다. 뢰뢰 같은 인물은 다른 이들의 파멸 위에 자신의 부를 구축한다. 토트에서는 보바리를 찾는 환자가 많았다. 하지만 용빌에서 그는 오메에게 환자들을 빼앗겼다. 장날이면 오메의 약국은 사람들로 미어졌고, "약을 사러 오는 사람보다 진찰을 받으러 오는 사람이 더 많았다. 그만큼 오메 선생은 근처 마을에서 모르는 사람이 없을 정도로 명성이 자자했다. 그의 확고한 자신감에 매료된 시골 사람들은 그를 어떤 의사보다 훌륭한 의사라고 생각했다."(2부 7장)

오메의 이러한 특성은 그로 하여금 확고한 자신감으로 무장한 채 견고하게 자리 잡게 했다. 그리하여 그는 커다란 자리를 차지하는 거대한 인물, 후세에까지 회자될 만큼 생생한 인물이 될 수 있었다. 그는 모든 일에 관심을 가지고 매사에 개입했으며, 농업 공진회 날 용빌의 큰길을 걸어 내려오던 것처럼 자신에게 이익이 되는 왕도王道를 당당하게 걸어갔다. "그는 빠른 걸음으로 멀어져갔다. 입가에 미소를 띤 채 무릎을 쭉 펴고 걸어가면서 좌우로 숱한 인사를 뿌렸다. 그의 뒤에서 너풀거리는 검은 연미복의 늘어진 옷자락이 주위를 가득 메웠다."(2부 8장)

그런데 그는 보바리처럼 '다른 사람'의 피가 흐르는 것을 볼 때에만 냉정을 유지할 수 있었다. 그의 집에서는 사고를 방지하기 위해 칼날도 갈지 않았고, 마룻바닥에 왁스칠도 하지 않았으며, 창문에는 쇠창살을 달아놓았다. 공진회에서 불꽃놀이를 보고는 화재를 염려하며 안절부절못했고, 엠마가 산책을 나갈 때는 사고를, 쥐스탱이 창고라고 부르는 곳에 갈 일이 있을 때는 비소를 떠올렸다.

이런 약사가 용빌에서는 당당히 지식인 대접을 받았다. 그리고 바로 이런 점에서 그는 어리석음의 극치를 보여주는 듯하다. 그러나 여기서도 여전히 그는 중성적인 존재나, 레옹이나 샤를처럼 상투적인 표현들의 목록에 속하지 않는다. 오메의 강력함은 무엇보다 한창 상승세를 타면서, 재물과 힘을 쟁취하는 것만으로 만족하지 못하고 예술로까지 관심의 영역을 넓히는 부르주아들을 대변한다는 데 있다. 심지어 그는 "경박한 파리 스타일"(3부 6장)에 심취하고 그곳의 속어를 섞어 쓰기까지 한다.

비평가들은 대개 오메와 부르니지앵 신부를 두 가지 언어—각각 자유로운 사고의 언어와 종교적 언어로써—로 인간의 어리석음을 대변하는 한 쌍으로 간주하는 경향이 있다. 그러나 이는 맞는 말이 아니다. 부르니지앵은 소설 속 대부분의 인물들처럼 해체되는 현실의 리듬을 타고 있다. 여기서 그의 현실은 교회를 의미한다. 그에게 종교는 중언부언과 같은 것이 되어버렸다. 그는 마치 기계처럼 자신의 통념들을 뱉어낸다. 그와 반대로 오메는 자신의 통념들을 받아들이고 그것들을 창조해내기까지 한다. 엠마가 부르니지앵 신부와 대화하는 장면에서는 삐걱거리는 소리가 난다. 부이예와 뒤 캉은 오메의 아이들의 장난감에 대해 물고 늘어지기보다는 부르니지앵 신부의 성격을 수정할 것을 요구하는 편이 나았을 터였다. 그처럼 정신이 불구인 사람이 사제나 교사 또는 하사관의 역할을 제대로 해낼 수 있을까?

두 사람의 대화 중에 엠마가 자신의 영혼을 이야기할 때 신부는 육체에 관해 이야기한다. "신부님께서는 모든 고통을 덜어주시지요." — "오, 말도 마십시오, 보바리 부인. 오늘 아침에만 하더라도 암소 한 마리가 부종에 걸렸다고 해서 바디오빌까지 가야 했답니다."(2부 6장) 이런 식의 대화는 장터의 간이 연극이나 조르주 쿠르틀린의 연극에서나 들을 법한 이야기이다.

앙가발이 수술을 한 환자에게 늘어놓는 부르니지앵 신부의 설교는 실소를 자아낸다. "자네가 평소에 의무를 소홀히 했기 때문인 거야. 자넨 미사에도 얼굴을 거의 비치지 않았지. 성찬식에 참여하지 않은 지도 벌써 몇 년째인가 말이야. 자네 일이 바쁘다는 것, 혼탁한 삶을 사느라 영혼의 구원 같은 것에 대해 생각할 여유가 없었으리라는 것은 이해하네만."(2부 11장) 플로베르는 자신의 농담에 몹시 만족한 나머지 오메로 하여금 똑같은 말을 반복하게 했다. 그가 장님에게 영양가 있는 고기와 질 좋은 포도주를 먹을 것을 권하는 장면에서.

부르니지앵 신부가 보통의 사제보다 우스꽝스러운 인물인 것과는 반대로 오메는 보통의 약사를 넘어서는 인물로 그려져 있다. 용빌의 지식인으로 통하는 오메는 지역의 볼테르를 자처했다. 그는 장님을 제거하기 위해 맹렬한 언론 캠페인을 펼쳤고, 플로베르는 이러한 캠페인에 대해 "그의 뛰어난 지성과 비열한 허영심을 드러내는 비밀스러운 계략"(3부 11장)이라고 설명했다. 그의 뛰어난 지성이라고? 물론이다! 이는 냉소적인 표현이 아니다. 오메는 지적인 인물이다. 그리고 플로베르와 오메 중에서 더 반교권주의적인 인물을 고르라면, 부르니지앵 신부를 어리석음의 극치를 보여주는 인물로 그린 플로베르일 것이다.

소설의 피날레는 프랑스의 정치적이고 사회적인 변화와 맞물려 있다. 오메는 승리자였다. 우선 자기 집의 승리자였다. 그는 건강에 좋다는 금빛 전기 체인을 몸에 잔뜩 감고 나타나 그의 아내의 존경심과 찬탄을 자아냈고, 그의 아들 프랑클린은 구구단을 줄줄 외었다. 그는 자기 마을에서도 승리자였다. 장님에 대한 그의 언론 캠페인의 성공은 그에게 무한한 가능성을 열어주었고, 그는 확고한 자신감으로 자신의 길을 개척해나갔다. "그는 단골이 엄청나게 많았다. 당국도 그를 특별히 봐주고 있고 여론도 그의 편이었다. 최근에 그는 레지옹 도뇌르 훈장을 받았다."(3부 11장)

소설 속의 또다른 승리자는 뢰뢰였다. 지역의 약사와 상인은 프랑스대혁명을 이끈 두 중요한 노동자였고, 프랑스에 중산층의 뼈대를 제공했다. 그리고 제3공화국은 그들이 대변하는 원칙과 이해관계의 승리를 확고히 했다. 플로베르가 부르니지앵 신부를 희화화할 수 있었던 것은—그의 생각이 옳건 그르건 간에—사제는 과거, 즉 일종의 메커니즘으로 변해버린 삶, 루오 영감이나 보바리 가족처럼 쇠락해가는 현실에 속할 뿐이라고 믿었기 때문이다. 그러나 그의 사실주의는 그에게 지역의 약사와 고리대금업자를 그런 식으로 그리는 것을 금했다. 그들은 비록 그가 보기에는 우스꽝스러울지언정 어쨌거나 하나의 사회적 현실, 프랑스의 정치적 옷감을 이루는 견고하고 통속적인 조직을 구축해나가는 존재들이기 때문이었다.

플로베르는 예술은 결론을 내려서는 안 된다고 하면서 스스로 결론짓는 것을 금했다. 그러나 이는 단지 이론일 뿐 우리 삶은 언제나 하나의 결론을 이끌어낸다. 산다는 것은 결론짓는 것이기 때문이다. 『감정 교육』의 마지막 말[21]은 부정적인 결론에 속한다. 거기에는 아무것도 없다. 그러나 『보바리 부인』의 마지막 말[22]은 우리로 하여금 긍정적인 현실의 한가운데로 들어가게 하고, 자연과 사회의 리듬과 조화를 이루게 한다. 그리하여 『감정 교육』의 속편은 나오기 힘들겠지만 『보바리 부인』의 속편은 나올 수 있을 것이며, 그 속에서 오메는 용인할 수 있는 사회적 질서를 대변하는 인물이 될 수 있을 터다. 우리는 좌파나 우파 어느 쪽도 이런 지적을 좋아하지 않으리라는 것을 알고 있다. 좌파나 우파 어느 쪽도 『보바리 부인』을 별로 좋아하지 않기 때문이다.

---

21 "'그때가 제일 좋았지!' 프레데릭이 말했다.
'맞아, 그랬지? 그때가 제일 좋았어!' 델로리에가 말했다."

22 "보바리가 죽고 난 후 세 명의 의사가 차례로 용빌에서 개업했지만 아무도 성공하지 못했다. 오는 족족 오메가 맹렬히 공격하기 때문이다. 그는 단골이 엄청나게 많았다. 당국도 그를 특별히 봐주고 있고, 여론도 그의 편이다. 최근에 그는 레지옹 도뇌르 훈장을 받았다."

6. 살람보

1856년 5월 31일, 플로베르는 뒤 캉에게 『보바리 부인』의 원고를 보냈다. 소설은 뒤 캉이 아메데 피쇼와 함께 운영하는 잡지 《르뷔 드 파리》에 되도록 빨리 실리기로 되어 있었다. 오래된 두 친구는 서로 화해를 한 터였다. 그들이 주고받은 편지는 대부분 소실되었기 때문에 우리는 그들이 어떤 계기로 다시 가까워졌는지는 알 길이 없다. 어쩌면 『보바리 부인』의 집필이 이전의 결별과 크루아세에서의 철저한 고립을 요했던 것만큼이나 자연스럽게 소설의 완성이 이들을 다시 가깝게 해주었는지도 모른다. 플로베르에게는 작품을 구상하고 출간하고 성공함으로써 자신을 각인시키는 게 중요했다. 그가 고독과 집필 작업만을 갈망할 때 뒤 캉은 채근으로 그를 성가시게 하고 짜증 나게 했다. 이제 그의 『보바리 부인』이 무르익어 세상에 나올 준비가 되자 뒤 캉은 그에게 유용한 존재가 될 수 있을 터였다. 게다가 루이즈와의 결별이 뒤 캉과의 화해를 더욱 순조롭게 해주었다.

하지만 플로베르는 잡지의 운영자들이 좋아할 만한 수동적이고 너그럽고 만만한 작가가 아니었다. 그는 자신의 『보바리 부인』이 즉시 출간되는 것을 보고 싶어했고, 9월 9일 부이예에게 보낸 편지에서 이렇게 불평을 늘어놓았다. "벌써 다섯 달이나 늦어지고 있어… 이렇게밖에 못하다니! 난 다섯 달 동안 그 사람들 사무실에서 대기만 하고 있다고!"(실제로 기다린 기간은 넉 달이었다.) 그리고 원고를 보낸 지 넉 달 만에 『보바리 부인』은 10월 1일에서 12월 15일까지 6회에 걸쳐 발표되었다. 그리고 그 직후 부이예가 연극에 데뷔했다. 그의 『마담 드 몽타르시Madame de Montarcy』가 11월 6일 오데옹 극장에서 상연돼 대성공을 거두었고 총 70회의 공연이 이어졌다. 두 친구는 함께 노르망디의 어둠 속에서 나와 나란히 환한 빛과 거대한 물결에 합류했다.

그러나 플로베르에게는 문제와 항의가 끝난 게 아니었다. 무엇보다 원고의 삭제가 그를 힘들게 했다. 뒤 캉이 받은 원고는 이미 부이예의 조언에 따라 그 분량이 상당히 줄어든 것이었다. 플로베르는 원고를 넘기기 직전에 30여 페이지—특히 보비에사르의 무도회에서의 대화 부분을—를 삭제한 터였다(어쩌면 언젠가 『보바리 부인』의 고증본에서 다시 복원될 수도 있지 않을까). 부이예는 오메의 아이들의 장난감에 관한 부분과 샤를의 일탈 행위에 대한 페이지도 삭제하게 했다. 그런 다음 잡지에 소설이 발표되기 시작하자 잡지의 두 운영자는 소설의 '길이'와 '부차적인 부분'에 난색을 표했다. 뒤 캉은 결혼식 장면을, 피쇼는 농업 공진회 장면을 삭제하기를 원했다. 더구나 삯마차 장면은 그들을 질겁하게 했다. 플로베르는 다리 절단 수술을 받은 황금 사자의 이폴리트가 지른 비명과 비슷한 비명을 지른 뒤 그 장면의 삭제에 동의했다. 주석을 다는 것으로 항의를 표명하면서.

뒤 캉의 입장에서 변명을 하자면, 잡지의 운영자라는 직업은 특별한 고민거리를 안고 있다. 구독자들이 잡지에 요구하는 것, 즉 소설을 발표할 경우에는 더욱더 그렇다. 구독자들의 소설에 대한 통제력은 잡지의 운영자들에게는 커다란 골칫거리였다.

지방의 구독자들 경우에는 문제가 더 심각했다. 게다가 구독자의 4분의 3이 지방에 사는 사람들이었다. 『보바리 부인: 지방의 풍속』은 그들의 직접적인 통제하에 놓였다. 뒤 캉이 구독자들의 편지를 보존하지 않은 것은 매우 유감스러운 일이다. 하지만 우리는 그의 『문학 회상기』에서 그들의 대체적인 반응을 엿볼 수 있다.

"구독자들은 소설의 앞부분이 발표되자마자 분노하면서 스캔들과 부도덕을 외쳤다. 그들은 우리에게 교양 수준을 의심할 만한 편지들을 보냈다. 우리가 프랑스를 중상하고 외국인들의 눈에 프랑스의 품위를 떨어뜨린다고 비난했다. '뭐라고요? 이런 여자가 정말로 있다는 말입니까? 남편을 속이고, 엄청난 빚을 지고, 자기 집 정원에서 정부를 만나고, 숲속에서 밀회를 하는 여자가? 이런 일은 있을 수가 없습니다! 말도 안 됩니다! 어떻게 프랑스에서, 아름다운 우리의 프랑스에서, 그것도 티 없이 순수한 풍속을 자랑하는 지방에서!' 우리가 나라에 해를 입히기 위해 이런 것을 발표한다는 말인가? 정말 그렇게 생각한다면 우린 분노하지 않을 수 없고, 부당함을 넘어서서 범죄자가 되는 편을 택할 것이다."

어쨌거나 원고의 삭제가 사태를 무마하지는 못했다. 잡지와 플로베르는 미풍양속과 종교를 해쳤다는 이유로 피소되었다.

플로베르는 자신이 기소당한 사실을 가볍게 웃어넘기지 못했다. 자신이 마치 루앙의 검사실로 불려 간 오메가 다시는 의료 행위를 하지 않겠다고 다짐할 때와 같은 상황에 처한 것 같았기 때문이다. 불쌍한 약사는 자신이 이미 지하 감옥에 갇힌 것처럼 느껴져서 후들거리는 다리를 진정시키기 위해 럼주를 한잔 마셔야 했다. 『보바리 부인』의 기소 건은 내무부 장관으로부터 비롯된 것으로, 지나치게 독립적인 《르뷔 드 파리》에 교훈을 주기 위한 것인 듯했다. 그리고 성직자들 또한 이 일과 연관돼 있는 게 분명했다. 검찰 측이 내세우는 주요 기소 이유가 종부성사 장면이 보여주는 종교에 대한 모욕이었기 때문이다. 그랬다, 성직자들이 문제였던 것이다! '로욜라의 수도사들', 바로 그들이! 플로베르는 예수회를 공격했고, 그들 중에서도 긴 사제복과 짧은 사제복을 입은 수도사들을 엄격하게 구분했다.[1] 그는 오메보다 더 자유분방한 반교권주의주가 되어 있었다. 그 무렵 파리의 대주교가 살해되는 사건이 일어났다. "파리 대주교의 죽음이 내게 쓸모가 있을 줄이야. 또다른 사제가 그를 살해했다는 게 얼마나 잘된 일인지 몰라! 이 일로 사람들이 어쩌면 눈을 크게 뜨게 될지도 모르니까 말이야!"[2] 공쿠르 형제는 결코 이런 행운을 경험하지 못할 터였다! 아, 문학이여, 너의 이름으로 얼마나 많은 죄악이 저질러지는 것을 봐야만 하는가! 플로

1 『서간집』, 1857년 1월 23일 쥘 클로케 박사에게 보낸 편지. '짧은 사제복의 수도사'는 재속(在俗) 성직자를 의미한다.

2 『서간집』, 1857년 1월 6일 형 아실에게 보낸 편지.

베르는 자신에게 닥친 일을 이렇게 요약했다. "참으로 기막힌 직업이야! 정말 웃기는 세상이고 말이지! 하찮은 인간들 같으니라고!"[3]

다행히 모든 게 잘 해결되었다. 플로베르는 피나르의 우스꽝스러운 논고와 세나르의 훌륭한 변론 덕에 무죄 판결을 받았다.[4] 그리고 소송에서 비롯된 소문은 미셸 레비에서 단행본으로 출간된 소설에 성공을 안겨주었다.

대중은 엄청난 환호를 보냈고, 비평가들은 얼굴을 찌푸리며 비난을 쏟아냈다. 이에 대한 파게의 말은 전적으로 옳았다. "『보바리 부인』의 성공을 만든 것도, 플로베르를 점차 평단에 강요한 것도 대중이었다." 『보바리 부인』 앞에서 당혹감을 느낀 평단은 작품의 평가에 필요한 비교의 항項이 없었던 터라 대부분 발자크를 그 기준으로 삼았다. 샤를 텍시에는 《릴뤼스트라시옹L'Illustration》지에 다음과 같은 평론을 실었다. "만약 작가가 이해할 수 없는 미숙함으로 처음부터 샤를 보바리를 누구의 기억에도 남지 않을 통속적인 인물로 그리는 데서 즐거움을 느끼지 않았더라면, 아마도 자기 아내와 사랑에 빠진 평온한 성정의 이 남편은 나의 관심을 끌었을 테고 그의 부당한 불행은 내게서 눈물을 자아냈을 것이다. 하지만 이 드라마의 흥미로운 점이 바로 거기에 있다. 좀 덜 통속적으로 그려진, 고통으로 쓰러져 죽어가던 샤를 보바리는 마치 가

---

3 상동.

4 피에르 에르네스트 피나르(1822~1909)는 제2제정 시대에 검사와 내무장관을 지낸 인물로 『보바리 부인』과 보들레르의 『악의 꽃』에 대한 논고로 후세에 알려졌다. 그는 작품 속 인물의 생각을 작가의 그것과 동일시함으로써 소설이 외설스럽고 간통을 부추긴다고 판단했다. 그러나 그의 맹렬한 논고에도 불구하고 플로베르의 변호를 맡았던 앙투안 세나르(1800~1885)의 네 시간 반에 걸친 열띤 변론 덕분에 플로베르는 무죄를 선고받을 수 있었다.

정이라는 것의 순교자처럼, 언제나 기억하는 친구처럼 독자의 기억 속에 남을 수 있게 되었다." 이는 작가에게 자기라면 이런 식으로 썼을 거라고 말하는 듯한 영리한 비평가의 놀라운 표본인 것이다! 게다가 그는 플로베르가 소설에 가져다준 새로운 요소들, 그로 하여금 또다른 『고리오 영감Le Père Goriot』을 쓰지 않게 한 모든 것을 지적하면서 그것들을 개탄했다. 1857년 5월 1일, 샤를 드 마자드가 《르뷔 데 되 몽드》에서 플로베르의 발밑에 던진 것도 『고리오 영감』이었다. 그러나 마자드의 다음 글에 비하면 《르 파날Le Fanal》에 실린 오메의 기고문들은 관찰과 문체의 걸작들이었다. "분명히 말해두지만, 『보바리 부인』이 재능이 전혀 돋보이지 않는 소설이기 때문은 아니다. 다만 지금까지는 이러한 재능 가운데서 독창성보다는 모방과 모색의 흔적이 더 많이 발견된다. 작가는 분명 세심하고 신랄한 관찰력을 지니고 있지만, 사물을 외부에서만 파악할 뿐 도덕적 삶의 깊은 곳까지 파고들어 가지는 못한다. 그는 특색 있는 인물들을 그린다고 믿지만 사실은 그들을 희화화할 뿐이다. 또한 사실적이고 열정적인 장면들을 그리고 있다고 믿지만 그 장면들은 낯설고 관능적인 것들에 지나지 않는다."

게다가 플로베르는 이 모든 것에 심드렁한 반응을 보였다. 더 이상 그의 『보바리 부인』에도 신경을 쓰지 않았다. 오랫동안 그 이야기와 함께 지내왔기에 이젠 진이 빠져버린 터였다. 그 주제가 그를 유혹하고 그의 상상력에 말을 걸기 위해서는 그의 동방 여행 중에 하나의 기분 전환처럼 그것을 구상했어야만 했다. 하지만 이젠 그것의 유효 기간이 한참 전에 지났고, 그에게는 또다른 기분 전환 거리가 필요했다. 이에 대해 플로베르는 이런 말을 한 바 있다. "나에게 책은 단지 어떤 환경 속에서 살아가는 하나의 방식에 지나지 않았습니다."[5] 그가 용빌에서 보낸 4년 반은 엠마에게 부부생활이 그랬듯이 종국에는 그의 마음을 짓눌렀다.

플로베르는 처음에는 『보바리 부인』의 후속작으로 『성 앙투안의 유혹』을 염두에 두었었다. 하지만 『보바리 부인』의 소송이 그의 마음을 바꾸게 했다. 사람들은 『성 앙투안의 유혹』에 나오는 악마들의 이야기를 음란성과 연관 짓고, 그 작가를 성 앙투안의 동반자쯤으로 여길 게 분명했다. 플로베르는 1857년 2월, 프라디에 부인에게 다음과 같은 편지를 보냈다. "나는 수년간 작업해온 또다른 작품을 즉각 출간할 생각이었습니다. 교회의 교부들이 등장하고 신화와 고대의 이야기로 가득한 책이죠. 하지만 아무래도 이런 기쁨을 누리기는 틀린 것 같습니다. 그랬다가는 중죄재판소로 끌려갈 게 불 보듯 뻔하기 때문입니다."

심지어 그는 『보바리 부인』을 집필하던 중에도 다음 작품으로 고대의 동방에 관한 소설을 쓸 생각을 하고 있었다. "나는 동방에 관한 책을 쓸 생각이야(18개월 후에). 터번도 갈대 피리도 하렘의 여인들도 나오지 않는, 고대의 동방에 관한 책을 말이야. 엉터리 화가들이 그린 동방은 훌륭한 그림 옆에서 마치 복제화처럼 보이게 될 거야. 내 머릿속을 떠나지 않고 있는 이집트 이야기

5 『서간집』, 1858년 12월 26일 르루아예 드 샹트피 양에게 보낸 편지.

는 그런 그림이 될 거라고."[6] 그가 말하는 이집트 이야기는 아누비스Anubis로, 신과 사랑에 빠지는 여자의 이야기였다. 그는 무한한 몽상과 열망으로 가득한 채 불안해하는 여성—그녀의 가장 중요한 일부에 그의 본성이 반영된—이 겪는 두 가지 시련을 그릴 생각이었다. 다음 해인 1854년 그는 루이즈에게 다음과 같은 편지를 썼다. "아! 난롯가에서 얼마나 많은 시간을 꿈꾸었는지 몰라. 궁전을 가구들로 채우고 제복을 입은 하인들을 그려보곤 했지! 그러려면 연금을 100만 프랑쯤은 받아야 할 테지만. 나는 별처럼 빛나는 다이아몬드가 박힌 부츠를 신고 있었어! 상상 속의 층계 앞에서는 영국인들을 질투로 죽게 할 만한 멋진 한 쌍의 말들이 힝힝거리고 있었지. 그리고 근사한 향연이 펼쳐졌어! 식탁에 차려진 음식들은 또 얼마나 감미롭고 훌륭한지 몰라! 세계의 다양한 나라들에서 들여온 진귀한 과일들이 그 잎들로 만든 바구니를 가득 채우고 있었어! 해조와 함께 굴도 맛보았지. 식당 주위로는 빙 둘러 만개한 재스민 꽃들 사이에서 십자매들이 노닐고 있었어."[7]

물론 플로베르와 루이즈 콜레 사이에는 많은 문학이 오갔다. 그리고 그의 이런 상상이 귀착된 곳 역시 문학이었으며, 그것도 두 부류의 문학이었다. 한편으로는 보비에사르의 무도회, 다른 한편으로는 『성 앙투안의 유혹』, 『살람보』 그리고 『헤로디아Hérodias』의 향연이었다.

비평가의 눈과 복원가의 눈은 둘 다 플로베르의 쌍안雙眼의 시

6 『서간집』, 1853년 6월 6~7일 루이즈 콜레에게 보낸 편지.

7 『서간집』, 1854년 1월 29일 루이즈 콜레에게 보낸 편지.

각에 필요한 것들이었다. 그는 어떤 면에서는 동시적인 시각을 지녔다. 『보바리 부인』의 작가가 소설 속 인물들의 본질—우스꽝스럽고도 슬픈—에 대한 그의 판단을 우리에게 은연중에 들려주려는 것만큼이나 그들 자체를 위해 그들을 창조해내는 데(이는 복원가의 속성이기도 하다) 많은 노력을 기울였음은 자명한 일이다. 그러나 또다른 면에서 그는 필연적으로 연속적인 시각을 지녔다. 어쨌든 똑같은 주제가 각기 다른 두 영역을 동시에 표현할 수는 없는 법이다. 하나의 영역은 또다른 영역의 부정에 의해서만 채워지고 완성될 수 있기 때문이다. "나는 자꾸만 비평으로 눈을 돌리게 돼. 내가 쓰는 소설이 그에 필요한 능력을 강화해주거든. 이건 무엇보다 비평, 아니 해부를 위한 작품이기 때문이야. 독자들이 소설의 형식 뒤에 감춰진 심리학적 작업을 알아채지 못하기를 바라지만 그 효과는 느낄 수 있을 거야. 다른 한편으로 나는 화려하고 웅장한 것들을 묘사하는 법을 익혔어. 전투, 포위, 환상적인 고대의 동방 같은 것들 말이야. 지난 목요일 저녁에는 두 시간이나 두 손으로 머리를 감싼 채 엑바타나의 알록달록한 성벽을 떠올렸지. 지금까지 이런 걸 글로 쓴 사람은 아무도 없었어. 인간의 생각 언저리에는 여전히 얼마나 많은 것들이 부유하고 있는지! 우리에게 부족한 것은 주제가 아니라 그것을 표현할 사람인 거야."[8] 따라서 소설의 두 가지 형태 중 하나는 인간 본성의 이면의 분석과, 도덕적 해체나 사회적 해체의 연구와 궤를 같이하게 될—말장난에 의해

8 『서간집』, 1854년 1월 2일 루이즈 콜레에게 보낸 편지.

서가 아니라— 비평적 해체로 향하게 될 터다. 또다른 형태는 총합으로 향하게 될 것이며, 구성의 역동성에 의해 생겨나고 배경과 문장 들 속에서 피어나면서 고대라는 시대 속에서 그 시대를 과대평가할 자유와 기회를 발견하게 될 것이다.

플로베르가 이집트에 관한 주제를 다루게 될 때 문제가 되는 것은 바로 이런 자유였다. 그는 끝없는 참고 자료에 파묻힐 것을 염려했다. "난 다만 주석을 달게 되면 더이상 멈출 수가 없을까 봐, 일이 자꾸만 더 커질까 봐 두려운 거야. 아직 몇 년은 더 준비를 해야 할 거고 말이지."[9] 게다가 그의 이집트 재구성은 머지않아 의례적이고 잘못된 것으로 여겨질 터이며, 고고학자들이 열광하는 새로운 발견들 앞에서 그 빛이 바래게 될 것이었다.

플로베르가 카르타고를 떠올린 것은 『보바리 부인』을 끝낸 뒤였다. 1856년 10월, 그의 소설이 《르뷔 드 파리》에 연재되는 동안 플로베르는 임시 거처로 유지하고 있던 탕플 대로 42번지의 아파트에서 머물렀다. 그곳에서 머문 8개월은 소송이 진행된 기간과 일치했다. 그 기간 동안 그는 도서관에서 책들을 섭렵하며 카르타고에 관한 소설의 아이디어를 얻었다. 1857년 3월 18일, 그는 르루아예 드 샹트피 양에게 다음과 같은 편지를 썼다. "난 시골집으로 돌아가기 전에 고대에서 가장 알려지지 않은 시대 중 하나에 관한 고고학적 공부를 하는 중입니다. 또다른 책을 쓰기 위한 준비 작

9 『서간집』, 1853년 6월 6~7일 루이즈 콜레에게 보낸 편지.

업인 셈이지요. 기원전 3세기에 있었던 일에 대한 소설을 구상 중이거든요. 그동안 너무 현대만 파고들다 보니 거기서 좀 벗어날 필요성을 느끼기 때문입니다. 이제는 그런 세상을 바라보는 것만큼이나 그런 걸 재현하는 게 피곤해서 말이죠."

『보바리 부인』에서 『살람보』로 옮겨가는 과정에서는 사실주의 소설에서 역사소설로의 통상적인 이행과 더불어 장르들 사이의 어떤 공통점이 발견된다. 우리는 월터 스콧이 19세기 소설에, 특히 발자크에게 얼마나 지대한 영향을 미쳤는지를 잘 알고 있다. 또한 빅토르 위고의 『노트르담 드 파리Notre-Dame de Paris』가 외젠 쉬의 『파리의 비밀Les Mystères de Paris』에 성공에의 길을 열어주었으며, 위고가 『레 미제라블』의 마지막 부분을 쓰면서 『파리의 비밀』에서 자신의 몫을 그대로 옮겨오다시피 한 것은 자연스러운 일이었다. 다양한 배경들의 관찰인 사실주의가 하나의 유파를 이루게 된 것도 역사소설의 성공에 힘입은 때문이었다. 브뤼티에르는 이 사실을 아주 적절하게 표현한 바 있다. "배경을 삭제하라. 그러면 더이상 역사소설이 아닐 것이다. 배경을 더하라. 당신이 쓰는 것이 역사소설이 될 것이다." 플로베르에게도 배경이 점점 더 커다란 자리를 차지하게 되었고, 『보바리 부인』과 마찬가지로 『감정 교육』과 『부바르와 페퀴셰』도 자신의 환경에 잠식당한 인물들을 그리고 있다.

그러나 플로베르는 다른 한편으로는 역사소설의 작가들과 멀어져 전혀 다른 것을 하기 위해서만 그들을 떠올렸다. 소설이 필연적으로 역사적일 수밖에 없다면, 거의 모든 나라에서 동시대적 관찰의 소설은 수세기 동안의 역사소설에 의해 준비될 수밖에 없는 거라면, 그것은 역사소설의 배경이 소설적 필요성, 즉 이상화의 필요성에 아주 잘 부합하기 때문이다. 플로베르는 이런 장르의 경향을 거슬러, 『순교자들Les Martyrs』[10]이 이상적인 것에 대한 작품으로 여겨지는 것만큼이나 현실적인 이야기로 보일 어떤 것을 창조해내고자 했다. 여기서 그는 당시의 일반적인 추세에 따라 과거를 상기하기 위한 새로운 시스템 또는 새로운 시스템의 필요성에 사로잡히게 된다. 에르네스트 르낭, 이폴리트 텐, 르콩트 드 릴의 이름으로 전개된 모든 운동이 그 사실을 말해준다. 조르주 상드에게 보낸 플로베르의 편지 중 다음 구절은 그가 속한 세대의 성격과, 이러한 분야에서 위대한 낭만주의자들과 그가 다른 점을 잘 보여주고 있다.

"나는 당신처럼 새로이 시작하는 삶에 대한 느낌, 새롭게 피어나는 존재에 대한 놀라움 같은 것을 느끼지 못합니다. 그 반대로 나는 언제나 존재했던 것 같습니다! 파라오 시대까지 거슬러 올라가는 기억을 간직하고 있고 말입니다. 난 역사 속의 다양한 시대를 사는 나를 매우 또렷이 떠올릴 수 있습니다. 다양한 운명을 살면서 각기 다른 직업을 행하는 나를 말입니다. 지금의 나는 과거의 나 자신들의 결과물인 셈입니다. 나는 나일강의 뱃사공이었고, 포에니전쟁 시절에는 로마의 포주였으며, 로마의 빈민가에서는 그리스 웅변가로 빈대에 뜯어 먹히는 삶을 살았습니다. 십자군전쟁 때는 시리아의 해안에서 포도를 너무 많이 먹는 바람에 죽

10 프랑수아 르네 드 샤토브리앙이 1809년에 발표한 서사적이고 호교론적인 작품.

었지요. 나는 해적이었고 수도승이었으며 곡예사였고 마부였습니다. 어쩌면 동방의 황제였을 수도 있지 않을까요?”[11]

플로베르가 의도적으로 카르타고라는 주제를 택한 것은 카르타고와 우리 사이의 소통이 거의 단절되었으며, 카르타고가 고대사에서 마치 하나의 고립된 덩어리처럼, 그 문명이 주위 문명과 동떨어진 하나의 운석처럼 여겨지면서 문화의 일반적 흐름에 어떤 흔적도 남기지 않은 채 사라져버린 특이한 유형의 도시국가였기 때문이다. 따라서 플로베르는 서방의 인간적 연속성을 떠올릴 때 전혀 생소하게 느껴지는 주제를 선택했던 것이다. 그가 『보바리 부인』에서 자신의 내면의 흐름과는 상관이 없는 주제, 당대의 관심사와 동떨어진 순수한 주제, 주제 그 자체로 존재하는 주제, 오직 스타일의 관점에서만 다룰 수 있는 주제를 선택했다고 생각한 것처럼. 여기서 플로베르와 역사소설의 통상적 개념에 집착하는 대중 사이의 오해가 생겨났다. 『살람보』가 출간되고 37년이 지난 뒤 파게는 이런 말을 했다.

“『살람보』는 카르타고에 대한 반란과 그들에게 고용돼 싸우던 이방인 용병들에 관한 이야기다. 카르타고에 속은 용병들은 그들과 맞서 반란을 일으킨다. 그러나 그들 중 어느 편도 우리를 열광시키지 못한다. 마토나 한노 어느 편이 승리하든 그런 것은 우리에게 중요하지 않다. 이방인과 카르타고인 들의 잔인성, 치열한 싸움, 어느 한쪽의 승리는 우리에게 더없이 낯설기만 하다. 『살람

11 『서간집』, 1866년 9월 29일 조르주 상드에게 보낸 편지.

보』를 읽다 보면 문득 이야기 속에서 전혀 다루어지지 않는 어떤 것, 즉 로마를 떠올리는 자신을 발견하게 된다. 나도 모르게 이렇게 중얼거리는 것이다. '결국에는 로마가 개입하게 될 거야. 그러면 이야기가 더욱 흥미로워지겠지.' 우리는 많은 역사를 통해 로마가 세상의 운명의 열쇠를 쥐고 있음을 알고 있기 때문이다. 또한 로마가 개입하게 되면 소설은 우리가 알고 있는 역사소설의 조건, 우리를 사로잡기 위해서는 반드시 갖춰야만 하는 소설의 조건에 부합하게 될 것이기 때문이다."[12]

사실 플로베르는 자신의 독자를 열광시키는 데에는 별로 신경을 쓰지 않았다. 그래도 대중은 대중이었고, 파게 역시 그들 중 하나이면서 중요한 독자였다. 유디트의 이야기와 비슷한 살람보의 이야기 가운데서 그는 자신의 관심을 향하고 눈물을 쏟을 수 있는 가엾은 홀로페르네스[13]를 찾았다. 에드몽 텍시에는 『보바리 부인』에 대해 같은 말을 하면서, 우리가 관심을 갖고 그를 생각하며 눈물 흘릴 수 있도록 샤를 보바리가 결혼생활의 순교자처럼 그려지지 않은 것을 유감스럽게 생각했다. 라마르틴은 죄에 대한 대가가 너무 가혹하다고 생각하면서 엠마의 죽음을 슬퍼했다.

플로베르는 『성 앙투안의 유혹』 이후로 줄곧 꿈꾸어온 '동방의 이야기'에 사실적인 소설의 성격을 부여하고자 했다. 『보바리 부인』의 작가가 다녀갔음을 느낄 수 있는 동방을 그리고 싶어했

12 (원주) 『플로베르』, 49쪽.

13 『유디트 서』 13장에 나오는 이야기로, 유대인 여성 유디트는 위기에 처한 민족을 구하기 위해 아시리아군의 적진 속으로 들어가 적장 홀로페르네스의 목을 베었다.

다. 상업이 활발하고 지중해의 교역로 역할을 하는 데다 아프리카의 신비로움마저 지닌 도시국가 카르타고는 역사소설의 배경으로 안성맞춤이었다. 그는 카르타고에서 무엇보다 상업 도시 고유의 복잡하면서도 융합적인 성격과 공간의 다양성에 매료되었다.

그는 1845년 첫 번째 이탈리아 여행 당시 편지에서 이런 이야기를 한 바 있다. "내 가슴속에는 고대에 대한 깊은 사랑이 자리 잡고 있는 것 같아. 언제나 젊은 이 바다의 잔잔하고 영원한 물결을 가르던 로마의 배들을 떠올릴 때면 나의 존재 가장 깊숙한 곳까지 뜨거워지는 것을 느끼거든. 어쩌면 대서양이 훨씬 더 아름다울지도 모르지. 하지만 시간을 규칙적인 기간들로 갈라놓는 물결의 부재는 나로 하여금 과거가 아주 멀리 있고, 클레오파트라와 나 사이에는 수세기가 가로놓여 있다는 사실을 잊게 해줘."[14] 물론 『살람보』의 주제는 그리스와 로마의 고전주의에 대한 그 나름의 반발이지만, 그럼에도 불구하고 마레 노스트룸Mare Nostrum,[15] 영원한 지중해를 그 배경으로 삼고 있다. 『오디세이아』를 전형으로 하는 지중해 전서全書의 하나인 셈이다.

플로베르를 사로잡은 것은 지중해와 더불어 저울의 반대편 접시에 놓인 거대한 대륙, 신비와 경이로움과 우화로 가득한 아프리카였다. 그는 『살람보』를 쓸 생각을 하기 훨씬 전에 이런 이야기를 한 적이 있다. "어째서 라블레의 이 문장이 내 머릿속에 자꾸만 떠오르는 걸까. 아프리카는 언제나 새로운 무언가를 가져다준다. 아

14 『서간집』, 1845년 5월 13일 알프레드 르 푸아트뱅에게 보낸 편지.

15 '우리들의 바다'라는 뜻으로 지중해를 가리키는 로마식 이름이다.

프리카에는 타조와 기린과 하마와 금분金粉이 넘쳐나지."[16] 그의 질문에 대한 대답은 간단하다. 그 문장이 그의 머릿속에 자꾸만 떠오르는 이유는 그것이 그가 자신의 소설을 쓰기 위해 찾던 새로운 어떤 것과 혼동되고, 거기에 아프리카라는 위엄이 더해졌기 때문이다. 『살람보』의 아이디어는 그의 머릿속에서 모호한 상태로 꿈틀거렸다. 같은 시기에 보낸 편지에서 그는 페로의 『옛날이야기 또는 콩트Histoires ou Contes du Temps Passé』에 나오는 다음 문장에 경탄하는 모습을 보였다. "전 세계의 왕들이 모여들었다. 가마를 탄 사람들, 이륜마차를 탄 사람들도 있었고, 가장 먼 나라들에서 온 왕들은 코끼리나 호랑이 그리고 독수리를 타고 오기도 했다." 플로베르는 여기서 그를 카르타고로 끌어당기는 강력한 기류, 신비하고 무의식적인 환기喚起를 보았던 게 아닐까. 지중해와 북쪽 지방의 용병들이 이루는 전경 뒤로는 아득히 멀고, 인간 계통수에서 가장 동물적인 깊은 뿌리까지 가 닿는 더없이 야성적인 모든 아프리카인들이 존재하고 있었던 것이다.

만약 『살람보』에서 플로베르가 무엇보다 자신의 현실에서 벗어날 기회를 발견한 것이라면, 끝내는 답답하게 느껴질 용빌의 지평선 너머에 존재하는 자유와 즐거움으로 카르타고가 그에게 다가왔다면, 오래지 않아 그는 그것에 관한 작업이 결코 만만한 일이 아니라는 것을 깨닫게 될 터였다. 불행히도 아무도 루이즈 콜레처럼 그에게 매일같이 글의 하루치 할당량을 요구하지 않았던

16 『서간집』, 1853년 9월 2일 루이즈 콜레에게 보낸 편지.

터라, 우리로서는 『보바리 부인』의 진전에 대해 정보를 얻을 수 있었던 것과는 달리 『살람보』의 집필 과정에 대해 알 수 있는 게 별로 없다.

"나는 6주 전부터 비겁자처럼 카르타고 앞에서 자꾸만 뒤로 물러나고 있어. 메모를 하고 또 하면서, 책들을 읽고 또 읽을 뿐이야. 난 아직 준비가 안 된 것 같아. 내가 이루고자 하는 목표가 뭔지도 잘 모르겠어. [⋯] 어쨌든 지금은 플리니우스에 몰두하고 있어⋯. 아직 아테네와 크세노폰에 관해 공부해야 할 것들도 있고. 그뿐 아니라 금석학金石學 아카데미에 보낼 대여섯 개의 의견서도 써야 해. 그리고 정말 이게 끝이야! 그럼 난 구상해놓은 걸 다시 살펴보면서 집필을 시작할 수 있을 거야! 그러면 문장에 대한 불안과 아소낭스[17]의 고통, 긴 문장의 고문이 시작되겠지! 난 땀을 흘리면서 다시 나의 비유들로 돌아가게 될 거야. 사실 난 비유에 대해서는 별로 걱정하지 않아(비유가 좀 많긴 하겠지만). 무엇보다 날 괴롭히는 것은 내 이야기의 심리적 측면이야."[18]

우리는 여기서 플로베르가 떠올린 아이디어들의 논리적이고 연대기적인 연속성, 즉 그의 책에 관한 아이디어의 연속적인 세 가지 단계에 주목하게 된다. 앞서도 언급한 것처럼 언젠가 그는 이런 말을 한 적이 있다. "나에게 책은 단지 어떤 환경 속에서 살아가는 하나의 방식에 지나지 않았습니다." 따라서 그는 무엇보다 그

---

17 (assonance) 한 문장 속에서 똑같은 모음을 반복하는 것을 말한다.

18 『서간집』, 1857년 8월 5일경 에르네스트 페이도에게 보낸 편지.

낯섦과 고립성과 복잡성으로 그를 매료한 이 카르타고와 군대의 배경 속에서 살기를 원했고, 독자들로 하여금 그곳에서 살게 하고 싶어했다. 그는 언젠가 공쿠르 형제에게 『살람보』에 관해 이런 말을 한 적이 있다. "내가 진정으로 바라는 게 뭔지 아십니까? 올바르고 지적인 사람이 내 책과 함께 방 안에 네 시간 동안 틀어박히는 겁니다. 난 그에게 역사적 하시시를 한 아름 선사하고 싶습니다. 내가 바라는 건 그것뿐입니다…. 결국 창작이란 여전히 삶을 은폐하는 가장 좋은 방법이기 때문이지요."[19] 플로베르는 자신이 카르타고에 관해 훌륭한 작품을 쓴다는 사실을 매우 기쁘게 생각했다. 두 번째로 그는 적절한 스타일을 만들어내고, 그에 필요한 문장과 비유 들을 모두 소환해야 했다. 그리고 마지막으로 이야기의 심리적 측면과 인물들과 그들의 개성을 그리는 문제가 남아 있었다. 이러한 작업들이 결코 수월하지 않았으며, 플로베르의 '괴로움'이 얼마나 컸을지는 충분히 짐작할 수 있다. 그는 마음으로부터 이렇게 외쳤을 터였다. "단 3초만이라도 내 영웅들의 열정을 실제로 느껴볼 수만 있다면, 다섯 달 동안 써온 수백 장의 메모들과 내가 읽은 아흔여덟 권의 책들을 모두 내놓을 수도 있어."[20]

『보바리 부인』이 탄생하기 위해서는 동방 여행에서의 환기換氣와 자극이 필요했다. 산고를 치르듯 크루아세의 긴 의자에 앉아 쓴 소설은 그의 오랜 여행길에서 이미 준비되고 착수되었던 것이다. 마찬가지로 그 무렵 풍경과 고고학 관련 자료 수집을 위해 떠

19 『공쿠르 형제의 일기』, 1860년 1월 12일.

20 『서간집』, 1857년 8월 초 에르네스트 페이도에게 보낸 편지.

났던 아프리카 여행은 이로운 방식으로 플로베르의 창작의 피를 돌게 했던 듯하다. "이제 머지않아 정확한 어조를 찾을 수 있을 것 같아. 내 인물들이 이해가 되고 그들에게 관심이 생기기 시작했거든."[21] 『살람보』는 진정으로 그의 영혼 속에서 살기 시작했고, 그가 에르네스트 페이도에게 다음과 같은 편지를 쓴 것은 단지 카르타고의 상인과 같은 심경에서 비롯된 것만은 아니었다. "내가 퍼뜨릴 환각제는 로마의 것도, 라틴민족의 것도, 유대인의 것도 아닐 거야. 그럼 어떤 게 될까? 그건 나도 몰라. 하지만 타니트 여신 신전의 매춘부들을 걸고 맹세하건대, 이건 우리의 선조 몽테뉴의 말씀처럼 '맹렬하고 엉뚱한 구상에 따른 것'이 될 거야."[22] 그는 역사적 재구성과 스타일이라는 하부의 두 계단 위에 피라미드의 돌과 인간이라는 돌을 놓는 예술가로서의 자기 모습을 보았던 것이다. "책들은 아이들처럼 생겨나는 게 아니라 피라미드처럼 만들어가는 거야. 숙고된 구상을 바탕으로 허리를 삐고 땀을 흘려가며 커다란 돌덩이들을 하나씩 차곡차곡 쌓아가는 것이지. 그런데 이 모든 게 아무런 쓸모가 없는 거야! 게다가 언제까지나 사막에 머물러야만 해! 하지만 그러면서 사막을 경이롭게 지배하지. 그 아래에서는 자칼들이 오줌을 누고 부르주아들은 힘겹게 그 위를 오를 거고 말이야. 이런 비유는 얼마든지 들 수 있어."[23] 이 굉장한 남자의 말은 전적으로 옳다. 부르주아 여행객으로서뿐만 아니라 베데

21 『서간집』, 1858년 6월 20일 에르네스트 페이도에게 보낸 편지.

22 『서간집』, 1857년 12월 초 에르네스트 페이도에게 보낸 편지.

23 상동.

커 여행 안내서의 편집자로서 피라미드를 올라본 적이 있는 파게는 그것을 오르기가 무척 고통스러웠노라고 고백했다. "그것은 매우 피곤한 일이었다. 피곤한 만큼 지루하기도 했다. 나는 누군가가 『살람보』를 여러 번 내려놓지 않고 상당히 오랜 시간 동안 단숨에 읽었다고 하는 말을 믿기 어렵다. 『살람보』를 사흘 만에 모두 읽을 수도 있을 것이다. 하지만 내기를 하듯 단호하게 마음을 먹어야 할 것이며, 그랬다가는 탈이 나기 십상일 터다."[24] 이 무슨 말도 안 되는 소리인가! 나는 열두 살에 『그랜트 선장의 아이들Les Enfants du capitaine Grant』을 탐독했던 것처럼 열여섯 살인가 열일곱 살에 『살람보』를 단숨에 너무나 흥미진진하게 읽었다. 그리고 조금도 피곤함을 느끼지 않고 처음부터 끝까지 다시 읽을 수도 있다. 나는 다른 많은 사람들도 그랬을 것이며, 여전히 그럴 거라고 확신한다.

물론 돌을 쌓는 것은 저절로 되는 일이 아니다. 플로베르는 또다시 앓는 소리를 내기 시작했다. "내 인물들의 심리가 아직 잘 파악되지 않아!"[25] 그러나 소설의 심리 묘사는 훌륭했고 호평을 받았다. 『살람보』의 심리 묘사를 『보바리 부인』의 그것과 같은 선상에 놓을 수는 없다고 하더라도 플로베르는 또다시 충분히 강력한 무언가를 보여주었다.

『살람보』에는 물론 살람보가 있다. 살람보가 소설 속에서보다 제목에서 더 많은 자리를 차지하는 것은 잘못이며 플로베르도

---

24 (원주) 에밀 파게, 『플로베르』, 46쪽.

25 『서간집』, 1857년 12월 12일(또는 19일) 에르네스트 페이도에게 보낸 편지.

그 사실을 인정했다. 그는 오랫동안 자신이 동방에 관해 '어떤' 소설을 쓰게 될지는 알지 못했지만, 소설을 쓴다면 그 주제는 동방의 여성이 되리라는 것을 알고 있었다. 심지어 이런 주제조차도 한동안 『보바리 부인』의 그것과 혼동되었고, 그런 흔적을 『살람보』에서도 찾아볼 수 있다. 실제로 플로베르는 부이예에게 보낸 편지에서 동방에 관해 이런 이야기를 한 적이 있다. "소설의 주제로 말하자면 다음과 같이 세 가지를 생각하고 있어. 어쩌면 모두 똑같은 주제일지도 몰라서 몹시 곤혹스럽지만 말이지. 1. 동 쥐앙의 하룻밤. 이건 로도스 섬의 검역소에서 생각한 거야. 2. 아누비스 이야기. 신에게 사랑받고자 하는 여인의 이야기지. 이 중에서 가장 차원이 높지만 엄청난 어려움이 따르는 주제이기도 하고. 3. 로베크강만 한 강이 흐르는 조그만 시골 마을을 배경으로, 양배추와 부들이 심겨진 정원 한구석에서, 자신의 부모 사이에서 순결한 처녀로 죽음을 맞이하는 젊은 여성을 그린 플랑드르 소설. 주제와 관련해 무엇보다 나를 괴롭히는 것은 이 세 가지 구상 사이에 존재하는 아이디어들의 유사성이야. 첫 번째는 세속적 사랑과 신비적 사랑의 두 가지 형태를 띤 충족될 수 없는 사랑을 이야기하지. 두 번째는 똑같은 이야기이지만 스스로를 바치는 여인을 다루고, 세속적 사랑이 좀 더 상세하게 그려진다는 점에서 차원이 좀더 낮다고 할까. 세 번째는 한 사람에게서 두 부류의 사랑을 모두 만날 수 있게 하지. 하나의 사랑이 주인공을 또다른 사랑으로 이끄는 거야. 다만 내 여주인공은 감각의 고양을 경험한 후에 종교적 고양으로 인해 죽게 돼."[26] 그의 머릿속을 돌아다니는 모티브는 공허 속에서 권태를 느끼고 스스로를 소진시키는 관능적인 여성의 이야기였다. 그리고 이는 언젠가는 '들라마르 이야기' 주위로 결정화될 터였다.

그러나 이집트에서는 쌍안의 시각이 그로 하여금 똑같은 인물을 두 배경, 즉 발자크풍의 플랑드르와 아프리카의 고고학 속에서 바라보게 했다. 이러한 관점은 『보바리 부인』과 『살람보』의 탄생에 기여했다. 이에 관해 그는 르루아예 드 샹트피 양에게 다음과 같은 편지를 썼다. "여자들은 모두가 아도니스와 사랑에 빠진다고 생각지 않으시나요? 그들이 바라는 것은 영원한 자신의 짝이지요. 금욕적이거나 관능적인 여성을 막론한 모든 여자들은 사랑을, 위대한 사랑을 꿈꿉니다. 그리고 그들을 치유하는 데(적어도 일시적으로라도) 필요한 것은 어떤 관념이 아닌 하나의 사실, 즉 한 남자, 자녀 그리고 연인입니다."[27] 물론 이것은 아주 새로운 이야기는 아니다. 그러나 당시 플로베르는 불가능한 것에 대한 관능적 꿈으로 인해 고통받는 여성들에 대한 연구로서의 소설들을 구상했던 것이다.

그런데 엠마 보바리가 생생하고 견고한 현실의 느낌을 전해주는 만큼 살람보는 언뜻 비현실적인 인물인 것처럼 느껴지는 것도 사실이다. 살람보의 진정한 자매는 용빌의 노르망디 출신 여성이 아니라 말라르메의 『헤로디아Hérodiade』[28]와 폴 발레리의 『젊은 파르크La Jeune Parque』인 것이다. 살람보는 보석과 꿈을 함께 표현

---

26 『서간집』, 1850년 11월 14일 루이 부이예에게 보낸 편지.

27 『서간집』, 1859년 2월 18일 르루아예 드 샹트피 양에게 보낸 편지.

28 살로메를 소재로 한 말라르메의 미완성 장시(長詩)(1871). 프랑스어로 에로디아드 또는 에로디아Hérodias는 모두 살로메의 어머니인 헤로디아(플로베르의 『세 가지 이야기Trois Contes』에 실린 작품의 제목이기도 하다)를 지칭하는 말이다.

할 수 있는 일종의 구실이었다. 게다가 플로베르 자신도 그 사실을 인정했다. 그는 『살람보』에서 동방의 여인을 그리고 싶었지만 어떤 서방인도 동방의 여인이 어땠는지를 알지 못했다. 플로베르는 동방의 여인을 짐작하고 스스로 창조해낼 수밖에 없었다. 그리고 얼마간 자신의 꿈을 담아 그녀를 만들어냈다. 그가 그리는 진정한 동방은 바로 그의 안에 있기 때문이었다. 그가 "보바리 부인은 나다"라고 말할 수 있었다면, 『살람보』—어느 정도는 『보바리 부인』을 통해 걸러진 1849년 판 『성 앙투안의 유혹』과 닮은 바 있는—에 대해서도 똑같은 말을 할 수 있었을 터였다. "아직 아무것도 정리할 수 없는 이유는, 내가 쓰는 모든 것이 비어 있고 밋밋한 것은, 내 인물들의 감정으로 인해 내 가슴이 뛰지 않기 때문입니다."[29] 그러나 그는 여성적인 것으로 치환된 그의 일부 감정들로 살람보의 가슴을 뛰게 했고, 어느 정도까지는 자기 내면의 공허와 욕망과 꿈이 그녀 안에서 되살아나게 했다. 달빛 아래에서 뱀과 함께하는 이 여인은 그가 쌓아 올린 피라미드의 돌이었던 셈이다. 『살람보』에 대한 첫 번째 아이디어가 카르타고에 관한 것이었다면, 두 번째 아이디어는 달—보들레르가 달의 혜택이라고 부르는 것—에 관한 시적인 것이었다. 신화에서 달이 여신의 모습으로 형상화된 것처럼 플로베르는 달을 여인의 모습으로 그렸다. 살람보, 타니트 여신, 자임프.[30] 고대인들에게 디아나 여신이 세 가지 형상으로 존재하는 것처럼 이 셋은 하나의 똑같은 실체가 세 가지

---

29 『서간집』, 1857년 12월 12일 르루아예 드 샹트피 양에게 보낸 편지.

30 카르타고의 수호 여신 타니트의 신성한 베일을 가리킨다.

모습으로 구현된 것이다. 달의 여신은 "카르타고의 영혼이다. 비록 사방에 그 빛을 비추더라도 신성한 베일을 드리운 채 달이 머무는 곳은 바로 이곳이기 때문이다".(3장)

카르타고에 관한 소설을 쓰는 동안 카르타고에 관한 생각에 사로잡혀 있었던 플로베르는 살람보에게서 생생한 여성을 구현해 낼 수 없었다. 그녀에게 엠마 보바리나 아르누 부인의 것과 같은 심리학적 견고함을 부여했더라면 그는 자신의 예술관과 정면으로 배치되었을 것이다. 그랬더라면 그가 바랐던 대로, 그가 했던 것처럼, 낯선 느낌을 불러일으키고 우리를 색다른 시간의 단편斷片 속으로 세차게 던져 넣는 대신, 고전주의 비극과 통상적인 역사소설에서처럼 우리를 익숙한 지역과 사람들 가운데 있게 했을 것이다. 플로베르는 살람보라는 여인 속에 오래전부터 그를 따라다녔고 『보바리 부인』에서도 발견되는, 여성과 그 자신에 대한 어떤 생각을 압축해 담았다. 또한 그 여성을 동방과 신비함의 상징으로 그리고자 했고 그 일을 성공적으로 해냈다.

『살람보』의 문체는 우리 문학에 부족한 역사적 문체—고대의 작가들에게서 영감을 받은—의 자리를 차지하면서 그에 관한 아이디어를 제공해준다. 레츠[31]와 보쉬에[32]의 글의 일부는 우리에게 살루스티우스, 티투스 리비우스, 타키투스로부터 자양분을 취한 위대한 역사가—17세기에는 이런 역사가가 없었다—의 서술이

31 장 레츠(Jean Retz). 흔히 레츠 추기경(Cardinal de Retz)으로 불린다. 17세기 프랑스의 정치가이자 파리의 부주교를 지낸 인물로 저서로는 『회상록Mémoires』(3권)이 있다.

32 자크 베니뉴 보쉬에(Jacques Bénigne Bossuet). 17세기 프랑스의 신학자, 설교가, 역사가이다.

어떤 것임을 짐작하게 한다. 18세기에도 그러한 역사가를 찾아보기는 힘들었다. 볼테르의 『샤를 12세의 역사L'Histoire de Charles XII』에서 보이는 서술은 역사의 발자국 소리가 울리는 듯하고 조화와 조밀함이 돋보이는 위대한 문체보다는 크세노폰과 카이사르의 문체에 더 가깝다. 19세기에는 낭만주의가 문학뿐만 아니라 역사를 또다른 길로 이끌었다. 그리고 플로베르의 역사적 문체는 고전적인 프랑스적 서술을 구현해냈다. 그는 『살람보』를 쓰는 동안 이러한 서술을 자기 것으로 만들었다. 첫 번째 『성 앙투안의 유혹』도, 『보바리 부인』도 그의 이런 변화를 예상하게 하지 못했다. 이런 가운데에서 그가 몽테스키외로부터 영향을 받았음이 엿보였다. 라틴 역사가들의 영향으로 말하자면, 프랑스 산문이 그들에게 문체에 관한 가르침을 청하던 시기는 지나갔다. 게다가 플로베르는 타키투스를 별로 읽지도 않았다. 그는 예술가로서 타키투스의 문장 속으로 깊이 들어갈 수 있을 만큼 라틴어를 충분히 알지도 못했다. 아마도 『살람보』의 문체에서 발견할 수 있을 유일한 라틴문학의 영향으로는 퀸투스 쿠르티오스 루포스의 아름다운 라틴어 서술의 예를 들 수 있을 터다. 플로베르는 1845년 르 푸아트뱅에게 다음과 같은 편지를 쓴 적이 있다. "너한테 네가 좋아할 만한 퀸투스 쿠르티오스의 몇몇 구절을 보여주고 싶어. 무엇보다 다리우스의 군대가 페르세폴리스에 입성하는 장면과 그들의 수를 세는 장면 말이야."[33] 과연 『살람보』에 어울릴 만한 장식적 부분이라 할 수 있겠다.

---

33 『서간집』, 1845년 8월 알프레드 르 푸아트뱅에게 보낸 편지.

또한 소설 속에서는 종종 작위적 요소가 등장한다. 사자들이 십자가에 못 박혀 죽어 있는 장면에서는 다소 상투적인 서사적 장치를 떠올리게 된다. 이는 예전에도 얘기했던 것처럼 하나의 아름다움이기도 하다. 숙명성에 지배당하는 그의 소설들 속에서 플로베르는 하나의 운명을 예고하는 어떤 상징적인 방식을 가벼이 여기는 법이 없었다. 샤를이 처음으로 루오 영감의 농장으로 들어갔을 때 그가 탄 말이 갑자기 옆으로 몸을 틀었다. 루앙으로 가는 길에 있던 장님도 그런 역할을 했다. 『살람보』에서 용병들이 "사자들을 십자가에 못 박기를 즐기는 사람들은 대체 어떤 민족인가?"(2장)라고 물었을 때 그들은 눈앞에 자신들의 운명을 보고 있었던 것이다. "시카로 가는 길 위에 있던 사자들을 기억하나? — 그들은 바로 우리의 형제들이었던 거야."(14장)

다른 많은 점들처럼 바로 이런 점에서 『살람보』는 상징적인 작품의 성격을 띠고 있다. 다소 딱딱하고 조형적인 면모에도 불구하고 때때로 신비스러운 의미와 함께 암시의 무한한 힘을 뿜어내는 듯 보인다. 1860년, 작품을 준비하던 플로베르는 공쿠르 형제에게 다음과 같은 편지를 보냈다. "이번에는 순수예술주의의 기치를 확실하게 내걸 수 있을 겁니다. 장담할 수 있습니다! 이 소설은 아무것도 증명하지 않고, 아무것도 말하지 않으며, 역사적이지도 풍자적이지도 해학적이지도 않기 때문입니다. 그 대신 어리석을 수는 있을 테지만요."[34] 여기서도 알 수 있는 것처럼 플로베르

---

34 『서간집』, 1860년 7월 3일 공쿠르 형제에게 보낸 편지.

는 아무런 목적이 없는 작품, 오직 문체(스타일)의 힘으로만 지탱할 수 있는 소설을 쓰기를 원했다. 역사를 우리에게로 향하게 하기보다는 그것을 격렬하게 뒤로 잡아당기는 작품. 그리하여 인류의 한 부분으로 하여금, 『살람보』에 영향을 끼친 달처럼 일종의 죽어버린 별 같은 순수한 과거의 덩어리가 되게 하는 소설을 쓰고자 했다. 그리고 『살람보』에 상상력을 능가하는 상징적인 힘을 부여하는 데 기여한 것은 바로 이처럼 사멸한 것에 대한 환상이었다. 말라르메의 『헤로디아』 역시 그런 환상에서 비롯되었다.

고등학교 때 읽은 미슐레의 『로마 역사Histoire romaine』—그가 기억하는 것은 그중 단 세 페이지뿐이었다—에 커다란 영향을 받은 플로베르가 모든 역사적 흐름에 매우 생소한 용병들과 카르타고의 전쟁을 소설의 주제로 택한 것도 이처럼 순수예술주의의 기치를 높이 들기 위해서였다. 게다가 말년의 플로베르는 정확히 반대 성격의 전투를 그린 〈테르모필레 전투의 레오니다스〉[35] 같은 작품을 쓰고 싶어했다. 그는 언젠가 마치 미래를 예언하듯 이런 말을 한 적이 있다. "민족 간의 전쟁은 아마도 다시 시작될 것입니다. 지금부터 1세기가 지나기 전에 단 한 번의 전쟁에서 수백만의 사람들이 서로를 죽이게 될 겁니다. 온 동방이 온 유럽과 맞서고, 구세계가 신세계와 맞서 싸우게 될 겁니다! 그러지 말란 법이 없지 않습니까? 어쩌면 수에즈 운하 역사役事 같은 거대한 집단 노동이 또

---

35 자크 루이 다비드가 1814년에 완성한 그림으로, 기원전 480년 그리스와 페르시아 간의 전쟁 당시 테르모필레의 협곡에서 소수의 군대로 페르시아의 대군과 맞섰던 스파르타 왕 레오니다스의 용맹함과 희생을 표현하고 있다.

다른 형태로 지금껏 우리가 상상하지 못했던 무시무시한 분쟁들의 시발점이 될 수도 있을 거란 말입니다."[36] 언뜻 보기에는 매우 낯설고 삶과 동떨어져 있는 듯한 소설 『살람보』는 인류가 겪게 될 무시무시한 갈등의 한 예를 잘 보여줄 터이며, 불과 핏속에 파묻혀 사라져버린 카르타고—차가운 달처럼 죽어버린 문명을 대변하는—는 다시 싹틔울 대지를 기다리는 수많은 가능성—인간의 의지가 선택하게 될—중의 하나를 상징할 수 있을 것이다.

36 『서간집』, 1870년 8월 3일 조르주 상드에게 보낸 편지.

7. 감정 교육

1862년에 세상에 나온 『살람보』는 플로베르가 우려했던 것처럼 혹평에 시달렸다. 특히 평단의 공격을 집중적으로 받았다. 생트뵈브는 오늘날 유난히 좀스럽게 보이는 두 편의 서평을 썼고, 그 이후에도 그의 어조는 바뀌지 않았다. 『살람보』는 『악의 꽃』이 오랫동안 그랬던 것처럼, 소설의 결함을 입증하고 분석한다고 믿었던 비평가들과 작품에 끊이지 않는 찬사를 보냈던 소수 엘리트들 간의 끈질긴 오해의 대상이었다. 당시의 많은 젊은이들은 위대한 예술의 첫 번째 일격에 얼굴의 정면을 강타당했고, 젊은 티에리[1]가 샤토브리앙의 『순교자들』을 향해 그랬던 것처럼 "파라몽! 파라몽!"[2]이라고 외쳐댔다. 오늘날 『살람보』는 『악의 꽃』보다 더 논란이 많은 작품으로 남아 있으며, 질적으로 상당히 중요한 문학적 여론의 일부를 적으로 두고 있다. 무엇보다 서사적 정신을 갖추지

---

1 프랑스의 역사가였던 오귀스탱 티에리(1795~1856)를 가리킨다.

2 프랑크족의 초기 군주로 메로빙거왕조의 기틀을 닦았다. 파라몬도, 파라문두스라고도 한다.

못한 프랑스인들의 호응을 이끌어내지 못했다. 나에게 『살람보』는 소설 중에서 서사시의 아들 격인 장르로 분류될 수 있을 듯하다. 가장 명확하고 가장 차원 높은 방식으로 서사시를 환기시키는 작품이기 때문이다. 그리고 아마도 이러한 견해차는 프랑스적 취향의 대부분이 자신만의 특별한 영역과 성향을 견지하는 한 오래도록 지속될 터다.

플로베르는 그의 모든 작품에 고유의 리듬을 부여하는 작업 방식, 즉 서사적 작품과 비판적 관찰의 작품을 번갈아 집필하는 습관에 따라 『살람보』를 마치자마자 그의 삶의 모든 경험을 녹여 넣게 될 위대한 현대소설의 집필에 착수했다. 그 무렵의 플로베르는 더 이상 전적으로 오만하고 포효하는 고독 속에서 『보바리 부인』과 『살람보』를 쓰던 크루아세의 은둔자가 아니었다. 이제 그는 영광을 위해, 문학적 영광 속에서 글을 쓰는 만큼 그 영광으로 인한 혜택들을 누리기를 즐겼다. 그리고 마침내 뒤 캉의 오랜 부름—그 서툰 방식으로 그들 사이의 불화를 야기했던—에 응답할 수 있는 때가 온 것이다. 플로베르는 파리에 거주지를 마련해 1년 중 몇 개월씩을 그곳에서 머물렀다. 그리고 디네 마니에 빠지지 않고 참석해 투르게네프, 고티에, 공쿠르 형제, 폴 드 생빅토르를 비롯한 많은 문인들과 친교를 맺었다. 그는 콩피에뉴에 위치한 황제의 궁정에도 초대를 받았고 연회를 마음껏 즐겼다. "루앙의 부르주아들은 내가 콩피에뉴에서 얼마나 인기 있었는지 알면 놀라 자빠질 거야."[3] 이

3 『서간집』, 1864년 11월 17일 조카딸 카롤린에게 보낸 편지.

처럼 플로베르는 집필과 사교 모임을 번갈아 하면서 『감정 교육』을 구상하고 써나갔다. 그의 말에 따르면, 집필 시에는 소설이 언제나 고역처럼 느껴졌으며, 그것을 손에서 놓는 순간 "다시 시작하기가 망설여지곤" 했다.

앞선 두 편의 소설들처럼 『감정 교육』은 비평적 정신과 함께 구상되었다. 플로베르는 자신의 작품이 역겹게 느껴지는 이유를 나열하면서도 그것을 써나갔다. (그가 집필 작업으로 인해 진이 빠질 대로 빠지고 체력이 몹시 저하된 상태에서 편지를 쓰곤 했다는 사실을 항상 염두에 두도록 하자.) 그는 『살람보』를 끝내자마자 『감정 교육』과 『부바르와 페퀴셰』의 초안을 잡았다. (『성 앙투안의 유혹』은 1849년 작품의 개정판이기 때문에 사실상 1862년에 그의 일생의 작업들에 대한 계획이 모두 세워졌다고 봐야 할 터다.) 이에 관해 그는 이렇게 이야기한다. "이 두 초안은 어느 것도 나를 만족시키지 못합니다. 첫 번째 것은 위대함도 아름다움도 찾을 수 없는, 하찮고 시끄러운 소리와 분석의 연속일 뿐입니다. 나에게 진실은 예술의 첫 번째 조건이 아닌 터라 그처럼 진부한 이야기들을 쓰는 걸 받아들일 수 없습니다. 요즘 사람들이 아무리 그런 것들을 좋아한다고 하더라도 말입니다."[4] 어쩌면 그의 이 말은 글자 그대로 이해해도 좋을 듯하다. 어떤 관점에서 볼 때 플로베르는 내리막길에 서 있는 것과도 같았다. 『보바리 부인』과 『살람보』에는 독자들에게 불쾌감을 유발하고자 하는 생각, 사회적 통념을 뒤흔들고자 하는 생각이

4 『서간집』, 1863년 5월 공쿠르 형제에게 보낸 편지.

깃들어 있었다. 그는 일종의 도전과 공격을 시도하듯 펜을 들었고, 그 사실은 작품의 신선함과 건강과 활력에 기여했다. 『감정 교육』에 여전히 그런 것들이 얼마간 남아 있다고 해도, 작품의 마지막 말이 대체로 전반적인 불평을 야기하기 위해 쓰였다고 하더라도 소설이 대중, 그중에서도 식자들—『보바리 부인』이 다른 어떤 책보다도 깨우침을 주었던—의 마음에 들기 위해 쓰였음을 부인할 수는 없다.

"우리가 다시 만나게 될 때쯤이면 난 기껏해야 세 장章 정도밖에 쓰지 못했을 겁니다. 첫 번째 장을 쓸 때는 지독한 환멸을 느꼈습니다. 세월과 함께 신념은 약화되고 열정의 불길도 꺼지며 힘은 고갈됩니다. 하지만 무엇보다 나를 절망시키는 것은 내가 쓸모없는 일을 하고 있다는 확신입니다. 나의 예술의 목표였던 막연한 고양高揚과 정반대되는 것을 말입니다. 그런데 요즘 작품들이 갖춰야 하는 과학적 요구와 부르주아적 주제는 내겐 도무지 가능할 것 같지가 않습니다. 아름다움이란 것은 현대적 삶과는 양립할 수 없기 때문입니다. 따라서 이런 작품을 쓰는 것은 이번이 마지막이 될 것입니다. 이젠 정말 지긋지긋하거든요."[5]

따라서 『감정 교육』은 어떤 과학적 요구에 따라 쓰인 작품이며, 어떤 면에서는 1860년대, 이폴리트 텐과 에르네스트 르낭의 시대를 반영하고 있다. 이 소설은 『보바리 부인』에 관한 생트뵈브의 비평 기사(나는 여기서 무엇보다 이 기사의 마지막 부분과 아르누 부

---

5 『서간집』, 1866년 12월 로제 데 주네트 부인에게 보낸 편지.

인을 떠올리게 된다)를 곱씹어 읽은 사람에게서 비롯된 것이었다.

이 책이 생트뵈브를 위해 쓰였다고 말하는 것은, 단지 아르누 부인의 초상肖像 때문만이 아니라 한 시대 전체에 대한 자료 및 한 세대의 역사나 다름없는 소설의 성격 때문이다. 플로베르가 "『보바리 부인』은 나다"라고 한 게 사실이라면, "『감정 교육』은 나의 시대다"라고 말할 수도 있었을 터다. "때때로 공기 중에 공통적인 생각들이 바람처럼 떠돌아다닌다는 생각을 해본 적이 없으신가요? 방금 내 친구 뒤 캉의 새 소설 『잃어버린 힘들Les Forces perdues』을 읽었을 때도 그런 생각이 들었답니다. 많은 점에서 내가 지금 쓰고 있는 소설을 닮았더군요. 요즘 젊은 세대에게는 오래된 화석처럼 여겨질 우리 세대의 사람들에 대한 올바른 이해를 돕는 꾸밈없는 책(그의 책)이라고 할까요. 48년[6]에 대한 각기 다른 반응으로 인해 두 개의 프랑스 사이에 깊은 골이 생겨난 게 사실이니까요."[7]

물론 두 번째 『감정 교육』은 첫 번째 『감정 교육』처럼 그 제목에 완벽하게 부응한다(어떤 이들은 '도덕 교육'이라는 말만큼이나 정확한 언어를 사용한 제목을 비판하는 잘못을 저지르기도 했다). 프레데릭 모로는 앙리처럼 감수성 교육을 받았고, 누군가를 사랑한다는 게 어떤 것인지 어렵사리 깨달을 수 있었다. 게다가 이 소설은 『인생과 여자들』, 또는 더 나아가 뒤 캉의 책처럼 『잃어버린 힘들』이라는 제목과도 잘 어울릴 터였다. 프레데릭의 내면의 환상, 사랑의

---

6 1848년 2월혁명을 가리킨다. 이로 인해 7월혁명으로 세워진 루이 필리프의 왕정이 무너지고, 나폴레옹 1세의 조카인 루이 나폴레옹이 대통령으로 당선되어 제2공화정을 열었다.

7 『서간집』, 1866년 12월 15~16일 조르주 상드에게 보낸 편지.

지지부진, 감정적인 좌절은 첫 번째 『감정 교육』의 그것과 비슷한 정치적이고 도덕적인 흐름과 궤를 같이한다. 『보바리 부인』과 마찬가지로 이는 관찰과 냉소주의에 의한 낭만주의의 청산이었다. 엄청난 낭비와 폐기물을 양산한 청산. 뮈세는 『세기아의 고백』에서, 어쩌면 처음으로, 한 세대 전체의 정신 상태를 반영하는 낭만적 풍경화를 시도한 바 있다. 그리고 생트뵈브는 이 시간의 흐름 및 감수성과 지성의 변화에 고해신부의 경험과 분석을 가져다주었다. 그는 자신이 거쳐온 세대들의 정신 상태를 수차례 분석했다. 따라서 『감정 교육』이 부분적으로는 그를 위해 쓰였다고 해도 무방할 터다. 플로베르의 소설은 뮈세의 시도를 잇는 또다른 세대의 풍경화를 위한 때가 무르익었을 무렵 세상에 나왔던 것이다. "나의 세대"라고 말하는 것은 대부분 사다리 위에 올라가 "나와 내 친구들"이라고 외치는 것을 의미한다.

『감정 교육』은 자신의 힘들을 낭비하고 파산선고를 받은 세대, 그리고 프랑스 제2제정을 파산 관재인으로 삼은 세대의 이야기이다. 당시 소설에 쏟아진 비난과 여전히 이어지는 비난은 무엇보다 소설 자체가 예술작품으로서 이러한 낭비와 공허함과 파산에 너무도 완벽하게 기여했다는 것이다. 플로베르는 흥미롭지 않은 인물들을 그리고 싶어했고, 비평가들의 상당수는 소설이 흥미롭지 않다고 생각했다. 그들은 『보바리 부인』에도 똑같은 비난을 퍼부었다. 그러나 『보바리 부인』에 대한 비난은 오래가지 않은 반면 『감정 교육』에 대한 비난은 오래도록 지속되었다. 모든 자연주의 소설이 『감정 교육』의 공식으로부터 비롯된 만큼 더욱더 그러했다. "소설(『감정 교육』)의 본래 제목은 『마른 과일들Les Fruits secs』[8]이었다. 소설 속 인물들은 모두가 공허감으로 불안해하며, 풍향계처럼 빙빙 돌고, 헛것을 좇다가 진짜를 놓치고, 새로운 모험에 뛰어들 때마다 점점 작아지면서 허무를 향해 나아간다."[9] 한편 파게는 다음과 같은 평을 남긴 바 있다. "소설이 지루하게 느껴지는 것은 프레데릭이 그 주인공이기 때문이며, 그 자신이 권태로워하는 따분한 인물이기 때문이다." 그런데 어째서 권태로움의 묘사가 지루하게 느껴지는 것일까?

> 그 속에는 무시무시한 뱀도 괴물도 존재하지 않기 때문이다…[10]

『살람보』에서 당당하게 순수예술주의의 기치를 높이 들었던 플로베르는 『감정 교육』에서는 자신의 케이스 안에 그 깃발을 말아 넣었다. 소설의 자전적 요소들은 좀더 개인적 색깔을 띠는 예술을 창조해냈다. 우리는 이미 『보바리 부인』이 불러일으키는 관심의 일부가 플로베르가 그 속에서 자신을 내비친 데서 비롯되었으며, 작가는 거의 모든 인물에 이름들을 부여했음을—그것도 임의적으로—알고 있다. 하지만 『감정 교육』에 관해서는 막심 뒤 캉

8 말라버린 과일들 같은 세대를 이야기하는 소설쯤으로 해석될 수 있겠다.

9 (원주) 페르디낭 브륀티에르, 『자연주의 소설』, 417쪽.

10 니콜라 부알로의 『시법詩法』에 나오는 구절.

의 다음 말을 믿어도 좋을 듯하다. "그는 한 시기에 관한 이야기를, 또는 그가 말한 것처럼 자기 인생의 한 단면을 매우 진지하게 들려주었다. 나는 소설에 등장하는 거의 모든 인물들의 이름을 댈 수 있으며, 플로베르 자신과 다름없는 프레데릭을 포함해 다른 배경으로 옮겨진 트루빌의 미지의 여인 아르누 부인에 이르기까지 모두를 알았거나 서로 가까이 지냈다."[11] 바트나 양은 실패한 여류 작가를 모델로 창조된 인물이며, 당브뢰즈 부인은 부분적으로 뒤캉 자신의 연인이었던 델르세르 부인을, 마레샬Maréchale이라는 별명은 프레지당트Présidente라는 별명으로 불렸던 사바티에 부인을 떠올리게 한다.[12]

그러나 비록 플로베르 자신의 삶이 반영되긴 했으나 『감정 교육』은 그의 삶을 '삶' 자체로 그려냄으로써 하나의 위대한 작품을 창조해냈다. "어째서 이 책은 내가 기대했던 만큼의 성공을 거두지 못했을까요? 어쩌면 로뱅이 그 이유를 밝혀낸 건지도 모르겠습니다. 미학적으로 말해서 내 소설은 너무나 진실하기 때문입니다. 즉 거짓된 관점이 부족한 것이지요. 너무 치밀하게 구성을 하다 보니 구성이란 것이 사라져버린 것입니다. 모든 예술작품은 하나의 점과 하나의 정점으로 하나의 피라미드를 형성해야만 합니다. 또는 빛이 구의 어느 한 점을 강렬하게 비추도록 해야 합니다. 그런데 삶에는 이런 것들이 전혀 존재하지 않습니다. 하지만 '예술'은

---

11 (원주) 막심 뒤 캉, 『문학 회상기』, 제2권, 469쪽.

12 프레데릭의 애인이었던 로자네트를 가리키는 마레샬은 프랑스어로 여자 총사령관이라는 뜻이며, 프레지당트는 여의장이라는 뜻이다.

'자연'이 아니니까요! 뭐, 아무래도 좋습니다! 나는 작품의 정직성을 나보다 더 멀리까지 밀어붙인 사람은 없을 거라고 생각합니다."[13]

우리는 『감정 교육』에서 고유의 지속 시간과 함께 흘러가는 인간의 한 세대와, 그들을 뒤섞으면서 동시에 지나가는 사람들을 한데 휩쓸어 가는 물의 이미지를 떠올리게 된다. 소설의 도입부가 그토록 매력적인 이유는 바로 그 때문이다. 『보바리 부인』의 도입부는 시간 속에서의 도입부로 샤를의 학창 시절부터 시작한다. 동급생들의 발밑에서 굴러다니던 불쌍한 그의 모자처럼 '운명 탓'으로 돌리게 되는, 우스꽝스럽고 소극적이며 요동치는 한 인생에 관한 이야기의 시작이었다. 반면 『감정 교육』에서 플로베르는 똑같은 방식을 취하면서 시간 속이 아닌 공간 속으로 도입부를 옮겨놓았다. 그리고 『보바리 부인』과 『살람보』의 경우처럼 소설의 주요 등장인물들을 연회에서 한데 모으는 대신, 움직이는 현실—그들과 함께 흘러가는 지속 시간의 흐름과 리듬을 상징하는—가운데서 그들을 함께 부각했다. 처음에는 배로, 그리고 마차로 여행하는 프레데릭의 여정이 그것을 잘 보여주고 있다. 소설의 도입부에서는 캐리커처로 표현된 다양한 인간 군상이 느릿느릿 흘러가는 강물을 거슬러 올라간다. 플로베르는 이 물 위의 여행을, 냉소적인 창조주가 지켜보는 가운데 지상에서 자신의 길을 가는 조그만 사람과 같은 인류의 축소판으로 그려냈다. 게다가 지극히 자연스러

---

13 『서간집』, 1879년 10월 8일 로제 데 주네트 부인에게 보낸 편지.

운 이미지였다. 우리는 여기서 이와는 대조적인, 라마르틴의 『별들Les Étoiles』이라는 멋진 시를 떠올리게 된다. 시 속에서 시인은 지구가 마치 배처럼 창공의 물결을 헤쳐 나가면서 잠든 인류를 구상球狀의 하늘로 이끄는 것을 느낀다. 반면 플로베르의 배가 싣고 가는 것은 우스꽝스러운 인간들이라는 화물이었다. 게다가 그는 동방 여행 중에, 여행은 그에게 놀라운 방식으로 우스꽝스러운 것들에 대한 의미를 발전시켰노라고 이야기한 바 있다. 소설의 도입부가 보여주는 단조로운 풍경은 언제나 똑같은 장면들을 야기하면서, 배 안에 빽빽하게 들어찬 인간들의 삶으로 채워진 시간의 이미지를 공간에 투사한다. "강물의 굽이를 돌 때마다 연한 빛을 띤 포플러나무들의 똑같은 장막을 다시금 발견하고는 했다. 들판은 텅 비어 있었다. 하늘에는 새하얀 조각구름들이 멈춰 서 있고, 어느샌가 번진 권태로움이 배의 진행을 더디게 하고 승객들의 모습을 더욱 초라해 보이게 하는 듯했다."(1부 1장)

이 배에 삶에 대한 희망을 간직한 한 청년, 프레데릭 모로가 타고 있었다. "프레데릭은 그곳에서 자신이 쓰게 될 방, 극의 줄거리, 그림들의 주제, 장래의 열정들에 대해 생각했다."(1부 1장) 그리고 이 모든 전망, 그의 삶의 모든 전망은 아르누 부인의 등장으로 인해 바뀌게 된다.

여기서 프레데릭은 곧 플로베르 자신이라고 이야기할 때 염두에 두어야 하는 게 있다. 『살람보』가 문학에서 플로베르를 뺀 것이었다면, 『감정 교육』은 플로베르에서 문학을 뺀 것이었다. 플로베르가 "보바리 부인은 나다"라고 한 것과 거의 같은 맥락으로 "프레데릭은 그다"라고 말할 수 있을 터다. 플로베르는 자신에게 의지가 부족하다는 것을 알게 되었다. 하지만 그는 프레데릭보다는 의지가 박약하지 않았다. 그리고 그의 나약한 부분들은 그의 문학작품에의 헌신과 희생에 의해 공고해지고 틀을 갖추어갔다. 그리하여 그는 문학작품 속에서의 추상화抽象化에 의해서만 예전의 나약함을 발견할 수 있었다. 프레데릭은 엠마나 비네, 심지어 부바르와 페퀴셰처럼 플로베르가 자신에게서 이끌어낸 하나의 가능성이었다. 그는 처음에는 그 가능성을 자신의 본질적 요소들과 더불어 함양한 다음 그와는 무관한 외적 요소들과 함께 구축해나갔다. 파게는 "사실 모든 것을 고려해볼 때 프레데릭은 보바리와 보바리 부인의 아들이다"라고 이야기했다. 그 말도 맞는 말이긴 하다. 그러나 문학적 자손은 아이들처럼 생겨나는 게 아니다. 프레데릭은 무엇보다 문학적 아버지의 아들이다. 보바리, 엠마, 프레데릭 그리고 플로베르의 또다른 인물들은 각기 다른 영역에서 불완전한 삶의 자손—플로베르의 온 생애를 환상에 시달리게 하고 그를 예술의 도피처로 향하게 만든—을 다양한 모습으로 구현한 것이다.

플로베르는 프레데릭이라는 나약한 인물 속에서 자신이 지닌 결함들의 이상적인 총합을 표현했다. 그의 무능은 그가 자족하지 못하는 데서 비롯된 것일까? 아니면 그가 무능하기 때문에 자족하지 못하는 것일까? 물론 이도 저도 아니었다. 그는 다른 사람들에게 매달려야만 존재할 수 있었다. 그에게는 친구와 연인 들이 필요했다. 자신의 무미건조한 시간 속에 반영된 그들의 시간을 경험함으로써 자신이 살아 있음을 느끼기 위해서였다. 그의 시간은 흘러가면서 그의 안에 아무것도 남기지 않은 채 그를 데려가버렸다. 소설의 도입부에, 그가 센강을 수동적으로 거슬러 올라가는 광경 속에 이런 그의 모습이 고스란히 담겨 있다. 그는 법학 공부를 시작하기 위해 파리로 왔고, 환상과 짧은 시도로 점철된 대학생의 삶 속에서 느껴지는 공허감은 위스망스의 단편 제목처럼 『흘러가는 대로À vau-l'eau』라고 불릴 수 있을 터였다. 프레데릭에게는 산다는 것이 아무런 쓸모가 없다시피 했다. 그를 노장으로 데리고 가는 배 위에서 눈에 들어오는 광경들이 이미 그런 그의 삶 전체를 상징화하고 있었다.

"오른쪽으로는 평원이 펼쳐졌고, 왼쪽으로는 목초지가 완만한 경사를 이루며 언덕으로 이어졌다. 언덕 위로는 포도밭들, 호두나무들, 초원 속의 풍차 하나가 보였고, 그 너머로는 하늘가에 닿아 있는 하얀 바위를 향해 지그재그를 이루는 작은 길들이 보였다. 땅에 떨어진 노란 나뭇잎들이 그녀의 옷자락에 쓸리는 가운데, 한 팔로 그녀의 허리를 감싼 채 환히 빛나는 그녀의 눈길 아래 그녀의 목소리를 들으며 나란히 언덕을 오른다면 얼마나 행복할까! 배가 멈춰 설 수도 있고, 그들은 내리기만 하면 될 터였다. 하지만 너무나도 간단한 그 일이 해를 움직이는 것만큼이나 어렵다니!"(1부 1장)

"조금 더 떨어진 곳에 뾰족한 지붕과 네모난 망루들이 있는 성이 하나 보였다. 성의 앞면에는 화단이 펼쳐져 있었고, 높다란 보리수들 아래로는 검은 궁륭처럼 길들이 나 있었다. 그는 소사나무들 곁을 지나가는 그녀의 모습을 상상했다. 그 순간, 오렌지나무 화분들 사이로 젊은 남자와 젊은 여인이 계단을 올라가는 게 보였다. 그리고 모든 것이 사라졌다."(1부 1장)

소설의 1부 전체는 강물 위의 배와 흘러가는 물의 리듬과 모습을 간직하게 될 터였다. 프레데릭은 자신이 만들어나가는 삶의 부유하는 이미지들을 그곳에 띄워 보냈다.

프레데릭은 보바리 부인처럼 범인凡人에 불과했다. 하지만 『보바리 부인』에서처럼 『감정 교육』에서도 중심인물의 모든 것을 희화화한다면 소설의 균형이 깨지고 말 터였다. 오직 부차적인 인물들만이 처음부터 끝까지 희화화될 수 있었다. 엠마처럼 프레데릭은 델로리에나 아르누 같은 이들 곁에서 특별한 존재가 되게 하는 어떤 섬세하고 예민한 기질을 지니고 있다. 그는 진지하고 고귀하기까지 한 열정을 경험한다. 그리고 아르누 부인에게 느끼는 감정과 아르누 부인이 그에게 느끼는 감정에 의해 그런 자신을 정당화하고 하나의 가치를 지니게 된다. 그는 세네칼과 르쟁바르 같은 과격한 광신적 신봉자들을 좋아하지 않았다. 프레데릭은 감각적이고 신경질적이며 생각이 짧은 편이고, 그가 느끼는 열정들은 불안정하다. 일요일에는 대로로 나가 "천박해 보이는 모습들, 바보 같은 말들, 땀에 젖은 이마 위로 흐르는 어리석은 만족감으로 인해 역겨움을 느끼고는 했다! 하지만 자신은 그런 사람들보다 낫다는 자각이 그들을 바라보는 데서 오는 피로감을 덜어주었다."(1부 5장) 그리고 소설은 이러한 자각이 정당화되게 했다.

감각적이고 즐거움을 향유할 줄 알지만—비록 제한된 영역 내에서지만—개인주의자는 아니었던 프레데릭은 애정을 필요로 했고 애정을 주는 것을 좋아했다. 또한 많은 여자들이 결국에는 그를 사랑하게 되었다. 그는 엠마 보바리를 닮았지만, 사회는 여성에게서 억압하고 단죄했던 기질을 남성에게서는 인정하고 발전할 수 있게 한다. 엠마가 삶 자체를 꿈꾸었던 것처럼 그는 하나의 삶을 꿈꾼다. 그리고 이러한 꿈은 사랑의 이미지들—엠마가 용빌에서 경험한 것처럼 그가 파리에서 경험한 사랑들과 관련된—과의 결합을 포함하기 마련이다. "그는 파리 식물원에 종종 가곤 했는데, 그곳에서 보는 종려나무는 그를 머나먼 나라로 이끌었다. 그들은 함께 낙타 등 위에 올라탄 채 여행을 떠났다. […] 때로 그는 루브르의 오래된 그림들 앞에서 발걸음을 멈추곤 했다. 그리고 이미 사라져버린 세기 속에서 사랑으로 그녀를 포옹하면서 그림 속 인물들을 그녀로 대체했다. 원뿔꼴 모자를 쓴 그녀는 납빛을 띤 창 너머에서 무릎을 꿇고 기도를 드리고 있었다."(1부 5장) 비개성적이고 다양한 형태를 지닌 파리는 바로 그런 성질 때문에 더욱더 이러한 꿈을 꾸기에 적합한 곳이었다. 파리는 사람들의 생각이 미치는 곳에 꿈들을 구성하는 요소들을 가져다놓았고, 그 꿈들을 실현할 수 있는 방법들을 다양하게 제공했다. "모든 길들이 그녀의 집으로 향했다. 마차들이 광장에 서 있는 것은 오로지 그녀의 집으로 더 빨리 데려다주기 위해서였다. 파리는 온통 그녀와 관련이 있었고, 대도시 전체가 그 모든 목소리와 더불어 거대한 오케스트라처럼 그녀 주위에서 울렸다."(1부 5장)

플로베르는 이 꿈의 모티브를 집요하게 유지하고 발전시켜나갔다. 그것은 이 소설 속에서 물의 모티브와 유사한 자리를 차지하는 듯 보였다. 이런 관점에서 놀라운 예술로 이루어낸 제2부의 도입부를 읽어보기를. 승합마차의 여정, 흉물스러운 구역을 통과해 그가 파리로 들어오는 과정, 호텔에 도착하고 난 뒤 르쟁바르를 찾아 나서는 일 등이 인상적으로 묘사돼 있다. 그리고 프레데릭이 아르누의 주소를 알아낸 뒤의 문장은 마치 거꾸로 돌이켜보듯 나머지 모든 것을 설명해준다. "프레데릭은 술집에서 나와 아르누의 집으로 향하는 동안, 미지근한 바람이 몸을 들어 올리기라도 하듯 꿈속에서나 경험할 수 있는 놀라운 편안함을 느꼈다."(2부 1장) 과연 지금까지 밤에 달리는 승합마차 여행과 르쟁바르를 미친 듯이 찾아 헤매던 일, 이 모든 것을 이끈 것은 꿈속의 리듬이었다. 프레데릭은 그러는 동안 마치 꿈속에서처럼 언제나 그에게서 벗어나고야 마는 것을 찾아 헤맸던 것이다. 그리고 이것은 계속된다. 로자네트의 집에서 열린 가면무도회는 꿈의 혼란스러운 형태를 띠고, 모든 것은 프레데릭의 베갯머리에서의 거짓 꿈을 잇는 실제 꿈으로 끝난다. 소극적으로 꿈꾸는 모습으로 그려진 프레데릭의 삶은 엠마 보바리의 열렬하게 욕망하는 삶과 대조를 이룬다. 엠마는 삶을 꿈꾸지만 자신의 삶을 꿈꾸지는 않는다. 그리고 그녀의 자살은 그녀가 자신의 삶을 비극적으로 살아냈다는 지고한 증거가 된다. 따라서 『보바리 부인』이 『감정 교육』보다 더욱더 대중의 마음을 사로잡을 수밖에 없다. 대중이 소설에 바라는 것은, 현실이 하나의 환상에 불과하다는 것을 깨닫게 하는 것이 아니라 현실에 대한 환상을 갖게 해주는 것이기 때문이다.

게다가 엠마와 프레데릭의 차이점은 인물의 성격보다는 그들이 처한 상황에, 그들의 본성보다는 그들의 운에 있다. 프레데릭은 운이 좋은 반면 엠마는 운이 나쁘다. 그들과 같은 기질을 가진 이들에게 있어서는 남자로 태어나는 것은 하나의 행운이며, 여자로 태어나는 것은 불행한 일이 된다. 유부녀인 엠마는 간통과 수치에 빠져들고, 독신인 프레데릭은 편안한 마음으로 운 좋은 남자로서의 삶을 살아간다. 마지막으로, 엠마는 가난하고—그리고 고리대금업자에게 시달리다가 자살한다—프레데릭은 부자다.

『감정 교육』은 부유한 젊은이에 관한 소설이며, 처음부터 끝까지 돈 문제는 발자크적인 위치를 차지하고 있다. 거의 파산 지경에 이른 프레데릭은 노장에 붙들려 지방 생활에 적응해나간다. 그는 마치 물처럼 물이 담긴 단지의 형태를 띠며 자신의 희미한 열정을 고여 있는 늪 속에 방치한다. 그러다 느닷없이 노장의 늪에 수로가 뚫리면서 센강과 파리를 향해 물이 흘러간다. 프레데릭이 죽은 백부로부터 생각지도 않았던 유산을 물려받은 것이다. 이제 『감정 교육』은 파리에서, 돈이 없는 사람들 사이에서 살아가는 돈을 가진 청년의 이야기가 될 터였다. 그에게는 산다는 게 별로 어려운 일이 아니었다. 그의 정치적 삶과 연애사는 똑같은 용이함으로 뒤섞였다. 『감정 교육』은 루이 필리프의 7월왕정 시대에서 자라나 1848년에 스물다섯 살이 된 세대의 소설이다. 공화정이 도래했을 때, "온갖 나약함을 지닌 프레데릭은 보편적인 광기에 휩쓸렸다. 그는 연설문을 써서 그것을 당브뢰즈 씨에게 보여주러 갔다."(3부 1장) 게다가 그는 공화정 또한 쉽사리 받아들였다. 혁명이 발발한 날은 사랑스러운 로자네트가 그의 진정한 연인이 된 날이었다.

정치에서의 용이함은 여러 개의 머리를 가진 정부政府 및 그 머리들의 무한한 증가와 혼동된다. 사랑에서의 용이함도 이와 마찬가지다. 일부다처제는 남자에게는 자연스러운 것이다. 프레데릭은 여자들에게서 레옹만큼, 아니 레옹보다 더 많은 사랑을 받았다. 『감정 교육』에서 그는 네 명의 여자에게서 사랑을 받는다. 루이즈, 아르누 부인, 로자네트, 당브뢰즈 부인이 그들이다. 나이 어린 처녀, 처녀, 기혼녀가 고루 포함된 여자들 중에서 두 명이 기혼녀이다. 플로베르는 당시 젊은 파리지앵들—적어도 소설들 속의 젊은 파리지앵들—의 연애사에서 기혼녀가 우월한 위치를 차지하고 있음을 보여주려 했던 게 아닐까.

루이즈는 플로베르의 작품에 등장하는 유일한 나이 어린 처녀다(엠마의 소녀 시절은 준비 과정으로밖에 다루어지지 않았다). 그녀는 아주 세심하고 생생하게 매우 인상적으로 그려져 있다. 그러나 소설가 플로베르에게 어린 소녀는 많은 이야깃거리를 제공해주지 못하며, 깊이와 배경과 추억이 결여돼 있다. 게다가 이 노장 출신의 헤르미오네[14]는 그보다 한술 더 뜬다. 열정의 아름다운 불꽃으로 상대를 말려버리고 불태우는 그녀 또한 아마도 플로베르 자신의 추억으로 이루어진 인물이었을 것이다. 그는 어린 시절의 친

14 그리스신화에 나오는 스파르타 왕 메넬라오스와 헬레네의 딸.

구였던 어린 영국인 소녀에게서 비슷한 방식으로 사랑을 받았으며, 프레데릭이 루이즈를 사랑하지 않았던 것만큼 그녀에게 사랑을 되돌려주지 못했다. 게다가 플로베르의 취향을 충실하게 대변하는 프레데릭은 나이 어린 여자들을 좋아하지 않았다. "그는 젊은 여자들 중에서는 마음에 드는 사람이 하나도 없었으며, 자신은 30대의 여자들을 더 좋아한다고 말했다."(2부 2장)

프레데릭이 경험한 사랑 중에서 그 어느 것과도 견줄 수 없는 사랑은 아르누 부인에 대한 사랑이다. 그녀는 소년 플로베르가 트루빌에서 보았던 서른 살 여인[15]이며, 그의 뮤즈이자 마돈나였다. 플로베르는 자신의 소설 속에서 그녀를 섬세하게 재구성했다. 섬세하면서도 절제된 그녀의 초상肖像에는 보바리 부인의 그것보다 더한 어려움이 따랐고, 어쩌면 플로베르는 엠마의 초상보다 더욱 더 순수한 걸작을 탄생시킨 것인지도 모른다. 엠마와 살람보는 서로 다른 모습들 속의 영원한 이브이지만, 아르누 부인은 마리라는 그녀의 이름에서부터 신성한 순수함을 드러내 보인다. 플로베르는 마치 마돈나에게서처럼 그녀의 모든 것이 평온함을 느끼게 하고, 그녀의 모성이 여성으로서의 본성을 절제하게 하고 진정시키며 완성시키는 것으로 보았고, 그녀로 하여금 부드러움과 권위를 동반한 채 환히 빛나게 했다. 그녀는 육체적으로나 정신적으로 놀라운 건강을 자랑하며 앞으로 나아갔다. "오! 나도 내 남편도 지금

---

15 플로베르는 15세였던 1836년에 26세였던 엘리자 푸코(훗날의 슐레쟁제 부인)를 처음 만났다. '서른 살 여인'은 발자크의 동명 소설 제목을 빗댄 것인 듯하다.

까지 결코 아파본 적이 없답니다."(2부 3장) 그녀가 보여주는 단호함과 명료함은 이탈리아풍의 그림이 발하는 빛을 연상시킨다. 프레데릭이 자신의 마음을 드러내 보이는 장면에서 그들이 주고받는 대화는, 마치 소포클레스와 에우리피데스가 서로에게 응수하는 것처럼, 대리석 발을 이끌고 나아가는 듯 보인다.

"- 그럼 행복이란 도저히 이룰 수 없는 건가요?

- 그렇지는 않죠! 하지만 거짓과 불안과 후회 속에서 행복을 찾아서는 안 되겠죠.

- 그런들 무슨 상관입니까! 숭고한 기쁨으로 보상을 받을 수만 있다면 말이죠.

- 하지만 그런 경험의 대가가 너무 비싸잖아요!

- 그렇다면 미덕이란 비겁함에 지나지 않는 것이겠군요?

- 그보다는 혜안이라고 해두죠. 설령 의무나 신앙을 망각하는 여자들이라 해도, 단순한 양식만으로도 충분할 거예요. 이기주의가 지혜의 튼튼한 기반이 되어주니까요.

- 아! 참으로 부르주아적인 원칙을 고수하시는군요!

- 하지만 난 스스로를 고귀한 여자라고 자부한 적은 없는데요."(2부 3장)

그러나 아르누 부인(마리)은 언젠가 추락 직전까지 간 적이 있었고, 오로지 자신의 아이가 아팠기 때문에 그 위기를 모면할 수 있었다. 이 레날 부인이 쥘리앵에게 저항할 수 있을까?[16] 이 투르

---

16 레날 부인과 쥘리앵 소렐은 스탕달의 소설 『적과 흑Rouge et Noir』에 나오는 주인공들이다.

벨 부인이 끝까지 발몽에게 저항할 수 있을까? 나는 그럴 수 없을 거라고 본다.

그녀의 정숙함은 부분적으로는 프레데릭의 소극적인 신중함에 기인한 것이었다. 프레데릭은 자신의 삶을 꿈꾸는 남자였고, 그의 꿈들은 마리 주위로 결정화되며, 마리는 꿈속의 존재로 머문다. 그리고 발몽이 확고한 의지를 지닌 남자이고, 쥘리앵이 강인한 힘을 지닌 남자인 것만큼이나 명백하게 프레데릭은 '온갖 나약함을 지닌' 남자였다. "그를 놀라게 한 한 가지는 자신이 아르누를 질투하지 않는다는 사실이었다. 그는 옷을 입은 모습 외에 다른 모습의 그녀를 상상할 수 없었다. 그만큼 그녀의 정숙함은 자연스러워서 그는 신비한 어둠 속으로 그녀의 성性을 밀어냈다. 그 대신 그녀와 함께 살면서 그녀에게 친근하게 말을 놓고, 머리띠 위로 한참 동안 그녀를 쓰다듬거나, 바닥에 무릎을 꿇고 두 팔로 그녀의 허리를 감싼 채 그녀의 영혼을 빨아들이기라도 할 것처럼 그녀를 뚫어지게 바라보는 행복을 상상하곤 했다. 하지만 그러기 위해서는 운명을 전복해야만 할 터였다. 자신의 생각을 행동으로 옮기지 못하는 그는 신을 저주하고 스스로를 겁쟁이라고 비난하며, 감옥에 갇힌 죄수처럼 자신의 욕망 속에서 맴돌았다."(1부 5장) 그리고 쥘리앵 같은 남자에게서는 즉각적인 행동을 유발하게 될 모든 것이 여기서는 자동적으로 꿈으로 변모하고, 시간 속에서 지체되고 미래로 미루어진다. 아르누 부인 앞에서 프레데릭의 행동은 무력해지거나 그것을 대체하는 표현들 뒤로 숨어버리고 만다. 레옹에 대한 자신의 사랑을 고백할 때의 엠마의 행동도 그와 다를 바 없다.

웅변가들을 존경한다는 아르누 부인 앞에서 프레데릭은 자신의 나이—그는 스무 살이었다—에는 여자에게 베리에나 몽탈랑베르[17] 같은 사람들보다 더 사랑받을 이유들이 있을 수 있음을 증명하려는 시도조차 하지 못한다. 그 대신 "그는 중죄재판소에 선 자신의 모습을 그려보았다. […] 그리고 또 자신의 입술에 온 국민의 안녕을 짊어진 웅변가로 의회의 연단에 서서 열변으로 […] 반대자들을 짓밟아버리는 자신의 모습도 상상했다. […] 그녀는 그곳 어딘가 다른 사람들 틈에서 베일 뒤에 열광의 눈물을 감추고 있으리라. 그런 다음 자신들은 다시 만나게 될 것이다. 그녀가 가녀린 손으로 자신의 이마를 쓸어주며 '아! 너무나 멋져요!'라고 말해준다면, 낙담과 중상 그리고 모욕은 자신에게 아무 영향도 끼치지 못할 것이다."(1부 5장) "그러한 이미지들이 마치 그의 삶의 지평선에 서 있는 등대처럼 섬광을 발했다. 고양된 그의 정신은 더욱 민첩해지고 더욱 강해졌다. 그는 8월까지 칩거했고, 마지막 시험에 합격했다."(1부 5장)

이처럼 프레데릭은 반쯤은 아르누 부인의 영향력 안에서 존재하는 인물이다. 『감정 교육』에는 오퇴유의 집을 배경으로 그들 사랑의 아슬아슬함을 기막히게 그린 장면이 나온다. 그들이 끝내 추락하지 않을 수 있었던 것은 한편으로는 마리의 강인함 덕분이며, 또 한편으로는 프레데릭의 나약함 때문이다. 온갖 나약함을 지닌 남자라는 말은 소심한 남자라는 말과도 일맥상통한다. 소심함

17 피에르 앙투안 베리에는 19세기 프랑스의 변호사이자 의회의 웅변가, 몽탈랑베르는 19세기 프랑스의 정치가이자 가톨릭사가, 자유론자이다.

은 현실 앞에서 의지가 꺾이고, 상상이 행동으로 연결되지 않는 것을 가리킨다. 그리고 그 간격을 메우거나 감추는 데 도움이 되는 것은 바로 내면의 삶이다. "게다가 일종의 종교적 경외감이 그의 발목을 잡았다. 어둠과 하나가 된 그녀의 드레스가 그에게는 거대하고 무한하여 결코 들출 수 없는 어떤 것처럼 보였다. 그리고 바로 그런 이유로 그의 욕망이 더욱더 커져갔다. 자신의 행위가 너무 지나치거나 충분하지 않을지도 모른다는 두려움이 그에게서 모든 분별력을 앗아 갔다."(2부 3장)

만약 한 사람의 운명과 성격이 부분적으로 다른 사람의 운명과 성격에 의해 빚어지는 것이라면, 프레데릭과 아르누 부인에게 있어서 이런 점은 플로베르의 모든 인물들과 공통된 하나의 특징일 뿐이다. 그의 작품 속 인물들은 대부분 굳건한 의지가 결여돼 있으며, 그들의 환경에 스스로의 존재를 각인시키지 못하면서 언제나 다소 우회적인 방식으로 환경의 영향을 받는다. 일례로 부바르와 페퀴셰는 그들이 만나 둘이 된 그날부터 비로소 존재하기 시작한다. 우스꽝스러움 속에서 발견되는, 인류의 본질을 이루는 군거성群居性의 순수한 도식인 것이다.

프레데릭과 아르누 부인은 한편으로는 서로를 부르는 유사한 인물들이며, 다른 한편으로는 서로 호응하는 대조적인 인물들이라고 할 수 있다. 그리고 그 두 사람이 함께하는 삶은 실패한 삶이 될 터였다. 프레데릭은 그 사실을 의식하지 못하거나, 소설의 마지막에 이르러서야 깨닫는다. 파리에서의 삶은 그로 하여금 그것이 진정한 삶이라는 환상을 갖게 한다. (그런데 따지고 보면 그의 삶이 단지 환상에 불과한 것이었을까? 산다는 것은 현재 속에서, 자신이 사는 삶 속에서 살아가는 것이다. 그것이 곧 자신이 살아야 하는 삶이기 때문이다.) 그러나 아르누 부인은 진정으로 자신의 삶을 자각한다. 아르누 같은 남자 옆에서 희생하는 삶으로서의 삶을. 그녀는 프레데릭이나 엠마 보바리를 이끄는 환상들 속에서가 아닌 진실 속에서 그 삶을 바라본다. "아무것도 달라지지 않을 것이며, 그녀 자신의 불행도 결코 치유될 수 없었다."(2부 3장) 그리고 의식적意識的이고 진실한 그녀의 삶은 실제적이고 충만한 느낌을 갖게 한다. 엠마와 프레데릭의 삶이 우리에게 거짓되고 공허한 느낌을 남겨주는 것만큼이나.

프레데릭에게는 마리 한 사람이 엠마에게 어렴풋하고 몽상적으로 느껴지는 세상, 즉 행복의 모습이나 다름없다. 무심한 냉담함만큼이나 분별없고 넘치는 선함과도 거리가 먼 아르누 부인은 부드럽게 끝없이 행복에의 가능성을 발하는 천성을 구현한다. 마지막에 그녀는 프레데릭에게로 자신의 사랑을 정착시킴으로써 자신이 지닌 힘과 비례하는 사랑의 승리—사실 쉽지는 않았지만—를 거둘 수 있었다. 그들이 세네칼과 함께 돌아보는 크레유의 도기 공장 장면(2부 3장)—『보바리 부인』의 루앙 대성당 방문(3부 1장)을 좀더 세세한 뉘앙스로 반복하는—에서 아르누 부인이 프레데릭의 입술에서 감지하는 사랑의 고백을 연기延期하고 밀어내기 위해 하는 노력은 우울하지만 가혹하지는 않다. 그녀로 하여금 정념에서 멀어지게 하는 데 기여하는 상황들은 그녀에게는 다행스러운 일이다. 슬픈 현실 속에서도 살 수 있는 그녀로서는 평온한 현실 속에서 살아갈 필요가 있다. 그녀는 이 모든 사랑이 과거의 사랑에 불과하면서 더이상 아무런 기쁨도 아픔도 불러일으키지 못하게 될 때에야 비로소 프레데릭에게 자신의 모든 사랑을 준다. 이제 그녀는 프레데릭과 엠마가 자신들의 꿈을 무엇보다 우선시한 것과는 반대로 자신의 꿈을 뒷전으로 미뤄놓고, 그 꿈에 매몰되는 대신 그것을 다스릴 줄 알게 되었다. 프레데릭이 그녀가 자신을 주기 위해 온 거라고 생각했을 때 그녀는 단지 자신들의 마음속에서 모든 것을 바로잡기 위해 자신의 새하얀 머리카락 한 가닥을 잘라 그에게 건넸을 뿐이다. 그리하여 그녀는 다시 자연스러운 자신의 자리로, 과거의 평온함으로 되돌아갔다. 이 장면이 우리를 더욱더 감동시키는 이유는, 플로베르가 노년의 자신과 슐레쟁제 부인 사이에 있었던 일을 똑같이 재현했음을 알기 때문이다.

프레데릭의 세 번의 사랑—아르누 부인, 로자네트, 당브뢰즈 부인—은 다소 인위적이긴 하지만 아름다움, 자연, 문화라는 세 가지 이름으로 양식화할 수 있을 것이다. 이것들은 진정한 예술가에게 있어서 내면의 삶과 그의 창작물에 자양분을 공급하는 세 가지 원천이다. 그러나 예술가 플로베르의 캐리커처인 프레데릭에게는 이 세 가지 원천은 생각으로만 머물면서 미완성 작품만을 낳게 된다.

비장함을 느낄 만큼의 세파를 겪었지만 비극적일 정도로 깊이 상처받지는 않았던 아르누 부인은 육체적 아름다움과 정신적 아름다움을 완벽한 조화 속에서 하나가 되게 했다. 그녀는 플로베르가 진정으로 아름다운 여성으로 그려낸 유일한 인물일 뿐만 아니라, 우리는 아름답지 않은 그녀를 상상할 수 없다. 그녀는 『미래의 이브L'Ève future』[18]의 알리시아 클라리와는 정반대로 그녀의 아름다움에 자연스레 어울리는 기질과 몸가짐과 사고와 언어를 지니고 있다. 플로베르가 그의 삶에서 이런 종류의 사랑을 했다면, 우리는 그 사랑을 그의 미학적이고 문학적인 아름다움에 대한 사랑의 쌍둥이 사랑으로 간주할 수 있을 터다. 그가 아르누 부인에게서 가장 완전하고 위대할 뿐만 아니라, 라신이 모님[19]에게서 보여준 것처럼 가장 완벽한 여주인공을 구현하고자 한 것은 지극히 자연스러운 일이었다.

아주 빨리 프레데릭의 연인이 된 로자네트는 매우 솔직한 여성이다. 플로베르의 소설에 등장하는 인물 중에서 그녀처럼 자신의 본성을 충실히 따르는 여성은 찾기 힘들다. 그녀와 프레데릭의 기질이 비슷하다고 말할 수는 없지만, 두 사람은 서로에게 놀랍도록 잘 어울린다. 물론 그들의 사랑은, 공식에 따라, 두 사람의 환상의 교환과 두 육체의 접촉으로 이루어져 있다. 그리고 바로 그런 이유로 그들은 서로에게 안성맞춤이었다. 또한 로자네트는 프레데릭의 아이를 가졌었고 마치 그를 위해 존재하는 듯한 유일한 여자였다. 그녀가 출산을 하자 프레데릭은 "자신의 천성에 따라 솔직하게 사랑하고 고통받는 이 가련한 존재를 배신하는 것이 얼마나 잔인한 일인가 싶어 스스로를 자책했다."(3부 4장) 플로베르는 부르주아 전통을 나타내는 말들로 오메나 레옹을 창조해낸 것처

18 빌리에 드 릴아당이 1886년에 발표한, 인조인간을 소재로 한 소설.

19 모님(Monime)은 장 라신의 비극 『미트리다트Mithridate』(1673)의 여주인공이다.

럼, 여성성을 나타내는 전형적인 말들과 함께 꼼꼼하고도 완벽한 기술로 자신만의 로자네트를 창조해냈다. 파리에서는 6월 전투가 한창인 가운데 그들은 퐁텐블로로 둘만의 여행을 떠난다. 그리고 로자네트의 본성은 프레데릭의 그것처럼 신록 속에서 감미로운 동물적 행복과 애정과 내밀한 속삭임과 함께 활짝 피어난다. 프레데릭이 뒤사르디에가 부상을 입은 것을 알고 파리로 돌아가려고 하자 로자네트는 그를 가로막는다. 그에게 맞서는 여성으로서의 그녀의 논리는 싱그러운 6월의 나무들만큼이나 신선하고 직접적이다.

"- 그러다 당신이 죽기라도 하면!

- 어! 나로서야 내 의무를 다하다 죽는 것이 될 테지!

그의 대답에 로자네트는 펄쩍 뛰었다. 그의 의무는 무엇보다 자신을 사랑하는 것이다. 그런데 이러는 것은 분명 더이상 자신을 원하지 않기 때문이다! 말도 안 된다! 맙소사, 이럴 수는 없는 것이다!"(3부 1장)

프레데릭이 그녀에게서 좋아한 점은 순수한 여성(그가 아르누 부인에게서 좋아한 점도 마찬가지로 순수한 여성성이었다)으로서의 면모였다. 그리고 그는 자신의 변덕으로 그 여성성을 아주 빠르게 고갈시켰다. "그녀가 하는 말, 목소리, 미소, 모든 것이 그의 마음에 들지 않았고, 무엇보다 그녀의 눈빛, 영원히 투명하면서도 생기 없는 그녀의 눈이 더욱더 그러했다."(3부 4장)

솔직하고 쾌활한 여자 로자네트는 그럴듯한 배경을 갖고 있지 않았다. 아르누 부인은 시적이고 종교적인 바탕 위에서 돋보였고, 당브뢰즈 부인은 사회와 문화와 화려함으로 이루어진 배경 속에서 돋보였다. 프레데릭은 소설의 몇몇 관습(현실의 관찰에 의한 것이기보다는 18세기 이래로 유행된, 작가의 심리학에 의해 강요된 관습)에 따라 사교계와 접촉하기 위해서는 그 속에서 연인을 만들어야만 했다. 그리고 『감정 교육』이 그려내는 사회에서 사교계의 여성은 곧 부유한 여성이었다. 감정 교육에 있어서 연인을 통한 교육은 바칼로레아를 통과하는 것과도 같았다. "부유한 여자를 자기 여자로 만들었다는 기쁨은 그 무엇과도 비할 바가 아니었다. 그런 감정은 환경과 조화를 이루었다. 이제 그의 삶은 어디에서나 달콤했다."(3부 4장) 그는 평균적인 재능을 지닌 청년이 일을 배우고 학업에 매진하듯 여자들을 알아가는 법을 익혔다.

하지만 그런 사랑은 불분명한 배경과 더불어 그 자체로는 아무런 목적을 지니고 있지 않았다. 그것은 단지 세상과 재물과 행위와 삶으로 나아가는 문을 열게 해주었고, 사랑에 빠진 여성의 육체가 그녀가 드나드는 살롱의 우아함과 섬세한 옷차림으로 인해 조금씩 변화하듯 한 존재를 점차 변모시켰을 뿐이다. 자신의 목적을 달성하던 날, "계단을 내려가던 프레데릭은 자신이 전혀 다른 사람이 된 것 같았고, 따뜻한 온실의 향기를 머금은 공기가 자신을 감싸는 듯했으며, 자신이 결정적으로 귀족들의 불륜과 고도의 술책이 판치는 상류 사회에 들어선 느낌이 들었다."(3부 3장)

당브뢰즈 부인은 그녀가 속한 부류에서는 아르누 부인과 로자네트만큼이나 완벽하게 그려진 인물이다. 어쩌면 너무 완벽하고 너무 치밀하게 짜였는지도 모른다. 우리는 이 멋진 그림 아래에서 비율을 정하는 데 사용된 모눈종이를 여전히 알아볼 수 있다. 플로베르는 자신의 작품 속에 등장하는 사교계 여성을 호의적으로 그리지 않았다. 아르누 부인을 통해서는 트루빌에서 만났던 자신의 마돈나에 대한 숭배를 표현했다. 로자네트라는 인물 속에는 그가 종종 여성들에 대해 가졌던 흥미로운 취향이 드러나 있다. 그중에서도 겉치레와 관습과 신랄함으로 점철된 당브뢰즈 부인의 삶은 냉담한 마음, 이기주의 그리고 독재적인 성향으로 귀결된다. 세상과 부유한 삶은 그녀를 철저하게 가식적이고 기교적인 삶으로 향하게 했다. 그 속에서 사랑은 모사謀事의 연장선 위에 있었다. 그녀와 그녀의 살롱에는 플로베르가 경험한 세상, 그가 1년 중 일부를 파리에서 보내는 동안 종종 접했던 세상의 결과물이 담겨 있다. 그는 황금 사자와 농업 공진회의 대화들에서 보여준 것처럼, 자신의 경험들로부터 어리석음의 정수와 다양한 통념들을 이끌어냈다. 그러나 여기서 그는 『보바리 부인』에서처럼 살아 움직이는 인물을 보여주기에는 역부족함을 드러낸다. 그러기에는 그의 경험이 충분히 강력하지 않았으며, 그 자체로 돋보이고 생생한 인물들을 탄생시키기에는 그 경험이 충분히 선하고 신선한 의식意識을 동반하지 못했다. 이 루앙의 부르주아가 파리의 사교계에서 보여준 고귀하면서도 서툰 행동거지는 그의 사교계 묘사에서도 발견된다. 그에게는 자신을 위해 이야기하면서 그 속에 작가로서의 성찰을 담는 것이 필요했다. "하지만 그들이 말하는 것은 목적도, 두서도, 활기도 없는 이야기 방식에 비하면 덜 바보 같아 보였다. 그곳에는 전직 장관, 대교구의 사제, 두세 명의 정부 고위 관리 같은 삶의 경험이 풍부한 이들이 모여 있었다. 그럼에도 그들은 진부하기 짝이 없는 상식적인 이야기만 늘어놓고 있었다."(2부 2장) 보비에사르에서는 이러한 장면들은 엠마와 연관이 있었고 그녀를 중심으로 전개되었으며, 그녀는 그것들을 삶과 내면의 열정으로 변화시켰다. 아르누 부부의 집에서 펠르랭이 예술의 이론에 관해 열변을 토하는 동안, "그의 이야기를 들으면서 프레데릭은 아르누 부인을 바라보았다. 이야기는 마치 가마에 넣은 금속처럼 그의 머릿속에서 녹아 그의 열정에 덧붙여지고 사랑을 고양시켰다."(1부 4장) 그러나 당브뢰즈 부인의 주위에서 꽃피는 세속적 삶은 하찮고 우스꽝스러운 야심으로만 이루어져 있었고, 프레데릭은 바로 그런 이유와 성향 때문에 당브뢰즈 부인을 연인으로 삼았다. 노장에 계속 머물렀더라면 그는 지참금과 '상황'에 따라 결혼을 했을지도 몰랐다. 그리고 다음과 같은 비교는 그에게 지극히 자연스럽게 느껴졌다. "프레데릭은 이때만큼 결혼에서 마음이 멀어진 적이 없었다. 게다가 로크 양이 아주 우스꽝스러운 애송이로만 보였다. 당브뢰즈 부인 같은 여자와는 얼마나 다른지! 전혀 다른 미래가 그의 앞에 보장되어 있었다! 그는 오늘 그런 확신을 가지게 되었다. 따라서 충동에 이끌려 선불리 그처럼 중요한 결정을 내릴 때가 아니었다. 이제는 태도를 분명히 해야 했다."(3부 2장)

따라서 『감정 교육』이라는 제목은 적절하지만 다소 불완전하다고 볼 수 있다. 프레데릭이 겪은 감정 교육과 연애사는 하찮거나 보통이고 감각적이고 소극적이며 여유롭고 부유한 젊은 남자—1850년대 부르주아 청년의 전형인—의 통상적 삶의 단계 및 일반적 교육에 속하는 것이었다. 그에게 여자들은 단지 그의 삶의 일부, 그의 친구들과 지인들의 여성적인 부분일 뿐이었다. 그의 애정과 야망은 성性의 차이에 갇혀 있지 않았다. 그는 벨아미[20] 같은 남자가 될 수도 있었을 테지만 그런 남자는 아니었다. 그는 또한 좋은 친구였다. 그에게는 연인만큼이나 친구도 많았다. 그의 친구들은 그의 연인들처럼 그의 교육—감정적이거나 또다른 종류의—과 그의 모습 또는 그의 삶의 한 '단면'에 속했다.

프레데릭의 어린 시절의 친구인 델로리에는 그의 삶과 소설의 구성에 매우 중요한 위치를 차지하고 있다. 우리는 여기서 마찬가지로 두 친구 앙리와 쥘의 이야기를 다룬 첫 번째 『감정 교육』의 얼개를 다시 발견하게 된다. 그리고 『부바르와 페퀴셰』는 우리에게 이와 똑같은 아이디어의 체계화 또는 희화화를 보여주게 될 터였다. 이 세 소설은 부분적으로 자서전의 성격을 띠고 있다. 플로베르의 삶에서 우정은 사랑보다 훨씬 큰 역할을 담당했으며, 그는 언제나 르 푸아트뱅, 뒤 캉, 부이예 같은 알테르 에고(또다른 자아, 분신)를 필요로 했음을 잊어서는 안 될 것이다. 루이 14세의 정치가 상당 부분 그의 정부들에게서 비롯된 것처럼, 그의 연인들과의 관계에서 조심스럽게 이끌어낸 플로베르의 문학작품은 그의 친구들의 영향과 조언에 깊이 종속돼 있었다. 다른 한편으로는, 이러한 이중성은 모든 것을—무엇보다 자신을—희화화하는 그의 타고

20 1885년에 발표된 기 드 모파상의 장편소설 제목. 벨아미(Bel-Ami)는 '잘생긴 친구'라는 뜻으로 주인공 조르주 뒤루아의 별명이다.

난 성향과 더불어 그에게 나약함과 결함 그리고 '우스꽝스럽고도 슬픈' 것의 근원처럼 여겨졌다.

프레데릭 모로는 다른 누군가와 짝을 이루며 존재하는 부류의 인물이며, 그와 짝을 이루는 사람은 델로리에다. 첫 번째 『감정 교육』에서처럼 두 사람은 비슷한 성정을 지니고 있고, 어린 시절 그들의 우정은 친화성과 유사성에서 기인한 것이다. 그리고 그 유사성이 사라져버리고, 삶과 운이 그들에게 각기 다른 성격과 운명을 부여했을 때에도 그들의 우정은 여전히 지속된다. 한편으로는 그 우정은 그것의 지속 기간만큼이나 견고하며, 다른 한편으로는 그들 각자는 상대방에게서 보완적인 존재를 발견하기 때문이다. 두 『감정 교육』에서, 한 사람은 부유하고, 다른 한 사람은 가난하다. 두 『감정 교육』에서, 한 사람은 감정을, 다른 한 사람은 의지를 나타낸다. 그러나 첫 번째 『감정 교육』에서는 부유한 사람이 행동가이지만, 두 번째 『감정 교육』에서 그는 감상적인 사람이다.

프레데릭이 사랑과 꿈에 있어서 그러하듯 델로리에는 행동에 있어서 똑같이 우스꽝스러운 삶을 영위하며 그와 똑같은 실패를 겪는다. 우정이 어렴풋이나마 사랑의 모델을 본떠 구축되지 않는 경우는 드물다. 두 친구 중 한 사람의 성격은 여성적이거나 여성을 닮은 무언가를 나타내기 마련이다. 프레데릭은 삶에서 무엇보다 여자들을 중요하게 여겼고, 다른 나머지는 여자를 통해서만 현실성과 색채와 매력을 갖출 수 있었다. 그는 여자를 위해 살고 여자와 이야기하기 위해 만들어진 존재다. 그와는 반대로 냉정한 남자 델로리에는 여자를 필요로 하지 않는다. 그가 잠깐 동안 만났던 클레망스를 거칠게 대하는 모습은 프레데릭을 놀라게 했다. "여자들은 왜 그렇게 다들 멍청한지! 멍청하기 짝이 없어! 넌 여자랑 얘기가 되냐?"(2부 3장) 물론 프레데릭은 그럴 수 있었고, 델로리에는 그럴 수 없었다! 델로리에는 여자 앞에만 있게 되면 스스로를 우월하고 결단력 있다고 여기면서 상스럽고 바보같이 굴곤 했다. 그가 아르누 부인을 방문하던 장면(2부 5장)은 하나의 풍자처럼 그려졌다. 어쨌거나 그것은 그와 같은 부류의 사람들에게서는 흔히 볼 수 있는 모습이라고 해도 결코 과장이 아닐 것이다.

게다가 그는 이런 자신의 결점을 인식하고 있었고, 프레데릭에 대한 그의 우정은 부분적으로는 자신이 될 수 없는 존재와 자신은 갖지 못한 것에 대한 감탄에 기인했다. "그는 프레데릭이라는 인간 그 자체에 대해 생각했다. 프레데릭은 언제나 그에게 여성적이라고 할 수 있는 매력으로 다가왔다. 그러자 이내 자신으로서는 도저히 불가능한 성공을 거두는 그에게 감탄하게 되었다. 하지만 어떤 일들을 도모하는 데 있어서 가장 중요한 요소는 의지가 아닐까? 의지만 있다면 모든 일에서 승리할 수 있을 테니까."(2부 5장) 그는 당브뢰즈 부인과 함께 여자들을 통해서, 또는 아르누 부인과 함께 여자들에게 성공할 수 있기를 꿈꾸었다.

하지만 허울뿐인 라스티냑[21]과 같은 델로리에에게 돈이 없는 의지가 무슨 소용이 있을까? 그는 돈이 없었고 프레데릭은 부자였다. 프레데릭은 그에 대해 부자로서의 우월감을 느꼈고, 델로리

21 오노레 드 발자크의 대표적 장편소설 『고리오 영감』의 주인공으로 야심에 불타는 출세주의자 청년.

에의 우정은 자연스레 악용과 질투로 더럽혀졌다. 그리고 1848년이 닥치자 델로리에의 질투심은 기계에 불을 지펴 폭발시키는 데 기여했다. "그는 변론도 두어 번 맡았지만 패소했고, 거듭되는 실망으로 인해 자신의 오래된 꿈에 더욱 맹렬하게 매달리게 되었다. 그것은 자신의 뜻을 펼치고, 세상에 복수하며, 자신의 분노와 사상들을 토로할 수 있는 그런 신문이었다."(2부 2장) 그리고 부유한 투자자의 모든 조건을 갖춘 프레데릭이 망설이던 끝에 도움을 거절하자, "델로리에는 큰 소리로 욕을 퍼부으며 마르티르 가를 급히 달려 내려갔다. 무너진 오벨리스크 신세가 된 자신의 계획이 이제는 까마득히 멀리 있는 것 같았기 때문이다. 마치 도둑을 맞아 커다란 손실을 입은 것만 같았다. 이제 프레데릭에 대한 우정은 죽어버렸다. 그리고 그는 그런 사실에서 기쁨을 느꼈고, 그것은 그에게는 하나의 보상과도 같았다. 이제 그는 마음 놓고 부자들에 대한 증오심에 사로잡힐 수 있었다."(2부 3장) 프레데릭은 승리를 만끽하는 매 순간마다 델로리에의 존재와 그의 말 없는 가혹한 비난과 마주하게 된다. 프레데릭이 아르누 부부 집에 처음 초대를 받던 날 저녁, 노장에서 도착한 델로리에는 그의 집에 자리를 잡는다. 그리고 어느 날 로자네트와 경마장에 갔다가 마차를 타고 샹젤리제 거리를 달리던 프레데릭은 감상적인 기분에 사로잡힌다. "그는 오래전 자신이 이런 여자들 중 한 명과 나란히 앉아 이런 마차를 타고 가는, 형언할 수 없는 행복을 부러워하던 시절을 떠올렸다. 지금 그는 그런 행복을 누리고 있었지만, 그렇다고 해서 사는 게 더 즐겁지는 않았다."(2부 4장) 그런데 바로 그날, 그가 탄 마차가 지나가던 한 행인에게 흙탕물을 튀긴다. "사내는 버럭 화를 내며 뒤를 돌아보았다. 프레데릭은 안색이 창백해졌다. 그 사내가 델로리에임을 알아보았던 것이다."(2부 4장) 프레데릭이 당브뢰즈 부인을 유혹하는 데 성공한 뒤 "자신이 결정적으로 귀족들의 불륜과 고도의 술책이 판치는 상류 사회에 들어선"(3부 3장) 것처럼 느낄 때에도 그는 혁명의 소용돌이 속에서 길을 잃어버린, 따라서 자연스레 환멸과 씁쓸함으로 얼룩져 있는 델로리에와 또다시 마주친다.

그리고 이러한 대조는 조화를 이루는 하나의 방식일 뿐이다. 두 사람의 운명은 마치 하찮은 삶과 실패의 두 가지 형태처럼 언제나 함께한다. 유사한 두 삶에서 가장 좋은 순간은 아마도 모든 가능성이 한데 뒤섞여 서로 구별되지 않는 환상들의 집합을 이룰 때일 것이다. 그들과 같은 본성을 지닌 이들에게 최상의 순간은 잠재적 소유의 순간, 자신이 선택하기를 원하지도 않고 감히 선택할 엄두도 내지 못하는 가능성들이 모인 순간이다. 이것이 그토록 많은 바보들을 분노하게 했던, 『감정 교육』의 마지막 페이지의 의미이다. 프레데릭과 델로리에가 가장 좋았다고 생각하는 시절은 바로 자신들을 온전히 내던짐으로써 자신들의 존재가 환히 빛났던 젊은 시절의 한순간이었다. 그 후에 찾아온 삶의 깨달음들도 거기에 더 나은 것을 아무것도 더하지 못했다. "그러나 날씨도 무척 더운 데다 미지의 일에 대한 두려움, 일종의 후회, 그리고 마음대로 할 수 있는 많은 여자들을 한눈에 보는 즐거움까지 겹쳐 너무 흥분하는 바람에 얼굴이 새하얗게 질린 그는 앞으로 나서지도 못하고 말도 하지 못했다."(3부 7장) 이상적인 터키 여자, 무한한 사랑과 예술에의 가능성들. 이것은 두 친구뿐만 아니라 플로베르에게도 가장 좋았던 시절을 불러일으키는 것들이며, 그와 같은 부류의 존재들이 가장 소중하게 여기는 것들이기도 했다. 플로베르의 조카인 프랑클린 그루 부인(카롤린)은 그가 말년의 어느 날, 한 어린아이 앞에서 이렇게 말하며 눈물 흘렸노라고 이야기했다. "내게 필요했던 건 바로 이런 것이었어!" 일화의 진위 여부는 알 수 없지만 충분히 있을 수 있는 이야기이다. 어쨌거나 『감정 교육』의 마지막 페이지에 이런 눈물과 '통념'을 배치하는 것만으로도 1870년대에 그가 감당해야 했던 평단의 비난과 분노를 호의적인 목소리로 바꿀 수 있었을지도 모른다.

『적과 흑』이 1830년의 연대기[22]인 것처럼 『감정 교육』은 1848년의 연대기이다. 따라서 2월혁명을 일으켰던 정신이 소설에서 중요한 방식으로 다루어질 수밖에 없었다. 그리고 그것은 모든 것에 영향을 받고 세태의 흐름에 따라 우왕좌왕하는, 수동적이고 감상적인 부르주아 청년 프레데릭이 아닌 적극적이고 격렬한 혁명가들을 통해서였다. 『감정 교육』에는 세 가지 유형의 혁명가가 등장한다.

먼저 델로리에가 있다. 일선 부대의 대위로 퇴역한 뒤 법률 집행관이 된 그의 아버지는 걸핏하면 아들을 두들겨 팼고 그의 어머

22 『적과 흑』은 보수적이고 반동적인 성격의 왕정복고 시대 말기를 배경으로 한 소설이다.

니의 지참금을 훔치고자 했다. 신랄하고 야심에 찬 델로리에는 이해관계에 따른 혁명가가 되어 부르주아 사회가 자신의 가난에 거부한 자리를 차지하고자 한다. "그는 많은 사람들을 선동하고, 세상을 떠들썩하게 하고, 자신의 명을 따르는 세 명의 비서관을 두고, 일주일에 한 번씩 성대한 정치적 만찬을 열고 싶어했다."(1부 5장) 혁명은 그로 하여금 존재감을 느낄 수 있게 하는 기회를 제공했다. 델로리에는 "그 시절에는 정말 사는 것 같았을 거야. 자신의 존재를 뚜렷이 드러내고, 자신의 힘을 증명할 수도 있었으니까! 일개 변호사들이 장군들에게 명령을 내리고, 가난뱅이들이 왕들을 치기도 했고 말이지"라며 프랑스대혁명 당시를 이야기한다(2부 1장). 광신적이고 유식한 체하는 델로리에는 프레데릭과 모든 것을 '나누고' 싶어하면서도 자신에게 어음을 발행하는 사무원에게보다 그에게 더 고마움을 느끼지는 않는다. 그러면서도 냉담한 성격의 델로리에는 프레데릭에 대해 놀라움이 뒤섞인 존경심을 갖고 있다. 그러나 그의 찬탄의 대부분은 세네칼을 향한 것이다. 그는 자신처럼 신랄하면서 자신에게 부족한 의지력을 지닌 그에게 부러움과 존경심을 느낀다.

십장什長의 아들인 세네칼은 권위와 지배에 대한 격렬한 취향을 물려받았다. 그는 지배의 필요성과 정의를 향한 열정에 따른 혁명가다. 우리는 소설 속에서 이따금씩 그가 언제나 아주 적절한 자리에서 다른 이들과 함께 있으면서 자신의 가치를 돋보이는 것을 보게 된다. 일례로 프레데릭이 크레유의 도자기 공장을 방문했을 때, 세네칼은 그 장면을 『보바리 부인』에서의 대성당 방문보다 더 완전하면서도 덜 복잡한 부분이 되게 하는 데 기여한다. 그리고 질서와 지배에 대한 그의 광신은 그로 하여금 지극히 자연스럽게 혁명에서 쿠데타[23]를 위해 일하는 경관의 자리로 옮겨가게 한다. 1848년과 1851년의 세대가 이러한 유형의 인물을 탄생시켰을 수도 있고 아마도 그랬을 것이다. 그러나 세네칼이라는 인물은 이 시대의 역사보다는 지배와 권위로 가득한 인물들이 판쳤던 1793년의 역사에서 비롯된 것으로 보인다.

1848년의 진정한 혁명가는 뒤사르디에다. 어쩌면 그는 『감정 교육』에서 만날 수 있는 유일하게 신선하고 솔직하며 아름답고 호감이 가는 인물일 것이다. 적어도 남자들 중에서는. 그는 약자와 핍박받는 이들을 보호하고자 하는 필요성과 열정으로 인해 혁명가가 되었다. 델로리에는 자기 고향에서 실패했고, 세네칼은 경찰에서 실패했으며, 뒤사르디에는 12월 2일 경관인 세네칼에 의해 죽임을 당했다. 완벽한 청산이 이루어진 셈이다.

이 세 사람의 삶에는 어떤 비극적인 요소가 깃들어 있다. 그런데 플로베르는 이 3인조에 순수하게 희극적인 요소를 지닌 르쟁바르라는 인물을 추가했다. 디킨스와 알퐁스 도데의 소설 속에서 흔히 발견되는 엉뚱하고 우스꽝스러운 인물들을 닮은 르쟁바르는 플로베르 자신이 사는 동안 목격했을 법한 인물의 모습으로 소설을 가로지른다. "세네칼은 오로지 체계만을 중시했다. 반대로 르

---

23 1848년 2월혁명으로 제2공화정의 대통령으로 선출된 루이 나폴레옹은 황제가 되고자 1851년 12월 쿠데타를 일으켜 공화정 체제를 붕괴시켰다. 그리고 이듬해인 1852년 12월, 제2제정을 선포하고 황제에 즉위했다.

쟁바르는 사실 속에서 오직 사실만을 보았다. 가장 그를 불안하게 한 것은 라인 지대 국경이었다. 그는 포병대에 관해서는 모르는 게 없다고 주장했고, 에콜 폴리테크니크의 재단사에게 자신의 옷을 짓게 했다."(1부 5장) 이처럼 해박한 지식을 지닌 르쟁바르는 긴 수염을 기르고, 가장자리가 말려 올라간 모자에 초록색 프록코트 차림으로 아침부터 저녁까지 카페들을 전전하며 포도주와 압생트를 마시고 정치를 논했다. 그를 먹여 살리는 보조 재단사 아내를 둔 르쟁바르는 가정에서 카페로, 이 테이블에서 저 테이블로 옮겨 다니며 자신의 위세를 과시했다. 플로베르는 정치판의 르쟁바르들을 알아보기 위해 눈을 크게 뜨기만 하면 되었다. 게다가 문학판이라고 뭐가 다르겠는가?

위에서 살펴본 인물들이 이루는 소설의 배경과 대응하는 '부르주아적' 배경은, 충분히 예상할 수 있는 것처럼 더욱더 신랄하고 한층 더 냉소적으로 다루어지고 있다. 그 속에서는 뒤사르디에 같은 인물은 찾아볼 수 없다. 의원직을 역임한 부유한 부르주아 당브뢰즈와 같은 인물은 과장이나 부족함 없이 그려졌으며, 그 본질은 지금까지도 거의 변하지 않았다. 오늘날에도 우리는 여전히 "모든 관공서에 귀를 걸어두고, 좋은 기회를 노리고 모든 사업에 관여하였으며, 그리스인처럼 세심하고 오베르뉴 사람처럼 열심히 일했다"(1부 3장)고 말하는 그를 발견할 수 있다.

그를 추모하는 다음의 조사弔辭에는 그가 거쳐온 역사의 굴곡진 흐름이 담겨 있다.

"그토록 파란만장했던 이 사람의 삶도 끝이 났다! 이 사람이 얼마나 수없이 관청들을 들락거리고, 얼마나 많은 숫자들을 나열하고, 얼마나 많은 사업에 투자를 하고, 얼마나 많은 보고를 들었던가! 또한 얼마나 많은 감언이설을 남발하고, 얼마나 많은 미소를 지어 보였으며, 얼마나 많이 굽실거렸던가! 그는 나폴레옹, 카자크 사람들, 루이 18세, 1830년, 노동자들 그리고 온갖 정치 체제들에 환호를 보냈고, 권력을 지극히 사랑하여 필요하다면 자신을 파는 것도 서슴지 않았을 터였다.

하지만 그는 포르텔의 영지, 피카르디 지방에 세 개의 공장, 욘 지방의 크랑세 숲, 오를레앙 부근에 농장 하나, 그리고 막대한 금액의 유가증권을 남겼다."(3부 4장)

아마도 플로베르가 그 내용과 형식에 있어서 가장 감탄을 표했던 프랑스 문학작품은 라 브뤼예르의 『성격론』일 것이다. 라 브뤼예르가 자기 시대의 모든 것을 그리고자 했던 것처럼, 그는 『감정 교육』에서, 어느 정도까지는, 자기 시대의 모든 것을 그리고자 했다. 라 브뤼예르가 관찰과 분석으로 이루어진 소설이 존재했던 시대에 살았더라면 그 역시 이와 같은 장르의 책을 썼을지도 모른다. 그러나 소설가와 모럴리스트의 작품은 소설가와 모럴리스트 들을 배출한 시대의 성격만큼이나 서로 다를 수밖에 없다. 그런데도 두 작품은 각 작품이 차지하는 위치 및 위대한 예술가가 자신이 살았던 시대와 나라의 한 단면을 심오하고 공정하며 총체적으로 묘사하기 위해 기울인 노력 면에서 유사한 외양을 띠고 있다.

그러나 『감정 교육』의 운명은 『성격론』의 운명보다는 빛나지 않았고, 플로베르에게 쏟아진 비난들은 그 사실을 거듭 확인시켜 주었다. 그는 자신의 편지에서 이렇게 털어놓은 바 있다. "가장 너그러운 이들조차도 내가 장면들만을 나열했을 뿐이며, 구성과 구상이 전적으로 부족하다고 지적했지요."[24] 플로베르 자신이 자신의 소설에 대해 쓴 것들 중에서 기억해둘 만한 가장 중요한 고백은 『감정 교육』을 쓴 이유가 부분적으로는 생트뵈브를 위해서였다는 것이다. 과연 아르누 부인의 모습은 생트뵈브가 『보바리 부인』에 관해 쓴 기사에서 플로베르에게 했던 조언을 따른 것이었다. 『감정 교육』을 읽는 데는 『보바리 부인』을 읽는 데 필요한 것보다 더 높은 교양 수준과 플로베르가 영감을 받은 라 브뤼예르와 르사주[25] 같은 대가들과의 친숙함이 요구되었다. 또한 그의 소설에는 생트뵈브에게는 없는 또다른 무언가가 더 필요했을 터다. 생트뵈브는 플로베르가 소설 속에서 풍경을 그려 보이는 세대의 삶과 발전과는 다소 멀리 떨어져 있었다. 그는 『감정 교육』에서 몇몇 장면과 인물 들을 마음에 들어 했을 수도 있지만, 소설의 전반적인 구상은 『살람보』보다 그를 매혹하지는 못했을 것이다.

『감정 교육』은 황실 세계에서는 호평을 받았다. 그 취향이 비평가들의 세계에서보다 더 신선하고 더 공정하기 때문인지도 몰랐다. 1869년, 플로베르는 마틸드 공주의 저택에서 여러 번으로 나누어 작품 전체를 낭독했고, 모인 사람들에게서 열렬한 찬사를

---

24 『서간집』, 1869년 12월 7일 조르주 상드에게 보낸 편지.

25 프랑스의 소설가이자 극작가인 알랭 르네 르사주(1668~1747)를 가리킨다.

이끌어냈다. 특히 소설 마지막 장의 반응은 더욱더 뜨거웠다. 마담 드 메테르니히와 비올레르뒥은 작가에게 찬사를 아끼지 않았다. 작품에 대한 비평가들의 태도는 불분명한 면이 있었을지 모르지만, 소설의 마지막 문장은 공작새의 깃털로 황소의 콧구멍을 건드린 격이 되었다. "모든 신문들이 내 소설이 하찮다는 증거로 터키 여인의 에피소드를 인용했지요. 그리고 사르세이[26]는 자신이 읽지 않았노라고 고백한 사드 후작과 나를 비교했습니다. […] 바르베 도르비이는 내가 개울물에 몸을 씻음으로써 그 물을 더럽혔다고 주장했고 말입니다."[27] 플로베르는 자신의 소설이 실패하리라고는 전혀 예상치 못했으며, 따라서 이러한 실패는 그에게는 받아들이기 힘든 대단히 쓰라린 경험이었다. 그 이유를 이해하지 못한 그는 자신의 친구들에게 거듭 묻곤 했다. "내 소설이 왜 성공하지 못했는지 그 이유를 설명해줄 수 있겠소?" 그는 '지방의 풍속'을 넘어서는, 파리풍의 발자크적인 완전하고도 위대한 소설, 자신의 시대가 요구하고, 그 시대의 예술에 부과되는 소설을 썼노라고 자부했다. 더군다나 유용하고도 도덕적인 작품을 썼음을 굳게 믿었다. 뒤 캉은 플로베르가 불타버린 튈르리 궁을 바라보며 자신에게 이렇게 말했다고 주장했다. "사람들이 『감정 교육』을 이해했더라면 이런 일은 일어나지 않았을 텐데!" 어쨌거나 플로베르는 1870년에 뒤 캉에게 보낸 편지에서 이렇게 이야기했다. "그래, 자네 말이 맞아. 우리는 우리가 살아온 오랜 거짓에 대한 대가를 치르고 있

---

26 프란시스크 사르세이(1827~1899)는 프랑스의 저널리스트이자 극 비평가이다.

27 『서간집』, 1869년 12월 3일 조르주 상드에게 보낸 편지.

는 거야. 모든 게 거짓이었던 거야. 거짓 군대, 거짓 정치, 거짓 문학, 거짓 평판 그리고 심지어 창녀들까지도 거짓이었지. 그래서 진실을 말하는 것이 부도덕하게 여겨진 거야. 페르시니는 지난겨울에 '이상理想이 결여돼 있다'면서 나를 비난했어. 어쩌면 그는 선의로 그랬는지도 몰라."[28]

그러나 『감정 교육』이 평단으로 하여금 아우성치게 했고, 앞선 세대의 환상들을 제2제정 세대에게 보여줌으로써 그들이 품은 환상들을 사라지게 하지는 못했다고 하더라도, 이 소설은 사실주의 소설의 변천사에 천천히, 확실하고도 강력한 영향을 미치게 될 터였다. 해체되는 존재들을 아이러니하게 그린 것은 모파상, 졸라 그리고 위스망스 같은 작가들의 작품이었다. 소설 속에 자기 세대 모두의 풍경을 던져 넣고, 자기 뒤에 그 자취를, 빛을 발하는 흔적을 남겨놓는 것은 많은 젊은 소설가들이 품은 야망이었다. 그리하여 어떤 해나 계절도 그때를 살았던 이에 의해, 다소 예술적으로, 사진처럼 정확히 묘사되지 않은 적이 없었다. 이제 거의 모든 소설가는 그의 운명이 거쳐 가게 한 환경 속에서 그가 목격했던 것과 자기 세대의 초상화를 그리고 싶어할 터였다. 그리하여 아나톨 프랑스의 『현대사L'Histoire contemporaine』, 모리스 바레스의 『국가적 역량에 대한 소설Roman de l'énergie nationale』 같은 작품은 거리 두기의 부족으로 인해 그 흥미가 약화되었다. 그리고 전쟁 세대 또한 열렬하고 조급하게 자신들의 『감정 교육』을 써나갔다. 이런 사실로부

---

28 『서간집』, 1870년 9월 29일 막심 뒤 캉에게 보낸 편지.

터 플로베르의 소설은 이중의 혜택을 이끌어냈다. 그것이 야기한 수많은 후대의 작품에 의해 자신의 내적인 힘을 보여주었고, 그것을 뒤따르는 어떤 작품과도 비견할 수 없다는 영광을 누리게 된 것이다.

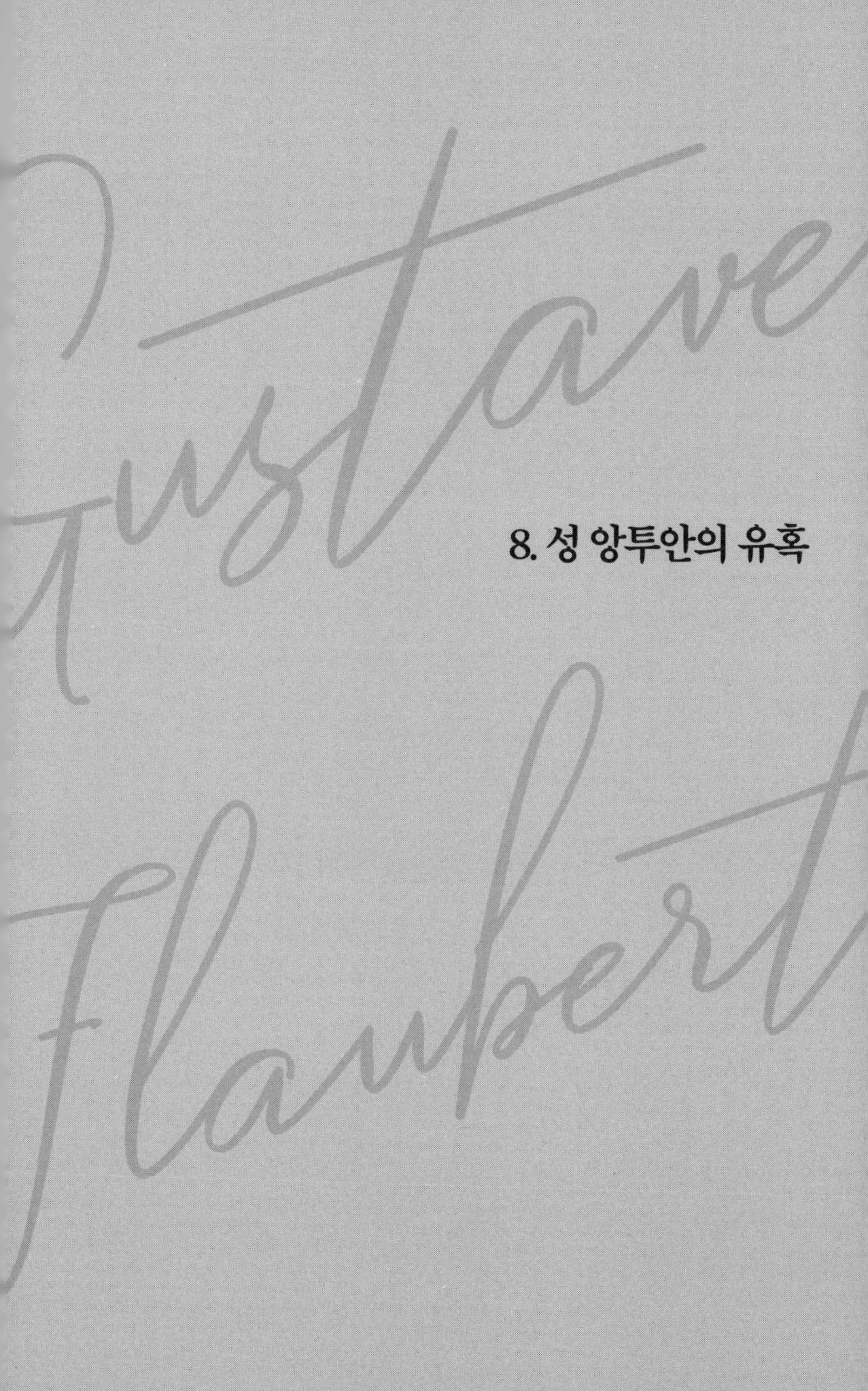

8. 성 앙투안의 유혹

『감정 교육』의 실패는 플로베르에게 몹시 쓰라린 아픔을 안겨주었다. 책이 출간된 다음 해에는 전쟁[1]이 발발했다. 절망감에 모든 의욕을 상실한 플로베르는 생기 잃은 눈빛으로 상심 어린 편지들을 썼다. 크루아세에도 국민군이 만들어졌고, 그는 중위로 임명되었다. 자신에게 맡겨진 사람들을 다루는 일을 해야 했던 플로베르는 슬픔과 역겨움으로 눈물을 흘렸다. 그는 평생 총을 한 번도 만져본 적이 없는 데다 권위와 경험이 부족했다. 따라서 즉흥적인 견장을 단 지휘자로서의 역할을 제대로 해낼 수가 없었으며 즉각 사직을 했다. 그가 루앙으로 피신하면서 버려둔 크루아세의 집에는 프러시아 군인들이 머물렀다. 그러나 그들은 작가의 모든 책들을 존중했고, 올바르게 처신했으며, 아무것도 가져가지 않았다. 휴전이 되자 너무도 절망한 플로베르는 더이상 프랑스인으로 살고 싶지 않다는 생각에 투르게네프에게 편지를 보내 러시아인이 되

1 1870년에 프랑스 제2제정과 프로이센 왕국 간에 일어난 프로이센·프랑스 전쟁을 가리킨다. 보불전쟁이라고도 한다.

고 싶다고 털어놓았다. 루이 필리프 왕정하에 살던 누군가는 이런 말을 했다고 한다. "그는 너무나 불행해서 폴란드인이 되었다." 1871년에 플로베르는 쉰 살이 되었고, 신경성 질환으로 인해 쇠약해진 데다 칩거와 나쁜 위생과 칼바도스의 영향으로 나이보다 일찍 늙어버렸다. 그의 왕성한 창작의 시기는 끝이 났다. 그 시기는 동방 여행에서 돌아온 이후부터 전쟁 발발까지의 약 20년간으로 보아야 할 것이다. 나폴레옹 3세의 통치 기간과 정확히 일치하는 것이다. 플로베르는 그 기간 동안 제2제정 시대의 고유한 예술을 절정으로 이끌었고, 세 권의 소설을 출간했다. 각각의 작품은 약 4년 반 동안(집필 시작에서 탈고까지) 이어진 작업의 결실로, 하나의 길을 개척했고, 하나의 예를 제시했으며, 오랜 영향의 출발점이 되었다.

20여 년간 이어진 밀물의 시기 후에는 썰물, 천재적인 창작력의 퇴조, 오랜 이력의 우울한 활용을 보여주는 시간들이 이어졌다. 사실 플로베르는 아직도 훌륭한 세 편의 작품을 세상에 내놓게 될 터였다. 그러나 『성 앙투안의 유혹』은 젊은 시절에 쓴 작품의 수정본일 뿐이다. 그의 『세 가지 이야기』는 위대한 작품들로 탄생시키기에는 영감이 부족하다는 것을 입증하면서 작은 배경들을 채워나갔다. 또한 『부바르와 페퀴셰』는 이러한 노년과 쇠퇴와 와해의 보고서이자 조서調書였으며, 강물이 자취를 감추는 순간에 닿게 되는 해발 0미터의 지점이었다. 『부바르와 페퀴셰』로 인해 쇠퇴의 조서는 쇠퇴를 면할 수 있었다. 그러나 쇠퇴를 면하지 못한 것은, 플로베르가 노년에 기이한 열정을 보인 극작품의 시도였다. 많은 훌륭한 작가들을 사로잡았던 '중년의 마魔 le démon de midi'에 속한 다소 우스꽝스러운 노년의 열정이었다.

거기에 더하여 플로베르는 죽음이 그의 주변 사람들을 강타하고 그에게 경고를 보내는 것을 보게 된다. 『감정 교육』의 탄생에 적지 않은 역할을 했던 생트뵈브는 작품을 인쇄하던 해에 세상을 떠났다. 그리고 무엇보다 『감정 교육』의 원고에는 부이예의 예리한 눈이 빠져 있었다. 작품을 완성할 무렵 플로베르는 그의 오랜 문학적 동반자이자 안내자였던 친구를 잃었다. 그토록 충실했던 고귀한 우정을 상실한 그는 이제 훼손된 삶을 힘겹게 이어갈 뿐이었다. 1871년에는 여러 달 동안 몹시 성가신 문제들과 더불어, 부이예의 희극 『마드무아젤 아이세Mademoiselle Aïssé』의 상연과 그의 유고 시집 『마지막 노래들』의 출간, 그리고 그의 무덤에 관한 일들로 분주한 나날을 보내야 했다. 그는 편지에서 이렇게 말하기도 했다. "마치 온종일 그의 시신을 만지고 있는 것 같습니다."[2] 그리고 이듬해인 1872년에는 또다른 죽음들이 그를 기다리고 있었다. 4월 6일, 플로베르는 오랫동안 신경쇠약증을 앓고 있던 어머니를 잃었다. 어머니와는 더이상 그녀의 건강 말고는 딱히 얘깃거리가 없었지만, 그녀가 세상을 떠난 뒤 그는 조르주 상드에게 보낸 편지에서 이렇게 말했다. "난 보름 전부터 내가 가장 사랑했던 사람은 나의 가여운 어머니라는 것을 알게 되었습니다. 마치 내 창자의 일부가 잘려져 나간 것 같은 느낌입니다."[3] 그다음에는 테오필 고티

2 『서간집』, 1871년 12월 5일과 12일 사이에 로제 데 주네트 부인에게 보낸 편지.

3 『서간집』, 1872년 4월 16일 조르주 상드에게 보낸 편지.

에의 차례였다. "나의 사랑하는 친구 테오가 많이 아픈 걸 알고 계십니까? 그는 권태와 빈곤으로 죽어가고 있습니다. 더이상 아무도 그의 언어를 말하지 않습니다. 이렇게 우린 새로운 세상에서 길을 잃고 헤매는 몇몇 화석으로 남아 있을 뿐입니다."[4] 이러한 공허감 속에서 그에게는 한 가지 도피처만이 허락되었을 뿐이다. "내게 미래는 새하얀 종이로 된 손으로 요약됩니다. 나는 그 손을 검정으로 더럽혀야만 합니다. 오직 권태로 인해 죽지 않기 위해서. 마치 시골에 살면서 헛간을 한 바퀴 돌아보는 것처럼 말입니다."[5]

권태로 인해 죽지 않기 위해서 그는, 예전에도 그랬던 것처럼, 그 권태의 생리학을 그리게 될 것이었다. 그리고 그의 젊은 시절의 권태가 『보바리 부인』을 낳은 것처럼 노년의 권태는 『부바르와 페퀴셰』를 낳게 될 터였다. 삶의 마지막 10년간 그는, 『세 가지 이야기』와 불운한 극작품으로 인한 아주 짧은 기분 전환을 제외하고는, 『성 앙투안의 유혹』과 『부바르와 페퀴셰』라는 두 가지 버전, 똑같은 권태와 똑같은 조소를 그리는 두 가지 언어에 매달리게 될 것이었다.

플로베르는 1870년, 전쟁 중에 『성 앙투안의 유혹』에 다시 착수했다. "모든 것을 잊기 위해 나는 미친 듯이 성 앙투안에 매달렸습니다. 그리고 마침내 굉장한 흥분 상태를 즐길 수 있게 되었습니다. 한 달 전부터 잠자는 시간이 길어야 하루에 다섯 시간을 넘

4 『서간집』, 1872년 4월 말~5월 초 조르주 상드에게 보낸 편지.
5 『서간집』, 1872년 5월 15일 로제 데 주네트 부인에게 보낸 편지.

지 못합니다. 지금까지 이렇게 흥분된 적이 없는 것 같아요. 어쩌면 국가의 방위라는 과제가 나를 짓눌렀던 일에 대한 반작용인지도 모르겠습니다."[6] 그러나 실제로는 플로베르가 그의 서랍 속에 간직하고 있던 『성 앙투안의 유혹』의 두 가지 버전에 무언가를 더하거나 수정하는 일은 그다지 대단한 노고를 요하는 것이 아니었다. 1870년부터 1874년까지 그는 『살람보』의 집필 과정에서 보여주었던 집요함과 끈기로 그 일을 해나가지 않았다. 이에 관해 파게는 그의 『플로베르』에서 이렇게 설명하고 있다. "그는 경쾌하고 풍요롭고 행복하며, 스스로 만족하며 즐길 수 있고, 영감의 샘솟음에 미소 짓는 창작을 경험한 적이 한 번도 없다. 그리고 플로베르의 다른 어떤 작품들보다 『성 앙투안의 유혹』을 읽으면서 더욱 뚜렷하고 더욱 고통스럽게 이런 느낌을 받게 된다."[7] 그러나 이는 사실이 아니다. 그 반대로 본능적으로 풍요롭고 자유롭게 쓰인 플로베르의 작품이 있다면 그것은 첫 번째 『성 앙투안의 유혹』이며, 전적으로 새로 추가된 부분들과 마지막 부분은 이러한 여유로움을 반영하고 있다. 그리고 그 문체는 『살람보』의 그것보다 덜 딱딱하고 덜 다듬어진 것처럼 보인다. 그렇다. 『성 앙투안의 유혹』은 플로베르 스스로 가장 직접적으로 자신에게서 이끌어냈다고 믿으며, 예술과 삶에 대한 자신의 생각을 가장 잘 표현했다고 생각하는 작품이다. 그는 1872년의 편지에서 다음과 같이 이야기한 바 있다. "난 연이은 슬픔들 가운데서 나의 『성 앙투안의 유혹』을 끝냈습니다.

6 『서간집』, 1871년 10월 6일 로제 데 주네트 부인에게 보낸 편지.

7 (원주) 『플로베르』, 64쪽.

이것은 내 일생의 작품입니다. 그 첫 번째 아이디어가 떠오른 것이 1845년 제노바에서 만난 브뤼헐의 그림 앞에서였으니 말입니다. 그 이후 난 그 생각을 멈춘 적이 없으며 관련 독서들을 게을리하지 않았습니다."[8] 그러나 실제로는 1849년의 버전과 비교한 1874년의 『성 앙투안의 유혹』에는 헤켈의 책[9] 외에는 새로 포함된 독서 목록이 거의 없다.

『성 앙투안의 유혹』의 결정판은 아마도 1849년의 강력한 버전보다는 나을 것이다. 하지만 첫 번째 『유혹』은 플로베르가 더이상 되찾지 못하는 놀라운 상상력과 웅변적인 화려함을 보여주고 있다. 우리는 그것을 플로베르의 『나체즈족Les Natchez』[10]이라고 부를 수 있을 터다. 또한 『성 앙투안의 유혹』은 르 푸아트뱅과 두 사람의 공통된 독서—크로이처의 『고대 여러 민족의 상징과 신화』와 스피노자(작품 속 악마는 앙투안에게 스피노자주의의 진정한 강의를 한다)—의 영향을 받아 쓰인 작품이었다. 아마도 거기에 플로베르가 언제나 가장 애호하는 작품 중 하나였던 몽테뉴의 영향을 더할 수 있을 것이다. 『성 앙투안의 유혹』에서는 '레이몽 스봉의 변호L'Apologie de Raimond Sebond'[11]의 정신 및 곳곳에서 인간의 허영심을 끄집어내고 나약함과 죄악에 빠진 인간을 보여주고자 하는 예리하고 짓궂은 관심이 발견된다. 첫 번째 『유혹』은 신학적 형태를 빌린

8 『서간집』, 1872년 6월 5일 르루아예 드 샹트피 양에게 보낸 편지.

9 독일의 유명한 생물학자이자 박물학자, 철학자, 의사였던 에른스트 헤켈(1834~1919)의 『자연창조사Natürliche Schöpfungsgeschichte』를 가리키는 듯하다.

10 샤토브리앙의 초기작으로 『아탈라』와 『르네』의 모태가 된 작품이다.

11 몽테뉴의 『수상록』 제2권의 12장에 해당한다.

심리학에서 자양분을 취했다. 이는 인간의 내면에 대한 알레고리이자, 플로베르가 젊은 시절에 겪었던 서정적 고독의 결실이었다. 따라서 고독과 욕망의 책이라고도 불릴 수 있을 터였다.

플로베르는 괴테가 파우스트를 통해 자신을 표현했듯이 성 앙투안 속에 자신의 모습을 투영했다. 그가 자신에게서 본 것은 이런 것이었다. 환상에 사로잡힌 은둔자. 그는 그러한 환상 속에서 즐거워하면서도 내내 그로 인해 번민하고 파괴되어가는 자신을 지켜봐야 했다. 그리고 그러한 혼란 속에서 내적인 고귀함을 알게 되었다. "군중과 우리 사이에는 아무런 연관성이 없어. 군중에게도 유감스러운 일이고, 우리에게는 더욱더 유감스러운 일이지. 하지만 모든 사물에는 자신만의 이유가 있고, 한 개인의 환상은 수백만 사람들의 욕구만큼이나 정당할 뿐만 아니라 세상에서 그만큼의 자리를 차지할 수도 있는 거야. 그러니까 우리를 부인하는 인류와 세상의 사물들과는 상관없이, 자신의 소명을 위해 살아가고, 자신만의 상아탑에 올라야 하는 거야. 그곳에서, 향기에 잠긴 동방의 무희舞姬처럼 자신의 꿈속에서 홀로 머물러야 해. 나는 때때로 깊은 근심과 거대한 공허, 그리고 더없이 소박한 나의 만족감 가운데서 나를 정면으로 비웃는 의문들과 마주치곤 하지. 그래, 그건 사실이야! 하지만 난 이 모든 것들을 그 무엇과도 바꾸지 않을 거야. 왜냐하면 난 내 의무를 이행하고 있으며, 무엇보다 우위에 있는 어떤 숙명을 따르고 있다는 생각이 들기 때문이야. 난 '옳은 일'을 하고 있고, '올바른 사람들'에 속한다는 걸 알 수 있거든."[12] 그는 이 모든 것을 예술가의 삶으로 껴안음으로써 자신과 분리될 수 없는 하나의 덩어리가 되게 했다. 조금만 더 나아갔더라면 그는 파스칼의 이원론—자연 상태의 인간이 겪는 비참함과 예술적 은총 상태에서 발현되는 인간의 고귀함으로 이루어진—을 구현할 수도 있었을 터다. 그의 고독한 삶은 유혹들로 가득 차 있었고, 그것들은 곧 꿈꾸기의 소재가 되어 예술의 형상으로 나타났다. "하지만 점차 어떤 무기력감이 나를 엄습해왔지. 절망적인 무력감은 꽁꽁 묶어두었던 사슬에도 불구하고 내게서 벗어나곤 했던 내 생각들을 다시금 떠올리게 했어. 마치 내 생각들이 성난 코끼리처럼 거친 울음소리를 내며 내 발밑에서 흘러가는 것 같았지. 때때로 난 그 광경을 지켜보기가 두려워 몸을 뒤로 젖히곤 했어. 또는 좀더 대담하게 그 생각들을 멈추기 위해 거기에 매달려보기도 했지. 하지만 그것들이 어찌나 빨리 지나가버리는지 현기증이 날 지경이었어. 그래서 난 낙담하고 얼이 빠진 채 다시 몸을 일으켰지. 그런데 어느 날 내게 '일하라!'고 말하는 목소리가 들리는 거야. 그때부터 난 나를 먹여 살리는 하찮은 일들에 매달리게 되었어. 신이 그걸 원하니까!"(『성 앙투안의 유혹』 1849년 판, 1부)

신이 그것을 원한다! 『성 앙투안의 유혹』의 열쇠, 즉 플로베르로 하여금 평생 이 주제에 매달리게 하고, 그것이 자신의 예술가로서의 노력 및 자신의 심오한 생각과 불가분의 것이라고 판단하

12 『서간집』, 1852년 4월 24일 루이즈 콜레에게 보낸 편지.

게 한 근본적인 이유는 성직자나 수도사 같은 성격의 환영이었다. 그는 사제와 수도사, 예술의 사제와 몽상과 환영에 사로잡힌 수도사의 삶과 자신의 삶 사이에 어떤 일체감이 존재한다고 느꼈다. 플로베르의 아버지나 어머니는 사실상 이름뿐인 가톨릭이었으며, 그의 유년 시절과 청년기의 어떤 순간에도 종교는 그의 관심사가 되지 못했다. 그러나 그는 자신들의 내적 존재의 상징으로 종교의 비워지고 단단해진 조형적 형태를 채택하고, 자신들의 예술의 상징으로 종교의 빛나는 껍데기를 간직했던 19세기 예술가들의 하나로 보인다. "난 말이야 삶이란 것이 정말 싫어. 나는 가톨릭이야. 노르망디의 성당들에서 초록색으로 배어나는 것 같은 무언가가 내 마음속에 있거든."[13] 가톨릭이 정확히 삶을 싫어하는 것이라고 할 수는 없지만, 꽉 차고 무거운 삶에 집착하는 것을 어느 정도 배제하는 것은 사실이다. "그들(세상의 사회주의자들)은 고통을 부인했고, 현대 시의 대부분과 우리 안에서 꿈틀거리는 그리스도의 피를 모독했어. 그 무엇도 그 고통을 근절하지도, 고갈시키지도, 마르게 하지도 못할 거야. 그 고통을 개울처럼 흐르게 해야만 해. 만약 인간의 부족함과 삶의 허무함에 대한 느낌이 사라져버리고 만다면, 우린 적어도 나뭇가지에 앉을 줄 아는 새들보다 더 어리석은 존재가 되고 말 거야."[14] 그는 "성서를 한 번도 읽은 적이 없다"고 이야기한 에밀 오지에에 대해 형언할 길 없는 분노를 터뜨렸다. 플로베르의 미학적 가톨릭주의는 샤토브리앙이 아닌 보들레

---

13 『서간집』, 1853년 12월 14일 루이즈 콜레에게 보낸 편지.

14 『서간집』, 1852년 9월 4일 루이즈 콜레에게 보낸 편지.

르의 그것과 닮아 있다. 보들레르가 그의 초기 시들을 썼던 시기에 쓰인 첫 번째 『유혹』은 대략적으로 『악의 꽃』의 정신과 에드가 키네풍의 독일식 신비주의적 숙명론—보들레르와 달리 지방에 칩거하던 플로베르가 이전 세대로부터 알게 된—의 만남을 떠올리게 한다.

첫 번째 『유혹』은 마치 거대한 '악의 꽃'처럼 보인다. 유혹에 빠진 사람은 자기 본성의 심연 및 자기 내면의 악과 마주하고, 은총을 박탈당한 사람이다. 플로베르는 유혹당한 고행자에게서 그 자신을 나타내는 고독과 욕망의 존재를 보았다. 그는 쌍안의 시각 및 자신의 대조적인 두 측면과 함께 고독의 서정적 풍요로움과 우스꽝스러운 불운을 동시에 이야기했다. 그에게 고독은 지고한 힘이자 최후의 무력감이었다. 은둔자의 삶은 부분적으로는 이중의 삶이었다. 그리스인들이 즐겨 이야기했을 법한 두 종류의 담론이 가능한 삶인 것이다. 영혼에 관한 담론과 육체에 관한 담론. 은둔자의 정신을 고양시키거나 타락하게 하는 삶. 내면의 신과 내면의 악마가 공존하는 삶. 첫 번째 『유혹』은 이 두 가지 사이에서 균형을 유지하지 않았으며, 후자 쪽으로 기울었다. 앙투안 주변에 있던 악마와 환영들의 목소리, 그의 발밑에 있던 돼지의 목소리는 기괴하고 역겨운 언어로 앙투안의 모든 감정을 표현한다. 그리고 그 감정들은 또다른 열쇠를 통해 표현되면서, 중세시대 신비극의 장면처럼 고귀함과 비천함이 존재하는 두 가지 장면으로 나뉜다. 앙투안이 자신의 끝 모르는 권태를 한탄하자 돼지는 이런 말로 그에게 응답한다. "나야말로 따분해 죽겠다고. 오죽하면 차라리 햄이 되어 뒷다리가 푸줏간 갈고리에 걸린 내 모습을 보고 싶을 지경이라니까."(1849년 판, 3부) 첫 번째 『유혹』에 등장하는 돼지는 플로베르를 내내 사로잡았던 '우스꽝스럽고도 슬픈 것'을 대변하는 정신인 것이다.

플로베르가 1849년의 『유혹』을 쓴 시기는 르낭이 그의 『과학의 미래L'Avenir de la science』[15]에 포함된 '오래된 푸라나'[16]를 썼던 시기와 거의 일치한다. 그리고 『유혹』 또한 플로베르의 푸라나로 불릴 수 있을 터다. 1874년 버전의 『유혹』은 특별히 빽빽하고 끓어넘치는 듯한 1849년의 버전에서 반 이상을 덜어낸 것이다. 어쩌면 그의 고유한 위대한 성취는, 일곱 가지 중대한 죄악을 살아 움직이게 한 심리적 극화劇化의 장치들, 그가 논리라고 명명한 여덟 번째 죄악, 악마의 무리에 의한 예배당의 공격, 강력한 다변多辯으로 풀어내면서 사이사이 더없이 아름다운 극적인 섬광들로 강조한 웅변적 추상화抽象化들이 아닐까. 1874년에 플로베르는 이 모든 것을 구체적인 것에서 추상적인 것으로 옮겨왔고, 앙투안의 초기 독백—1849년 버전 속 독백의 형태를 떠올리면서도 그보다 명백히 우월한—속에 요약해냈다. 앙투안으로 하여금 체계적으로, 내면의 악의 변증법에 의해 죄악에 빠져들게 하는 데에는 두 페이지로 충분할 터였다. 앙투안의 독백에는 교만을 필두로 인색, 질투, 분노, 식탐, 나태 그리고 마지막으로 음욕이 차례로 등장한다. 유혹

15 원제목은 『과학의 미래, 1848년의 생각들L'Avenir de la science, pensées de 1848』로 1890년에 출간되었다.

16 푸라나(Pourana)는 '오래된 이야기'라는 의미가 담긴 힌두교 성전 문학을 가리킨다.

과 죄악 가운데서 자신의 타고난 무게를 감당해야 하는 고독한 영혼은 변함없이 이러한 변증법의 일곱 단계와 일곱 가지 죄악을 거치게 된다. 그중에서 첫 번째와 마지막 죄악인 교만과 음욕은 그 중대함으로 인해 또다른 것들을 지배하고 규정짓고 넘어선다.

플로베르는 마지막 『유혹』에서 이교異教들의 사전—이 최소한의 분량에서도 여전히 지루한—을 요약했다. 아마도 작품에서 가장 삭막한 부분일 터였다. 하지만 첫 번째 『유혹』은 이미 아폴로니오스와 다미스의 흥미로운 에피소드를 포함하고 있었고, 플로베르는 1857년에 그것을 따로 떼어 《라르티스트L'Artiste》[17]에 발표했다. 『파우스트』의 바그너와 산초의 중간자쯤 되는 제자famulus 다미스의 반응과 대답은 플로베르가 쓴 것 중에서 가장 훌륭한 극적 소품이다. 그가 살던 시대에서 명성이 자자했던 아폴로니오스는 종교 창시자로서의 모든 특징을 지닌 듯 보였고, 당시 지중해와 동방 세계에서 떠돌던 새로운 종교성의 요소들을 결정화하는 예언자의 역할에 제격인 인물이었다. 알렉산드리아의 그리스인, 아시아인 또는 로마인 들이 기다리는 하나님의 사자使者나 아들도 이러한 모습일 터였다. 그런데 아폴로니오스 같은 자연인에게서는 아무것도 이끌어낼 수가 없었다. 작가에게는 좀더 심오하고 좀더 비장하며 좀더 창의적이고 신적인 재능을 지닌 인물이 필요했다. 그리고 플로베르는 이런 그리스도의 경쟁자와 기독교의 경쟁 상대를 기막히게 그려냈다. 아름다움과 순수함이 싹트는 경이로

17 1831년부터 1904년까지 발간된 삽화를 곁들인 주간지.

운 유년 시절, 동방과 그리스의 모든 지혜를 녹여낸 고행 생활, 여행 그리고 기적들과 함께.

과도한 야만성을 곁들인 우상들의 행렬, 죽음이 휘두르는 채찍 아래 펼쳐지는 묵직한 환상과 강렬한 색채들, 무한성의 카니발은 어쩌면 첫 번째 『유혹』에서 더욱더 돋보이는지도 모른다. 그 속에서는 원색적인 페이지들이 잇따르고, 마치 지옥의 게임에서와 같은 카드들이 그 패를 드러내 보인다. 또한 요란하고 야만적인 신들이 차례로 등장하면서 끝없는 이야기를 늘어놓는다. 논리는 앙투안에게 그 신들이 모두 지나가버렸으니 그의 신도 지나갈 거라고 이야기한다. 그리고 악마는 "그들이 무너졌으니 너의 신도 무너질 거야"(3부)라고 말한다. 이 악마는 자신의 신, 적敵그리스도—랭보식으로 말하면 『지옥에서의 한철Une saison en enfer』의 사탄에 해당하는—가 올 것임을 예고한다. "그의 노예들이 부리는 수노새들은 월계수 잎 더미 위에서 쉬며, 예수 그리스도의 구유에 담긴 가난한 자들의 밀가루를 먹으리라. 그는 골고다 언덕 위에 검투사들을 상주시키고, 성스러운 무덤 자리에는 코걸이를 한 채 끔찍한 저주의 말을 외쳐대는 흑인 여자들의 매음굴을 열리라."(3부) 그러나 앙투안의 끈질긴 기도가 승리하여 악마는 그를 떠난다. "아듀! 지옥이 널 놔두고 간다. 흠, 사실 악마에겐 아무 상관 없거든. 넌 그게 어디 있는지 알기나 해? 진짜 지옥이?"(3부) 그러면서 악마는 앙투안의 심장을 가리켜 보인다. 그곳은 열다섯 살 무렵의 플로베르가 자신의 중학생 시절 일기에서 언급했던 곳이기도 하다. 악마는 마치 가르송의 웃음처럼 하! 하! 하! 웃으며 사라져버림으로써 우리를 깨달음의 세계 속에 머물러 있게 한다.

첫 번째 『유혹』 전반에서 고행자의 오두막은 예술가의 아틀리에로 표현되며, 『성 앙투안의 유혹』은 곧 플로베르의 환상이다. 이 희극(단테적 의미로)에서 무사 여신들의 탄식은 마치 하나의 파라바즈parabase,[18] 즉 작가가 대중과 그의 시대를 향해 하는 이야기처럼 들린다.

"누가 우리를 신경이나 쓰겠어, 우라노스의 딸들을? 위대한 열정의 시대는 모두 지나갔어. 이제는 검투사, 척추 장애인, 어릿광대의 시대야. 부정 탄 클레이오는 정치에 봉사했고, 잔치의 무사 여신들은 하찮은 음식으로 살찌고, 사람들은 문장을 다듬지 않고 책을 썼지. 보잘것없는 삶들에게는 허술한 집들이, 노예 같은 일에는 꼭 끼는 옷이 필요했지. 천박한 자들 또한 시를 노래하고 싶어 했어. 상인, 군인, 창녀와 해방된 노예는 일해서 번 돈을 예술품에 지불했어! 그리고 예술가의 아틀리에는 정신의 매춘을 위한 매음굴처럼 문을 활짝 열어젖힌 채 군중의 욕구를 충족시키고 그들의 편의를 봐주면서 그들을 얼마간 즐겁게 해주었지!

고대의 예술이여! 한결같이 싱싱한 잎을 지닌 그대는 대지 깊숙한 곳에서 수액을 빨아올리고 피라미드 같은 꼭대기를 파란 하늘에 흔들었지. 그대의 껍질은 거칠고, 나뭇가지는 많으며, 그늘은 거대했지. 그대는 강한 자들로 하여금 붉은 과일들을 따게 하여 선택된 민족들의 갈증을 풀어주었지! 그런데 무수한 풍뎅이 떼가

---

18 희극에서 작가가 관객에게 자기의 견해를 말하는 부분을 가리킨다.

몰려와 그대의 잎에 달려들어, 그대를 조각내고, 나무판으로 잘라내고, 가루로 만들었어. 그리고 남아 있는 푸른 잎들은 당나귀들에게 뜯어 먹히고 있구나!"(3부)

욕설 부분을 제외하면 이것은 플로베르 자신이 첫 번째와 두 번째 『유혹』 사이에 했던 것을 얼마간 닮아 있다. 그는 광적인 나무꾼의 작업으로 이 다양하고 웅변적이고 강력한 영감의 나무를 베어내 『보바리 부인』이라는 매끄럽고 단단한 나무로 다듬고, 비네처럼 유혹을 모르는 평온한 앙투안의 선반으로 만들었다. 그는 두 친구에게서 혹평을 받은 첫 번째 『유혹』의 실패 이후 다시 들라마르 이야기에 매달렸다. 그러나 『보바리 부인』을 끝내자마자 서랍 속에 넣어둔 그의 푸라나를 다시 꺼내 두 번째 『유혹』—첫 번째 것에서 긴 이야기들을 덜어낸 것에 불과한—에 착수했다. 돼지는 여전히 상징적인 의미를 지니고 있었지만 첫 번째 『유혹』에서보다 자리를 덜 차지했다. 하지만 플로베르는 아직 자신이 원하던 작품이 아님을 느끼고는 수정된 원고를 초고와 함께 보관해둔 채 『살람보』로 넘어갔다.

그는 『감정 교육』을 끝낸 다음 다시 『유혹』으로 돌아왔고 이번에는 결정판을 썼다. 이 과정에서 그는 대대적인 개작을 단행하여, 모든 추상적인 의인화, 죄악들, 논리, 과학을 삭제했다. 돼지도 사라졌다. 어쩌면 플로베르는 평단과 소규모 신문들을 의식해 이러한 희생을 감당했는지도 모른다. 또 어쩌면 그의 성 앙투안에게 진지함과 비극적 힘을 더 많이 부여하기를 원했는지도 모른다. 또한 첫 번째 『유혹』에서 플로베르 자신의 발명품이었던 크레피투스 신[19]도 똑같은 이유를 내세워 희생시킬 수도 있었으나 그는 차마 그러지 못했다. 첫 번째 『유혹』에서 추상적 의인화와 돼지가 나타냈던 것은 이제는 앙투안의 영혼 속으로 들어가 작품 초반의 놀라운 독백으로 요약된다. 그 치밀함과 극적 움직임이 매우 인상적인 그의 독백은 어떤 기적적인 인물의 등장 없이, 마치 책의 모든 주제가 적나라하게 표현되는 음악적 서곡처럼, 꿈꾸거나 공허한 순간에 자신에게 결여된 것을 떠올리게 되는—이는 정신적 삶에 자신을 바친 누구에게서라도 발견될 법한 필연적인 회한의 순간이다—고행자의 자연스러운 감정들처럼 구상되었다.

첫 번째와 두 번째 버전의 『유혹』에서 논리와 과학이 차지했던 자리는 결정판 세 번째 버전에서 앙투안의 예전 제자인 일라리옹Hilarion으로 대체되었다. 그는 앙투안 곁으로 다시 돌아와 앙투안이 겪는 유혹들의 하나로 등장한다. 1849년 버전의 과학을 닮은 그는 생각의 유혹들을 의인화하면서 앙투안에게 더 배우고 싶다는 욕망을 심어준다. 그러나 이러한 유혹들과 욕망의 표현은 플로베르에게 별다른 성공을 가져다주지 못했다. 그리스의 신들과 관련된 모든 부분은 생기가 부족하고 불완전하며, 하인리히 하이네[20]와 르콩트 드 릴 사이에서 길을 잃고 떠도는 듯 보인다. 앙투안이 "내게 신의 은총을! 저들이 나를 지치게 합니다!"라고 외치는 심경을

---

19 크레피투스(Crépitus) 신은 플로베르가 창안한 것으로, 방귀와 배에 차는 가스의 신을 가리킨다. 프랑스어로 '탁탁 튀는 소리를 내다'라는 의미의 동사 '크레피테crépiter'에서 파생된 것으로 보인다.

20 낭만주의와 고전주의의 전통을 잇는 19세기 독일의 서정 시인.

이해할 수 있을 듯하다. 반대로 라틴 신화에 관한 묘사들은 플로베르로 하여금 주제에 짓눌리지 않게 하면서 섬세하고 아름다운 장면을 만들어낸다. 첫 번째 『유혹』에서 악마가 앙투안에게 하던 스피노자주의에 대한 강의는 1874년의 결정판에서 그 분량이 많이 줄어들어 몇몇 추론에 그치면서, 희귀해진 생각의 영역 가운데 희미한 회의주의로 귀결되고 있다.

첫 번째 『유혹』에서 세 번째 『유혹』까지의 사반세기의 시간 동안 플로베르의 근본적인 생각들이 바뀌었다고 할 수는 없을 것이다. 지적인 면에서 그는 스물다섯 살에 이미 자신의 세계를 구축했고 그것을 견지하던 터였다. 그러나 그의 머릿속 지식은 얼마간 증가했다. 첫 번째 『유혹』은 르 푸아트뱅과의 공동 독서로 인해 다소 깊어진 스피노자에 대한 이해와, 무엇보다 고대 종교에 관한 두꺼운 독일어 책, 크로이처의 『고대 여러 민족의 상징과 신화』를 바탕으로 이루어졌다. 그런데 첫 번째 『유혹』에는 존재하지 않았던 결정판 『유혹』의 결론이 또다른 독일어 책, 앞선 책만큼이나 어렵고 분명 더 근본적인 헤켈의 『자연창조사』 또는 페퀴셰가 읽은 성서의 통속적 요약본들에 근거한 것이었음은 흥미로운 일이다. 우리는 앙투안의 독특한 마지막 독백을 보면서 무슨 의미인지를 생각해보게 된다. "오 행복이여! 행복이여! 나는 삶이 탄생하는 것을 보았고 움직임이 시작되는 것을 보았다. 나는 날고 싶고, 헤엄치고 싶다. […] 나는 날개를, 등껍질을, 껍질을 갖고 싶고, […] 온갖 형태 아래 몸을 웅크리고, 각각의 원자를 뚫고 들어가 물질의 깊은 곳까지 파고들어 물질이 되고 싶다." 『공쿠르 형제의 일기』는 우리에게 이 독백이 어디에서 비롯되었는지를 말해주고 있다. "그(플로베르)는 마차를 타고 가는 동안 우리에게 자신의 책과 그가 테바이드의 은자에게 겪게 한 온갖 시련들에 관한 이야기를 들려주었다. [⋯] 그리고 암스테르담 가에 이르자 내게 성인의 궁극적 패배는 세포, 즉 과학적 세포에 기인한다고 털어놓았다. 흥미로운 것은, 그의 말에 놀라는 나를 보고 그가 놀란 듯 보였다는 사실이다."[21] 또한 플로베르는 헤켈의 『자연창조사』를 읽고 난 뒤 이 책은 "사실과 아이디어 들로 가득 찬 책입니다. 내가 아는 한 가장 유익한 독서 중 하나였지요"[22]라고 말했다. 그러나 같은 시기에 쇼펜하우어를 읽고 나서는 다음과 같은 말 외에는 다른 할 말을 찾지 못했다. "진지한 사람이라는 평판을 얻기 위해서는 글을 잘 못 쓰는 것으로 충분한 것 같습니다!"[23]

하지만 과장하지는 말자. 플로베르는 결정판 『유혹』의 마지막 페이지를 충분히 모호하게 남겨둠으로써 우리로 하여금 그 속에 등장하는 유혹이 앞서 등장한 또다른 환영들보다 더 강력한 것은 아니라는 걸 알게 했다. 그는 단지 첫 번째 『유혹』의 순서를 뒤집었을 뿐이다. 앙투안의 마지막 유혹은 아래로부터 포착된 삶의 유혹이었다.

그는 뿌리 쪽에서 바라본 나무를 노래했다.

---

21 『공쿠르 형제의 일기』, 1871년 10월 18일.

22 『서간집』, 1874년 6월 17일, 로제 데 주네트 부인에게 보낸 편지.

23 상동.

플로베르가 그리고자 한 것은, 자신의 근원과 결합한 존재, 위쪽의 범신론 다음에 오는 아래쪽의 범신론, 모든 다양한 형태들과의 공감 그리고 낭만주의적 예술가의 은총의 상태였다. 물질의 측면에서 모든 것을 다룬 이 두껍고 자극적이며 강렬한 작품에서 물질이 마침표이자 지고의 유혹을 나타내는 것은 자연스러운 일이다. 『유혹』의 구성은 『사티로스』[24]의 그것과 정반대이며, 『사티로스』가 시작하는 지점에서 끝난다. 빅토르 위고에게 있어서 삶은 전반적으로 볼 때 새로이 형성되는 현실과 부합되며, 플로베르에게 있어서 삶은 해체되는 현실과 부합된다. 따라서 그가 물질 속에서 소설의 결말을 발견하는 것이 하나도 이상할 게 없다. 그는 『성 앙투안의 유혹』을 끝마칠 무렵 이미 『부바르와 페퀴셰』를 구상 중이었으며, 심지어 집필을 시작하기까지 했음을 잊지 말자. 『부바르와 페퀴셰』를 염두에 두었던 플로베르는 자신이 그릴 필경사들의 입장이 되어 헤켈의 저서에 관심을 가지고 읽어나갔다. 『유혹』의 마지막 페이지는 그다음 책과의 접점을 이루고 있는 셈이다. 『부바르와 페퀴셰』는 『성 앙투안의 유혹』을 현대로 옮겨놓은 것일 뿐이며, 『유혹』을 뒤이어 종교적이고 신비주의적인 비극의 차원에서 펼쳐지는 사티로스풍의 드라마이다. 게다가 플로베르는 1871년에 이미 『유혹』에 대해 이렇게 이야기한 바 있다. "내 책의 부제는 '광기의 극치'가 될 수 있을 것입니다."[25]

이것이 일부 비평가들의 의견이었다. 『유혹』은 『감정 교육』보

---

24 빅토르 위고의 시집 『세기의 전설』에 포함된 장시(長詩).

25 『서간집』, 1871년 9월 6일 조르주 상드에게 보낸 편지.

다도 더 환영을 받지 못했고 전반적인 혹평을 야기했다. "나를 놀라게 한 것은 여러 비평가들 사이에 나에 대한, 나 개인에 대한 혐오와 비방과 선입견이 자리 잡고 있다는 사실입니다. 그래서 그 이유를 찾는 중입니다."[26] 플로베르의 말에 의하면 《르뷔 데 되 몽드》와 《르 피가로Le Figaro》가 특별히 더 가혹하게 그에 대한 비판을 쏟아냈다. 이들은 아마도 1874년에 콩피에뉴[27]의 예전 초대 손님이었던 플로베르와 마틸드 공주의 살롱을 집중적으로 공격했을 터였다. 당시 파리의 사교계는 바닥이 좁았다. 그러나 『유혹』이 실패한 것은 무엇보다, 젊어지기 위한 그의 노력에도 불구하고 그것이 처음 구상되었던 시기와 1848년의 한물간 세대의 흔적을 지니고 있었기 때문일 것이다. 플로베르는 르낭이 1890년에 『과학의 미래』를 출간한 것처럼 그의 오래된 푸라나를 세상에 내놓은 셈이었다. 그리고 이를 반증하듯, 『유혹』을 이해하고 좋아한 이들은 바로 1848년에 20~21세 전후였던 플로베르의 동시대인들이었다. 텐은 그에게 매우 열렬한 편지를 보냈다. 특히 시바의 여왕 에피소드를 독창적이고 매력적이라고 평가했으며, 어디에서 그에 관한 자료들을 발견했는지를 물었다! 르낭은 《주르날 데 데바Journal des Débats》에 『유혹』에 관한 기사—아마도 플로베르의 끈질긴 청으로 마지못해—를 쓰기도 했다. 디동 신부—수도승이 어떤 것인지 잘 알고 있었을—는 뒤팡루가 『보바리 부인』을 찬양한 것처럼 『유혹』을 찬양했다. "모든 시인들은 많은 음악가들만큼이나 열렬

26 『서간집』, 1874년 5월 1일 조르주 상드에게 보낸 편지.

27 나폴레옹 3세와 그의 황후 외제니가 종종 머물렀던 콩피에뉴 궁전을 가리킨다.

한 지지를 보냈습니다. 그런데 어째서 화가들보다 음악가들이 더 좋아하는 걸까요? 수수께끼입니다."[28]

『성 앙투안의 유혹』은 플로베르의 작품 중에서 유일하게 아름다운 극적 문체로 쓰인 페이지들을 포함하고 있다. 아마도 그는 자신의 오래된 푸라나를 개작하면서 그 속에 개발이 가능한 흥미로운 광맥이 묻혀 있다고 생각했는지도 모른다. 그는 부이예와 함께 썼던 희곡 『나약한 성』을 다시 손보기 시작했는데, 그 수식어('나약한')가 보여주듯 그것을 무대에 올리지는 못했다. 플로베르의 무대와의 유일한 접촉은 1874년 보드빌 극장에서 상연된 『후보자Le Candidat』를 통해 이루어졌는데, 연극은 네 번째 공연을 끝으로 막을 내려야 했다. "내 형을 포함한 루앙의 부르주아들은 내게 『후보자』의 실패에 대해 이야기할 때마다 찡그린 표정으로 속삭이듯 말하곤 합니다. 마치 내가 무슨 잘못을 저질러서 중죄재판소에 불려 가기라도 한 것처럼 말입니다. 그들에겐 성공하지 못하는 것은 하나의 범죄처럼 여겨지는 것 같습니다. 성공이 선의 기준이고 말이죠."[29] 물론 플로베르는 희곡의 실패를 작품의 부족함을 제외한 다른 모든 이유들로 설명하고자 했다. 『후보자』는 온갖 정쟁이 난무하던 시기인 1873년에, "모든 정치적 파당들로 하여금 진흙탕을 뒹굴게 하기" 위해 쓰인 터라, 플로베르는 스스로를 예술의 대의에 맞서고자 하나의 연합으로 뭉친 모든 정파들이 쏟아내는 증오의 희생자로 여겼다. 하지만 사실은 『후보자』는 별 가

28 『서간집』, 1874년 5월 1일 로제 데 주네트 부인에게 보낸 편지.

29 『서간집』, 1874년 5월 26일 조르주 상드에게 보낸 편지.

치가 없는 작품이었다. 『나약한 성』과 음울한 요정극 『마음의 성 Le Château des cœurs』의 페이지들이 그런 것처럼. 사실주의와 자연주의 소설가들의 연극에서의 실패는 일반적인 현상으로 그에 대해서는 많은 고찰이 필요할 터다. 정치 풍속을 그린 희극인 『후보자』는 플로베르가, 모든 이들이 그렇듯, 스스로 정치적 견해와 열정이 있다고 믿었던 삶의 시기와 관련이 있다. 그는 『보바리 부인』의 의사들처럼 병든 프랑스에 자신만의 진단을 내리고자 했다. 그리고 무엇보다 조르주 상드에게 보낸 편지들에서 그것에 관한 자신의 생각들을 밝히고 있다. 그에게는 이 모든 게 지적인 귀족계급의 형성과 연관돼 있는 것으로 보였다. 물론 한때 크루아세의 국민군 중위였던 것처럼 플로베르 자신도 그런 귀족계급에 속한 이들 중 하나일 터였다. "산업체(익명 사회)에서는 각 주주는 자신의 기여도에 따라 투표를 하지요. 한 국가의 통치도 그런 식으로 행해져야 할 것입니다. 나는 크루아세의 선거인 스무 명의 가치가 있습니다. 돈, 정신 그리고 어떤 부류인지가 모두 고려되어야만 합니다. 한마디로 누군가가 지닌 모든 힘들 말입니다. 그런데 지금까지는 그중에서 딱 한 가지, 사람의 수만이 고려되고 있는 실정입니다."[30] 플로베르는 스스로를 부동산 소유주(돈), 이름난 지식인(정신) 그리고 루앙의 부르주아(부류)로 규정했다. "3년 후쯤에는 모든 프랑스인들이 글을 읽을 줄 알게 될 겁니다. 그렇다고 해서 우리가 지금보다 발전할 거라고 생각하십니까? 반대로 각 코뮌[31]에 단 한 명의 부르주아,

---

30 『서간집』, 1871년 10월 18일 조르주 상드에게 보낸 편지.

31 시, 읍, 면과 같은 프랑스의 최소 행정구를 가리킨다.

바스티아[32]를 읽는 부르주아가 있고, 그가 사람들에게 존중받는다고 상상해보십시오. 그러면 모든 게 달라질 것입니다."[33] 바스티아를 읽는 특권층 부르주아라….

바로 이 무렵 플로베르는 『부바르와 페퀴셰』의 구상에 몰두하고 있었다. 이를 위해 그는 관찰을 통한 다양한 주제를 확보해둔 터였다. 이때를 전후로 몇 년간 그가 쓴 편지들은 요란한 불평들, 주먹으로 탁자 내리치기, 신경쇠약증과 절망으로 인한 위기로 가득했다. 『성 앙투안의 유혹』과 『후보자』를 펴낸 1874년, 그의 주치의는 그를 "히스테릭한 늙은 여자"[34]라고 부르면서 그에게 스위스의 생모리츠에서 요양할 것을 권유했다. 플로베르는 의사에게 "당신 말이 맞는다"고 대답하고는 의사의 말이 "심오하다"고 생각했다. 그는 쓸쓸한 말년을 보내고 있었다. 그는 이제 한 해의 얼마간을 오래전에 임대 아파트를 마련해놓은 파리에서 지냈다. 그리고 병자처럼 집으로 돌아갔고, 자신에게 없는 것들에게서만 평온함을 느끼곤 했다. "당신이 사랑하는 손녀들에 대해 내게 들려주신 이야기(당신의 지난번 편지에서)가 내 영혼 깊은 곳까지 커다란 울림을 던집니다. 어째서 내겐 그런 존재들이 없는 걸까요? 난 애정을 듬뿍 받으며 태어났는데도 말입니다! 하지만 사람은 자신의 운명을 만드는 게 아니라 그것을 겪을 뿐이지요. 나는 젊은 시절에

32 클로드프레데릭 바스티아(1801~1850). 프랑스의 자유무역론자로 『경제조화론Harmonies économiques』(1850)을 썼다.

33 『서간집』, 1871년 10월 4~5일 조르주 상드에게 보낸 편지.

34 『서간집』, 1874년 5월 1일 조르주 상드에게 보낸 편지.

비겁했습니다. 삶이 두려웠거든요. 모든 건 그 대가를 치르게 마련입니다."[35] 예술에 대한 사랑에 비겁함이라는 요소가 포함되는 것은 자명한 사실이다. 마치 치료제의 성분에 약간의 독이 포함되는 것처럼. 그렇다고 그 독 때문에 치료제를 던져버려야 하는 걸까?

그러나 플로베르는, 가까웠던 사람들이 떠나가고 단지 추억들만으로 점철된 말년으로 인한 서글픈 관조와, 사용되지 못하거나 죽어버린 애정의 씁쓸한 물결을 예술작품에 통합할 줄 알았다. 그는 1875년에 이렇게 말했다. "난 이제 흘러가버린 날들과 되돌아올 수 없는 사람들만을 생각합니다."[36] 그리고 어느 날 자기 조카딸에게 이런 편지를 썼다. "대체 어디에 있는 거지? 내 가엾은 어머니의 숄과 정원용 모자를 어디에 둔 거야? 그것들을 가끔씩 꺼내보고 만지고 싶어. 난 이 세상에서 그런 즐거움을 거부할 만큼 충분한 또다른 즐거움들을 알지 못해."[37] 바로 그 무렵 그는 가족에 대한 추억들과 더불어 주인을 잃은 물건들과 죽은 사람들을 떠올리면서 『순박한 마음Un coeur simple』을 썼다. 플로베르는 자신의 대고모, 평생 자기 가족과 자신을 돌보았던 하녀 쥘리, 그리고 트루빌에 사는 레오니라는 이름의 하녀와 그녀가 실제로 키웠던 앵무새를 바탕으로 이 이야기를 썼다.

그는 소설 속에서 흘러간 날들을 되살리면서 자신의 이전 삶에 그물을 던져 우리로 하여금 그가 작품 속에 쓰지 않은 추억들을

35 『서간집』, 1874년 2월 28일 조르주 상드에게 보낸 편지.
36 『서간집』, 1875년 10월 3일 로제 데 주네트 부인에게 보낸 편지.
37 『서간집』, 1876년 12월 15일 조카 카롤린에게 보낸 편지.

엿보게 하고, 과거가 그에게 어떤 색깔로 기억되는지를 보여주었다. 『순박한 마음』에는 그의 대고모(오뱅 부인)의 집, 한때 그의 어머니가 머물렀던 조그만 기숙학교, 퐁레베크 부근에 있는 어머니의 농장 두 개 그리고 귀스타브와 누이동생 카롤린—소설에서는 폴과 비르지니로 불린다—이 등장한다. 우리는 여기서 라블레의 라 드비니에르La Devinière[38]를 떠올리게 된다. 그곳에 갈 때도 어쩌면 『순박한 마음』을 손에 들고 가게 되지 않을까. 이 이야기 속의 인물들은 과거의 인물들이 인생이라는 초라한 희극을 공연하고 난 뒤, 꿈속에서와 마찬가지로 과거 속에서 무의식적이고 자동적으로 떠게 되는 모습들로 그려져 있다. 또한 『보바리 부인』에서도 그랬듯이 플로베르는 음악가가 음표의 망網 속에 자신의 삶을 투사하듯, 자신의 삶의 일부를 치밀하게 계산된 문장들 속에 투사했다.

실제로 플로베르는 자신의 삶을 투영한 펠리시테의 삶을 자기 인생의 기간과 유사한 주기로 그리지 않았던가? 펠리시테는 사랑하는 이들을 차례로 잃고 점차 고독을 향해 나아가다가 귀가 멀고, 자기 자신과 추억들과 앵무새의 이미지하고만 살아가게 된다. 골화骨化하여 굳어지고 정체되었다가 종국에는 해체되고 마는 삶인 것이다. 그러나 인류의 커다란 리듬에 따라 그려진 이 순박한 마음의 내면을 어루만진 것은 사랑과 종교와 죽음의 손길이었다. 이에 관해 플로베르는 다음과 같이 설명한다. "이것은 간단히 말해 한 무명의 삶의 이야기입니다. 독실하고 신비스러우며, 조용하

---

38 프랑스 중부의 옛 주(州) 투렌에 속한 쇠이이의 시골집 이름. 프랑수아 라블레가 태어나고 유년시절을 보냈을 것으로 추측되며, 라블레 박물관이 있는 곳이다.

지만 충직하며 갓 구은 빵처럼 따뜻한 한 시골 여인네의 이야기지요. 그녀는 한 남자와 자기 주인의 아이들, 자신의 조카, 자신이 돌보던 노인 그리고 자신의 앵무새에게 차례로 애정을 쏟습니다. 그리고 앵무새가 죽자 그것을 박제로 만들고, 죽어가는 순간에 앵무새를 성령으로 혼동합니다. 이것은 당신이 그럴 거라고 추측하는 것처럼 냉소적인 이야기가 결코 아닙니다. 그 반대로 매우 진지하고 매우 슬픈 이야기입니다. 나는 감성적인 사람들로 하여금 연민을 느끼면서 눈물 흘리게 하고 싶습니다. 나 자신도 그중 하나이고 말입니다. 아아! 너무나 슬픕니다. 지난 토요일 난 조르주 상드의 장례식에서 어린 오로르를 포옹하고 내 오래된 친구가 누운 관을 보며 흐느껴 울었습니다."[39]

소박함과 넉넉함 그리고 직접적인 감동을 느끼게 하는 『순박한 마음』은 집필하는 동안 플로베르에게 평소의 어려움을 마찬가지로 안겨주었다. 그는 3주간 일곱 페이지밖에 쓰지 못했고, 묘사에 어려움을 겪으며 상당 부분을 삭제하기도 했다. 그는 좀더 정확한 어조를 찾기 위해 자신의 테이블 위에 박제된 앵무새를 가져다놓았다. 말년의 작가의 작업실에 있던 신성한 문학의 앵무새는 펠리시테의 방에서처럼 순수하고 인상적이었다!

1877년,《르뷔 데 되 몽드》에 막 합류한 브륀티에르는 플로베르와 잡지사 사이의 오래된 분쟁을 의식하며 다음과 같은 악평을 게재했다. "따라서 『순박한 마음』에서도 여전히 똑같은, 인간의 어

39 『서간집』, 1876년 6월 19일 로제 데 주네트 부인에게 보낸 편지.

리석음과 부르주아의 속성들을 향한 은밀한 역겨움을 발견할 수 있을 터다. 작가가 자신의 인물들과 인간에 대해 드러내는 변함없는 지독한 경멸을. 여전히 변함없는 조롱, 예의 그 가혹함과 희극적인 저속함이 깃들어 있는 것이다. 심지어 인물들이 구사하는 재담들마저 눈물이 아닌 씁쓸한 웃음을 자아낸다."[40] 이보다 더 맹목적인 편견에 사로잡혀 있기도 힘들 것이다. 플로베르가 그의 콩트를 집필할 때 쓴 편지들과 윗글을 비교하다 보면 비평가가 통찰력이 있다는 데 선뜻 동의하기가 어렵다. 브륀티에르의 주장과는 달리 『순박한 마음』은 플로베르의 문학에 있어서 좀더 깊은 인간적 우정과 연민으로 향하는 하나의 전환점을 이룬다. 그가 아르누 부인을 창조해낸 것을 생각하면 별로 놀라운 일도 아닌 전환점인 것이다. 플로베르는 생트뵈브를 위해 『감정 교육』을 썼듯이 조르주 상드를 위해 『순박한 마음』을 썼다.[41] 두 사람이 주고받은 편지들이 그 사실을 입증하는 것처럼. 그의 이야기에는 『헤르만과 도로테아Hermann und Dorothea』[42]의 그것 같은 서사적 양식을 떠올리면서 사물과 사람에 대한 차분한 선의를 느끼게 하는 한결같은 평온함, 내면의 풍요로움이 깃들어 있다. 약사 동업조합이 플로베르와 냉랭한 관계에 있었음에도 불구하고 퐁레베크의 약사마저도 호의적인 색채로 그려져 있다. 그(약사)는 언제나 "앵무새에게 다정하게

40 (원주)《르뷔 데 되 몽드》, 1877년 6월 15일 자.

41 그러나 조르주 상드는 『세 가지 이야기』의 출간을 보지 못하고 1876년 6월 8일에 세상을 떠났다.

42 독일의 시인이자 정치가였던 괴테가 1797년에 발표한 서사시로 9가장(歌章)으로 되어 있다.

굴었다". 펠리시테의 인생은 인간성 중에서 가장 중요한 모든 것이 포함된 인간적인 삶으로, 삶에 대한 기대나 환상이 깨어진다는 점에서 플로베르의 삶, 그리고 더 나아가 모든 인간의 그것과 얼마간 닮았다. 책을 덮고 난 뒤 르낭의 말처럼 높은 곳에서 내려다보면 우린 플로베르와 펠리시테의 인생이 유사한 복합적 이미지 속에서 하나가 되는 듯한 인상을 받게 된다. 앵무새 룰루는 『성 앙투안의 유혹』과 『살람보』를 낳았고 『헤로디아』를 탄생시키게 될 이국적인 것에 대한 꿈을 닮지 않았는가?

플로베르가 오래전부터 구상해왔으며 상대적으로 손쉽고 빠르게 쓰인 『구호수도사 성 쥘리앵의 전설La Légende de saint Julien l'Hospitalier』 역시 만년의 유柔함과 이완에 부응하고 있다. 그리고 『순박한 마음』과 『보바리 부인』 간의 관계는 『성 쥘리앵』과 『성 앙투안의 유혹』 간의 관계와 비슷하다. 『성 쥘리앵』은 비교적 수월하게 쓰였음에도 불구하고, 아니 어쩌면 바로 그 이유 때문에 플로베르의 또다른 작품들보다 아름답고 더 빛나는 스타일이라는 느낌을 준다. 그 속에서 우리는 한편으로는 서술의 자연스러움과 여유로움, 다른 한편으로는 문장의 완벽함과 세부의 생생함이 이루는 완벽한 균형에 감탄하게 된다.

『성 쥘리앵』과 『순박한 마음』은 『성 앙투안의 유혹』에서처럼 지성에 의한 패러디를 곁들인 리듬이 아닌, 내면으로부터 진실하고 솔직하게 우러나온 종교적이고 기독교적인 리듬으로 쓰였다. 애정과 씁쓸함이 뒤섞여 있고 절제된 어조의 표본인 두 작품은 서로서로 승리와 평화를 향해 나아간다. 쥘리앵의 죽음처럼 펠리시테의 죽음은 존재할 가치가 있었던 삶의 완성이었다. 그들의 임종 때 나타났던 힘들은 빛의 힘으로, 플로베르가 장님의 모습을 빌려 저주와 실추한 삶의 상징으로 엠마 보바리 가까이에 등장시켰던 암흑의 힘들과 정반대의 것이다. 펠리시테와 쥘리앵의 삶은 종국에는 축복을 받았기 때문이다. 그것도 인간 본성의 양극단—기독교의 승리는 이 양극단을 똑같은 논리로 이해하는 데 있다—에서 축복을 받은 것이었다. 펠리시테의 삶이 가장 순박한 삶의 전형이라면, 쥘리앵의 삶은 가장 비극적인 삶의 전형이다. 펠리시테의 삶은 전반적으로 굴곡이 없는 삶이라고 할 수 있을 터다. 이에 대해 에두아르 드뤼몽은 다음과 같이 이야기했다. "왕좌가 두세 번 무너져 내린 60여 년의 세월 동안 이 다정한 여인은 그로 인해 동요하는 법이 없었다. 마치 아무리 거센 폭풍이 몰아쳐도 깊은 물속에 있는 히드라는 그 평온함을 방해받지 않는 것처럼." 그와는 반대로 자신의 아버지와 어머니를 죽이도록 운명 지어진 쥘리앵의 삶은, 각각 자신의 아버지와 어머니를 죽인 오이디푸스와 오레스테스의 비극적인 삶의 절정을 이룬다. 그리고 플로베르에 의해 감탄스럽게 선택된 이러한 삶은 위대한 전설들처럼 종교적 시야를 무한히 넓혀준다. 물론 이러한 선택 가운데는 중세의 동물 우화집과 사냥 관련 책들을 뒤지는 즐거움도 있었을 터였다. 하지만 그의 선택에는 서구와 인도의 심오한 진리로 가득한 주제에 대한 인식 또한 함께했다. 쥘리앵을 사로잡고 그를 비극적인 길로 몰아붙이는 살인의 운명 속에서 우리는 자신의 운명을 몸속에 지니고 있으며, 초자연적인 은총에 의해서만 그것으로부터 벗어날 수 있는 인류 전체를 알아볼 수 있다. 생쥐의 핏방울에서부터 자기 부모의 살해에 이르기까지 쥘리앵은 숙명의 소용돌이에 휩쓸렸고, 그러한 운명은 결코 그를 놓아주지 않았다. 그 소용돌이는 그의 본성 자체이자, 우리의 본성이기 때문이었다. 한편으로는 내리막길이, 다른 한편으로는 오르막길이 있다. 살육을 자행한 뒤 고행을 자처하는 사람. 그로 인해 흘린 많은 피와 처절한 속죄 사이의 균형. 살육으로 가득했던 삶을 점차 보완해나가는 은총으로 가득한 삶. 그리고 종국에는 예수그리스도의 모습으로 화한 나환자가 성인의 모습으로 화한 죄인을 천국으로 데리고 간다.

아마도 프랑스어로 쓰인 산문 중에서 『성 쥘리앵』의 서술만큼 풍부하고 잘 짜인 것을 찾아보기는 힘들 터다. 플로베르는 작가에게 은총의 상태와 같은, 즉 인간적인 것들이 절대적 상징의 가치를 지니고, 스타일을 포함한 모든 것이 물 흐르듯 자연스럽게 전개되는 상태에서 작품을 쓴 듯 보인다. 플로베르는 쥘리앵에 대해 이렇게 설명하고 있다. "그는 언제부턴가 단지 자신의 존재 자체를 위해 낯선 곳으로 사냥을 떠나곤 했다. 모든 것이 마치 꿈속에서처럼 손쉽게 이루어졌다." 그렇다. 인간 본성의 솔직하고 절대적인 필요에 빠져들다 보면 삶 자체가 마치 꿈과 같은 모습을 띠게 되는 것이다. 그리고 스타일의 중압감에서 벗어난 글에서는 모든 것이 세찬 물줄기처럼 흘러가게 된다.

『순박한 마음』이 『보바리 부인』을, 『성 쥘리앵』이 『성 앙투안의 유혹』을 떠올리게 한다면, 『헤로디아』는 『살람보』를 연상시키지 않을까? 어쩌면 그럴지도 모른다. 평단이 『살람보』에 가한 가장 커다란 비난 중의 하나는, 소설이 서구 문명의 시스템과 동떨어진, 잃어버린 한 시대를 배경으로 하고 있어서 낯선 혹성의 한 부분만큼이나 우리에게 깊은 인상을 심어주지 못한다는 사실이다. 수업에 집중하지 못하는 학생에게 뭘 하고 있는지 묻는다면 그는 수업이 끝나기를 기다린다고 대답할 것이다. 에밀 파게는 사람들은 『살람보』를 읽으면서 로마인들이 등장하기를 기다린다고 말한 바 있다. 하지만 나는 그가 말하는 '사람들'과는 아무 상관이 없다. 어쨌든 『헤로디아』는 『살람보』에 그러한 비난을 퍼부었던 사람들을 만족시킬 수 있었다. 『헤로디아』에는 로마인뿐만 아니라 유대인도 등장한다. 로마인과 유대인, 서구와 동방의 접촉이 세상의 판도를 바꾸고, 오늘날 우리가 누리고 있는 문명을 발달시켰던 시대에. 이러한 역사는 하나의 회전판 위에 온전히 집약되었고, 사실 그 위에서 돌아가는 것은 세상의 운명이었다. 여러 가지 이유로 플로베르가 예수의 삶에 대한 에피소드를 다루는 것은 적절하지 않았을 터였다. 그러나 선구자의 삶은 고대의 유대-로마와 기독교의 경계처럼 종교가와 속인의 경계에 정확히 자리하고 있었다. 또한 그 삶은 마치 결정체의 중심을 이루듯 보석으로 치장한 특별한 여인들—플로베르의 고고학에 없어서는 안 될—을 포함하고 있었다. 그리고 그는 성공한 셈이었다. 『성 앙투안의 유혹』은 르낭의 지지를 받았다. 예술적이기보다는 견고하고 교육적인 것을 추구했던 이폴리트 텐은 모든 예술작품 앞에서 스스로에게 "이것이 내게 가르쳐주는 게 무엇인가?"라는 질문을 던지곤 했다.

그는 『헤로디아』에 대해 다음과 같이 논평했다. "80여 페이지의 이야기는 내게 기독교의 주변과 근원 그리고 그 내용에 관해 르낭의 작품보다 더 많은 것을 알려준다." 게다가 작품 속에서는 성서의 내용도 자주 세세하게 언급되고 있다.

『헤로디아』에서는 『성 쥘리앵』에서처럼 집필에 있어서의 서사적 용이함과 서술의 풍부함, 그리고 정신의 이완을 찾아보기 힘들다. 그와는 반대로 팽팽한 긴장 상태와 치밀함, 끊임없이 의문을 던지는 세심하고 명료한 의식이 작품 전체를 관통하고 있다. 플로베르는 『살람보』에서처럼 역사와 과거에 대한 자신의 강렬한 호기심을 충족시키고자 했다. "내가 이해한 바로는 헤로디아의 이야기는 종교와는 아무런 관련이 없습니다. 이 이야기에서 나를 매료시킨 것은 헤로데(실제로 그곳의 통치자였던)[43]의 공식적인 면모와, 마치 클레오파트라와 맹트농 부인을 합쳐놓은 듯한 헤로디아의 잔인한 모습입니다. 이 이야기를 지배하는 것은 인종 간의 분쟁입니다."[44] 그는 『살람보』에서는 피하고자 했던—아마도 너무 쉽고, 지나치게 예측이 가능하고, 진부한 통념을 드러낸다는 이유로—유대인과 로마인의 만남을 『헤로디아』에서는 소설의 주요 주제로 삼았다. 그리고 흥미로운 발견들이 그로 하여금 이야기를 극단과 역설로 몰고 가게 했다. 하나의 장면에 탐식의 극치를 보여주는 젊은 아울루스—미래의 비텔리우스 황제—와 파멸을 예고하

---

43 예수가 활동하던 시대에 갈릴리 지역을 다스렸던 분봉왕(分封王) 헤로데 안티파스(기원전 20년~기원후 39년)를 가리킨다.

44 『서간집』, 1876년 6월 19일 로제 데 주네트 부인에게 보낸 편지.

며 비난을 퍼붓는 요카난—그가 사막에서 식량으로 먹었던 메뚜기들처럼 깡마르고 시커먼—의 만남을 담은 것은 결코 예사로운 일이 아니었다. 아울루스가 헤로데를 방문한 것과 관련하여 아주 작은 공간에 집약된 복잡한 징후들은 세심하면서도 간결한 기술 및 냉소가 깃든 인내심과 함께 집중적으로 포착되고 묘사되고 있다. 작가는 기이한 것들을 보여주고 신성한 드라마의 이면을 드러내 보여주는 데서 어느 정도 신랄한 즐거움을 느끼는 듯 보인다.

이 『세 가지 이야기』는 일견 플로베르의 작품 중에서 다소 부차적인 전채 요리처럼 보인다. 그러나 다시 생각해보면 이 이야기들은 가장 대표적이고 가장 명료한 그의 작품 중 하나임을 알 수 있다. 『세 가지 이야기』에서 플로베르는 그의 취향 및 심오한 감정 중 하나의 표현에 있어서 가장 멀리까지 나아갔다. 이 이야기들 속에는 역사와 지나간 삶—지나갔다는 사실만으로도 꿈꾸는 사람에겐 특별한 마력을 지닌—에 대한 그의 열정, 샤토브리앙으로부터 전해진 뒤 변화하여 19세기 문학의 일부가 된 모든 것이 담겨 있는 것이다. 이 『세 가지 이야기』는 역사를 쓰는 방식이 아닌, 역사가 예술작품이 되게 하기 위한 각기 다른 세 가지 방식, 아니 어쩌면 유일한 세 가지 방식을 보여주고 있다.

『순박한 마음』은 진정으로 '순박한' 현실, 사회적 시간과 역사적 과거라는 바다를 이루는 물방울 중 하나를 분석한 이야기이다. 펠리시테가 살아가는 소박한 영역에서는 한 개인의 삶은 역사에 속하지 않으며, 그 자체로 하나의 온전한 역사를 이룬다. 플로베르는 펠리시테의 인생을 '역사'와 교차시키고, 네덜란드 회화에서처럼 개인적 시간과 역사적 시간 사이의 전환을 더없이 섬세하고 미묘한 방식으로 그려냄으로써 이 모든 것을 돋보이게 했다. 다음과 같은 페이지에서 앞서 말한 두 시간 사이의 장면 전환이 얼마나 미묘한 울림과 함께 이루어지고 있는지를 보라. "그렇게 여러 해가 흘러갔다. 해마다 부활절, 성모승천일, 만성절과 같은 대축일이 돌아오는 것 말고는 모두가 똑같았으며, 특별히 주목할 만한 일도 일어나지 않았다. 마을에서 일어난 몇몇 사소한 일들이 훗날 특별한 사건처럼 이야깃거리가 되었을 뿐이다. 이를테면 1825년에는 두 명의 유리업자가 현관을 새로 칠했다든가, 1827년에는 지붕의 일부가 안뜰에 떨어져 사람을 죽일 뻔했다든가 하는 것들이었다. 1828년 여름에는 오뱅 부인이 성찬식의 빵을 봉헌할 차례가 되었다. 이 무렵 이상하게도 부레 씨가 모습을 보이지 않았다. 그리고 옛 지인들이 하나둘씩 차례로 세상을 떠났다. 기요, 리에바르, 르샤투아 부인, 로블랭, 오래전에 몸이 마비된 그르망빌 아저씨 등등. 어느 날 저녁, 우편 마차의 마부가 7월혁명이 일어났다는 소식을 퐁레베크에 전해주었다. 얼마 뒤에는 새로 임명된 군수가 왔다. 예전에 미국 주재 영사였던 라르소니에르 남작이었다."(『순박한 마음』, 3장) 가족의 시간은 혁명 같은 것이 아닌 새 군수로 인해 변화되었다. 이는 소설에서 매우 중요한 위치를 차지하는 사건이었다. 룰루[45]의 주인이었던 군수가 도지사가 되어 그곳을 떠나면서 펠리

---

45 룰루(Loulou)는 플로베르가 자신의 조카딸 카롤린을 부르던 애칭이기도 하다.

시테에게 앵무새를 선물했고, 그로 인해 펠리시테의 내적인 삶과 종교관 모두가 달라졌기 때문이다. 미국에서 온 새 룰루는 그녀에게는 살람보에게 검은 비단뱀과 신성한 베일이 의미하는 것과 같았고, 종국에는 성령과 혼동되어 퐁레베크의 하녀에게 하나의 신으로 화했다.

『순박한 마음』은 우리가 살고 있는 일상의 이야기를 들려주며, 그렇기 때문에 하나의 역사처럼 느껴지지 않는다. 반대로 『성 쥘리앵』은 중세로 시간을 거슬러 올라감으로써 역사를 전설로 변화시킨다. 『순박한 마음』과 『성 쥘리앵』은 아직은 역사가 되지 못한 이야기와 더이상 역사이지 않은 이야기라는 양극단에 위치해 있다. 그리고 한편에서는 역사의 형상이 하나의 예감처럼, 다른 한편에서는 하나의 기억처럼 떠돌고 있다. 『순박한 마음』은 플로베르가 자신의 가족에 대한 기억들을 바탕으로 써내려간 것이며, 『성 쥘리앵』은 루앙 대성당의 스테인드글라스에 새겨진 이야기에서 영감을 얻어 쓴 것이다. 역사의 이면과 너머의 이야기를 담은 이 두 가지 형식은 바로 그런 이유로 『헤로디아』에 담긴 역사적 사실들을 더욱더 돋보이게 한다. 실제의 역사적 사실과 성서의 인물들을 소재로 한 『헤로디아』는 이폴리트 텐 같은 이들로 하여금 소중한 정보들을 얻게 하고, 유대인과 로마인의 문화의 본질과 대조 및 그 둘 사이의 연관성을 알게 해주는 망루와 같은 역할을 하고 있다. 『성 쥘리앵』에는 더이상 역사가 존재하지 않으며, 모든 것이 스테인드글라스와 상징의 색깔을 띠는 종교적 전설로 변화했다. 반면 『헤로디아』에서는 가장 위대한 인간의 전설 중 하나가, 고고학적이고 정치적인 디테일을 최대한 사실적으로 반영한 하나의 적나라한 역사로 그려지고 있다. 『헤로디아』에서 역사적 이야기를 써나가는 플로베르의 뛰어난 재능이 『폴리왹트Polyeucte』[46]—아마도 플로베르는 염두에 두지 않았을 듯한—에서처럼 기능하는 것을 보는 건 매우 흥미로운 일이다. 노르망디 출신의 섬세한 두 작가는 결국 역사가의 눈으로 새로운 종교와 로마제국의 통치자들 사이의 접촉과 충돌을 그려내기 위해 똑같은 가치들에 호소하고 똑같은 방식들을 사용한 셈이었다. 종교적 오라를 지닌 남자들, 요카난과 폴리왹트가 있다. 그리고 이들이 주도하는 종교적 폭발은 로마인 통치자들인 헤로데와 펠릭스를 불안하게 만든다. 두 기독교인은 단지 통치자들이 다스리는 영역에서뿐만 아니라 그들의 가족 및 집안의 여자들과 관련해서도 문제를 일으키기 십상이기 때문이다. 그리고 로마제국의 모든 위엄을 갖춘 채 등장하는 아울루스(『헤로디아』)와 세베르(『폴리왹트』)가 있다. 광신자들은 이들 앞에서 소란을 피워 통치자를 몹시 난처한 지경에 처하게 할 터였다. 이 모든 것은 통치자로 하여금 다른 방법으로는 결코 굴하지 않을 이의 머리를 자르게 만드는 것으로 끝나게 된다.

플로베르는 인생의 마지막 10년에 걸쳐 『부바르와 페퀴셰』를 집필하는 동안 막간을 이용해 『세 가지 이야기』를 썼다. 그는 또다른 작품들도 구상했다. 그가 언제나 꿈꾸어왔던 현대적 동방에 대

46 1643년 마레 극장에서 초연된 피에르 코르네유의 5막 비극.

한 대단한 소설을 쓰기에는 그는 너무 늙었고 그것을 위한 돈도 없었다. 그런 소설을 쓰려면 새로운 동방 여행을 떠나야 할 터였다. 따라서 그는 그 대신 『감정 교육』을 잇는 작품, 제2제정을 배경으로 하는 정치적 삶에 대한 소설을 쓰고자 했다. 그러나 계획은 아직 모호하기만 했다. 그는 때로는 『무슈 도지사Monsieur le préfet』라는 제목으로, 또 때로는 『파리의 부부Un ménage parisien』라는 제목으로 구상을 했다. 유감스럽게도 프랑클린 그루 경매에서 부분적으로 팔려나간 그의 노트들에서 그가 이러한 제목들을 염두에 두었음을 알 수 있다. 『공쿠르 형제의 일기』에서만 그에 대한 언급을 찾을 수 있는 다음의 아이디어는 좀더 즉흥적인 것으로 보인다. "난 독창적인 시도를 하고 싶습니다. 혁명 이전에 살던 루앙의 두세 가족을 지금 시대로 옮겨오는 것 말입니다…. 그리고 직조공의 후손인 푸이예 퀘르티에 같은 이의 가계를 보여주는 겁니다. 그 이야기를 대화체로 쓴다면 무척 재미있을 것 같아요. 아주 세심한 장면 묘사를 곁들여서요. 그런 다음 제2제정을 배경으로 하는 나의 야심작을 쓸 겁니다."[47]

그러나 플로베르가 가장 쓰고 싶어했던 것은 〈테르모필레 전투의 레오니다스〉 같은 작품이었다. 언젠가 그는 에드몽 드 공쿠르에게 다음과 같은 이야기를 털어놓았다. "무엇보다 내내 내 머릿속을 떠나지 않는 것부터 해치워야 할 것 같아요…. 나의 테르모필레 전투 말입니다. 난 그리스로 여행을 떠날 생각이에요…. 그리고 기술적인 용어들을 사용하지 않고 이야기를 쓸 겁니다. 예를 들면 정

47 『공쿠르 형제의 일기』, 1879년 9월 20일.

강이밭이 같은 단어 말입니다…. 난 이 전사들 가운데서 죽기를 각오한, 아이러니하면서도 경쾌한 방식으로 죽음을 향해 나아가는 군대의 모습을 봤어요. 내 책은 민중들에게 좀더 차원 높은 하나의 마르세예즈가 되어야만 합니다."[48] 그는 행진의 찬가 〈라 마르세예즈La Marseillaise〉[49]를 말한 것이었으나 그러면서 동시에 뤼드의 〈라 마르세예즈〉[50]를 떠올리기도 했다. 어떤 조형적 아이디어, 즉 비장하고 긴장된 모습이 아닌 순박하고 강건한 젊은이의 모습으로 떠나는 전사들의 이미지가 그를 매료한 것이다. 이러한 아이디어는 물론 『세 가지 이야기』를 관통하는 아이디어와도 연관이 있다. 그는 『순박한 마음』을 쓸 때와 같이 어조의 순수함 속에서 예술의 커다란 감동을 추구하게 될 터였다. 성 쥘리앵의 전설을 이야기할 때처럼 꾸밈없고 부수적인 장식이 없는 후속편에 매달리게 될 것이었다. 또한 『헤로디아』의 주제를 선택할 때처럼, 죽어버리고 알려지지 않은 시대가 아닌, 서구 역사의 빛나고 결정적인 장면들을 보여주는 잘 알려진 대중적 사실들을 통해 예술의 부활을 알리게 될 터였다. 플로베르의 야망은 고전적이고 유익한, 일종의 소설의 〈도리포로스Doryphoros〉[51]가 될 수 있는 작품을 쓰는 것이었다. 그리고 그

---

48 상동.

49 프랑스의 국가를 가리킨다. 1792년 4월 공병 장교인 루제 드 릴이 하룻밤 만에 작사 작곡한 것으로, 1879년 정식 국가로 채택되었다.

50 프랑스의 조각가 프랑수아 뤼드(1784~1855)가 에투알 개선문의 벽면 장식을 위해 제작한 작품 〈1792년 의용병들의 출발Le Départ des volontaires de 1792〉을 가리키는 것으로 통칭 '라 마르세예즈'로 불린다.

51 '창을 든 청년'이라는 의미로, 고대 그리스 조각의 거장 폴리클레이토스의 작품 제목이다. 그는 인체의 가장 아름다운 비례를 수적(數的)으로 산출하여 『카논Canon』이라는 제목의 책으로 펴냈는데 〈도리포로스〉는 그러한 비례를 기초로 하여 제작된 걸작이다.

의 이런 생각은 상당히 오래전으로 거슬러 올라간다. 그는 1854년에 쓴 편지에서 다음과 같은 이야기를 한 적이 있다. "어제는 테르모필레 전투 이야기에 마치 열두 살 소년처럼 흥분했지 뭐야. 이건 누가 뭐라고 해도 내 영혼이 아직 순수하다는 걸 입증하는 게 아닐까."[52] 이러한 천진함에서 남아 있는 것은 정련의 과정을 거쳐 단순하고도 완벽하게 변모한 뒤, 아름다운 어조와 더불어 그의 작품들 간의 조화를 이루어낼 수 있었을 터였다.

그러나 당시 그를 사로잡고 있던—그리고 끝내 미완성으로 남게 될—작품인 『부바르와 페퀴셰』에서 플로베르는 천진함에 완전히 등을 돌렸다. 이 작품은 때 이르고 서글픈 노화의 자연스러운 산물이었다. 플로베르는 노르망디의 거인의 모습 뒤에서 육체적으로 스스로를 혹사한 나머지 지칠 대로 지쳐 있었다. 그의 신경성 질환과 또다른 질병들, 한곳에만 머무는 삶의 허술한 위생, 빈약한 섭생 등이 그의 기계를 망가뜨리고 녹슬게 했다. 그는 『공쿠르 형제의 일기』가 잘 보여주는 것처럼 곤궁하고 힘든 상태에서 살고 있었다. 사람들은 그의 예민한 시스템을 배려하여 그를 거스르지 않으려고 애썼다. 그는 오래전부터 스스로 성 폴리카르프[53]가 되었노라고 자찬했다.[54] "성 폴리카르프는 귀를 막은 채 자신이

---

52 『서간집』, 1854년 4월 7일 루이즈 콜레에게 보낸 편지.

53 폴리카르포스 또는 폴리카르푸스라고도 함. 옛 기독교의 신학자이자 사도 요한의 제자로 스미르나의 주교가 되었다. 로마 가톨릭교회와 성공회에서 성인으로 공경하며, 축일은 2월 23일이다.

54 플로베르는 1853년 무렵부터 성 폴리카르프를 자신의 수호성인으로 여겼다. 그리고 자신을 그와 동일시한 나머지 편지에 이름 대신 '성 폴리카르프' 또는 '폴리카르프'라고 적기도 했다.

있던 곳에서 도망치면서 이렇게 외치는 습관이 있었어. '신이시여, 대체 나를 어떤 시대에 태어나게 하셨나요!' 나도 성 폴리카르프가 된 것 같아."[55] 플로베르의 친구들은 성 폴리카르프의 축일에 그를 위한 파티를 열어주기도 했다.

비교적 유복한 환경과 아버지가 물려준 재산 덕분에 오직 문학에만 전념하는 행운을 누릴 수 있었던 플로베르는 말년에는 심각한 경제적 어려움에 처하게 되었다. 북구의 목재를 사들여 제재소를 운영하던 조카사위의 파산으로 인해 그의 빚을 대신 갚아주느라 몹시 쪼들리는 삶을 살아야 했던 것이다. 그때까지 그는 여러 정치 체제에서 소소한 혜택들을 입은 터였다. 1848년의 공화국은 그에게 동방을 여행할 수 있는 임무를 주었고, 나폴레옹 3세는 그를 콩피에뉴 궁전에 맞아들였으며, 그에게 레지옹 도뇌르 훈장을 수여했다. 또한 제3공화국은 플로베르의 언론의 적들이 그에게 극심한 모욕을 가한 고통스러운 사건들이 있은 뒤 그에게 3,000프랑의 연금을 수여했다. 그는 죽기 전에 막심 뒤 캉이 아카데미 프랑세즈의 회원으로 받아들여지는 것을 보았다. 그는 이제 첫 번째 『감정 교육』의 주제를 되돌아보며 서글프고도 자랑스럽게 자신들 두 사람이 걸어온 길을 되짚어볼 수 있었다.

르네 뒤메닐은 플로베르의 말년, 그 쓸쓸함, 조카딸 부부로 인한 파산, 노년기의 충실한 친구였던 라포르트와의 불화, 문학 친구들의 변함없는 우정, 성 폴리카르프 축일의 파티들에 대해 정확한

55 『서간집』, 1853년 8월 21~22일 루이즈 콜레에게 보낸 편지.

정보와 함께 상세히 들려주고 있다. 그리고 1880년 5월 8일, 플로베르는 58년 5개월의 나이에 뇌일혈로 사망했다. 에드몽 드 공쿠르의 일기에는 그 자신과도 각별하게 지냈던 플로베르의 장례식 이야기가 나온다.

크루아세는 부이예가 작업하던 별채만 제외하고는 모두 팔려 나가 파괴되었다. 미완성작인 『부바르와 페퀴셰』는 25년 전에 『보바리 부인』을 《르뷔 드 파리》에 실을 때 그랬던 것처럼 신중한 삭제를 거친 뒤 1881년 《라 누벨 르뷔La Nouvelle Revue》에 소개되었다. 이제 플로베르의 사후死後 이야기가 시작된 것이다.

그의 사후 이야기를 담으려면 책 한 권—대략 세 부분으로 나뉘게 될—이 더 필요할 터다.

먼저 프랑스뿐만 아니라 영국, 이탈리아, 독일 등지에서 플로베르가 예술가들에게 미친 방대한 영향에 대해 이야기해야 할 것이다. 지방에는 실제로 말 그대로 플로베르 유파가 존재했다. 플로베르를 중심으로 르 푸아트뱅과 부이예가 주축이 된 것이었다. 그리고 플로베르 자신도 그의 계승자 중 가장 뛰어난 인물, 모파상[56]을 키워냈다. 모파상은 뒤마 피스처럼 일종의 플로베르 피스[57]였던 셈이다. 플로베르에게 있어서 유일한 사실은, 그의 위대한 네 편의 소설이 뚜렷이 다른 네 분야에 각각 영향을 미쳤다는 점이다.

다음으로는 대중적 취향과 플로베르에 대한 비평가들의 감정

---

56 기 드 모파상은 플로베르의 절친한 친구였던 알프레드 르 푸아트뱅의 누이동생의 아들이다.

57 '피스(fils)'는 프랑스어로 아들을 의미한다.

의 역사, 관습적인 소설의 지지자들의 끈질긴 반감, 학계에 속한 평론가들의 침묵, 웅변적인 것이 빛이 바랜 20세기에 그가 입은 손실 등을 이야기해야 할 것이다.

마지막으로 그의 사후 출간 작품과 관련된 특별한 사건이 있다. 이미 출간된 작품들에 중요한 두 날개를 달아준 작품들이 있는데, 아마 플로베르 자신도 그것들이 지닌 흥미로움과 가치를 예감하지 못했을 터다. 그가 청년기에 쓴 작품들과 그가 남긴 편지들이 그것들이다.

플로베르의 사후 출간 작품들은 예술가로서의 주저함 때문에 작품을 늦게 발표하거나 아예 발표하지 않았던 한 작가의 진정한 조숙함과 풍부함을 느낄 수 있게 해준다. 이 작품들은 우리에게 작가의 내밀한 실험실을 활짝 열어 보이면서, 어떤 강력한 부식토가 그의 놀라운 나무들을 키워냈는지를 알게 해준다. 1936년 프랑스의 공공 도서관들이 플로베르의 친필 원고의 자유로운 사용을 허용함으로써 그의 위대한 작품들의 고증본이 나올 수 있게 되자 우리는 그에 대해 예전보다 좀더 알 수 있게 되었다. 작품의 이면과 하부구조가 드러남으로써 플로베르만큼 덕을 보게 되는 작가도 드물 것이다. 치밀한 의식의 결과물인 플로베르의 소설들은 더 많은 치밀한 의식을 지닌 이들이 그것들을 조명하고 심화할 때 더욱더 자연스럽게 제자리를 찾아가는 듯 보인다. 오랫동안 미루어졌던 그의 편지들의 출간은 이러한 조명과 심화, 그리고 플로베르 작품의 이 세 번째 차원에 깊이를 더해주었다. 그의 서간집은 19세기의 문학작품 가운데서 가장 유익하고도 흥미로운 작품 중 하나다. 앙드레 지드는 『플로베르 서간집』이 오랫동안 자신의 머리맡 애독서였노라고 했으며, 또다른 많은 이들도 그와 똑같은 이야기를 한 바 있다.

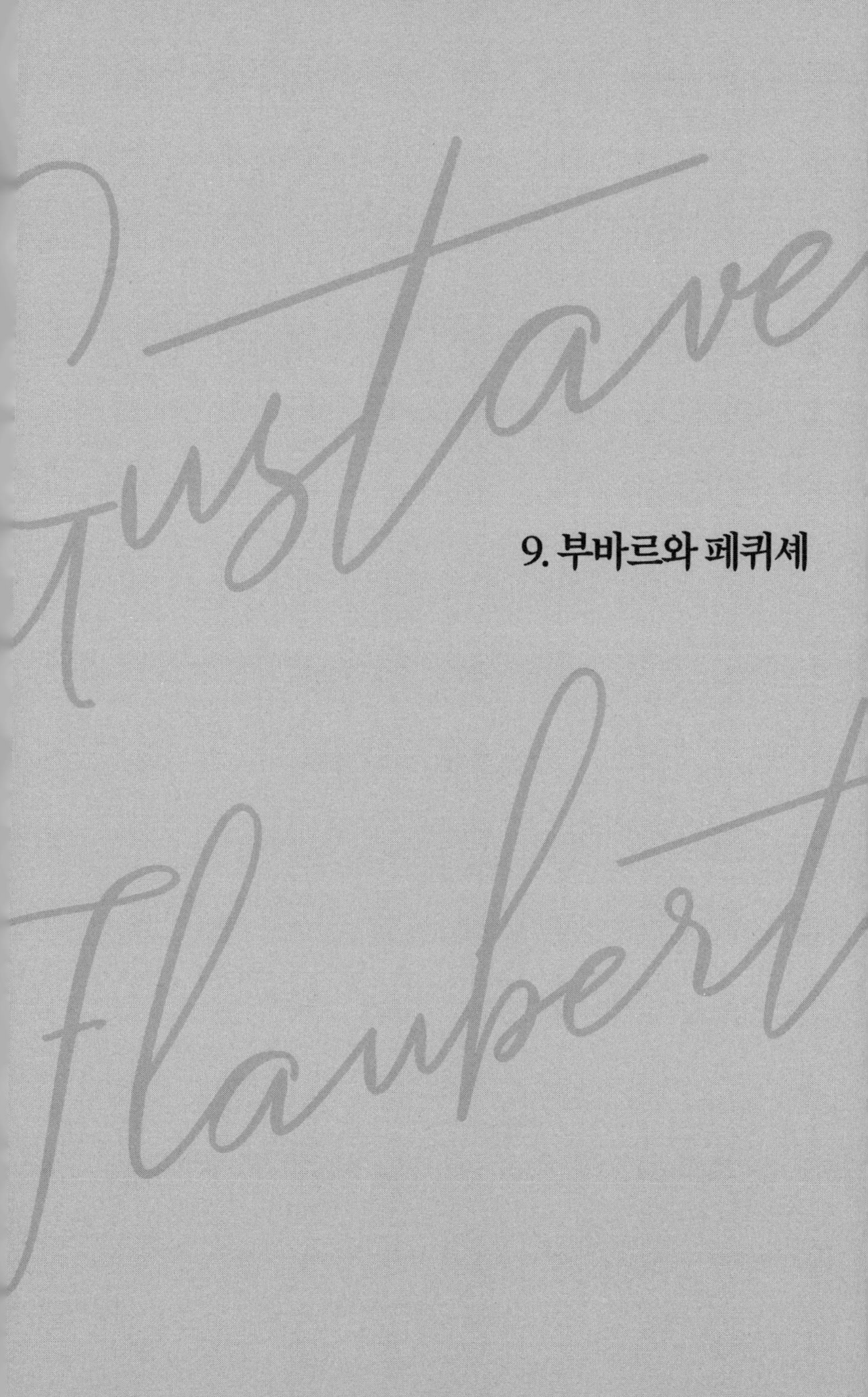

9. 부바르와 페퀴셰

플로베르가 미완성으로 남겨놓은 『부바르와 페퀴셰』는 그의 사후에 출간돼 온갖 욕설과 야유를 불러일으켰다. 플로베르는 『감정교육』의 마지막 문장에 대한 평단의 아우성을 마음에 담아두고 있었다. 그는 예의 그 문장을 한 권의 책으로 확장하여 자신의 동시대인들로 하여금 그것을 삼키게 한 뒤 그들이 찡그리는 얼굴을 보며 즐기고자 했던 게 아닐까. 이는 더이상 분노가 아닌 연민에서 비롯된 것이었다. 어떤 비평가는 보들레르의 『악의 꽃』을 두고 그랬던 것처럼 스캔들과 경멸을 나타내는 모든 표현들을 마구 쏟아냈다. 하지만 다른 한편으로는, 『부바르와 페퀴셰』를 단지 한 권의 책un livre이 아니라 '그 책le Livre'이라고 주장하는 광적인 플로베르 애호가 그룹이 존재했다. 박물학자인 조르주 푸셰를 주축으로 플로베르의 진정한 전통을 이어가고자 했던 이 그룹에는 앙리 세아르, 가브리엘 티에보 등이 참여했고, 레미 드 구르몽은 때때로 사료 편찬관의 역할을 했다. 구르몽은 『부바르와 페퀴셰』를 단지 플로베르의 걸작일 뿐만 아니라 문학의 걸작에 가깝다고 주장하는 이들 중 하나였다. 그가 똑같은 열정으로 이야기하고 유사한 장점들을 들어 찬사를 보낸 작품은 『롤랑의 노래Chanson de Roland』가 유일했다. 설령 문학의 이상이 '간결미'에 있다고 하더라도 나는 구르몽의 견해가 우스꽝스럽다고 생각지 않는다. 그러나 어쨌든 『부바르와 페퀴셰』에 대한 의견이 분분한 것은 사실이다.

플로베르는 보불전쟁 직후에 『부바르와 페퀴셰』의 집필에 착수했다. 그는 『성 앙투안의 유혹』 마지막 버전의 집필과 동시에 작품을 썼고, 두 작품 사이의 관계는 명백하다. 『부바르와 페퀴셰』는 『성 앙투안의 유혹』의 현대적 패러디로 간주될 수 있다. 또한 『성 앙투안의 유혹』처럼 『부바르와 페퀴셰』도 플로베르의 젊은 시절의 오래된 생각, 아니 그의 삶을 지탱해왔던 생각을 구현한 것이다. 그리고 그의 작품 가운데서 이처럼 삶의 모든 차원을 품은 것은 세 편에 불과하다. 『감정 교육』 『성 앙투안의 유혹』 『부바르와 페퀴셰』가 그것들이다. 이 작품들의 세 가지 주제는 『보바리 부인』과 『살람보』의 그것처럼 외부에서가 아닌 내면으로부터 주어진 것이었다. 각각 플로베르의 자전적 소설, 신학적-악마적-우주적 성찰, 인간의 어리석음에 대한 서사시인 세 작품은 그의 소년 시절의 습작에서부터 그 윤곽이 드러났고, 일찌감치 그의 꿈속에 자리를 잡은 터였다. 앞의 두 작품은 출간되었으니 이제 마지막 작품이 그 뒤를 이을 차례였다. 플로베르는 죽기 전에 작품의 대부분을 써놓았으니 그의 문학적 운명을 모두 실현했다고 할 수 있을 것이다.

『부바르와 페퀴셰』의 가장 오래된 기원은 아마도 가르송이라는 인물 속에 있지 않을까 싶다. 플로베르는 소년 시절에 이미, 인간의 어리석음이 신성한 두려움의 방식으로 그를 사로잡고, 그 어리석음과 한 몸이 되고, 자신 안에 어리석음의 실재와 어리석음에 대한 자각이 동시에 존재함을 느끼는 데서 오는 쾌락을 맛본 터였다.

그는 스물네 살 때 제노바에서 보았던 피터르 브뤼헐의 그림에서 『성 앙투안의 유혹』의 주제를 얻었다. 그리고 『부바르와 페퀴셰』의 주제를 처음 떠올린 것도 그와 비슷한 시기로 거슬러 올라간다. 이 또한 두 작품의 유사점을 설명해주는 것이다. 『부바르와 페퀴셰』의 줄거리는 1841년 4월 14일 《가제트 데 트리뷔노 Gazette des Tribunaux》에 처음 발표된, 모리스라는 이름의 한 저널리스트의 단편소설에 포함돼 있었다. 이 작품은 같은 해 5월 《르 주르날 데 주르노 Le Journal des Journaux》에 다시 실렸고, 아마도 플로베르는 그것을 읽었을 것이다.[1] 소설의 전반적인 구성이 마치 제노바의 그림처럼 그의 머릿속에 각인되었고, 그 속에서 점차 변모하고 커나갔을 것이다.

마찬가지로 젊은 시절, 동방 여행에서 돌아온 플로베르는 『통상 관념 사전』에 대한 아이디어를 떠올리게 된다. 그가 구상하는 것은 "이것을 읽은 뒤에는 자연스레 그 속에 있는 말을 하게 될까봐 말하기가 꺼려지게끔 만드는"[2] 책이었다. 그가 이 무렵부터 착수한 『통상 관념 사전』은 그의 사후에야 발표되었고, 『부바르와 페퀴셰』의 2권에 함께 실리게 될 터였다. 심지어 100여 개(나는 아

1 (원주) 뒤메닐과 데샤름, 『플로베르를 둘러싼 이야기』, 제2권, 5쪽.

2 『서간집』, 1852년 12월 16~17일 루이즈 콜레에게 보낸 편지.

흔세 개까지 세어봤다)에 이르는 『보바리 부인』 속 이탤릭체 구절을 『통상 관념 사전』의 초안이나 부록으로 여길 수도 있을 것이다. 이탤릭체 표현들은 작가의 언어에 속하는 게 아닌, 용빌의 주민들이 자연스레 구사하는 상투적인 말들의 예를 보여준 것이었다. 어쩌면 『보바리 부인』의 극단에 있는 책은 더이상 아무것도 이탤릭체로 표현할 필요가 없는 것일 터다. 필요한 모든 표현들이 그 속에 들어 있기 때문이다. 그런 책이 바로 『부바르와 페퀴셰』라고 할 수 있다.

따라서 『부바르와 페퀴셰』의 기원에서는 서로 비슷하게 오래되었지만 상당히 늦게야 합쳐지는 정신 상태와 주제—마치 영혼과 육체 같은—를 발견할 수 있다. 플로베르는 『보바리 부인』을 집필하던 시기에 다음과 같은 이야기를 한 바 있다. "난 우리 시대의 어리석음에 대해 물밀 듯 몰려와 나를 숨 막히게 하는 증오를 느껴. […] 나는 그 어리석음으로 반죽을 만들어 19세기에 덕지덕지 처바르고 싶어. 인도의 탑들 위에 쇠똥을 발라 황금빛이 나게 하는 것처럼. 혹시 알아? 그게 오래갈지. 한 줄기 햇살과 한순간의 영감 그리고 주제의 운만 있으면 되는 거란 말이지."[3] 이 편지의 수신자였던 부이예는 몇몇 연극의 실패 후에 공개적으로 프랑스인임을 포기하겠다고 선언하고(정당한 이유가 있는 포기였다!) 지구 정반대 쪽으로 가서 살 생각을 하기도 했다. 에드몽 드 공쿠르는 무대에 올린 『제르미니 라세르퇴Germinie Lacerteux』와 『위험에 처한 조

3 『서간집』, 1855년 9월 30일 루이 부이예에게 보낸 편지.

국Patrie en danger』의 이중 실패를 겪은 뒤 1889년 일기에 다음과 같이 썼다. "난 책 속에서, 높은 곳에서 이 세기를 내려다보며 침을 뱉을 수 있는 그런 책—소설이 아닌—을 쓰고 싶다. 『우리 시대의 거짓들Les Mensonges de mon temps』이라고 제목 붙인 책을."[4] 막심 뒤 캉도 그가 사는 시대가 자신의 가치를 제대로 알아주지 않는다고 불평했다. 그래서 마치 미다스 왕의 이발사가 갈대밭에 대고 "임금님 귀는 당나귀 귀"라고 털어놓았던 것처럼, 『우리 시대의 풍속Les Moeurs de mon temps』이라는 자신의 책을 파리 국립도서관의 금서 보관소[5]에 맡겨두었다. 이처럼 플로베르를 포함한 이들 세대는 자신들이 사는 시대에 대한 원망과 유감을 쏟아내기를 주저하지 않았다. 플로베르는 이렇게 외쳤다. "오, 프랑스여! 이 나라는 우리의 조국이긴 하지만 슬픈 나라입니다. 그 사실을 인정합시다. 나 자신마저 이 나라를 휩쓸고 삼켜버리는 어리석음의 물결과 백치 병의 홍수에 잠겨버리는 듯합니다. 노아의 동시대인들이 바닷물이 계속 올라오는 것을 보며 느꼈을 공포가 느껴집니다."[6] 이러한 대홍수 앞에서 플로베르는 포도나무의 아버지인 노아처럼 방주를 만들고 싶어했다. 노아의 그것과는 정반대로 홍수에서 살려낸 생명들의

---

4 『공쿠르 형제의 일기』, 1889년 4월 8일.

5 국립도서관에는 '지옥(l'Enfer)'이라는 이름으로 불리는 서가가 있는데, 이는 각 시대의 기준에 따라 건전한 풍속을 해치거나 음란하거나 외설적이라고 판단되는 책들을 보관해두는 곳이다. 그러나 이 책들은 미성년자에게만 열람이 금지돼 있고 성인은 누구나 신청하여 열람할 수 있다. '지옥의 황금기(파스칼 피아)'였던 19세기 초반에 생겨났을 것으로 추측되는 지옥이라는 이름은 처음에는 남몰래 보관해둘 필요가 있는 '에로틱한' 물건들(책, 판화, 메달 등)을 넣어두는 장식장 같은 것을 의미했으나, 제2제정 시대에 이러한 이름을 딴 공간이 국립도서관에 만들어졌다.

6 『서간집』, 1874년 6월 17일 로제 데 주네트 부인에게 보낸 편지.

보존을 위한 방주가 아닌, 그 물결과 함께 완전한 허무주의의 지배를 가져올 기괴하고 부조리하고 죽어버린 형태들의 방주를.

그리고 그것(방주)은 플로베르의 미학과 부합하는 비개성적인 작품이 되어야만 했다. 그러기 위해서는 어리석음에 대해 분노할 게 아니라, 어리석음에 순응하면서 그것의 목록을 만들고 분류하며, 현자는 자연이라는 학교의 학생이 되어야 한다고 했던 베이컨의 말처럼 어리석음이라는 학교의 학생이 되어야 했다. 『보바리 부인』의 이탤릭체 표현들은 이미 이러한 목록의 일부를 보여준 터였다. 심지어 몇몇 구절들은 덜 단편적인 방식으로 그 목록을 축약해놓은 듯했다. 레옹이 파리로 떠난 뒤 오메가 파리에서의 삶에 대해 들려주는 장면(2부 6장)에 관해 플로베르는 다음과 같이 자찬했다. "지방에서 파리에 대해 떠들어대는 어리석은 이야기들을 모두 모아놓았지. 대학생들의 삶, 여배우들, 공원 같은 데서 접근하는 사기꾼 등등에 관해. 그리고 식당 음식은 가정식보다 건강에 좋지 않다고도 이야기했고 말이지."[7] 그리고 『통상 관념 사전』은 "다수는 언제나 옳고, 소수는 언제나 틀리다. 나는 모든 어리석은 자들을 위해 위대한 이들을 희생시키고, 모든 사형집행인에게 순교자들을 제물로 바치게 될 것임"을 보여주게 될 터였다.

이러한 작품에 필요한 역량을 내면에 갖추려면 어리석음에 대한 이해와 두려움과 더불어 어리석음에 대한 어떤 취향을 지녀

7 『서간집』, 1853년 6월 14~15일 루이즈 콜레에게 보낸 편지.

야만 한다. 성 앙투안이 카토블레파스[8]에게 이끌리듯 어리석음에 이끌리고, 삶과 기쁨과 자신의 정신 건강을 위해 그것을 필요로 하고, 조각가가 대리석에, 시인이 단어에 민감하듯 자신의 예술의 소재가 되는 어리석음에 예민하게 반응해야만 하는 것이다. 플로베르는 노르망디의 애호가가 약간 상한 치즈를 즐겨 먹듯 어리석음을 맛보고 들이마시고 음미했다. 그는 자신의 조카딸에게 보낸 편지에서 크루아세에 괘종시계의 태엽을 감아주러 왔던 시계 수리공에 대해 이렇게 이야기했다. "이 바보 같은 사람이 내 인생에 한자리를 차지하고 있다는 걸 깨달았어. 그를 볼 때마다 기분이 좋아지거든. 오, 이토록 대단한 어리석음의 힘이여!"[9] 위스망스, 티에보, 구르몽이 주창하는 완전한 플로베르주의, 정통한 부바르주의에서도 이와 같은 관점이 발견된다. 이처럼 플로베르의 어리석음에 대한 두려움은 그가 그것에 대해 느끼는 매혹의 극히 작은 부분을 차지하고 있었을 뿐이다. 그는 단지 어리석음을 묘사하는 데 그치는 게 아니라 그것을 몸소 체현하고자 했으며, 『부바르와 페퀴셰』는 작가와 그의 주제가 흥미롭게 융합된 작품인 것이다.

두 필경사의 이야기를 쓰기 위해 플로베르는 스스로 필경사가 되었다. 그는 1871년부터 엄청난 자료 노트를 만들고, 수많은 책들을 읽고 샅샅이 뒤졌다. "내 책의 주인공인 두 남자 때문에 내

8 1874년에 출간된 『성 앙투안의 유혹』 결정판에서 플로베르는 카토블레파스에 대해 자세히 묘사하고 있다. 검은 물소를 닮은 괴물은 머리가 돼지를 닮았고, 흐물흐물한 창자 같은 기다란 목 때문에 머리를 들어 올리지 못하고 언제나 땅에 엎드려 있다고 한다.

9 『서간집』, 1870년 7월 28~29일 카롤린에게 보낸 편지.

가 미친 듯이 읽어야 했던 책이 몇 권인지 아십니까? 무려 1,500권이 넘는답니다. 메모한 노트들을 쌓은 높이가 8인치나 되고 말이죠. 사실 이 모든 것은 아무것도 아닌 것과 같지요. 하지만 이처럼 넘치는 자료들 덕분에 난 더이상 학자연하는 현학자가 아닐 수 있게 되었습니다. 그것만은 장담할 수 있습니다."[10] 그러나 이는 결코 확신할 수 없는 것들 중 하나가 아닐까. 현학적 태도, 부바르와 페퀴셰의 정신 상태, 그리고 플로베르의 정신 상태가 서로 충분히 다른 세 가지임을 인정한다고 하더라도, 그것들은 적어도 불필요하고 충분히 소화되지 못한 지식들의 축적이라는 공통점을 지니고 있기 때문이다.

몽테뉴는 "늙은이가 알파벳을 배우는 어리석음이라니!"[11]라고 탄식한 바 있다. 그런데 『부바르와 페퀴셰』는 바로 알파벳을 배우려는 두 늙은이[12]의 개별 연구서나 다름없다. 그리고 책의 희극성은 몰리에르의 『부르주아 귀족Le Bourgeois gentilhomme』의 그것과 똑같은 원칙에 근거하고 있다. 두 작품 모두 젊은이에게나 어울릴 법한 것들을 하면서 스스로를 우스꽝스럽게 만드는 늙은이들의 이야기이기 때문이다. 그들은 삶을 끝맺어야 할 시기에 이르러 다시 삶을 살기 시작한 것이다. 삶과 자연의 법칙을 명백히 거스르는 하나의 예를 통해 플로베르가 어떻게 인간의 삶과 본성에 반하는 논증을 펼칠 수 있을지 의아한 생각이 들게 된다. 철이 지나 배

---

10 『서간집』, 1880년 1월 25일 로제 데 주네트 부인에게 보낸 편지.

11 『수상록』 제2권 28장에 나오는 구절.

12 두 사람이 처음 만났을 때의 나이는 둘 다 마흔일곱 살이었다.

움에 뛰어드는 우스꽝스러움이 어떤 점에서 교육에 반하는 것일까? 부바르처럼 젊어 보이고 싶어하는 늙은이와 페퀴셰처럼 쉰세 살까지 동정을 지킨[13] 순진한 사람의 우스꽝스러운 사랑이 어떤 면에서 사랑에 반하는 것일까? 부바르와 페퀴셰가 한 죄수의 두 아이를 키우기 시작한 사실—플로베르에게는 그가 교육에 관해 수집한 온갖 어리석은 짓거리들을 나열할 수 있는 좋은 기회가 되는—이 자신의 아이를 낳은 부모들과 가르치는 게 직업인 이들이 행하는 교육에 맞서 무엇을 증명할 수 있을까?

이 모든 것에도 불구하고 『부바르와 페퀴셰』는 우리가 아는 플로베르의 삶과 기질에 비추어 볼 때 꼭 필요했던 책인 듯하다. 플로베르는 이 책을 써야만 했던 것이다. 그가 했던 다음 말에는 부인하기 힘든 진실이 담겨 있다. "나는 종종 어째서 그토록 오랜 시간 동안 이 책에 매달렸는지를 자문하곤 합니다. 다른 책을 쓰는 게 더 좋지 않았을까 생각하면서 말입니다. 하지만 진정으로 내겐 다른 선택의 여지가 없었노라고 자신 있게 말할 수 있습니다."[14] 그의 작품 중에서 이만큼 그의 존재의 밑바닥까지를 드러내 보인 책은 없었다. 조금 전에 난 『통상 관념 사전』 및 가르송과 관련지어 이 책을 설명하고자 했다. 사실 이 책의 기원은 그보다 훨씬 더 멀리까지 거슬러 올라간다. 플로베르와 그의 어린 여동생이 시립병원의 해부학 강의실 창문 너머로 그곳에 놓인 시신들을 구

13 『부바르와 페퀴셰』 제3장에 페퀴셰가 쉰두 살이 될 때까지도 여자와 성적 경험이 없다는 이야기가 나온다. 그리고 제7장에서 그는 쉰세 살의 나이에 처음으로 여자(젊은 하녀)와 관계를 맺는다.

14 『서간집』, 1878년 7월 9일 로제 데 주네트 부인에게 보낸 편지.

경하곤 했던 시절로. 또한 그가 여자를 바라볼 때마다 어김없이 그녀의 해골을 떠올리곤 했다던 그 시절로.[15] 『부바르와 페퀴셰』는 시신의 관점에서 바라본 현실과 앎과 인간의 의지를 묘사하고, 그 모든 것이 시신으로 변하는 순간에 목격한 것을 그린 작품이다. 그런데 육체적이고 정신적인 시신과 가장 가까운 것은 바보 같은 두 늙은이다. 그러나 유감스럽게도 플로베르에게는 스스로에게서 보다 다른 이들에게서 이러한 노년을 관찰할 기회가 적었다. 그것도 오래전부터 그러했다. 그리고 그 자신이 다양한 형태로 반복해 말한 것처럼, 그는 태어날 때부터 이미 늙어 있었다. 그는 늙음을 자기 안에 품고 있었다. 물론 어리석음에 관해서는 또다른 이야기였다. 그의 지적이고 정신적인 모든 기관은 어리석음을 감지하고 빨아들이고 거기서 영양분을 취하며, 냉소적인 선의와 가르송의 웃음과 함께 그것을 즐기기에 최적화돼 있었다. 『부바르와 페퀴셰』의 주제는 이 문학의 성 앙투안이 가장 쉽게 굴복할 수밖에 없었던 유혹이었던 것이다.

그의 아이디어가 구체화되어 집필이 진행됨에 따라, 그의 주제는 둘로 나뉘고 그의 작품은 두 개가 되었다. 이중적인 어리석음을 드러내는 그의 인물들이 그런 것처럼. 서로 잘 연결되지 않는 두 개의 주제, 바로 그 두 주제 사이의 논리적인 연결의 부재가 움직임과 삶과 풍요로움을 만들어가는 것이다(로댕의 『예술L'Art』[16] 가운데서 뤼드의 '네이 원수元帥'에 관한 페이지를 참조할 것). 『부바르와

15 『서간집』, 1846년 8월 7일 루이즈 콜레에게 보낸 편지.

16 1911년 폴 그셀이 오귀스트 로댕과 인터뷰한 것을 엮어 발표한 책.

페퀴셰』는 한편으로는 지성에 있어서 저주받은 두 남자의 어리석음을 적나라하게 드러내기와, 다른 한편으로는 플로베르 자신의 자서전 내지 자기 환시幻視라는 두 가지 주제로 이루어진 작품이다. 소설이 진척됨에 따라 그는 그 속에 더 많은 자신을 투영했고, 자신의 생각과 지성과 비판을 담아냈으며, 그들의 입장이 되어 물속으로 뛰어들듯 그 속으로 돌진했다. 폴랑탱과 뒤르탈[17]이 위스망스 자신이었던 것처럼, 그들은 곧 플로베르 자신이었다.

플로베르는 스스로 알파벳을 배우는 늙은이가 되지 않고서는 『부바르와 페퀴셰』를 쓸 수 없었다. 그가 작품 속에서 조롱한 것은 그가 예전에 찬양하던 것이었다. 언젠가는 이런 말을 하기도 했다. "소크라테스는 감옥에서 죽기 전날 어떤 음악가에게 리라를 연주하는 법을 가르쳐달라고 했대. 음악가는 그에게 물었어. '이제 곧 죽을 텐데 뭣에 쓰려고요?' 그러자 소크라테스는 이렇게 대답했어. '죽기 전에 배워두려고요.' 난 이보다 더 고귀한 정신을 본 적이 없어. 나도 세바스토폴을 점령하기보다는 이런 말을 할 수 있었으면 좋겠어."[18] 그는 그토록 고귀하게 여겼던 것을 나중에는 우스꽝스럽다고 생각했다. 하지만 그 우스꽝스러움을 느끼고, 다른 이들로 하여금 그것을 느끼게 하기 위해서는 얼마나 많이, 얼마나 다양한 방식으로 그것을 직접 행해야 했을까! "나는 내가 모르는 많은 것을 배워야 합니다. 한 달 후쯤에는 농사와 원예를 끝낼 수

17 조리스카를 위스망스의 『흘러가는 대로』 『피안Là-bas』 『출발En route』 『대성당La Cathédrale』 등에 나오는 인물들이다.

18 『서간집』, 1859년 11월 29~30일 에르네스트 페이도에게 보낸 편지.

있으면 좋겠습니다. 그래 봤자 책 1장의 3분의 2분량밖에 안 되겠지만요."[19] 플로베르는 이런 것들을 쉰 살이 넘어서 배울 수 있는 것처럼 배워나갔다. 게다가 그는 은퇴하고 시골로 떠나는 부바르와 페퀴셰의 나이를 그가 그들의 이야기를 쓰기 시작하던 나이인 쉰세 살로 설정했다. 필경사라는 그들의 직업도 그의 직업과 별반 다르지 않았다. 그는 문학에 역겨움을 느꼈고, 구역질이 날 정도로 입에서 잉크 냄새를 풍기곤 했다. "난 이제 검정으로 더럽힐 한 뭉치의 종이 외에는 더이상 삶에 아무런 기대도 하지 않습니다."[20] 그는 자신의 두 주인공으로 하여금 화학을 공부하게 하기 위해 자신도 화학을 공부했으며, 아무것도 이해하지 못했노라고 고백했다. 그리고 이러한 고백으로 자신의 속내를 드러냈다. "부바르와 페퀴셰가 나를 너무나 가득 채우다 보니 내가 그들이 되고 말았습니다. 그들의 어리석음이 내 것이 되고 만 겁니다. 정말 미쳐버릴 것 같아요."[21]

그들의 어리석음이 그의 것이 된 것은 그 역시 그들과 별로 다르지 않은 과정을 거쳤기 때문이다. 플로베르의 삶은 수많은 사람의 그것처럼 많은 부분이 실망과 실패로 점철되었다. 그러나 이러한 실패는 그것을 다시 거두어들여 이용하고 객관화하여 예술이 되게 한 다음, 어떤 존재로 하여금 그것을 짊어지게 하는 작가에게는 더이상 실패가 아니었다. 『보바리 부인』과 『감정 교육』

19 『서간집』, 1874년 12월 2일 조르주 상드에게 보낸 편지.

20 『서간집』, 1875년 3월 27일 조르주 상드에게 보낸 편지.

21 『서간집』, 1875년 4월 로제 데 주네트 부인에게 보낸 편지.

은 이미 실패에 관한 소설이었다. 플로베르는 『부바르와 페퀴셰』를 쓰면서 엠마와 프레데릭이 미리 닦아놓은 길로 계속 나아간 것뿐이며, 『감정 교육』의 후속편으로 일종의 '지성 교육Une Éducation intellectuelle'을 펴낸 것이었다. 심지어 그는 『부바르와 페퀴셰』에서 그의 초기 소설들의 주제들을 일부 다시 사용할 필요성마저 느꼈다. 일례로 그는 『보바리 부인』에 나오는 신부를 재등장시키고, 시골에서의 1848년 혁명 장면이 『감정 교육』에 나오는 파리에서의 혁명 장면과 한 쌍을 이루게 했다. 세 작품을 거치는 동안 플로베르는 똑같은 길 위에서, 좀더 단호하고 절대적인 운명을 향해 나아갔다. 그는 엠마와 프레데릭에게 그랬던 것처럼, 부바르와 페퀴셰를 스스로의 실패들로 만들어진 인물들로 그려냈다. 그러나 그 실패들은 엠마의 그것처럼 우연적이고 불운에서 비롯된 게 아닌, 궁극적으로 실패할 수밖에 없는 타고난 기질에 근거한 것이었다. 부바르와 페퀴셰가 계제를 가리지 않고 공부를 한 것은 플로베르의 공부 방식이 그들의 것과 아주 유사했기 때문이다. 플로베르는 바칼로레아를 치르기 전 아직 그리스어를 읽을 줄 모른다는 사실에 겁을 집어먹었다. 하지만 그는 1846년 3월에 막심 뒤 캉에게 보낸 편지에서 이렇게 이야기했다. "그리스어를 다시 배우기 위해 6년이라는 시간을 보냈는데도 아직 동사도 제대로 알지 못하는 걸 보면 인간의 의지가 얼마나 허망한 것인지 딱해서 웃음이 나올 지경이야."[22] 그는 손에 펜을 든 채 볼테르의 희곡을 읽고 장면 하

---

22 『서간집』, 1846년 3월 23~24일 막심 뒤 캉에게 보낸 편지.

나하나를 분석하느라 수개월을 보내기도 했다. 다행히 플로베르는 비평가나 학자가 아닌 예술가의 기질을 지닌 터라, 그가 마지못해 했고 그에게는 터무니없던 이런 일들은 예전에 법학 공부가 그랬듯이 그에게 아무런 흥미를 불러일으키지 못했다. 그는 책 속에서 부바르와 페퀴셰에 대해 이렇게 이야기하고 있다. "그래서 그들은 생리학이란 (구태의연한 표현을 빌리자면) 단지 의학 소설에 불과한 것이라고 결론을 내렸다. 그들은 생리학을 이해할 수 없었기에 그것을 믿지 않았다."(『부바르와 페퀴셰』, 3장) 플로베르의 경우도 종종 그러했다.

그리고 일반적인 인간의 경우에는 더욱더 자주 그렇다. 사람들은 과학의 불합리성이나 실패 앞에서 쉽사리 자기 머리의 한계와 결함을 탓하곤 한다. 첫 번째 『성 앙투안의 유혹』에 등장하는 '과학'은 부바르와 페퀴셰를 예고하는 인물인 셈이었다. 그것은 두 쌍둥이 격인 작품, 『성 앙투안의 유혹』과 『부바르와 페퀴셰』 사이에서 다리 역할을 하게 될 터였다.

이처럼 『부바르와 페퀴셰』는 한편으로는 실패라는 주제에 있어서 『보바리 부인』과 『감정 교육』의 연장선상에 있으며, 다른 한편으로는 『성 앙투안의 유혹』의 백과사전적인 행렬을 현대적이고 우스꽝스럽게 변환시킨 작품이다. 어쩌면 여기서 우린 『살람보』를 떠올릴 수도 있을 것이다. 생트뵈브를 비롯한 평단과 대중은 부바르와 페퀴셰가 쓰기 시작한 앙굴렘 공작의 이야기와 『살람보』가 몇몇 공통된 특징을 지니고 있음에 주목했다. 플로베르는 고립과 특이성 그리고 무용함의 이유로 카르타고라는 주제를 선택했다. 어쩌면 『부바르와 페퀴셰』의 주제를 선택한 이유도 이와 별반 다르지 않을 것이다. 그는 이 작품에서 자신의 문학적 풍경의 지리적 지도를 그려 보였다.

플로베르는 깊은 통찰력, 외과의 같은 냉정함 그리고 우스꽝스럽고도 슬픈 감정으로 자신의 실패와 결함을 직시하고 그것들을 과장함으로써, 일종의 정념情念의 정화에 의한 것처럼 그것들을 이상적으로 떨쳐버릴 줄 알았다. 하지만 그것은 『부바르와 페퀴셰』의 반쪽에만 해당되는 것이었다. 플로베르는 자신의 두 주인공으로 하여금 자신의 하부—다른 말로는, 자신의 부끄러운 부분—뿐만 아니라 상부도 함께 나누게 했다. 또한 비평가들로 하여금 그 두 남자를 통해 자신의 본성에서 바보 같은 면을 이끌어내게끔 했다. 하지만 그 반대로 그는 두 남자의 바보 같은 면에서 자신의 것과 같은 비판적인 기질을 이끌어내기도 했다. 그는 먼저 그들이 된 다음, 그들로 하여금 자신이 되게 한 것이다.

"그러자 부바르와 페퀴셰의 마음속에는 가련한 능력, 즉 어리석음을 간파하고 그것을 더이상 견딜 수 없어 하는 능력이 생겨났다.

하찮은 것들, 예를 들면 신문 광고, 어떤 부르주아의 옆모습, 또는 우연히 듣게 되는 어리석은 생각 같은 것에도 그들은 우울해하곤 했다.

마을 사람들이 이야기하던 것을 떠올리면서, 지구의 반대편에 또다른 쿨롱, 또다른 마레스코, 또다른 푸로가 있을 거라는 생각이

들자, 그들은 마치 온 땅덩어리가 자신들을 짓누르는 것처럼 느껴졌다.

그들은 더이상 외출도 하지 않았고, 아무도 맞아들이지 않았다."(8장)

말하자면 그들은 크루아세의 플로베르가 되었던 것이다. 그에게는 이 모든 것의 끝에 유아기적인 노년, 흰머리의 아이—첫 번째 『성 앙투안의 유혹』의 과학, 세 번째 『성 앙투안의 유혹』의 일라리옹에 해당되는—가 있는 듯했다. 플로베르 자신도 "내가 바보, 늙은이, 멍청이가 되는 것 같아"[23]라고 털어놓았던 것처럼. 그는 자신과 같은 방향으로 나아가는 이들에게 연민을 느꼈다. 또한 "아카데미 프랑세즈에서 들어야 하는 어리석은 말들이 내 죽음을 앞당기고 있다"라고 한 부알로의 말에 열광하기도 했다. 인간의 어리석음에 의해 죽음이 앞당겨지는 사람은 전쟁터 한가운데에 떨어진 군인과 다를 바 없을 터다.

부바르와 페퀴셰가 양배추를 비롯해 다양한 야채를 재배하며 농작물 재배 경험을 쌓아가던 밭 또한 일종의 전쟁터였다. 그들은 엠마 보바리와 프레데릭 모로가 그랬던 것처럼 플로베르의 언어와 감정의 대변자인 셈이었다. 플로베르처럼 '비개성적인' 소설가들만이 자신이 창조해낸 인물들 속에서 스스로를 다양화할 수 있는 것이다! 특히 정치에 할애된 『부바르와 페퀴셰』의 6장—책에서 가장 생생하게 묘사된 부분이다—에서 그들은 플로베르

23 『서간집』, 1860년 10월 21일 에르네스트 페이도에게 보낸 편지.

의 경험과 별반 다르지 않은 경험을 하고 난 뒤 서로서로 그의 의견을—게다가 그의 서간집에서 사용된 어휘로—대변하기에 이른다. 페퀴셰는 이렇게 이야기한다. "부르주아들은 잔인하고, 노동자들은 시기심이 많고, 성직자들은 비굴한 데다 민중들은 그저 밥만 먹게 해주면 어떤 독재자라도 용납하니, 나폴레옹이 백번 잘한 거지! 그가 저들의 입을 틀어막고 다 죽여버렸으면 좋겠어! 그래도 전혀 지나친 게 아니지. 저들이 권리를 증오하고, 비겁하고 무능하며 무분별한 것을 생각하면!" 그리고 부바르는 플로베르와 부이예 또는 공쿠르 형제가 자신의 작품이 인정받지 못할 때 내뱉곤 했던 말로써 다음과 같이 결론짓는다. "난 모든 게 지긋지긋해졌어. 차라리 이 너절한 집을 팔아버리고, 벌 받을 말일지 모르지만 어디 야만인들한테라도 가서 살아볼까?"(6장)

따라서 『부바르와 페퀴셰』는 『감정 교육』의 새로운 버전이라고 할 수 있을 터다. 좀더 평범하고 좀더 통속적이며 좀더 우스꽝스러운 면을 내세운 『감정 교육』인 셈이다. 이 '지성 교육'의 구성과 주제마저도 『감정 교육』의 그것들을 떠올리게 한다. 부바르와 페퀴셰는 각각 프레데릭과 델로리에와 호응한다. 두 책은 모두 '유산遺産의 소설'이라고 불릴 수 있을 것이다. 뜻밖에 물려받게 된 유산은 프레데릭과 두 필경사를 그들의 조건 위로 끌어올리면서 돈이라는 열쇠로 그들에게 새로운 세상을 열어 보인다. 지방 출신인 프레데릭에게 그 유산이 허락하는 세상은 곧 파리를 의미한다. 반면 파리지앵인 부바르와 페퀴셰에게는 시골에서의 자유로운 삶이 그런 곳이다. 은퇴하고 시골로 떠난 부바르와 페퀴셰는 물질적 근심에서 해방된 채 인간, 즉 부르주아의 본성을 마음껏 실현할 수 있었다. 그들이 하는 모든 것은 부르주아적 본성에서 비롯된 것이었기 때문이다. "그들은 양계장에서 기른 암탉과 정원에 심은 야채를 먹을 것이며, 나막신을 신은 채 저녁을 먹을 것이다! '우리가 하고 싶은 것을 모두 해보는 거야! 수염도 기르고 말이지!'"(1장)

부바르와 페퀴셰가 그들 자신만을 위해서 살 때는, 플로베르는 그들의 어리석은 면모를 부각한다. 그러나 자신들보다 더 어리석은 사람들과 만날 때면 그들은 비판적인 지성의 대표자가 된다. 당나귀의 뒷발 흉내를 내다가 앞발 흉내를 내는 연극배우처럼 지위가 향상되는 것이다. 정치에 관해서는 그들의 의견이 대체로 플로베르의 그것과 일치함을 알 수 있다. 부바르는 마치 플로베르처럼 이야기한다. "그보다 나는 국민들이 어리석기 때문이라고 생각하네. 르발레시에르[24]라든가 뒤퓌트랑 포마드라든가 부인용 향수 따위를 사는 사람들을 생각해보라고! 그런 멍청이들이 대다수의 선거 유권자를 이루고, 우린 그들의 의사를 따르게 되는 거야. 어째서 집토끼로 3,000리브르의 수익을 올릴 수 없는지 그 이유를 아나? 너무 많이 모여 있으면 죽게 되기 때문이야. 마찬가지로 군중이라는 사실 하나만으로도 그들이 내포하고 있는 다양한 어리석음이 점점 커져서 엄청난 결과가 초래되는 거라고."(6장) 프레데릭 모로가 그랬던 것처럼, 부바르와 페퀴셰는 정치적 흐름에 이

24 다양한 곡물을 혼합해 만든 일종의 강장제.

리저리 휩쓸리지 않았다. 12월 2일[25]을 겪고 난 뒤 그들은 다음과 같은 결론에 이르게 된다. "웃기지 말라고 해! 진보라니, 그 무슨 되지도 않는 말을! 게다가 정치야말로 추잡하기 짝이 없는 것이고!"(6장) 그들은 1848년의 위대한 혁명의 순간에 그들이 살던 샤비뇰에 자유의 나무를 심을 것을 제안했을 때에만 열광을 했을 뿐이다.

플로베르는 부바르(둘 중에서 플로베르가 좀더 기꺼이 자신의 대변자로 삼은 인물인)로 하여금 단지 자신의 정치적 의견뿐만 아니라 자신의 문학적 견해까지도 지지하게 했다. 소설의 제5장에서 부바르는 첫 번째 『성 앙투안의 유혹』에서 앙투안의 감정들을 비하하고 우스꽝스럽게 만드는 돼지처럼 자신의 문학적 견해들을 이야기한다. 그러면서 그것들을 우스꽝스럽고 진부한 생각의 영역으로 축소시킨다. "그들은 방금 들은 이야기들을 요약해보았다. 예술의 도덕성은 각자 자신의 이익을 만족시키는 측면에만 국한돼 있다. 모두들 문학을 사랑하지 않는 것이다."(5장)

우리는 자신의 문학 인생의 마침표이자 노년기의 산물(몽테뉴는 그의 『수상록』에서 이를 '늙어버린 정신의 배설물'[26]이라고 불렀다)인 『부바르와 페퀴셰』로 하여금 자기 삶의 마침표이자 절대적인 기준점, 그리고 자신마저 포함시키는 허무주의의 표현이 되게 하고

25 1848년 12월, 프랑스 제2공화정의 대통령으로 선출된 샤를 루이 나폴레옹 보나파르트는 1851년 12월 2일 쿠데타를 일으켰고, 이듬해 쿠데타 1주년 기념일에 황제(나폴레옹 3세)로 즉위하며 제2제정의 시작을 알렸다.

26 『수상록』, 제3권 9장에 나오는 구절.

자 하는 플로베르의 전적이고 맹렬한 결심에 깊은 인상을 받게 된다. 조금 전에 나는 부바르와 페퀴셰가 쓰고자 하는 앙굴렘 공작의 삶이 그들의 『살람보』라고 이야기했다. 또한 그들에게는 그들의 『보바리 부인』, 그들의 '들라마르 이야기'라고 할 수 있는 에피소드도 있었다. "페퀴셰는 아주 고약했던 직장 상사를 떠올리고는 그를 소재로 한 책을 쓰고 싶어했다. 부바르는 주점에서 늙고 초라한 술주정뱅이 글씨체 선생을 만난 적이 있는데, 그보다 더 재미있는 인물도 없을 듯싶었다."(5장) 어쩌면 플로베르는 여기서 초기 자연주의에 일용할 양식을 제공하기 시작한 직장 상사, 부관, 학생 감독교사 등의 인물들을 떠올렸을지도 모른다. 그러나 이 모든 것은 『보바리 부인』과 무엇보다 『감정 교육』에서 비롯되었으므로 결국 그 자신에게서 비롯된 것이라고 할 수 있다.

어쩌면 플로베르의 두 주인공과 그들의 창조자를 더욱 가깝게 만드는 것은, 두 사람이 연이어 겪는 경험들이 플로베르가 일생 동안 겪은 문학적 경험들처럼 끝난다는 사실일 터다. 『부바르와 페퀴셰』의 미완성 마지막 장(10장)에서 그들은 다시 필경을 시작한다. 그리고 그들에게 필경한다는 것은 곧 『부바르와 페퀴셰』를 쓰는 일이었다. 그들이 쓴 것은 아마도 『통상 관념 사전』과, 무엇보다 플로베르가 독서를 거듭하면서 조금씩 구상해나갔을 우언집愚言集[27]을 포함한, 인간의 모든 어리석음의 목록이었을 것이

27 우언집(Le Sottisier, 프랑스어로 어리석음을 뜻하는 'la sottise'에서 온 말)은 우리에게 널리 알려진 작가나 유명 인사의 말 중에서 우스꽝스럽거나 바보 같은 말들 또는 실수로 내뱉은 말 등을 추린 모음집을 가리킨다. 특히 볼테르와 플로베르의 우언집이 유명하다.

다.[28] 그들은 예술가로서 이러한 어리석음을 한껏 즐겼다. 플로베르가 자신의 우언집에 한데 모은 말들 중 많은 부분은 그 문맥이나 배경과 동떨어져 있기 때문에 우스꽝스럽게 느껴지는 것뿐이었다. 『부바르와 페퀴셰』는 마치 지고의 첨탑을 세우듯, 플로베르가 자신의 이야기들에서 추린 우언들의 정수精髓로 작품을 화려하게 끝맺으며 영웅주의를 극단으로 몰아붙임으로써만 진정으로 완성된다고 할 수 있을 것이다. 그리하여 원圓이 우아하게 닫히고, 늙은 뱀이 자신의 꼬리를 깨묾으로써 궁극적인 제로(0)를 완벽하게 이룰 수 있을 터였다.

그런데 왜 어리석음의 뱀은 머리가 두 개일까? 어째서 성 앙투안은 한 사람인데 부바르와 페퀴셰는 두 사람일까? 파게는 스스로에게 이런 질문을 던진 뒤 다음과 같이 답했다. "그들 각자는 마치 자기 안에 상대를 포함하듯 두 존재로 나뉜다. 그리고 그들이 분명 두 사람인 걸 알면서도 둘로 보이지 않는 것이 신경에 거슬린다. […] 차라리 단 하나의 주인공이 차례로 다양한 세상을 거치면서 다양한 부차적인 인물들과 대화를 나누게 하는 편이 나았을 듯하다." 파우스트가 그랬던 것처럼. "『부바르와 페퀴셰』는 멍청한 파우스트 버전의 이야기다. 굳이 주인공이 두 사람이어야 할

---

28 플로베르는 애초에 『부바르와 페퀴셰』를 두 권으로 나누어 구상했다. 1881년 3월에 사후 출간된 『부바르와 페퀴셰』는 그중 1권에 해당하는 것이다. 플로베르가 남긴 원고와 자료를 바탕으로 그보다 나중에 출간된 2권에는 『통상 관념 사전』 『우언집』 『후작 부인의 앨범 L'album de la Marquise』 『신형사상 목록Le catalogue des idées chic』 등이 실려 있다(『부바르와 페퀴셰 2』, 귀스타브 플로베르, 진인혜 옮김, 책세상, 531쪽 참고).

필요가 전혀 없는 것이다."[29]

그러나 그의 말과는 달리 이러한 이원론은 소설의 정수인 듯 보인다. 파게는 소설 속에서 캉디드와 팡글로스[30](팡글로스보다는 철학자 마르탱이 더 적절한 듯 보이지만)를 떠올린 것 같았다. 그러나 『부바르와 페퀴셰』에 관한 아이디어를 처음으로 제공한 저널리스트 모리스의 기사에도 이미 두 필경사가 등장한 터였다.

두 사람은 서로를 만나고 서로를 발견한 이후부터 새로운 삶을 살기 시작한다. 둘이 한 쌍을 이룬 순간부터 각자는 삶이 더 우월해지고 향상되는 것을 느끼면서, 자신의 막연했던 예감과 모호했던 열망에 정당한 이유가 있었음을 서로를 통해 알게 되는 것이다. 그렇게 그들은 외부 세계를 하나씩 발견해나간다. "생각이 많아질수록 그들은 더 많은 고통을 느꼈다. 거리에서 우편 마차와 마주칠 때면 그 마차를 타고 어디론가 떠나고 싶은 욕구를 느꼈다. 꽃이 핀 센강 변은 그들로 하여금 시골을 동경하게 했다."(1장)

『부바르와 페퀴셰』가 플로베르의 존재 깊은 곳에서부터 끌어낸 패러디와 '우스꽝스럽고도 슬픈' 어떤 것을 그린 작품인 만큼, 두 나이 든 초보자가 이루는 우스꽝스러운 한 쌍은 어떤 방식으로든 보통 인간의 커플, '정상적'인 커플, 즉 남자와 여자의 커플을 패러디해야만 했다. 두 사람에게는 각각 남성적 가치와 여성적 가치—그보다는 암컷의 성질에 가까운—가 존재한다. 부바르는 강건하고 여자들이 따르는 남자이며, 나이보다 젊어 보이고 싶어

29 (원주) 『플로베르』, 131쪽.

30 볼테르의 『캉디드』에 나오는 낙천적인 인물.

하는 노년을 대변하는 인물이다. 반면 페퀴셰는 '남자'가 아니라는 의미에서의—따라서 부정적인—여성적 요소를 포함하고 있는 인물이다. 쉰세 살까지 동정을 지키던 그는 젊은 하녀와 처음 관계를 맺고는 성병에 걸려 자기 대신 부바르를 약국으로 보낸다. 부바르는 언제나 더없이 대담한 의견들을 내놓았고, 둘 중에서 종교적 경험에 더 적합한 사람은 당연히 페퀴셰일 터였다. 두 사람은 서로 닮아서는 안 되며, 한 쌍의 두 요소처럼 서로 호응할 수 있어야만 했다. 그들의 만남이 각자에게 첫눈에 반한다는 것이 어떤 것인지를 알게 한 것처럼. "그와 마찬가지로 두 사람의 취향도 조화를 이루었다. 부바르는 파이프 담배를 피우고 치즈를 좋아하며 언제나 작은 잔으로 블랙커피를 마셨다. 페퀴셰는 코담배를 들이마시고 디저트로는 잼밖에 먹지 않으며 커피에는 설탕을 한 조각 넣어 마셨다. 한 사람은 남을 잘 믿고 경솔하며 너그러운 편이었고, 다른 한 사람은 신중하고 생각을 많이 하며 절약하는 편이었다."(1장) 두 사람은 바로 그들의 대조적인 면 때문에 서로 조화를 이루는 평행한 영역에서 살면서 발견의 여행이 향하는 세상의 두 반구半球를 이루고 있었다. 그리고 그들에게서 무엇보다 두드러지는 공통점은 그들이 실패했다는 사실이다. "그들은 충족되지 못한 욕망을 되새겨보았다. 부바르는 언제나 말과 온갖 여행 장비, 부르고뉴 지방의 특급 포도원, 그리고 화려한 저택에 사는 상냥하고 아름다운 여자들을 소유하고 싶어했다. 페퀴셰가 꿈꾸는 것은 철학적인 지식이었다."(8장)

『감정 교육』에서 플로베르는 '어리석음'에 부르주아의 모습과 대중적인 모습을 공평하게 부여했다. 『보바리 부인』에서 어리석음은 오메와 부르니지앵 신부와 함께 이중적인 모습으로 드러난다. 하지만 그것은 서로를 부정하는 형태들, 어리석음의 대조적인 형태들이다. 반면 부바르와 페퀴셰는 서로 보완적인 두 가지 형태를 보여주고 있다. 게다가 두 사람 모두 꼭두각시 같은 존재들이 아니다. 그들은 진정으로 살아 있고, 소설의 또다른 인물들도 그러하다. 다만 『부바르와 페퀴셰』를 『감정 교육』과 비교해보면, 삶의 강렬함이 한 단계 줄어들고, 인물들이 좀더 건조해지고 반쯤 작아진 것을 느낄 수 있다. 마치 미크로메가스 같은 거인이 인류를 손안에 쥔 채 냉소적인 눈길로 그들이 버둥거리는 것을 지켜보는 듯하다.

『부바르와 페퀴셰』에 관해 플로베르가 했던 가장 의미심장한 말은 "언제나 자신이 원하는 책들만 쓰는 건 아니다"일 터다. 밖에서 볼 때는 기이하고 부수적이며 모순적으로 보이는 이 소설은 일시적인 열정이나 일종의 무모한 내기 같은 것에서 비롯되었다. 이는 플로베르의 모든 문학적 과거와 그의 지적이고 정신적인 모든 존재에 의해 그에게 부과된 것이었다. 그가 생애의 마지막 몇 년간 『부바르와 페퀴셰』를 집필하는 대신 그가 꿈꾸었던 제2제정이나 '테르모필레 전투'에 관한 소설을 썼다고 가정해보자. 그랬다면 어쩌면 대부분의 독자들에게는 더 나은 일이 되었을지도 모른다. 그랬다면 더 많은 사람들의 마음에 드는, 그래서 더 나은 작품으로 평가받는 책들이 나왔을지도 모를 일이다. 『테르모필레 전투』는 평단에 하나의 횡재, 입맛에 딱 맞고 영양가 있는 진부한 먹을거리를 제공했을 터였다. 『살람보』와 『테르모필레 전투』 사이에는 1870년의 전쟁과 파리코뮌이 자리했을 것이다. 이폴리트 텐의 철학적 작품들과 『현대 프랑스의 기원Les Origines de la France contemporaine』 사이에 똑같은 전쟁과 똑같은 파리코뮌이 자리하고 있는 것처럼. 플로베르는 그런 작품들의 토대를 뒤엎는 대신 그것을 인식하고 자기 소설의 일부로 만들었다. 어쩌면 그의 『테르모필레 전투』는 그의 대중적 걸작, 그의 『보루의 공략L'Enlèvement de la redoute』[31]이 되었을지도 모른다.

마찬가지로 나폴레옹도 세인트헬레나섬에서 고통받기보다는 조용히 미국으로 떠나는 게 나았을 터였다. 그러나 샤토브리앙의 말처럼 위대한 인물은 하나의 뮤즈가 되도록 운명 지어져 있다. 나폴레옹의 운명은 그를 행운의 반대쪽으로 이끌었고, 그의 덧없는 삶에서 앗아 간 행복을 영원히 남을 수 있는 존재의 아름다움으로 되돌려주었다. 한 작가의 운명도 마찬가지로 뮤즈의 모습을 띠는 법이다. 그리고 이 뮤즈는 그로 하여금 동등하게 완벽한 작품들을 실현하게 하기보다는 불균등한 작품들을 거치면서 영리한 생명선을 확립하게 한다. 플로베르는 종종 미치지 않고서는 『부바르와 페퀴셰』 같은 책을 쓸 수 없노라고 외치곤 했다. 그리고 다음과 같은 그의 말은 전적으로 옳다. "아! 큰 실수만 하지 않는다면 정말 굉장한 책이 될 것 같습니다! 사람들이 이해를 못 한다고 해도 내겐 아무 상관 없습니다. 나만 좋으면 되니까요. 나와 당신 그

31 1829년에 발표된 프로스페르 메리메의 단편소설 제목.

리고 아주 소수의 사람들 마음에만 들면 되는 겁니다."[32]

그리스 예술이 3부작이 아닌 4부작에서 네 발 달린, 완전하고 견고한 연극을 발견한 것은 전적으로 옳았다. 모든 문학적 삶의 뮤즈와 운명은 여기서 한 문학 인생으로 하여금 사티로스풍의 드라마와 웃음과 패러디로 스스로를 완성하게 했다. 그 속에 자신을 모두 녹여낸 다음 또다른 삶을 향해 나아갈 수 있도록. 『부바르와 페퀴셰』는 플로베르의 작품을 사티로스풍의 드라마와 패러디로 끝맺게 한 것이다. 루소 이래로 하나의 문학적 삶은 기꺼이 순응주의를 거스르고 평단의 빈축을 사는 작품들로 결말을 맺곤 했다. 이를 통해 작가는 노년과 죽음이 다가오는 순간에 적어도 자신이 꼭꼭 감춰두었던 뒷방을 활짝 열어젖히고, 먼 길을 떠나기 전에 분명하게 이야기하는 만족감을 누릴 수 있었다. 『고독한 산책자의 몽상Les Rêveries du promeneur solitaire』 『랑세의 일생Vie de Rancé』[33] 『주아르의 수녀원장L'Abbesse de Jouarre』[34] 그리고 『부바르와 페퀴셰』가 바로 그런 작품들이었다. 여기서 우리가 알아야 할 것은, 이 모든 사실에도 불구하고 하나의 패러디는 또다른 패러디의 대상이 될 수 있으며, 씁쓸한 웃음은 순진무구한 웃음에 자리를 내주게 되고, 젊음과 아름다움은 또다시 자라나며, 한 인생의 마침표는 단지 인간적 경험이라는 끝없는 연속선 위의 한 작은 점에 불과하다는 사실일 터다.

---

32 『서간집』, 1877년 11월 10일 로제 데 주네트 부인에게 보낸 편지.

33 샤토브리앙이 트라피스트 수도회의 창설자 아르망 드 랑세의 삶에 대해 쓴 일종의 성인전(聖人傳)이다. 그러나 전기라기보다는 자신의 삶에 대한 참회록이자, 삶과 죽음에 대한 궁극적인 성찰의 기록에 가깝다. 샤토브리앙이 죽기 4년 전인 1844년에 출간되었다.

34 에르네스트 르낭이 쓴 철학적 희곡 중 하나로 1886년에 출간되었다.

10. 맺는말

플로베르를 상투적인 표현대로 낭만주의적 얼굴과 사실주의적 얼굴을 지닌 일종의 헤르메스로 간주하는 데는 다소 억지스러운 면이 있는 것이 사실이다. 19세기의 작가들 중에서 18세기의 전통을 충실히 따랐던 이들을 제외하고 대부분의 작가들은 다양한 비율로 낭만주의와 사실주의를 결합하고 있음을 알 수 있다. 조르주 펠리시에는 『낭만주의의 사실주의Le Réalisme du Romantisme』라는 책을 펴낸 바 있다. 반대로 사실주의의 낭만주의에 관한 책도 얼마든지 써낼 수 있을 것이다. 위고, 고티에, 보들레르는 낭만주의자인 동시에 사실주의자였다. 졸라는 언제나 두 주의 사이를 오가는 것으로 간주되었다. 또한 우리는 낭만주의의 극단에 위치한 상징주의가 위스망스에서 구르몽까지를 포함하는 문학 당파에서 완전한 자연주의와도 통한다는 것을 알고 있다.

이는 낭만주의와 사실주의가 종종 하나의 지점에서 만나며, 사회를 향한 작가의 항의나 냉소로 이루어진 경멸이라는 공통점을 지니고 있었기 때문일 터다. 또한 그 둘 모두 중산 계층이 활기

차고 견고한 사회를 형성해나가던 시대에 부르주아 계층을 적으로 간주했다는 또다른 공통점을 지니고 있었다. 따라서 다른 한편으로 스탕달과 생트뵈브 같은 작가들에 의해 17세기와 18세기가 어느 정도 이어지지 않았더라면, 발자크가 존재하지 않았더라면, 위고에게서처럼 플로베르에게서도 마찬가지로 부르주아적인 기질이나 상황의 무게가 어떤 균형을 이루게 하지 않았더라면, 문학은 그것을 태어나게 한 사회 형태들과 맞섬으로써 구축되었을 것이다.

따라서 이러한 투쟁과 부르주아라는 말을 책에서 접하게 되는 다소 이론적인 의미로 이해하도록 하자. 어쨌거나 위대한 낭만주의자들이 근대사회의 건설에 가져다준 돌들을 무시하는 일이 없도록 하자. 라마르틴의 혁명적 열정, 위고의 사회적 정의에 대한 의지, 비니의 시인의 권리에 대한 요구, 조르주 상드의 열정의 권리에 대한 주장, 고티에의 예술가의 권리에 대한 예찬 사이의 유사성을 확립하는 임의성을 하나의 사상에 길을 내주는 임시 다리라고 이해하도록 하자. 어찌 되었든 낭만주의자와 그의 형제인 사실주의자는 본질적으로 무언가에 대해 항의하고, 누군가에게 맞서서 살아가는 사람들이었던 것만은 분명한 사실이다.

플로베르의 아버지 역시 자신이 부당한 대우를 받는다고 생각했으며, 파리의 의사들에 대해 일말의 반감을 지닌 채 루앙의 시립병원에서 일을 했다. '부르주아!'라는 말과 실체 속에 그가 살아온 시대의 모든 것을 담아낸 플로베르는 마치 위성이 행성 주위를 맴돌듯 평생 동안 부르주아 주위를 맴돌았다. 그에게 맞서 싸울 누군가와 비판할 세상과 시대가 없었다면 그가 과연 살아갈 수 있었을까? 마흔 살의 플로베르는 한 친구에게 다음과 같은 편지를 쓴 바 있다. "오늘 저녁에는 너무 진이 빠져서 펜을 들 힘조차 없어. 어떤 부르주아 때문에 짜증이 나서 그래. 난 부르주아라는 존재를 신체적으로 견딜 수가 없어. 그들만 보면 소리를 지르고 싶어지거든."[1] 플로베르와 고티에는 함께 부르주아를 상대할 일이 있을 때면 셔츠를 갈아입고 외출해야만 했다고 전해진다. 그러나 부르주아가 그렇게 위엄을 갖춰 상대해야 할 존재로 여겨진 것은 매우 드문 일이었다. 플로베르는 1876년(55세)에 조카딸 카롤린에게 보낸 편지에서 이렇게 이야기하고 있다. "지금까지 나를 지탱한 게 뭔 줄 알아? 바로 부르주아에 대한 증오심이야. 그 사람들을 직접 만나고 안 만나는 게 중요한 게 아니야! 그들을 생각하기만 해도 자리에서 벌떡 일어나게 된단 말이지!"[2] 자신의 목숨을 걸고 공연하는 사람들을 보기 위해 서커스에 가곤 했던 공쿠르 형제는 일기에 이렇게 적고 있다. "어릿광대, 역사가, 철학자, 꼭두각시, 시인 그리고 우리 모두는, 마치 이들(광대들)과 같은 부류인 것처럼, 이토록 어리석은 대중을 위해 용맹하게 광대놀음을 하곤 한다."[3]

대중을 무시하면서, 노트르담의 곡예사처럼 자기 안에 품고 있는 신을 위해 자신만의 묘기를 선보인 것은 플로베르가 지닌 위

---

1 『서간집』, 1861년 1월 에르네스트 페이도에게 보낸 편지.

2 『서간집』, 1876년 12월 9일 카롤린에게 보낸 편지.

3 『공쿠르 형제의 일기』, 1859년 11월 15일.

대한 힘이었다. "부이예는 지나치게 대중을 의식하는 데다, 자기 자신으로 머무는 동시에 모두의 마음에 들고자 하는 데 너무 능숙하다 보니 결국 아무것도 하지 못하고 만 거야. 그래서 흔들리고 부유하며 스스로를 갉아먹고 있어. 그는 은둔하는 동안 내게 절망적인 편지들을 보냈어. 이게 다 그의 못 말리는 어리석음 탓이야. 결코 대중을 의식해서는 안 되는 거야. 적어도 나 자신을 위해서는 말이지."[4] 대중을 고려하지 않는 것은, 자기 자신을 생각하지 않고 오로지 신만을 생각하는 것과 같은 맥락으로, 자신에게는 지루하게 느껴지더라도 써야만 한다고 느끼는 작품들을 쓰는 것—예술의 의무 역시 하나의 의무이기 때문이다—과 같다. 이 생각 많은 수도사는 신의 영광을 위해 일하던 수도원(크루아세)에서 어느 날 자신이 요리사 형제의 근처도 못 간다는 것을 깨달았다. "최근에 한 아름다운 글을 읽었어. 요리사 카렘의 생애에 관한 건데 열정적인 예술가의 삶을 그린 정말 멋진 글이었지. 많은 시인들을 질투하게 할 만한 글이었어. 예를 들면 이런 식이야. 누군가가 그에게 건강을 생각해서 일을 좀 적게 하라고 충고하자 그는 이렇게 대답했대. '석탄 때문에 죽을 지경입니다. 하지만 상관없습니다. 살날이 줄어드는 대신 더 많은 영광을 누리게 될 테니까요.'"[5] 그리고 얼마 뒤 그는 자신의 요리사를 통해 비슷한 성질의 깨달음을 얻었다. "스물다섯 살 먹은 이 프랑스인 처녀는 루이 필리프가 더 이상 프랑스의 왕이 아니고 공화국이 탄생했다는 사실을 모르고 있

4 『서간집』, 1857년 5월 18~20일 쥘 뒤플랑에게 보낸 편지.

5 『서간집』, 1852년 9월 19일 루이즈 콜레에게 보낸 편지.

었어. 그녀는 이런 것들에 조금도 관심이 없었던 거야(정말로 이렇게 말했다니까!). 그런데 난 스스로를 지성인이라고 생각하고 있었다니! 난 단지 삼중의 바보일 뿐이었던 거야. 우린 이 여인처럼 살아가야 하는 거라고."[6]

엘리트 대중 앞에서 자신의 예술을 완성시키는 데 있어서 카렘의 상황은 플로베르의 그것보다 훨씬 나았다. 카렘은 탈레랑을 비롯해 그의 요리를 맛본 이들이 그에게 찬사를 보냈을 때 자신의 승리를 거리낌 없이 만끽할 수 있었다. 그러나 플로베르에게 대중(비평가들이 동물의 머리 격이라면 그 몸통에 해당하는)은 바위가 자신을 짓누르는 순간까지 반복해 들어 올려야 하는 무시무시한 시시포스의 바위였다. 그리고 그 바위는 그로 하여금, 행복하지 않을 수는 있지만("당신은 내 인생에 깃든 슬픔과, 살아가기 위해 내게 필요했던 강력한 의지에 대해 생각해본 적이 있나요?"[7]) 분명 극적일 삶을 창조하게 하는 데 기여했을 터다. 더불어 그의 내면의 무대 위에서 예술의 가장 완벽하고 가장 고귀한 비극을 상연하거나 상연하게 하는 영광을 누리게 했을 것이다.

이 예술의 수도사는 문인들의 수호성인이 되었고, 다음과 같은 질문을 함으로써 예술가들의 수호성인이 될 수도 있었을 터였다. "예술가는 어떻게 스스로의 구원을 이루어내고 영광에 이를 수 있을 것인가?" 나는 여기서 구원과 영광이라는 두 단어를 단

---

6 『서간집』, 1853년 4월 30일~5월 1일 루이즈 콜레에게 보낸 편지.

7 『서간집』, 1864년 10월 로제 데 주네트 부인에게 보낸 편지.

하나의 순수한 신학적 의미로 해석하고자 한다. 기독교는 우리에게 인간은 신의 은총에 의해서만 구원과 영광에 이를 수 있다고 이야기한다. 하지만 예술가는 어떤가. 예술가 자신은 결코 그러한 구원과 영광에 이를 수 없다. 그를 대신해 그런 경지에 이르는 것은 그의 작품들이다. 예술가는 자신의 바깥에서 걸작을 실현할 수는 있겠지만, 그가 자신의 삶을 걸작으로 구현하는 일은 거의 일어나지 않는다. 그 일을 시도해볼 수는 있겠지만, 그런 용감한 시도가 무위로 끝나버리는 일이 허다하기 때문이다. 예술가들 중에서 아마도 플로베르만큼 그런 시도를 충실하고 끈기 있게 해나간 이는 찾아보기 힘들 터다.

플라톤의 모든 작품이 철학자의 삶이라는 문제의 주위를 맴도는 것처럼, 신비주의자들의 작품이 종교적 삶을 그 중심에 두고 있는 것처럼, 플로베르의 귀중한 편지들은 모두가 문학적 삶이라는 문제로 향하고 있다. 그 속에서 문학은 철학이나 종교가 그렇듯 '그 자체로 존재하는 어떤 것'[8]이 된다. 그것을 제외한 나머지는 존재하지 않는 것처럼 느끼게 하는 어떤 것. 이는 문학에 있어서 새롭게 등장한 요소였다. 어쩌면 고티에는 그것을 낭만주의와 연결시킨 전기를 마련한 작가인지도 모른다. 그러나 플로베르는 처음으로 그러한 요소가 문학에서 중요한 자리를 차지하게 한 작가였다.

---

8 이를 좀더 확대 해석하면, 칸트 철학의 기본 개념인 '물자체(物自體)'로도 볼 수 있을 듯하다. 즉 현상(페노메논)과 대비되는 개념인 누메논—플라톤의 이데아에 해당되는—을 가리키는 것이다.

또한 이것은 예술을 위한 예술이라는 이론적인 문제가 아니라, 예술을 위한 삶의 실질적인 문제에 관한 것이었다. 결코 단순하지 않은 방식으로, 종종 비극적인 방식으로 매 순간 예술가의 의식 속에서 제기되는 문제였다.

왜냐하면 언제고 문학적 삶과 또다른 삶의 형태들, 즉 정치적, 종교적, 사회적 그리고 가정적인 삶 들 사이에서 선택해야만 하는 순간이 닥치기 때문이다. 이 모든 삶을 나란히 살 수는 없으며, 문학적 삶을 위해 나머지 모두를 희생하는 것은 크나큰 부담으로 다가오게 된다. 게다가 19세기에는 예술가—낭만주의자나 사실주의자였던—가 자신을 둘러싼 환경과 사회와 맞서 싸울 것을 선언하는 경우 철학자나 종교가의 똑같은 태도보다 훨씬 더 많은 비난을 받지 않았던가? 하지만 철학자나 종교가의 경우와 마찬가지로 예술가의 도전과 요구는 저급한 동기에서 비롯된 것이 아니었다. "우리는 플로베르를 비롯해 부이예, 르낭, 르콩트 드 릴, 고티에, 보들레르 등이 전적으로 진실한 사람들이었음을 알고 있다. 그들에 대해서는 저열함이나 탐욕, 배신 그리고 정직함이나 신중함에 저촉되는 어떤 것도 언급되지 않는다. 그 반대로 그들은 요란하게 과시하는 법이 없이 초연함과 충실함, 자신의 친구들을 위한 헌신, 가족적 미덕에 대한 본보기를 수없이 많이 보여준 바 있다."[9] 이들과는 달리 선善을 위한 예술을 표방했던 도덕주의는 많은 작가들에게 진부함과 저열함 그리고 탐욕의 대명사로 여겨졌다.

---

9 (원주) 알베르 카사뉴, 『예술을 위한 예술의 이론La théorie de l'art pour l'art』, 250쪽.

그러나 공화정이 아름답게 여겨진 것은 제정하에서였던 것처럼, 플로베르의 문학적 삶이 그 순수함과 무구한 눈雪 속에서 모습을 드러낸 것은 새하얀 종이와 초기 원고들의 시절 동안이었다. 작품들이 발표되고 소문과 명성이 생겨남에 따라 유혹과 나태, 중년과 노년의 마魔 또한 생겨나게 마련이다. "문학으로 말하자면, 문학은 너에게 충분한 재물을 가져다줄 수도 있어. 단(여기서 중요한 건 '단'이야), 조급하고 상업적인 방식으로 일할 때에만. 하지만 그러다 보면 조만간에 너의 재능을 잃어버리게 될 거야. 뛰어난 사람들조차도 그런 식으로 사라져갔고 말이지. '예술'은 하나의 호사豪奢야. 새하얗고 차분한 손길을 원하는 호사 말이지. 처음에 아주 작은 양보를 하면 차츰 두 번, 스무 번으로 양보할 일이 늘어나게 되지. 오랫동안 예술의 도덕성에 대한 환상을 갖고 있던 사람조차도 언제 그랬냐는 듯 까맣게 잊어버리고 말 거라고. 그리고 바보가 되지. 완전한 바보가 되거나, 바보 비슷한 사람이 되는 거야. 넌 저널리스트의 기질을 타고나지 않았어. 정말 다행하게도 말이지! 그러니 제발, 지금까지 해온 대로 계속하길 바라."[10] 모든 문학적 삶은 『타이스Thaïs』의 수도사 파프뉘스의 이야기 속으로 전이될 수도 있을 터다. 또한 무수한 유혹들로 둘러싸인 앙투안이기도 하다. 플로베르가 이러한 유혹들에 굴복했는지는 알 수 없다. 어쨌든 플로베르는 스스로의 구원을 이룬 셈이었다. 그는 자신의 이상을 충족하고 완벽에 가장 가까이 가기 위해서만 글을 썼다.

10 『서간집』, 1859년 10월 말 에르네스트 페이도에게 보낸 편지.

플로베르는 작가로서 핍박을 당한 적이 거의 없었다. 1848년의 공화국은 그에게 동방에서의 임무를 부여했다. 제2제정은 그에게 퐁송 뒤 테라이유[11]와 함께 훈장을 수여했다(이것은 별로 이상한 일이 아니다. 레지옹 도뇌르 훈장은 성공한 작가와 부를 이룬 양초 상인에게 똑같이 수여되었다. 따라서 문학과 양초 사이의 중간 부류에게 그것을 거부할 어떤 이유도 없다). 제3공화정은 그에게 3,000프랑의 연금을 제공했다. 그의 소송은 그에게 고통보다는 두려움을 더 많이 불러일으켰다. 문인들 가운데는 그의 진정한 적들이 많았다. 대학과 언론사의 평론가들은 한목소리로 플로베르에 대한 비판을 쏟아냈다. 『보바리 부인』의 성공 이후 그는 실패와 씁쓸함만을 맛보았다. 아카데미 프랑세즈 회원이 되지 못했던 그로서는 검은색에 짙은 초록색 올리브 잎사귀 자수로 장식된 아카데미 회원의 복장에 별다른 매력을 느끼지 못했다. 1880년 막심 뒤 캉이 아카데미의 회원으로 임명되는 것을 본 플로베르는 조카딸 카롤린에게 다음과 같은 편지를 썼다. "뒤 캉이 아카데미 회원에 임명된 것을 보니 끝없는 몽상에 잠겨 들게 돼. 파리라는 곳에 대한 역겨움이 더욱 커지고 말이지."[12] 플로베르가 성 앙투안의 독백을 통해 이야기하고자 했던 것은 그의 문학적 고독이었다.

모든 위대한 인물은 노년에 자신만의 『주아르의 수녀원장』을 구상하거나 쓰게 마련이다. 그리고 자신의 이상을 위해 어떤 종류

---

11 프랑스의 작가 피에르 알렉시 드 퐁송 뒤 테라이유(1829~1871)는 20년간 200여 편의 소설과 연재소설을 썼다. 대중소설을 개척하고 전파한 선구적 인물로 알려져 있다.

12 『서간집』, 1880년 2월 28일, 카롤린에게 보낸 편지.

의 세속적 삶을 포기해야 했든지 간에, 일종의 향수와 일말의 회한(그러나 세속적 영화를 위해 허비한 삶이 느끼게 했을 회한보다는 크지 않을)과 함께 포기했던 그 무엇을 떠올리게 된다. 플로베르 역시 그러한 회한을 드러내고, 씁쓸한 마음으로 자신의 삶과 걸어온 길에 대한 평가를 스스로 내렸을 수도 있다. 하지만 그렇다고 해서 쇠퇴와 실추라는 시각으로 그의 삶을 바라볼 권리가 우리에게 있는 것일까?

뒤 캉은 결코 용서받지 못할 터무니없는 페이지에서, 『보바리 부인』으로 거슬러 올라가는 문학적 쇠퇴의 원인을 플로베르의 신경성 질환에서 찾았다. 브륀티에르는 한 악의적인 기사에서 플로베르의 소설들의 순서가 뒤바뀌었다는 주장을 내세웠다. 『성 앙투안의 유혹』 『살람보』 『감정 교육』 『보바리 부인』 순으로 출간되었어야 한다는 것이다. 뒤바뀐 작품들 사이의 순차적 발전이 명백하므로 플로베르의 쇠퇴 또한 부인할 수 없는 사실이라는 주장이었다. 이는 그럴듯하게 들리지만 사실은 허울 좋은 추론에 불과하다. 작품들 사이의 일정한 발전은 어떤 작가에게서도 찾아볼 수 없다. 코르네유와 라신은 그들의 『보바리 부인』이었던 『르 시드』와 『앙드로마크』를 현저히 넘어선 적이 없었다. 베르길리우스 역시 초기작인 『전원시田園詩, Eclogae』를 넘어서지 못했다. 한 작가의 생애는 자신을 찾고, 자신을 발견하고, 자신을 넘어서는 세 단계로 이루어지는 게 아닌, 무언가를 발견하고 그것의 변화를 추구하는 데 있다. 우리가 고려해야 하는 것은 높낮이가 있는 하나의 선이 아니라, 하나의 전체, 지속성과 복잡성을 지닌 정신적이고 문학적인 나라인 것이다. 플로베르는 인생의 한 시기마다, 삶의 연속적인 순간마다 그에 걸맞은 작품들을 세상에 내놓았다. 『부바르와 페퀴셰』가 『감정 교육』보다 못할 수도 있겠지만, 플로베르의 기질에 비추어 볼 때 그가 『부바르와 페퀴셰』로 작품을 끝맺고, 그의 노년에 이러한 유언을 남기는 것은 지극히 자연스러운 일이었다. 뮈세의 말을 살짝 바꿔 말하자면, 플로베르의 작품 속에서 살아 숨 쉬는 것은, 출판인들의 요구와 대중의 취향과 평단의 기호에 따라 창조된 인위적 존재가 아닌 실제의 삶을 살았던 한 인간의 모습이다.

그것은 단지 한 예술가가 아닌, 한 인간으로서의 모습이었다. 플로베르 자신도 비개성적 예술을 이야기하면서 실수를 저질렀을 수도 있다. 그가 주창한 예술의 비개성성에 대한 이론은 "보바리 부인은 나다"라는 말 한마디에 깨져버렸거나 뜻이 더욱 분명해졌다. 우리는 이제 우리 안의 명료한 의식이 얼마나 얇은 막으로 이루어져 있으며, 그보다 불분명하고 두꺼운 층을 이루는 우리의 잠재의식이 그 의식을 지탱하고 있다는 것을 알고 있다. 플로베르는 바로 그 깊숙한 곳에서 그의 영감과 작품들을 이끌어냈다. 그의 소설의 심층과 불가분의 관계에 있는 깊은 곳으로부터. 『보바리 부인』 이전에 쓴 플로베르의 소설들이 한 차원 낮은 것으로 평가되는 것은 그것들이 명료하고 의식적이며 피상적인 자아에서 비롯된 것이기 때문이다. "작가의 개성이 드러나는 글일수록 힘이 약한 글이 될 수밖에 없어. 그런 점에서 난 언제나 과오를 저질렀고 말이지. 내가 쓰는 모든 것에 매번 나 자신을 투영했거든. […] 어떤 것을 덜 느낄수록, 그것을 있는 그대로(언제나 그 자체로 보편성을 지니고 있고, 일시적인 우연성에서 벗어난 상태로) 표현하기 마련이지. 하지만 우린 스스로 어떤 것을 느낄 수 있는 능력을 갖춰야만 해."[13] 피상적 자아는 느끼지 못하는 것을 미학적으로 느낄 수 있는 능력, 이것은 곧 심층적 자아가 지닌 풍요로움과, 그 풍요로움에서 어떤 것을 이끌어내는 힘을 말하는 게 아닐까? 플로베르가 비개성이라는 말로 의미하고자 한 것은 사실은 그의 진정한 개성이었던 것이다. 쥘 드 공쿠르는 플로베르에 대해 다음과 같은 말을 한 바 있다. "매우 솔직한 성격이긴 하지만, 그가 느끼고 고통받고 사랑했노라고 하는 말들 속에서 전적인 솔직함을 찾아보기는 힘들다."[14] 이는 전적으로 맞는 말이다. 특히 플로베르의 이야기들이 그와 관련이 있을 경우에는 언제나 다소 걸러서 들을 필요가 있다. 그의 『서간집』은 끊임없이 본래의 자신의 위나 아래에서만 자신의 모습을 찾는 것으로 스스로를 표현하는 사람이라는 인상을 준다. 그는 자신의 감정을 강렬하게 표현하고 자신의 아이디어를 단번에 이야기할 때만 진실할 수 있다고 믿은 듯 보인다. 우리는 이를 통속성 가운데서의 진실함이라고 부를 수 있을 터다. 그러나 지적이고 예술적인 삶이 어느 수준에 이르면 그때부터는 이야기가 달라진다. 그때부터는 진실함이라는 것을 한층 더 멀리서, 내면의 신선한 근원으로부터, '진실'이란 것을 사용하지 않는, 즉 '결론을 짓지 않는' 단순한 자연의 영역에서 찾아야 하는 것이다. 플로베르의 『서간집』은 전력을 다해 모든 것에 대한 결론을 내리는 사람이 쓴 것이지만, 그럼

---

13 『서간집』, 1852년 7월 5~6일 루이즈 콜레에게 보낸 편지.

14 『공쿠르 형제의 일기』, 1865년 5월 9일.

에도 불구하고 그는 한 친구에게 보낸 편지에서 "결론짓기를 원하는 것은 어리석은 거야"[15]라고 이야기했다. 그리고 그의 말은 옳다. 피상적 자아의 지성은 예술가의 심층적 자아에 비해 어리석기 때문이다. 그는 언젠가 루이즈 콜레에게 보낸 편지에서 이런 이야기를 한 적이 있다. "우리가 가진 금화를 푼돈으로 낭비하는 일이 없도록 하자고."[16] 우리도 그의 작품과 그의 존재 가운데서 구리합금 은화와 은화 그리고 금화를 혼동하는 일이 없도록 하자.

브륀티에르가 제안한 위대한 작가들의 식별 기준을 플로베르에게 적용해보고, 우리 문학에서 플로베르가 차지하는 자리를 따지다 보면 그가 매우 위대한 작가라는 사실을 새삼 깨닫게 된다. 아마도 그는 프랑스 소설에 가장 커다란 영향을 미친 작가일 것이다.

1821년에서 1880년까지 플로베르의 약 60년간의 삶은 정확히 19세기의 중심이자 가장 역동적이었던 시기를 차지하고 있다. 그는 그의 모든 존재와 모든 예술을 다해 자신이 살던 시대에 속했던 인물이며, 그 어떤 면에서도 그 시대를 넘어선 적이 없었다. 그는 그 시대의 총체적 모습을 제공하고, 그 시대가 지닌 낭만주의적이고 사실주의적인 강력함을 영리하게 한데 모으기 위해 태어난 작가였다. 플로베르가 자신의 시대를 증오했던 게 사실이라면, 그 때문에 그는 더욱더 강력하게 그 시대에 융합될 수 있었던

---

15 『서간집』, 1850년 9월 4일 루이 부이예에게 보낸 편지.

16 『서간집』, 1854년 4월 22일 루이즈 콜레에게 보낸 편지.

것이다. 19세기는 그 자체만으로 충족될 수 없는 시대였으며, 시대를 벗어나고자 하는 도피의 욕망이 가장 주요한 특징 중 하나였던 시대이기 때문이었다. 플로베르는 샤토브리앙 이전의 전통을 이어가는 이들을 결코 이해하지 못했다. "독서 클럽에 『파름 수도원 La Chartreuse de Parme』을 추천했어. 난 그 소설을 꼼꼼히 읽어볼 생각이야. 『적과 흑』이라는 작품도 있는데 별로 잘 쓴 소설은 아닌 것 같아. 인물들의 성격과 의도가 잘 이해되지 않더라고. 소위 교양인 gens de gout이라는 사람들은 나하고 생각이 다르다는 것도 잘 알아. 그들은 굉장히 배타적인 집단이거든. 다른 사람들은 알지 못하는 자기들만의 작은 성인들을 섬긴단 말이지. 그런 걸 유행시킨 사람이 바로 사람 좋은 생트뵈브이고. 사람들은 내세울 재능이라고는 모호함이 전부인 사교계 인사들 앞에서 정신을 못 차리는 경향이 있는 것 같아."[17] 낭만주의의 계보를 잇고, 사실주의와 자연주의의 탄생에 지대한 역할을 했던 플로베르는 프랑스식과 스탕달식의 '사교계 정신esprits de société'에 정면으로 반기를 들었다.

『살람보』와 『성 앙투안의 유혹』이 그들의 수많은 모방자들에게 행운을 가져다주지 못했다면, 『보바리 부인』과 무엇보다 『감정교육』과 『부바르와 페퀴셰』는 1870년 이후 프랑스 소설의 새 지평을 열었다. 소설을 즐겨 읽지 않았던 플로베르는 발자크—그는 발자크에 대해 언급한 적이 거의 없다—를 비롯한 자기 시대의 어떤 소설가의 작품에도 깊이 빠져들지 못했다. 그의 창작의 밑거

17 『서간집』, 1852년 11월 22일 루이즈 콜레에게 보낸 편지.

름이 된 독서는 주로 고전작품들과 몽테뉴, 라블레, 약간의 그리스 작가들 그리고 셰익스피어 작품 대부분으로 이루어져 있었다. 그의 창작 기술에 도움이 될 수 있는 것(라 브뤼예르의 경우가 이에 해당한다)보다는 그의 정신을 풍요롭게 해줄 수 있는 작품들이었다. 이로움을 제공하는 샘물들과의 교류를 위해서는 더없이 좋은 조건이었다. 그가 다른 이들에게 미치는 영향은 그가 받은 영향과는 전혀 달랐다. 그가 미치는 영향은 그가 받은 영향보다 좀더 좁은 수로를 통해 흘러가다가 포착되어 산업적인 용도, 즉 예술과 소설 그리고 스타일을 개발하는 데 사용되었다.

플로베르는 소설가로서의 초창기에 이런 이야기를 한 적이 있다. "우린 너무 일찍 세상에 온 거야. 지금으로부터 25년 후에는 한 대가의 손에서 멋진 교차점이 탄생할 거라고. 그럼 무엇보다 산문(더 젊은 형태의 글인)이 기막힌 인도적人道的 교향악을 연주하게 될 거야. 『사티리콘Satyricon』[18]과 『황금 당나귀Asinus aureus』[19] 같은 책들이 다시 나타날 거고 말이지. 이 책들이 감각적인 면이 충만했다면, 새로 등장하는 책들은 정신적인 면이 충만하게 될 거야."[20] 이에 대해 사람들은 그가 마르셀 프루스트의 출현을 예고한 것이라고 이야기하지 않았던가? 플로베르 자신의 산문은 이런 쪽으로 돌아서지는 못했다. 그러나 플로베르의 경계에는 그 자신의 힘

---

18 로마 작가 페트로니우스의 작품이라고 전해지는, 시를 혼용한 산문 풍자소설. 로마제국 시대에 쓰인 소설 중 가장 오래된 소설로 피카레스크 소설(악한소설惡漢小說)의 원형으로도 평가받고 있다.

19 고대 로마의 저술가 루키우스 아풀레이우스의 작품으로, 오늘날까지 그 원본이 완전하게 보전된 유일한 라틴어 소설이다. 원제는 『변형담Metamorphoses』이다.

20 『서간집』, 1852년 9월 4일 루이즈 콜레에게 보낸 편지.

보다 더 자유로운 힘들과 더 밀도 높은 산문을 위한 자리가 마련돼 있었다. 『감정 교육』과 『성 앙투안의 유혹』에서 비롯된 『사티리콘』과 『황금 당나귀』 같은 작품을 상상해볼 수 있는 것이다. 모파상은 플로베르의 진정한 계승자이자, 플로베르 학파가 배출하기를 바랐던 더 밀도 높고 더 여유로운 플로베르가 될 뻔했다. 그는 플로베르처럼 위대한 문학의 스타일을 창조해내지는 못했다고 하더라도, 생생한 인물들 속에서 자신을 표현하면서, 자신의 무의식적 존재를 예술이라는 실재實在로 옮기기에 적합한 기질과 힘을 플로베르만큼, 아니 플로베르보다 더 많이 지녔던 인물이었다. 『여자의 일생Une Vie』은 『보바리 부인』으로부터 냉철한 모방작을 어디까지 이끌어낼 수 있는지를 여실히 보여주는 작품이다. 하지만 모파상은 『벨아미』를 쓸 때 플로베르 내면의 정신을 가장 가까이에서 따랐고, 그 후에 이런 말을 했다. "벨아미는 나다." 그의 걸작은 정확히 플로베르의 걸작과 같은 바탕으로부터 실현되었다.

게다가 자연주의자들에 대한 플로베르의 감정은 낭만주의자들에 대한 샤토브리앙의 그것을 닮았다. 플로베르는 자신이 탄생시킨 자녀들 가운데서 자신의 모습을 알아보는 것을 반기지 않았다. 이는 그가 모파상에게 보낸 편지에도 잘 드러나 있다. "제발 내게 사실주의니 자연주의니 실험이니 하는 따위의 말일랑 하지 말아주게. 신물이 날 지경이니까! 그 무슨 아무짝에도 쓸모없는 짓들인지!"[21] 게다가 자연주의는 비밀스러운 미술관—제정의 실추

---

21 『서간집』, 1879년 10월 21일 모파상에게 보낸 편지.

이후 공공연한 미술관이 된—의 그림들을 통해서만 『사티리콘』을 떠올렸다. 이런 관점에서 보면 자연주의의 근원은 『보바리 부인』이 아닌 『보바리 부인』에 관한 소송에 있다고 해야 할 것이다. 피나르의 우스꽝스러운 논고와 제3공화정의 도래는 문학으로 하여금 좀더 대담한 것이 되게 했다. 『보바리 부인』의 성공이 소설의 자유분방한 페이지들 때문이라고 생각한 이들은 작품 속에 외설스러운 장면들을 삽입함으로써 작은 플로베르가 될 수 있으리라고 믿었다.

플로베르는 위스망스에 대해 그다지 좋은 평가를 내리지 않았다. 그는 아나톨 프랑스의 『마른 고양이Le Chat maigre』를 '매력적인' 작품이라고 생각하는 것만큼이나 위스망스의 『바타르 자매Les Sœurs Vatard』를 '끔찍한' 책이라고 생각했다. 하지만 위스망스는 아마도 모든 자연주의 작가들 중에서 플로베르와 가장 유사점이 많으며, 독자적인 스타일의 추구, 가톨릭교도로서의 환상, 상상력에 기반을 둔 작품 구성, 냉소적이고도 슬픈 사실주의 그리고 근본적이고 거대하며 악마적인 작품 요소로서의 인간의 어리석음에 있어서 플로베르를 가장 잘 계승한 인물일 것이다. 그러나 그는 플로베르와는 달리 자기 자신 이외에 또다른 인물들을 창조해내지 못한 채 자신의 역겨움과 강박관념, 자신의 질병, 자신의 고찰 등을 작품에 반영했을 뿐이다.

플로베르 작품의 문학사적 의미는 역사적 환기의 소설과 사실주의적이거나 자연주의적인 소설에만 국한되어서는 안 될 터다. 『보바리 부인』은 심리 분석 소설의 모든 흐름을, 『감정 교육』

은 자전적 소설의 흐름을 창조해냈다. 우리는 소설의 최근 형태들이 여전히 플로베르가 나아갔던 방향들을 좇고 있음을 보게 된다. 플로베르를, 그의 주제와 작가로서의 올곧은 이력에 전적으로, 단연코, 고전적 작가라는 말을 더할 수 있는—그의 예술이 지닌 힘뿐만 아니라 그와 플로베르 유파가 끼친 영향에 의해—19세기와 20세기의 유일한 소설가로 칭하는 것 외에 달리 무슨 말을 덧붙일 수 있을까?

귀스타브 플로베르 연보

"예술가는 후세로 하여금 그가 살지
않았었다고 믿게 해야만 해."
-1852년 3월 27일 루이즈 콜레에게 보낸 편지

1821년(출생)	12월 12일 루앙의 시립병원에서 귀스타브 플로베르가 태어남. 그의 아버지 아실클레오파는 이 병원의 외과 과장이었고, 그의 가족은 병원에 딸린 별채에서 거주했다. 그에게는 1813년에 태어난 형 아실이 있었다. 플로베르가 태어나고 자란 시립병원의 생가는 오늘날 '플로베르 의학사 박물관Musée Flaubert et d'histoire de la médecine'이 되어 있다.
1824년(3세)	누이동생 카롤린이 태어남.
1825년(4세)	쥘리가 플로베르 집에 들어옴. 그녀는 유모와 하녀로서 50년간 플로베르 가족을 돌보았고, 플로베르가 죽고 3년 뒤에 세상을 떠났다. 플로베르는 그녀를 모델로 『순박한 마음』의 펠리시테라는 인물을 창조했다.
1829년(8세)	에르네스트 슈발리에(1820~1887)와의 우정이 시작됨.
1830년(9세)	12월 31일 에르네스트 슈발리에에게 『플로베르 서간집』에 나오는 첫 번째 편지를 보냄. 예의 그 편지는 "친구야, 새해의 첫날이 바보 같다고 한 네 말이 맞는 것 같아"라는 말로 시작하고 있다.
1831년(10세)	그의 첫 번째 글에 해당하는 『루이 13세의 통치Règne de Louis XIII』(7월 28일 엄마의 생일을 축하하기 위해 쓴 글), 『코르네유 찬사』 『대단한 변비증에 관한 멋진 해설』 등을 씀.

1832년(11세) 2월, 루앙의 왕립 중학교에 8학년(우리 식으로 초등학교 5학년에 해당)으로 입학함.
중학교 친구들과 함께 라블레풍의 인물 가르송을 창조해 그를 통해 부르주아들을 풍자함.

1833년(12세) 노르망디, 노장쉬르센, 베르사유, 퐁텐블로, 파리로 가족여행을 떠남.

1834년(13세) 매해 여름 가족과 함께 트루빌에서 휴가를 보냄.
중학교에서 에르네스트 슈발리에와 함께 자필로 써서 만든 신문 《예술과 진보》를 창간함. 신문에는 단편소설과 연극계 소식을 전하는 연극란이 포함됨.

1835년(14세) 마지막 호가 된 《예술과 진보》 제2호에 플로베르가 쓴 『지옥여행Voyage en enfer』이 실림.

1836년(15세) 가족과 함께 여름휴가를 보내던 트루빌에서 파리의 음악잡지 편집장이던 모리스 슐레쟁제(파리에서 음악 잡지를 운영하던)의 연인 엘리자 푸코(1810~1888, 1840년 모리스와 결혼하여 엘리자 슐레쟁제가 됨)를 처음으로 만남. 플로베르는 『어느 광인의 회상록』과 두 가지 버전의 『감정 교육』에서 이 결정적인 만남을 다룬다.

1837년(16세) 플로베르의 가장 절친한 친구 중 하나가 될 알프레드 르 푸아트뱅(1816~1848)과 처음으로 만남.
루앙에서 발간되는 문예지 《르 콜리브리》에 『장서벽』(2월 12일)과 『자연사 강의, 사무원 류(類)』(3월 30일)가 실림.

1838년(17세) 고등학교 수사학 반에 들어감. 라블레와 바이런을 읽음.
낭만주의적 역사 드라마 『루이 11세』 『망자들의 춤』 『술 취한 자와 죽은 자』, 그리고 알프레드 르 푸아트뱅에게 헌정한 두 편의 자전적 소설, 『단말마의 고통: 회의적 상념들』과 『어느 광인의 회상록』을 씀.

1839년(18세)	10월에 철학 반(고등학교 졸업반)에 들어감. 12월, 수업시간에 소란을 피운 데 대한 벌을 거부한 죄로 수업 참석을 거부당함. 일종의 신비극인 『스마르』를 완성함.
1840년(19세)	집에서 혼자 공부해 8월에 바칼로레아(대입 자격시험)를 통과하고 그 보상으로 피레네 지방과 코르시카로 여행을 떠남. 마르세유에 잠깐 머무는 동안 서른다섯 살의 욀랄리 푸코 드 랑글라드를 만나 순간의 열정을 불태움. 자전적 소설인 『11월』과 또다른 내밀한 글들에서 이때의 만남을 떠올림.
1841년(20세)	제비뽑기로 병역을 면제받음. 11월, 아버지의 강요로 파리의 법과대학에 등록함.
1842년(21세)	아무런 열정 없이 법학 공부를 계속함. 2학년으로 올라가기 위한 법학과 첫 시험을 통과함. 10월 25일, 『11월』을 완성함.
1843년(22세)	1월, 『감정 교육』 첫 번째 버전을 쓰기 시작함. 같은 법대생이었던 중학교 동창생 막심 뒤 캉(1822~1894)을 다시 만남. 그 무렵 드나들던 프라디에의 아틀리에에서 빅토르 위고를 처음 만남. 법학과 2학년 시험에서 실패함.
1844년(23세)	1월 어느 날 밤, 형 아실과 도빌 별장 부지를 둘러본 뒤 마차를 타고 돌아오던 길에 처음으로 극심한 신경성 발작을 일으킴. 플로베르 박사는 아들의 학업을 중단시키고 4월에 루앙 근교 크루아세의 센강 변에 있는 커다란 시골집을 구입함. 그때부터 겨울을 제외한 나머지 날들을 크루아세에서 보내던 플로베르는 1851년, 과부가 된 어머니와 태어나자마자 어머니를 잃은 조카딸 카롤린과 함께 그곳에 정착하여 죽을 때까지 오직 문학과 예술만을 위한 삶을 살아간다.

1845년(24세)	1월 7일 밤, 『감정 교육』 첫 번째 버전을 탈고함. 3월 3일, 누이동생 카롤린이 에밀 아마르와 결혼함. 4~6월에 신혼부부와 가족과 함께 프랑스 남부, 이탈리아, 스위스로 신혼여행 겸 가족여행을 떠남. 제노바에서 성 앙투안의 유혹을 묘사한 피터르 브뤼헐 2세의 그림을 보고 동명의 이야기를 떠올림.
1846년(25세)	1월 15일에는 아버지 플로베르 박사가, 3월에는 누이동생 카롤린이 출산 후유증으로 차례로 세상을 떠남. 5월에 알프레드 르 푸아트뱅이 결혼함. 6월에 조각가 프라디에의 아틀리에에서 루이즈 콜레(1810~1876)를 처음 만남. 이때부터 1848년까지, 그리고 1851년부터 1854년까지 격렬한 관계가 이어짐. 루이 부이예(1822~1869)와의 우정이 시작됨.
1847년(26세)	5~7월까지 석 달간 막심 뒤 캉과 앙주, 브르타뉴, 노르망디로 도보여행을 떠남. 여행에서 돌아온 뒤 여행기 『브르타뉴로의 여행』(1886년에 『들로 모래사장으로』로 제목이 바뀌어 출간됨)을 씀.
1848년(27세)	2월 23일, 파리로 가서 뒤 캉과 부이예와 함께 2월혁명 현장을 지켜봄. 이때의 기억이 1869년에 출간된 『감정 교육』의 결정판에서 상세히 묘사됨. 5월 4일, 『성 앙투안의 유혹』 첫 번째 버전을 쓰기 시작함. 8월 25일, 루이즈 콜레와 첫 번째로 결별함.
1849년(28세)	9월 12일, 『성 앙투안의 유혹』 첫 번째 버전을 탈고함. 부이예와 뒤 캉에게 원고를 읽어준 뒤 "원고를 불속에 던져버리고 다시는 말하지 말자"라는 혹평을 받음. 10월 29일, 뒤 캉과 함께 이집트를 시작으로 동방 여행을 떠남.
1850년(29세)	동방 여행(팔레스타인, 시리아, 레바논, 콘스탄티노플, 그리스)을 계속함.

1851년(30세)	6월에 이탈리아에서 어머니를 만나 함께 크루아세로 돌아옴. 9월에 루이즈 콜레와 화해하고 다시 만남. 9월 19일, 『보바리 부인』 집필 시작. 1856년 4월까지 이어지는 56개월간의 대장정이 시작됨.
1855년(34세)	파리의 탕플 대로 42번지에 자리 잡고 크루아세와 파리를 오가며 작품을 씀. 3월, 루이즈 콜레와 결정적으로 결별함.
1856년(35세)	3월 말, 『보바리 부인』 탈고. 막심 뒤 캉이 아메데 피쇼와 함께 운영하던《르뷔 드 파리》에 6회(10~12월)에 걸쳐 소설이 연재됨. 스캔들과 소송을 우려한 출판사 측의 원고 삭제에 플로베르가 공개적으로 항의함. 《라르티스트》에 『성 앙투안의 유혹』 두 번째 버전의 일부가 게재됨.
1857년(36세)	"미풍양속과 종교를 해쳤다"는 이유로 피소돼 1월 29일에 재판을 받고 2월 7일 무죄판결을 받음. 4월, 미셸 레비에서 『보바리 부인』이 단행본으로 출간됨. 소송으로 인해 더욱 유명해진 소설은 6월에만 1만 5,000 부가 팔림. 9월, 『살람보, 카르타고 소설』 집필에 착수함.
1858년(37세)	동방의 기억을 되살리면서 소설의 분위기를 느끼기 위해 집필을 중단하고 4~6월에 알제리와 튀니지(카르타고 유적지)로 여행을 떠남. 파리에서 체류하는 동안 사바티에 부인이 주관하는 모임에 정기적으로 참석해 공쿠르 형제, 생트뵈브, 보들레르, 테오필 고티에, 에르네스트 르낭, 에르네스트 페이도 등과 교류함.
1862년(41세)	4월, 『살람보』 탈고. 11월 24일에 소설이 출간되자 혹평과 호평이 엇갈림. 크루아세의 은둔자는 파리에서 겨울을 보냄. 이해 말부터 생트뵈브가 시작한 문인들의 저녁 식사 모임 '디네 마니'에서 공쿠르 형제, 생트뵈브, 조르주 상드, 고티에, 기

드 모파상, 르낭 등과 어울림. 이 모임을 계기로 『콩쉬엘로』의 작가 조르주 상드와의 깊은 우정과 서신 교류가 시작됨.

1863년(42세) 디네 마니에서 러시아 작가 이반 투르게네프를 처음 알게 됨. 나폴레옹 3세의 사촌 마틸드 공주가 베푸는 만찬에 처음으로 초대받음.

1864년(43세) 4월 6일, 조카딸 카롤린이 목재 수입상 에르네스트 코망빌과 결혼함. 카롤린은 1890년에 남편이 죽자 10년 뒤 정신과 의사였던 프랑클린 그루와 재혼함.
플로베르는 현대적 소설을 쓰기로 결심하고 부이예와 작품 구상을 끝낸 뒤 그 배경이 될 곳(몽트로, 노장)을 여행함.
9월 1일, 『감정 교육』 두 번째 버전(결정판)의 집필을 시작함.
11월, 나폴레옹 3세의 콩피에뉴 궁정에 초대받음.

1865년(44세) 런던과 막심 뒤 캉이 머무는 바덴바덴으로 여행을 떠남.

1866년(45세) 7월, 1853년부터 조카딸 카롤린의 가정교사였던(1856년경 플로베르의 연인이 됨) 젊은 영국인 줄리엣 허버트를 만나기 위해 런던으로 감.
8월 16일, 레지옹 도뇌르 훈장을 받음.
조르주 상드가 8월과 11월 두 차례에 걸쳐 크루아세를 방문함.

1868년(47세) 소설의 집필을 위해 퐁텐블로를 두 차례 여행함.
5월에는 조르주 상드가, 11월에는 투르게네프가 크루아세를 방문함.

1869년(48세) 5월 16일, 『감정 교육』 결정판을 탈고하고 마틸드 공주의 요청으로 공개 낭독회를 엶. 2,355장에 이르는 원고를 한 번에 16시간씩 네 차례에 나누어 낭독해야 했음.
5월 말, 탕플 대로에서 뮈리요 가 4번지로 이사함. 즉시 크루아세로 돌아온 플로베르는 6월부터 『성 앙투안의 유혹』 집필에 착수함.

7월 18일, 오랜 벗이었던 루이 부이예가 세상을 떠남. 플로베르는 "나의 문학적 양심, 나의 심판자, 나의 나침반, 나의 산파"라고 불렀던 친구의 죽음에 "내 머리의 반쪽은 영원히 모뉘망탈 묘지에 머물 것이다"라고 하며 애통해함.
부이예에 이어 10월에는 생트뵈브가 세상을 떠남. 플로베르는 "나는 부분적으로는 생트뵈브를 위해『감정 교육』을 썼다"라고 말함.
11월 17일,『감정 교육』이 출간되었지만 좋은 반응을 얻지 못함. 5년 뒤, 플로베르는 투르게네프에게 보낸 편지에서 그때의 씁쓸한 기억에 대해 이야기함.
노앙의 조르주 상드 집에서 크리스마스 휴가를 보내면서 마음을 달램.

1870년(49세)

3월 1일, 20년간 부이예만큼이나 플로베르에게 헌신적이었던 친구 쥘 뒤플랑이 세상을 떠남.
6월 20일, 쥘 드 공쿠르가 세상을 떠남.
부이예의 유언집행자로서 친구를 기리기 위해 그의 희곡『나약한 성』을 다시 손보고, 유고 시집『마지막 노래들』의 서문을 씀.
보불전쟁이 발발하고 프러시아 군인들이 크루아세를 점령하자 노모와 함께 루앙의 조카딸 부부 집으로 피신함.

1871년(50세)

브뤼셀에 유배 중인 마틸드 공주를 방문한 다음, 런던으로 가 줄리엣 허버트를 만남.
프러시아 군인들이 떠난 뒤 크루아세로 돌아온 플로베르는 커다란 상자에 넣어 파묻어둔 노트들이 그대로 있는 것을 확인함.
다시『성 앙투안의 유혹』 집필에 몰두함.
11월, 지난 5월에 과부가 된 엘리자 슐레쟁제가 크루아세를 방문함.

1872년(51세)

플로베르의 서문을 곁들인 부이예의『마지막 노래들』이 출간됨.
4월 6일, 어머니가 세상을 떠남. 플로베르가 그곳에 계속 머무는 조건으로 크루아세가 조카딸 카롤린에게 상속됨.
7월 1일, 1874년에 출간될『성 앙투안의 유혹』 결정판을 완성함.

10월 23일, 테오필 고티에(1811~1872)가 세상을 떠남.
휴양 차 조카딸 카롤린과 함께 스페인 국경 부근의 온천 휴양지 뤼숑으로 떠나 한 달간 머무름.
조르주 상드에게 보낸 편지에서 『부바르와 페퀴셰』를 구상하고 있음을 밝힘.
10월 5일, 엘리자 슐레쟁제에게 마지막 편지(알려진 바로는)를 보냄.

1873년(52세)

연초에 질병에 시달리던 플로베르는 투르게네프와 함께 노앙의 조르주 상드 집으로 가서 휴식을 취함.
극적인 영감에 사로잡혀 정치 희극 『후보자』를 썼으나, 1874년 초, 네 차례의 공연을 끝으로 막을 내림.
10월 29일, 에르네스트 페이도가 세상을 떠남.
6월 20일, 기 드 모파상(1850~1893)에게 처음으로 편지를 보냄.

1874년(53세)

3월 31일, 『성 앙투안의 유혹』 결정판이 출간되자 또다시 평단의 몰이해에 부딪힘.
6월 말, 주치의의 권유에 따라 스위스로 요양을 떠남.
8월 1일, 『부바르와 페퀴셰』의 첫 문장을 씀.

1875년(54세)

카롤린의 남편 코망빌이 파산함. 파산을 막기 위해 플로베르는 자신의 도빌 농장을 매각하고 파리의 임대 아파트를 포기함. 자신의 전 재산을 털어 넣는 바람에 심각한 경제적 위기에 봉착함.
『부바르와 페퀴셰』 3장(의학 편)을 쓰다가 좌절하여 결정적으로 포기할 생각을 함.
9월에 휴식 차 떠난 콩카르노에서 5개월 만에 『구호수도사 성 쥘리앵의 전설』을 완성함.

1876년(55세)

『순박한 마음』의 집필을 시작함.
2월 18일, 『구호수도사 성 쥘리앵의 전설』을 탈고함.
우연히 루이즈 콜레의 죽음(3월 8일)을 알게 됨.
6월 8일, 조르주 상드가 세상을 떠남.
8월 16일, 『순박한 마음』을 탈고함.

11월, 『헤로디아』의 집필을 시작함.

1877년(56세) 2월, 『헤로디아』를 탈고함.
3월, 플로베르의 유언이 될 『부바르와 페퀴셰』 집필에 재착수.
4월 24일, 『세 가지 이야기』가 단행본으로 출간되어 평단의 호평을 받음.
『부바르와 페퀴셰』의 3장과 4장을 쓰기 위해 라포르트와 함께 바스노르망디로 지질학적이고 고고학적인 답사를 떠남.
계속되는 독서와 답사와 집필 사이사이에 오래전부터 구상해오던 고대소설 『테르모필레의 전투』를 떠올리며 마음을 달램.

1878년(57세) 다양한 분야에 걸친 방대한 자료 수집과 독서, 답사 등으로 힘든 한 해를 보내며 글쓰기에 몰두함.

1879년(58세) 1월에 빙판에서 넘어져 종아리뼈 골절상을 입은 뒤 여러 가지 질병에 시달림. 경제적 어려움 또한 커서 쥘 페리가 수여하는 3,000프랑의 연금과 마자린 도서관 명예 부관장직을 수락하기에 이름.

1880년(59세) 2월부터 쓰기 시작한 『부바르와 페퀴셰』 1권의 마지막 장(10장, 교육 편)을 완성하지 못한 채 5월 8일, 파리 여행을 준비하던 중 뇌일혈로 갑작스레 세상을 떠남. 그의 친구 부이예처럼 루앙의 모뉘망탈 묘지에 묻힌 플로베르의 장례식(5월 11일)에는 에밀 졸라, 에드몽 드 공쿠르, 알퐁스 도데, 테오도르 드 방빌, 기 드 모파상 등이 참석함.

1881년(사후) 플로베르의 미완성 유작 『부바르와 페퀴셰』가 알퐁스 르메르 출판사에서 출간됨.

귀스타브 플로베르, 문학이 삶이 된다는 것은

"불행해지지 않는 유일한 방법은 예술 속에 자신을 가두고 다른 것들은 아무것도 아니라고 생각하는 거야."

-1845년 5월 13일 알프레드 르 푸아트뱅에게 보낸 편지

"친구의 전기를 쓸 때는 마치 앙갚음을 하듯 써야만 해."

-1872년 11월 13일 에르네스트 페이도에게 보낸 편지

후세에 이름을 남긴 수많은 작가와 예술가 중에는 그 이름의 무게가 유난히 더 무겁게 느껴지고 그 자취가 더 오래도록 길게 이어지는 이들이 있다. 그 무게와 자취에 대한 평가는 각자의 몫이겠지만 귀스타브 플로베르가 그중 한 사람이라는 데는 별다른 이견이 없을 듯하다. 이 책을 통해 플로베르의 문학과 삶을 들여다보는 독자들은 여러 가지 이유로 놀라게 될지도 모른다. 양차 대전 사이에 가장 인정받은 프랑스의 문학 비평가이자 수필가, 작

가였던 알베르 티보데의 『귀스타브 플로베르』를 우리말로 옮기는 동안 나는 여러 번 놀랐고, 수없이 감탄했고, 크나큰 보람을 느꼈다. 어렵지만 가치 있는 일을 했다는 확신이 이 책을 읽는 독자들에게도 전해질 수 있기를 바라는 마음이다.

살다 보면 어떤 특별한 소명이나 의지에 의해서가 아니라 마치 뜻하지 않은 물결에 휩쓸리듯 어떤 것과 만나게 되거나 어떤 일을 하게 되는 경우가 있다. 오래전에 플로베르의 작품을 번역하고 싶은 마음에 모 출판사에 연락을 했다가 어떤 이유로 플로베르가 아닌 에밀 졸라의 작품을 번역한 일이 있었다. 사실 애초의 내 생각과는 다르게 진행된 일이었지만, 그 후 에밀 졸라는 진정한 나의 '의지'가 되었다. 그리고 다시 오랜 시간이 지나 드디어(!) 이 책 『귀스타브 플로베르』를 통해 플로베르와 만날 수 있었다. 10년 넘게 내 책장의 한 귀퉁이를 차지하고 있던 책이 이렇게 내 손을 거쳐 세상에 나올 수 있게 된 것은 어쩌면 우연일 수도, 또 어쩌면 때가 무르익어서일 수도 있을 것이다. 어떤 책들이 책장이나 내 마음 한구석을 차지하고 있으면서도 여간해서 내 번역 리스트에 오르지 못하는 이유는 무엇보다 오랜 시간 헤쳐 나가야 할 작업의 지난함 때문에 선뜻 밖으로 꺼내놓지 못하기 때문이다. 물론 함께 의기투합할 수 있는 마땅한 출판사나 편집자를 찾지 못해서이기도 하다. 이 책 『귀스타브 플로베르』도 그런 책 중 하나였다. 그러던 어느 날, 나도 모르게 플로베르라는 이름이 불쑥 입 밖으로 튀어나왔고, 그때부터 나는 1년이라는 시간을 플로베르의 새로운 연인이 되어 살아야 했다. 이 책을 번역하기 위해 플로베르의 작품들을 다시 꼼꼼히 읽으면서 분석했고, 그의 수많은 편지들을 찾아 읽었으며, 티보데의 책에서 간간이 발견되는 사실에 관한 오류나 누락 등을 바로잡기 위해 많은 자료와 책 들을 뒤져 확인해야 했다. 또한 좀더 많은 독자들이 어렵지 않게(더 나아가 재미있게!) 읽을 수 있는 책이 되기를 바라는 마음으로 지나치게 학술적이거나 프랑스어 문법 설명에 치우친 부분들을 일부 제외시키면서 가독성을 높이는 작업에도 각별히 신경을 썼다.

> 대중은 우리에 관해 아무것도 알아서는 안 돼. 그들로 하여금 우리의 눈, 우리의 머리칼, 우리의 사랑을 즐기게 해서는 안 되는 거야. […] 그들이 알아채지 못하게 우리의 마음을 잉크에 녹여 넣는 것으로 충분해.(93쪽)

플로베르가 1852년 9월 1일에 그의 연인 루이즈 콜레에게 보낸 편지에서 했던 이야기이다. 그는 평소 모름지기 작가란 자신의 작품으로만 이야기해야 한다는 소신과 함께 자신의 사생활이 알려지는 것을 극도로 꺼려했다. 플로베르가 '내 아들'과 '내 제자'라고 불렀던 기 드 모파상의 증언에 따르면, 그는 언제나 대중적인 관심들과 거리를 둔 채 살았고, 자기 작품을 요란하게 광고하는 것과 자기 사진을 내거는 것조차 싫어해서 그의 얼굴을 아는 언론인들이 거의 없을 정도였다고 한다. 그러나 플로베르는 평생 동안(아홉 살 때부터!) 수많은 편지를 썼으며, 그중 많은 것을 의도적으로 불태워버렸음에도 불구하고 우리에게 무려 4,553통의 편지를 남기는 커다란 실수(!)를 저질렀다. 게다가 그의 편지들이 문학적이고 미학적으로 뛰어난 가치를 지닌 명문들로 가득한 마당에 어떻게 그것들을 모른 체하며, 그 속에서 구구절절이 이야기하고 있는 그의 개인적이고 내밀한 삶에 어떻게 관심을 갖지 않을 수 있겠는가! (그중에서도 플로베르가 루이즈 콜레에게 보낸 연애편지들을 통해 우리는 『보바리 부인』의 창작 과정과 작가로서의 미학 형성 과정을 마치 생중계를 보듯 상세히 알 수 있게 되었다. 플로베르의 편지처럼 그 속에 작품의 집필 과정을 고스란히 담아 후세에 중요한 기록과 자료가 되고 있는 편지는 아마도 세계 문학사를 통틀어 찾아보기 힘들 것이다. 이 책에도 단편적으로 인용되고 있는 그의 주옥같은 편지들을 우리 독자들도 마음껏 접할 수 있도록 하루속히 그의 『서간집』이 번역·출간될 수 있기를 기대한다.)

플로베르의 개인적이고 인간적인 삶을 가까이에서 들여다볼 수 있게 해주는 당시의 기록과 자료로는, 그가 남긴 편지들과 조카딸 카롤린이 쓴 회상기 『내밀한 기억들Souvenirs intimes』, 오랫동안 그와 함께했던 친구 막심 뒤 캉이 남긴 『문학 회상기』, 플로베르 말년에 그와 가족처럼 지내면서 함께 그의 편지들을 불태우기도 했던 기 드 모파상이 플로베르 생전과 사후에 쓴 몇 편의 글들, 플로베르와 가까이 지내면서 그에 관한 기록들을 남긴 공쿠르 형제의 『공쿠르 형제의 일기』 등이 있다. 플로베르는 작가이자 언론인으로 활발한 활동을 하면서 신문과 잡지에 많은 글을 기고했던 에밀 졸라와는 달리 대중뿐만 아니라 언론과도 많은 거리를 두고 살았다. 따라서 그의 개인적 삶을 알게 해주는 위의 기록들은 그 희귀성으로 인해 더욱더 중요한 자료가 되고 있다. 이 책에서 플로베르의 편지들이 자주, 곳곳에서 인용되는 이유는 바로 그 때문이다. 작가 플로베르와 그의 작품을 이야기하면서 그의 편지들을 언급하지 않기란 불가능하다고 해도 과장이 아닐 것이다.

완벽한 번역이 있을 수 없는 것처럼 완벽한 평전 또한 있을 수 없겠지만, 티보데의 플로베르 평전은 여러 면에서 각별한 의미를 지니고 있다. 무엇보다 아직까지 평전, 즉 비평적 전기문학의 불모지나 다름없는 우리나라에서 처음으로 선보이는(사실 늦어도 한참 늦었다) '정통' 플로베르 평전이라는 점에서 그렇다. 플로베르가 죽은 뒤 42년 만에 처음 출간된 티보데의 평전은 플로베르의 초년부터 시작해 하나의 연대기처럼 그의 일대기와 작품들을 순서대로 차근차근 짚어나가고 있다. 그러면서도 평전은 건조하고 딱딱할 것이라는 선입견을 불식하는 친근하고 때로는 유머러스한 문체로 어느새 우리를 플로베르의 세계 속으로 데리고 간다. 그리하여 우린 이 책을 읽기 전에는 거대하고 모호하게만 느껴졌던 귀스타브 플로베르라는 이름이 어느새 친근하게 느껴지는 신기한 경험을 하게 된다. 19세기의 중반을 정확히 관통하는 삶(1821~1880)을 살았던 그를 통해 우리에게 익숙한 인물들(공쿠르 형제, 샤를 보들레르, 빅토르 위고, 이반 투르게네프, 생트뵈브, 테오필 고티에, 이폴리트 텐, 에밀 졸라, 조르주 상드, 기 드 모파상 등)이 살던 시대의 분위기와 물결을 느낄 수 있는 것은 이 책, 『귀스타브 플로베르』가 선사하는 덤이다.

또한 티보데는 플로베르의 작품들을 출간 순서대로 분석하면서 우리가 알지 못했던 작가의 어린 시절과 청년기의 습작들 및 대표작들의 알려지지 않은 버전에 관한 이야기를 세세히 들려주고 있다. 사르트르가 '집안의 백치'라는 제목—플로베르에게는 모멸적으로 들릴—으로 그려나가고자 했던 플로베르가 사실은 글을 깨우치기 전부터 머릿속으로 희곡을 구상하고 (혼자) 공연했으며, 그의 나이 열 살 때 어머니의 생일을 축하하기 위해 『루이 13세』라는 글을 썼다는 사실만으로도 플로베르의 작가로서의 싹수를 어떻게 의심할 수 있을까? 플로베르는 예술가와 작가로서의 삶 외에 다른 종류의 삶은 꿈꾸어본 적도, 살아본 적도 없는 천생 작가이자 천생 예술가였다.

> 펜을 잡기 시작한 날부터 플로베르는 거의 언제나 자신에게는 오직 문학밖에 없다고 생각했다. 그에게 세상은 문학의 대상 또는 소재이거나, 그렇게 될 수 있을 때에만 그 속에서 살 가치가 있는 것처럼 보였다. 그리고 이런 생각이 그의 타고난 본성 속에서는 당연히 모호한 경향—또다른 교육과 환경이 다르게 변화시키거나 전혀 다른 목표로 이끌 수도 있었을—으로만 존재했다면, 이런 기질이 일찌감치 여타의 여건들과 합쳐진 때문에 플로베르는 자신의 존재 이유와 더불어 점차 그의 운명을 쌓아 올리게 될 반석을 발견할 수 있었다. 문학적 사실은 그에게 종교적 사실이 광신자에게 띠는 절대적 중요성을 띠었

다.(152~153쪽)

플로베르의 문학적 아들이자 그를 가장 가까이서 지켜본 사람들 중 하나였던 모파상의 증언 역시 이와 다르지 않았다. 플로베르의 마음속에는 문학에 대한 절대적 사랑 외에는 다른 어떤 야심이나 어떤 관심사도 들어갈 자리가 없었다. 심지어 오랜 기간 그의 연인이었던 루이즈 콜레에게도 사랑보다 예술(문학)이 앞선다는 것을 거듭 강조했다. "그러니까 예술 안에서 사랑을 하자고. 신비주의자들이 신 안에서 서로 사랑했던 것처럼 말이야."(1853년 8월 14일 루이즈 콜레에게 보낸 편지) 모파상은 플로베르와의 대화가 언제나 문학으로 귀결되었고, 독서광이었던 그는 휴식조차도 독서로 일관했다고 이야기한다. 자신이 읽은 책들을 꼼꼼히 노트해두는 걸로도 유명했던 플로베르는 엄청난 분량의 노트들 가운데서 5~6년 전에 읽은 책의 몇 장, 어느 페이지에 어떤 내용이 있었는지를 정확히 기억해낼 정도로 기억력이 좋았다고 한다.

플로베르는 1844년 1월, 평생 동안 그를 괴롭히게 될 신경성 발작(간질로 추정되는)을 처음 일으킨 후 법과대학생으로 살아가던 삶을 중단하고, 사회적이고 세속적인 삶에도 이별을 고한 채 크루아세에 칩거하기 시작했다. 그리고 죽을 때까지 36년간을 그곳에서 문학의 수도사처럼 살아갔다. 그러나 그는 평생 자신에게 고통을 안겨주었던 질병조차도 문학을 위한 하나의 구원처럼 여겼다. 그가 문학을 "희생의 예술"로 정의했던 것처럼.

난 내 병에 대해 내가 원하는 일을 하게 해주었다는—이건 인생의 중요한 포인트거든—고마움을 늘 간직하게 될 거야.

-1845년 1월 엠마뉘엘 바스에게 보낸 편지

내 청춘은 이제 지나가버렸어. 2년간 지속된 내 병이 내 젊음에 대한 결론이고, 종결이며, 논리적 결과였던 거야. 지금 내가 얻은 것을 얻기 위해서는, 그 이전에 내 머릿속에서 충분히 비극적인 방식으로 무슨 일이 일어났어야만 했던 거라고.

-1846년 8월 9일 루이즈 콜레에게 보낸 편지

아들이 법과대학을 나와 변호사나 판사로 살아가기(실제로 당시 많은 지식인들이 걸었던 길이다)를 바랐던 아버지의 뜻을 자의적으로는 거스를 수 없었던 플로베르에게는 '어쩔 수 없이' 그 삶을 포기해야 했던 일이 자신에게 다가온 커다란 행운처럼 여겨졌던 것이다.

난 조롱당하지 않으려고 10년간 몰래 숨어서 글을 써야만 했어.

- 1846년 9월 30일 루이즈 콜레에게 보낸 편지

그리고 우리는 이제 그런 그의 (표면상으로는) 어쩔 수 없었던 선택(그러나 이미 그의 삶 속에 잠재돼 있던)이 어떻게 위대한 작가 귀스타브 플로베르를 형성해나갔는지를 대략적으로 알고 있다. 그런데 정작 플로베르 자신은 자신이 작가로서의 탁월한 능력을 지넜다고 확신했었을까? 글재주에 관한 한 천재라는 호칭이 무색하지 않을 만큼 자신이 뛰어나다고 생각했었을까? 그의 편지에 담긴 그의 솔직한 고백을 통해 우리는 그가 결코 타고난 천재가 아니었으며, 플로베르 스스로도 그렇게 믿지 않았다는 것을 알 수 있다.

> 당신은 내가 언젠가는 멋진 것들을 쓸 거라고 했지. […] 하지만 난 아무런 확신이 없어. 내 상상력은 불길이 꺼졌고, 난 과도한 미식가가 되어버렸어. 나는 단지 내가 모든 걸 바쳐서라도 얻고 싶은 내밀한 기쁨과 더불어 대가들에 대해 계속 감탄할 수 있기를 바랄 뿐이야. 하지만 나도 언젠가는 대가가 될 수 있을까 생각해보면, 절대로 나는 그럴 수 없을 거야. 나한테는 두 가지가 절대적으로 부족하거든. 타고난 재능과 글쓰기에 대한 끈기 말이야. 작가란 엄청나게 고된 작업과 광적이고 헌신적인 집요함을 통해서만 자신만의 스타일을 구축할 수 있는 법이거든.
>
> \- 1846년 8월 14일 루이즈 콜레에게 보낸 편지(154~155쪽)

티보데의 말처럼 "플로베르는 1846년 스물다섯 살의 나이에 이미 훌륭한 것들을 만들어내기 위해서는 무엇이 필요한지를 분명히 알고 있었던 것이다".(155쪽)

흔히 플로베르의 첫 출간 소설이자 그의 대표작이 된 『보바리 부인』을 두고 사실주의 문학의 바이블, 현대를 연 소설(모더니즘 소설의 전형)이라고 이야기한다. 모파상은 『보바리 부인』의 출간은 문학에서의 혁명이라고까지 말했다. 플로베르의 대표작에 대한 이 모든 평가와 수식어에는 이견의 여지가 없다고 해도 틀린 말이 아닐 것이다. 『보바리 부인』의 등장은 도덕적이거나 교육적인 목적을 위한 경향소설 및 작가의 생각(의견)이나 열정이나 기벽奇癖을 표현하기 위한 구실이 되는 소설, 실제 삶과 현실에서는 결코 만날 수 없는 영웅적인 인물들이 등장하는—바로 그런 이유로 독자들을 열광케 했던—소설 등으로 이루어진 문학의 구체제에 마침표를 찍었다. 그런데 정작 이런 『보바리 부인』의 작가가 사실주의에 대한 반감 때문에 이 소설을 썼다는 사실은 상당히 아이러니하고 흥미로운 일이다.

> 사람들은 내가 사실적인 것들에 심취해 있다고 생각하는 것 같습니다. 난 그런 것들을 아주 싫어하는데 말이죠. 내가 이 소설을 쓰기로 한 것은 사실주의에 대한 반감 때문입니다. 하지만 난 요즘 우리를 현혹하는 거짓 이상화도 그에 못지않게 싫어합니다.
>
> - 1856년 10월 30일, 로제 데 주네트 부인에게 보낸 편지

> 나는 사람들이 편의상 사실주의라고 부르는 것을 무척 싫어합니다. 그들이 나를 사실주의의 교황쯤으로 치더라도 말입니다.
>
> - 1876년 2월 6일, 조르주 상드에게 보낸 편지

> 제발 내게 사실주의니 자연주의니 실험이니 하는 따위의 말일랑 하지 말아주게. 신물이 날 지경이니까! 그 무슨 아무짝에도 쓸모없는 짓들

인지!

- 1879년 10월 21일 기 드 모파상에게 보낸 편지(384쪽)

플로베르는 『보바리 부인』을 집필할 당시 자신의 소설에서 새롭게 시도한 소설론이 얼마간 파장을 일으키면서 당시 가장 주목받던 예술 미학(사실주의)에 관한 논의를 재개시키리라는 것을 어느 정도 예상하고 있었던 듯하다. 사실주의에 관한 플로베르의 과격한 표현('사실주의에 대한 반감 때문에')은 사실(현실)의 객관적 표현을 예술의 절대적 목표로 삼는 이들과 거리를 두고자 하는 강력한 의지를 엿보게 한다. 게다가 그는 예술과 문학에 있어서 사물의 객관적 존재(실재)와 그 자체의 본질보다는, 하나의 시스템 가운데서 그 사물이 차지하는 자리 및 그것과 다른 사물들과의 관계에 더 많은 관심을 기울였다.

자네는 사물의 존재를 믿은 적이 있나? 모든 건 결국 환상이 아닐까? 진실한 것은 관계들, 즉 우리가 사물을 인식하는 방법밖엔 없는 거야.

- 1878년 8월 15일 기 드 모파상에게 보낸 편지

플로베르는 자신이 지어낸 허구가 아무리 하찮은 것이라 할지라도 고통스럽고 비천鄙淺한 현실보다는 낫다고 믿었다. 그에게 사실이란 무엇보다 상상으로 꾸며낸 사실을 의미했으며, 꾸며낸 모든 것은 진실이었다.

『보바리 부인』은 실화와는 아무런 관련이 없습니다. 이것은 철저하게 꾸며낸 이야기입니다. 난 그 속에 나의 감정이나 삶을 조금도 담지 않았습니다. 그 반대로 이 이야기가 실제 있었던 일이라는 환상은 작품의 비개성적 측면에서 비롯된 것입니다.

- 1857년 3월 18일 르루아예 드 샹트피 양에게 보낸 편지

플로베르의 놀라운 통찰력에 감탄한 이폴리트 텐이 상상된 사실을 실재하는 대상과 혼동한 적이 있는지, 상상으로 만들어낸 인물이 마치 환영처럼 그를 따라다니면서 괴롭힌 적이 있는지를 묻자 그는 다음과 같이 대답했다.

네, 언제나 그렇습니다. 머릿속에서 꾸며낸 이미지는 내겐 사물의 객관적 사실만큼이나 진실한 것입니다. […] 상상의 인물들은 내게 영향을 미치고 나를 따라다닙니다. 아니, 어쩌면 내가 그들 속에서 살고 있는 건지도 모르겠습니다. 『보바리 부인』의 비소 중독 이야기를 써나갈 때는 입에서 정말로 비소의 맛이 느껴졌습니다. 마치 나 자신이 중독된 것 같아서 두 번이나 연이어 소화불량에 걸렸었습니다. 실제로 말입니다. 저녁 먹은 걸 모두 토했거든요.

- 1866년 11월 20일 이폴리트 텐에게 보낸 편지

또한 『보바리 부인』을 집필하는 동안(1851~1856)과 그 후의 편지들에서 분명히 밝히고 있듯이 플로베르는 하나의 사물과 사실에 미학적 대상으로서의 가치를 부여하는 대신, 자연과학에서

처럼 사실을 정확하고 치밀하게 재현하는 글쓰기를 추구해나갔다. 그에게 사실이란 곧 꾸며낸 사실인 것과 동시에 자연과학에서처럼 엄격하고 세심하게 정제된 사실을 의미했다.

> 또한 예술은 개인적 감정과 신경질적인 예민함을 넘어서야만 합니다! 이제 가차 없는 방식으로 자연과학의 정확성을 예술에 부여해야 할 때인 것입니다!
>
> - 1857년 3월 18일 르루아예 드 샹트피 양에게 보낸 편지

이처럼 사실을 자연과학적으로 정확하게 표현하기 위해 필요한 것은 소설의 '형태'와 작품의 '스타일'이었다. 소설의 아이디어들에 윤곽을 부여하는 다양한 틀이자 책을 빚는 재료인 형태는 플로베르에게는 곧 작품 그 자체였다. 형태는 작품에 그 힘과 위대함과 우아함을 부여하는 것으로, 감각과 인상印象과 다양한 감정처럼 무한히 변화하며, 그것들과 따로 떼어 생각할 수 없다. 그리고 이러한 불가분의 결합으로부터 문학의 스타일이라는 것이 생겨난다. 일반적으로 "각각의 작가에게 고유한, 문장의 특별한 형태 및 그가 표현하고자 하는 모든 것을 부어넣는 일종의 틀"로 스타일을 정의할 수 있다면, 플로베르에게는 그만의 스타일, 즉 플로베르만의 스타일이 아닌, 생각의 한 방식이자 문학의 모든 것인 '스타일'이 존재했을 뿐이다. "하나의 대상을 표현하는 가장 적절한 말은 단 하나뿐이다", 즉 어떤 사물에 움직임을 부여하거나 그것을 수식하는 가장 적절한 동사나 형용사는 단 하나뿐이라는 일물일어설은 곧

문학의 스타일에 대한 그의 소신을 말해주는 것이다. 어떤 생각을 나타내기 위해 사용하는 표현과 구성은 언제나 그 생각에 절대적으로 부합하는 것들이어야 하며, 작가는 단어의 특별함이 아닌 그 정확성과 적확함을 기준으로 언어를 선택해야 한다는 것이다.

> 이 모든 표현들, 이 모든 형태들, 이 모든 표현법들 가운데서 내가 말하고자 하는 것을 나타낼 수 있는 것은 단 하나의 표현, 단 하나의 표현법, 단 하나의 형태밖에는 없다.
>
> - 기 드 모파상, 『귀스타브 플로베르』, 1884년 1월, 《르뷔 블뢰Revue Bleue》

플로베르는 자신이 원하는 것을 표현하는 데 가장 적절한 표현법을 찾기 위해 자신이 쓴 문장들로 하여금 '괼루아르'의 시험대를 거치게 했다(본문 43쪽 각주 34 참고).

> 그(플로베르)는 평소에 이렇게 말하곤 했다. "하나의 문장은 호흡의 모든 필요성에 부응할 때 비로소 그 생명력을 갖추게 된다. 나는 하나의 문장을 거침없이 큰 소리로 읽을 수 있을 때 내가 올바른 문장을 썼음을 알게 된다." 그는 또한 루이 부이예의 『마지막 노래들』 서문에서 이렇게 이야기했다. "잘못 쓴 문장들은 이런 시험을 이겨내지 못한다. 그런 문장들은 가슴을 짓누르고 심장 박동을 방해하며, 따라서 삶의 조건 바깥에 놓이게 된다."
>
> - 기 드 모파상, 『귀스타브 플로베르』, 1884년 1월, 《르뷔 블뢰Revue Bleue》

내가 번역한 책의 역자 교정을 볼 때마다 문장들을 하나하나 큰 소리로 읽으면서 잘못된 번역과 어색한 문장을 찾아내는 습관이 있는 나로서는 "유레카!"라고 외칠 정도로 놀랍고도 반가운 사실을 발견한 것 같아 플로베르에게 악수라도 청하고 싶은 심정이었다.

플로베르에게 소설의 형태는 '생각의 땀'이었으며, 문학의 스타일은 '생각의 피'와도 같았다. "문학에는 예술적인 아름다운 주제라는 건 없으며, 이브토는 콘스탄티노플과 똑같은 가치를 지닌다"(157쪽)라고 한 그의 말에서 알 수 있듯이, 그에게는 문학(예술)에 있어서 고귀하거나 아름답거나 하찮은 스타일이라는 것은 존재하지 않았다. 그는 장례식에서 다른 이들이 흘리는 눈물을 두고 작가란 "모든 것을 이용할 줄 알아야" 한다면서, 그 눈물조차도 스타일을 통해 걸러지고 정제되어야 한다고 주장했다. "난 단 한 사람의 눈물, 스타일이라는 화학의 체로 걸러진 눈물로 다른 많은 사람들의 눈물을 자아낼 수 있기를 바라."(34쪽) 그가 궁극적으로 쓰고자 했던 책은 "아무것도 아닌 것에 관한 책, 외적인 어느 것에도 매여 있지 않은 책, 마치 공중에 떠 있는 땅처럼 그 스타일의 내적인 힘에 의해 스스로 지탱하는 책"(158쪽)이었다.

모파상이 작가 플로베르를 '위대한 예술가'라고 칭하기를 주저하지 않은 것은 무엇보다 플로베르의 작품을 이루는 조형적 아름다움인 형태와 내적인 힘 자체로 존재하는 스타일, 그리고 플로베르가 주장한 예술의 비개성성impersonnalité 때문이었다.

> 비개성성은 내가 세운 원칙의 하나입니다. 작가는 결코 스스로를 글로 써서는 안 된다는 것이지요. 예술가는 자신의 창작품 속에 마치 신처럼 존재해야 합니다. 눈에 보이지는 않지만 절대적으로 군림하는 존재, 곳곳에서 느낄 수는 있지만 눈에 보이지는 않는 존재처럼 말입니다.
>
> - 1857년 3월 18일 르루아예 드 샹트피 양에게 보낸 편지

플로베르는 자기 작품 속에서 언제라도 자신의 입으로 이야기하기를 즐겼던 발자크 같은 작가와는 달리 작품 속에서 나라는 말을 결코 사용하지 않았다(플로베르와 발자크 간의 비교가 행여 어느 한 작가를 깎아내리는 말로 비쳐서는 안 될 터다. 두 작가 모두 서로의 차이점에도 불구하고 분명 위대한 작가들이기 때문이다). 플로베르는 작가란 소설 속 인물들의 입을 빌려 자신의 생각을 이야기해서는 안 되며, 그의 목소리를 알아보게 해서도 안 된다고 주장했다. 똑같은 이유로 자신의 작품에 서문을 쓴 적이 없는 플로베르는 1871년에 그에게 자신의 소설(『루공 가의 행운』)을 보낸 에밀 졸라에게 작품을 극찬하면서 서문을 쓴 사실을 나무랐다! 작가는 너무 순진하게 자신의 비밀이나 자신의 생각을 이야기해서는 안 된다는 이유에서였다. 그의 예술론에 의하면 소설가는 그럴 권리가 없기 때문이다. 작가는 오로지 자신의 작품만으로 이야기해야 하며, 자신의 삶이 아닌 작품만을 남겨야 한다는 것이다(하지만 우린 플로베르 역시 그러지 못했다는 것을 알고 있다). 그는 작가의 개인적이고 일상적

인 삶을 누더기에 비유하면서 "작가는 오직 자신의 작품만을 남겨야 해. 그의 삶은 중요하지 않아. 누더기 따위는 꺼지라고 해!Arrière la guenille!"(1859년 8월 21일 에르네스트 페이도에게 보낸 편지)라는 유명한 말로 예술의 비개성성을 요약하고 있다. "의사와 마찬가지로 관찰자인 소설가에게는 일종의 자연스러운 무감각을 개발하는 것은 직업적 의무에 속하는 일이다"(34쪽)라고 한 티보데의 말처럼, 플로베르가 주장하는 비개성성은 그가 작가로서 불러일으키는 열정들과는 무관한(혹은 무관하게 보이는) 일종의 무감각인 셈이다.

비교적 유복한 환경에서 태어나고 자란 플로베르는 적어도 밥벌이에 시달리면서 글을 쓰는 어려움은 별로 겪지 않은 작가에 속했다. 그는 어떤 고난이나 고통에도 불구하고 글을 썼던 작가라기보다는 태생부터 작가였고 예술가였다고 보는 편이 맞을 것이다. 그의 고뇌와 고통과 절망은 삶에 대한 근본적인 회의나 절망감을 제외하고는 대부분 문학과 글쓰기의 어려움에서 비롯된 것이었으며, 그의 일상은 수많은 책들을 읽고 엄청난 자료를 수집하고 부단히 글을 쓰는 일로 일관되었다. 그의 수많은 편지들 속에서 창작의 괴로움과 자신의 부족함을 토로하는 그의 모습을 보노라면 고개가 절레절레 저어질 정도로 지독한 무언가를 느끼게 된다. 플로베르에게는 문학이 삶의 하나의 선택지가 아니라 삶 그 자체였으며, 그에게 글쓰기란 곧 삶과 죽음의 문제였다. "천박하게 생각하는 사람들"을 부르주아로 규정하고 인간의 어리석음과 '우스꽝스럽고도 슬픈' 면을 파고들었지만, 그는 본성이 선하고 너그러우며 쾌활한 사람이었고, 농담을 즐기면서 자주 큰 소리로 호탕하게 웃었으며, 평생 이어진 우정으로 친구들을 깊이 사랑했고, 그들을 자기 집에 맞아들여 함께 어울리기를 좋아했다. 그리고 나이가 들어감에 따라 사랑하는 가족과 친구들이 하나둘씩 세상을 떠나자 몹시 외로워하면서 글을 쓸 시간이 얼마 남지 않았음을 안타까워했다. 그러나 그는 우리가 이런 인간적인 면모가 아닌 그가 남긴 작품들만으로 자신을 기억하고 평가해주기를 바랐을 것이다. 그는 문학으로 하여금 자신의 삶이 되게 함으로써 삶을 배척한 게 아니라, 그 반대로 평생 이어진 열정으로 그 삶을 사랑한 작가였기 때문이다. 그리고 그는 죽는 순간까지 그 사랑을 거두지 않았다.

> 작품을 출간하는 즉시 작가는 자기 작품에서 내려와야 하는 거야. 평생 무명의 작가로 산다고 해도 난 하나도 슬프지 않을 거야. 내 원고들이 나하고 오래도록 남을 수만 있다면 난 그것으로 족해. 그러려면 엄청나게 큰 무덤이 필요할 테지만 말이지. 이국의 전사가 자신의 말과 함께 묻히듯 난 내 원고들이 나와 함께 땅속에 묻히기를 바라. 나로 하여금 광활한 평원을 가로지를 수 있게 해준 것이 바로 내 원고들이었거든.
>
> - 1852년 4월 3일 루이즈 콜레에게 보낸 편지

위대한 작가 귀스타브 플로베르는 2만 1,337일을 살았고, 그보다 많은 새하얀 종이를 빼곡하게 검은 글씨로 채워나갔다. 그는

자신의 소원대로 자신이 남긴 원고들과 함께 묻히기를 바랐을 테지만 그러기엔 그의 무덤이 너무 작았다. 그 대신 그는 문학과 예술을 빛낸 하나의 커다란 별이 되어 수많은 후세 사람들의 마음속에서 오래도록 빛나는 영예를 누리게 되었다.

이 한 권의 책이 문학과 예술과 플로베르를 사랑하는 많은 독자들에게 오래도록 남을 마음의 양식이 되기를 바라며, 이 책의 출간에 선뜻 응해주시고 지원해주신 플로베르의 한기호 대표님과, 이 책이 나오기까지 많은 노고와 정성을 아끼지 않은 플로베르의 편집팀 그리고 문학팀장인 도은숙 편집자님께 깊은 감사의 마음을 전하고 싶다.

2018년, 가을이 깊어가는 10월에

박명숙

귀스타브 플로베르

2018년 10월 15일 1판 1쇄 인쇄
2018년 11월 10일 1판 1쇄 발행

지은이 알베르 티보데
엮고 옮긴이 박명숙
펴낸이 한기호
기획 박명숙
편집 오효영, 도은숙, 유태선, 김미향, 염경원
디자인 김경년
경영지원 이재희, 국순근
펴낸곳 플로베르
출판등록 2017년 5월 18일 제2017-000132호
주소 04029 서울시 마포구 동교로 12안길 14 삼성빌딩 A동 2층
전화 02-336-5675 팩스 02-337-5347
이메일 kpm@kpm21.co.kr

ISBN 979-11-962227-4-1 03860

· 플로베르는 한국출판마케팅연구소의 임프린트입니다.
· 잘못된 책은 구입처에서 교환해드립니다.
· 책값은 뒤표지에 있습니다.
· 이 도서의 국립중앙도서관 출판예정도서목록(CIP)은 서지정보유통지원시스템 홈페이지(http://seoji.nl.go.kr)와 국가자료공동목록시스템(http://www.nl.go.kr/kolisnet)에서 이용하실 수 있습니다. (CIP제어번호 : CIP2018031614)